TEBAS DO MEU CORAÇÃO

TEBAS DO MEU CORAÇÃO
NÉLIDA PIÑON

2ª EDIÇÃO

EDITORA RECORD
RIO DE JANEIRO • SÃO PAULO
2022

CIP-BRASIL. CATALOGAÇÃO NA PUBLICAÇÃO
SINDICATO NACIONAL DOS EDITORES DE LIVROS, RJ

P725t Piñon, Nélida, 1937-
       Tebas do meu coração / Nélida Piñon. - 2. ed. – Rio de Janeiro : Record, 2022.

       ISBN 978-65-5587-565-2

       1. Romance brasileiro. I. Título.

                                    CDD: 869.3
22-78726   CDU: 82-31(81)

Meri Gleice Rodrigues de Souza – Bibliotecária – CRB-7/6439

Copyright © Nélida Piñon, 1974

Todos os direitos reservados. Proibida a reprodução, armazenamento ou transmissão de partes deste livro, através de quaisquer meios, sem prévia autorização por escrito.

Texto revisado segundo o Acordo Ortográfico da Língua Portuguesa de 1990.

Direitos exclusivos desta edição reservados pela
EDITORA RECORD LTDA.
Rua Argentina, 171 – Rio de Janeiro, RJ – 20921-380 – Tel.: (21) 2585-2000.

Impressso no Brasil

ISBN 978-65-5587-565-2

EDITORA AFILIADA

Seja um leitor preferencial Record.
Cadastre-se em www.record.com.br
e receba informações sobre nossos
lançamentos e nossas promoções.

Atendimento e venda direta ao leitor:
sac@record.com.br.

Naquele primeiro de julho, porém, Eucarístico começou a abater as árvores prometidas aos filhos como herança, logo que morresse. Avisada de que a família perdia as pompas mais nobres, e pelas mãos de Eucarístico, Magnólia foi ao seu encontro. Pediu que se desse ao menos três dias para pensar. Não se destruía o patrimônio de uma vida inteira em poucas horas de machado. Eucarístico não conseguia ouvir uma única palavra e Magnólia ajoelhou-se rezando pelas árvores enquanto ele as abatia.

Durante dias sua fúria prosseguiu, atingindo quem sabe razões caras ao coração, para nada sobreviver a ele. O alvoroço daquela nova fantasia não parecia destinar-se a Santíssimo, pressentiam os que lhe acompanhavam o ato. E trancando-se Eucarístico na oficina, previamente ampliada, primeiro em direção ao céu, depois em direção aos lados esquerdo e direito da terra, não se podia adivinhar o que desta vez construiria, para precisar de tanta madeira e espaço ao mesmo tempo. Meses depois, ao derrubar as paredes da oficina com a maceta, sob os protestos ainda de Magnólia, até não sobrar um tijolo de pé, ninguém mais duvidou da espécie de trabalho que vinha executando com obsessão. Diante de todos expunha-se o bojo amplo e atrevido de um barco, a que faltavam leme, remos, as velas e o mastro.

Finalmente iria o Alvarado conhecer emoções que a gente de Santíssimo jamais lhe regalou. Não se contavam na história daquelas águas disputas em torno de peixes-espada, sereias cintilantes, de cujas escamas se alimentassem esperanças de construir caixinhas de madrepérola, ou mesmo visitas que lhes ensinassem excêntricas modalidades de se fazer crochê. Os piratas e bandeirantes, que porventura alcançaram Santíssimo com o concurso do rio, agiram sem dúvida com discrição, quase sempre de madrugada, de modo a não os molestarem as correntes, mais bravias à luz do dia. Unicamente Eulália, por capricho ou teimosia, enfeitiçou o rio por breves horas, quando o escolheu como túmulo. Mesmo no momento da morte, houve que lhe censurar o gosto. Não hesitou em cortejar Assunção, cidade do seu amor, deixando-lhes sombra de medo que se surpreendia em certos rostos, sobretudo naquelas casas que não caiavam suas paredes logo anunciado o mês de maio.

Os pequenos botes que até ali incursionavam admitiam a própria desdita, falhara-lhes o mapa que os conduzia pela terra, ou já não dispunham da firmeza de antes na direção do leme e os remos. Nenhum ali deixou o coração, que o viessem buscar mais tarde. Iabeshab jamais os abandonou. Ainda que os ameaçasse com a certeza de outros mundos, e deixasse no armazém de Bonifácio larvas que se reproduziam sob forma de bússolas, relógios, candelabros, alfinete com pérola nutrida em profundidade superior a mil metros.

Magnólia ressentia-se que não voltasse o marido à casa, elegendo o barco como moradia. Eucarístico não se deixava convencer, enfraquecia-lhe os argumentos com o silêncio. Há muito com gestos afirmara que o verbo, além de borrar-se com tinta negra, azul, rosa, enunciava-se e já passava a não existir, qualquer rede o filtrava, que não mais lhe apresentassem o presumível rosto e o seu febril vaso sanguíneo.

— Ao menos aceite a comida, disse Magnólia. E buscou saber se se oporia a que ela e os filhos aos domingos trouxessem até ele pastelões, galinha assada, outras guloseimas, como se fosse verbena. Eucarístico aceitaria breves visitas, o tempo apenas de destrincharem assados, comê-los com avidez, e logo se despedirem. A cupidez da visita se restringiria ao alimento e rápida inquirição visual.

Nos domingos que se seguiram, instalavam-se em torno do barco, pois proibira-lhes Eucarístico que subissem nele, a seu juízo a embarcação não havia atracado. Vestiam-se mulher e filhos com os melhores trajes, ainda se arriscando a manchá-los de gordura. A princípio, consideravam o barco um objeto de cerimônia, a que prestavam discretas reverências, evitavam passar perto, ainda que para isto contornassem as árvores que sobraram. No entanto, bastaram aos filhos um único olhar e o primeiro domingo de todos que se seguiram para se saciarem, uma vez que não voltaram a contemplá-lo novamente.

— Insensíveis, disse Hermengarda, sabendo das visitas.

Ansioso em terminar o barco, Eucarístico trabalhava o dia inteiro. Havia por toda parte promessas de festejarem com aparatos luminosos, balões, batata assada, o lançamento do barco nas águas do Alvarado. Um rio que, segundo Rectus alisando revistas poeirentas, devia seu batismo a um estrangeiro precisamente castelhano, que carregava no r e no j, daí a sua ascendência altiva. Respaldo encarregou-se de apontar no caderno a data prevista para o término do trabalho. Urgia respeito a um calendário, ainda que povoado de santos e outras festas, se pretendiam de verdade dar um toque de excepcionalidade àquele veleiro.

Eucarístico recusou-se a descrever-lhe planos que dependiam de inventiva e contínuos reparos, buscava atrair a eternidade com o único propósito de acertar com perfeição a curva final da proa. Não compreendia que precisamente as criaturas que ainda lidavam com carne crua, selvagem pois, viessem investigar a que exata hora diria ele adeus à paixão, que era toda a sua vida. Com gesto em direção ao sol transmitiu-lhe a certeza de que antes de dar por terminada obra que se conciliava com ventos e águas bravias, fatalmente ele se consumiria.

Respaldo desculpou-se. Não lhe permitira a educação primária aprender a lidar com um artista, ou respeitar ditames do que se chamava obra de arte.

— E não é artístico o que lida com água e o tempo simultaneamente? Em Santíssimo, a contagem de horas não era regressiva, mas muito pouco avançava no futuro. De modo que podiam bem aguardar, assim como as águas do Alvarado. A envergadura da nave o comovia, em tudo se semelhava à baleia que Rectus lhe descrevera após a surpreender em sonho.

— Se a arca de Deus jamais se terminou de construir, menos ainda o barco do homem, disse Eucarístico.

Próstatis reagiu com candura. Pela primeira vez não o viam aos gritos registrar os episódios de Santíssimo. Como se o tivessem conhecido de natureza amena.

— Temo que o tenhamos perdido para sempre, disse apenas. Hermengarda recusava a divulgação daquela verdade. Sorria mais que todos. Procurou esconder-se pelos jardins, para Filomena não lhe surpreender a mágoa tendendo a aumentar no coração, se afinal se confirmasse a versão de que Eucarístico abandonara a terra para sempre. Conformara-se em perdê-lo para Magnólia, por compreender que não se teria cumprido com ela seu intenso destino manual. Eucarístico chegou a afirmar-lhe que o amor o confundia. Jamais viria a amá-la com a sofreguidão que lhe exigia Hermengarda, e ao mesmo tempo fazer da madeira o registro do seu tumulto interior. A princípio, Hermengarda reagiu, partindo para a desforra. Olhava-o no rosto com desprezo, ofertava-lhe alimentos machucados pelo garfo, e não lhe poupou palavras amargas. Como poderia compreender divisões desta espécie, que para o cumprimento de uma vocação devesse Eucarístico abster-se da atividade amorosa? O convite que ele lhe fez foi delicado, em sua companhia visitaria o centro da terra. Indicando a mais veneranda árvore de Santíssimo, passou os braços em torno da cintura nodosa, de olhos fechados parecia gozar. Hermengarda recusava acreditar no que via.

— Acaso eu sentiria o mesmo com você? disse ele.

Apesar da dor, Hermengarda o acompanhou à igreja, para unir-se à outra. Magnólia o aceitou sabendo que Hermengarda o perseguiria ao longo da vida. Sem precisar estar próxima, para se prolongar a sombra que havia ela derramado sobre ele, antes do casamento, como sopa escaldante, e as queimaduras ficarem na pele. Mesmo cozinhando para Ofélia, o trabalho diário de engordar a sobrinha, Hermengarda sentia-se com direito a amá-lo.

— Enquanto ele for mestre e devotar-se à madeira, eu o saberei meu para sempre.

Quando lhe comunicavam nos primeiros anos o nascimento de mais um filho de Eucarístico e Magnólia, uma soberana incredulidade surgia-lhe no rosto. Jamais aceitou verdade tão absurda, ainda que visse à distância a barriga de Magnólia dilatar-se, e os filhos crescerem. A única ameaça ao amor, sua grata memória, era Eucarístico apegar-se ao barco dispensando outra madeira em que trabalhar com igual fervor. Trepidava-lhe o coração, não lhe secavam as lágrimas no rosto. Ao contrário de Filomena, Hermengarda era menos tépida, menos magra, muito mais alta.

Hermengarda despertou uma hora antes do sol. Cuidou na cozinha de empilhar o alimento, desde o doce ao croquete de sal, de modo que nada faltasse a Ofélia. A qualquer manifestação de fome, a que não se correspondesse com diferentes pratos, a sobrinha padecia de urticária, começava a coçar-se justamente na área ocular, de nada lhe adiantando o chá de camomila, sempre indicado nestes casos. Hermengarda beijou Ofélia na testa, querendo expressar-lhe que talvez não regressasse à casa, ignorava a espécie de futuro que Eucarístico iria ofertar-lhe. Em direção ao antigo galpão, onde estava o que sobrava de Eucarístico e o barco, ela agia como sombra, para não ferir os próprios sentimentos. Não duvidava de que Magnólia se afastasse à sua passagem, para livremente observar a peregrinação de Eucarístico.

A extensão do barco ultrapassava as descrições feitas. Nele concentrava-se um sentimento delicado, que não o privava da força, sempre presente em cada ripa presa a barbante ou prego, que se exprimia por detalhes a que lhe escapavam nomes, pois jamais Hermengarda tivera vida marinheira, mas não privava seu corpo de tremer. E não fora para vencer esta fronteira perigosa e exclusiva que abdicara ela de Eucarístico?

Imaginava-o velho, alquebrado. Não voltara a ver-lhe o rosto após o haver deixado na igreja. Cultivou-lhe a memória tão intensamente que a cada dezembro acrescentava ao rosto, que lhe ficou do ano anterior, algumas rugas, cabelos brancos, e ríctus nervosos. Como se dispusesse de uma máscara, ia ela repuxando as feições, enfraquecendo-lhe o sistema facial.

— Ah, Eucarístico Nóbrega, senhor da madeira, disse em suspiros diante do barco. Disposta a oferecer-lhe um rosto igualmente envelhecido onde cada ruga registrava uma capitulação. Ele não respondia ao seu chamado. Ela insistiu, agora bem mais forte:

— Posso ao menos visitar seu reino?

A madeira era sem poros por onde se filtrasse a água. E porque não conseguiu ali arranhar seu nome, para Eucarístico lê-lo em alto-mar, compreendeu também que sua estrutura suportaria longas viagens. E somente sentiu Eucarístico perto, a três metros da respiração, quando protegeu os olhos da serragem que o vento espalhava. Eucarístico sempre se alimentou de modo peculiar, pensou ela de repente. E tão diferente de Ofélia, cujos alimentos, dispostos nas bandejas, ou arquejando nas panelas, não haviam esquecido um único tipo de gordura animal. Subiu apoiada em caixotes, sim, ele a receberia ofertando-lhe o barco como prêmio.

O rosto de Eucarístico não correspondia à máscara fabricada a cada dezembro, pelos cuidados da mãe que, desde o nascimento, lhe impusera cútis rosada em torno dos olhos, e que ali ficou apesar da resina. Hermengarda não se preocupou em emendar os erros cometidos contra seu rosto. Pretendia junto a ele queimar a máscara para sempre. E como prova de que esquecia as feições que tecera com o auxílio da paixão e da memória, afundou os dedos em seus ombros. Ele parecia ausentar-se ainda que ela comprimisse os dedos agora com mais força.

— Veja quem o acompanha neste barco. E fechou os olhos para sentir vertigem, que bem transmitia seu estado, e dar-lhe tempo de preparar os cabelos, sacudir a serragem, cuidar enfim de imprimir no rosto uma expressão em que pudesse ela ler rapidamente seus sentimentos.

— Eucarístico, e dizendo Eucarístico foi abrindo as pálpebras. Ele preocupava-se em eliminar com os dedos as farpas de uma tábua, acautelando-se que não lhe ficassem algumas nas unhas. Mais propensa a inclinar-se, pelo vento e a tonteira, Hermengarda parecia um eucalipto espargindo olor grego que ele descobriu surpreso. Tocou na mulher do modo com que avaliava a raça de uma madeira.

— Não é uma árvore, Eucarístico. Sou eu, sua eterna Hermengarda.

— A melhor árvore da floresta, disse ele.

Hermengarda comovia-se, eis o galanteio pelo qual aguardei a vida inteira. E o acariciou como jamais ousara quando ele ainda a cortejava e já era o amor uma realidade que se devia adiar para o dia seguinte. Pela primeira vez, desde a construção do barco, o calor de um corpo envolvia-o e acomodava-o mais firmemente ao banquinho de madeira onde se instalou como se um prego o prendesse de forma que, para o extrair, devessem repartir a madeira em farpas.

— Que orgulho sinto, disse Hermengarda, descrente das ameaças que o haviam perdido para sempre.

— Quem é você? disse ele. Hermengarda riu acompanhando-o na brincadeira. Menos leves, os olhos do homem tinham forma e pesos minerais.

— Ora, Eucarístico Nóbrega, só porque construiu um barco, deu para ignorar o mundo?

Magnólia sempre soube que em alguma estação do ano os surpreenderia. Mas não queria deixar a comida esfriar. Largou o pote com sopa, a vasilha de água, o pão, as frutas de maio. E para não pensarem que a visita expressava ressentimento, ajeitou o avental, e espalhava a poeira, a serragem, sem olhar a que sacudia com a flanela. Limpou o rosto de Eucarístico, os seios de Hermengarda, não se descuidou das coxas. Apalpava-lhe justamente as regiões que Hermengarda sonhou entregar a Eucarístico, para ele tornear como a um tronco. Enternecia-lhe ser confundida com um móvel que Eucarístico fabricara. E não era acaso a peça rara que vinha ele construindo à distância, pelo que viera ao seu encontro, recolher de perto os empenhos da estranha obsessão?

Magnólia sumiu em silêncio. Antes amontoou a poeira na proa, ali o vento dava com força, levando tudo para longe. Hermengarda disse: — Sou eu, Eucarístico, quem mais senão eu. Ele não demonstrava reconhecê-la, os anos lhe haviam banido a memória e o encaminharam ao exílio. Não lhe cedia porções que Hermengarda pudesse guardar de lembrança e se sustentar.

Hermengarda confessou à irmã: — Sou legume conservado no vinagre. Filomena tremeu toda madrugada, chorando junto a ela. Intuía Hermengarda fadada às produções surpreendentes, Eucarístico e Ofélia ao mesmo tempo.

— E eu, o que sou? disse ela. E antes que cedesse Hermengarda à tentação de descrevê-la, ela antecipou-se severa: — Não afrouxemos nossos costumes, Hermengarda.

A pretexto da bondade que se pregava na casa, e com a qual descreviam igualmente teias de aranha e trilhas entupidas de arbusto e lama, Filomena sentia pisar às vezes terras obscuras. E com que direito, porém, se ambas mais bem transitavam por territórios neutros, que não se podiam jamais definir?

— Você não acha Santíssimo uma terra para gansos e ovelhas sagrados? Foi como afinal Hermengarda explicou o destino das duas. E impedindo a irmã de manifestar sentimentos que contrariassem ou fortalecessem seu argumento, exigiu respeito às leis da casa. De outro modo não hesitaria revelar que a surpreendera agachada na bacia lavando as vergonhas, de olhos fechados, mas a respiração ardente, lambuzava-se tanto de água que lhe vinham à boca palavras de afogado no esforço de alcançar um cais de coral.

Hermengarda aguardou cinco anos para a regalar com um terço de marfim, trazido por Iabeshab. Filomena sentiu-se presumida, ainda que tardiamente regressava às límpidas planícies de sua juventude. Mas, melhor observando o terço, que não era ambição, mas destino que lhe pregava a irmã aos dedos como um cravo para grudar a ferragem ao casco delicado do cavalo, intuiu que sabia Hermengarda da verdade mais que seu rosto devotado à memória de Eucarístico Nóbrega fazia crer. Rondou a irmã, para ela se confessar. Mas, no desvario dos alimentos, que confeccionava lambuzando de açúcar e sal, até confundir paladares, Hermengarda se habituara trazer à superfície de sua incandescente vida desculpas sempre renovadas. Pressentindo o perigo de escudar-se no silêncio de Hermengarda, Filomena passou a rezar enquanto se lavava. Sou uma lagartixa nervosa, e capaz de catalogar-se de modo a associar-se ao objeto do seu anseio, sentiu-se com direito de colocar o próprio retrato no corredor entre os antepassados.

Eucarístico aproximou o machado do pescoço de Hermengarda. Contava-lhe as veias, os ramos e a espessura do tronco. Hermengarda experimentou a impecável lâmina, e tudo lhe indicava a salvação de Eucarístico. Ele, porém, após o esforço de compará-la a uma árvore, e conceder-lhe formosura, novamente estragava os dedos contra a tábua. Antes de o perder por longa temporada, ela sugeriu que a convidasse a ver o barco deslizar pelo Alvarado. Não lhe importava aguardar acampada ali mesmo, também sujeita ao regime da sopa e fruta, que já não seriam de maio, mas dos meses estivais. Pressentia que para semelhante viagem os preparativos venceriam alvoradas. Afinal, ia ele de encontro às baleias, golfinhos, animais de civilização avançada, questionando a inquietude de uma fauna prisioneira da água, que para se colher com a mão, ou os olhos, exigia mergulhos, tateios em correntes antigas, de funduras adequadas aos caçadores de esponja.

Ninguém apresentava melhores credenciais que Iabeshab, para acompanhá-lo. E não por ter nascido muito longe dali, mas pelo seu olhar confirmando qualquer território que se inventasse, ainda sem o anteparo da cartografia. Ela porém o seguiria, Magnólia cedera-lhe o lugar. Uma viagem que não excederia a sete meses. Infelizmente, tinham pressa. A morte estaria à espreita em Santíssimo, haveria de lhes ceder à volta um abraço de calor. Eucarístico preparava-lhe o que se podia chamar de futuro.

Dois anos depois anunciaram-lhe que havia sólidos indícios de que Eucarístico terminara o barco, luzia a barcaça com limpidez metálica. Hermengarda aprontou-se para as festividades esvaziando gavetas, aliviando baús encostados nas paredes.

Cuidava em abandonar a casa onde estivera tantos anos, quando também lhe vieram dizer que a época era de afrontas. Feriam-se uns aos outros, as cascas soltando das peles, antes mesmo de se curarem, o que as deixava indefesas. Hermengarda quis pôr Ofélia a salvo do perigo, para afinal descobrir que o próprio Eucarístico semeava discórdia se recusando destinar o barco às águas do Alvarado. Ainda que lhe pedissem pela honra da nossa terra, persistia em desobedecer.

Piedoso sentia-se confortado em não confessar a Magnólia que a toalha em suas mãos era presente de Hermengarda, a quem comovendo sua sorte enviara-o a recolher as memórias que teria ela do marido em reserva. Ela, porém, para quem a memória de Eucarístico traduzia-se em um sendeiro por onde perdera inúmeras placentas, e os filhos o confirmavam, provou-lhe ser o marido volátil, enfrentando aquele projeto. E em plena primavera, o que se poderia aguardar de um homem como ele? Esgotadas as florações, talvez Eucarístico se decidisse pelo destino mortal, deixando humilde o barco flutuar.

Emília acedera em trabalhar noite adentro na toalha ao saber que se destinava a Magnólia. Enfeitara o linho com florões em tons sombreados, motivos marítimos enlaçados pelo lado avesso, aparecendo na superfície apenas o contorno desenhado por pontinhos e que serviam de manutenção do trançado. Bordava lamentando que após a desistência de Eucarístico raras mãos ainda se movessem com extrema habilidade. Devota a tais queixumes, confiava em que lhe dissessem: felizmente nos resta você, Emília.

Passaram a contemplar o barco aos domingos, logo após a missa. Eucarístico jurava jamais o lançar às águas. Queria-o plantado ao chão substituindo as árvores que desfalcara do terreno. Pediu a Magnólia inventário dos seus objetos pessoais, uma vez que não voltaria à casa. Até à morte, seu lar seria ali. Para a cerimônia de içar as velas, contava com o próprio sopro. Intuindo Magnólia que ele se despedia dos filhos, da casa, dela, para cumprir esta tarefa, e não se desejando solitária naquela viagem apenas inaugurada, e que prometia durar toda a vida, enviou mensagem a Hermengarda dentro de uma garrafa vazia, pois cultivaria a partir daquele instante excrescências do mar: o barco segue hoje para Cingapura, dizem que ali as águas se tranquilizam pela certeza da eternidade.

Ambas vestiam-se com a altivez de viúvas. Nenhum gesto dizia lá se foi o único homem amado. Cada qual postada na extremidade da terra, fingiam não se ver. Magnólia sentia haver ele morrido, principalmente porque não lhe ficara na casa nenhum rastro com que se agarrar, e assegurar-se de que um dia Eucarístico habitou entre eles. Quando Eucarístico içou a vela e o vento anunciou que a sustentaria no espaço engolfada de atrevimento e forma de baleia, elas deram adeus e seguiram para casa. Magnólia continuaria a alimentá-lo. Agora uma comida mais forte, pois diariamente dedicava-se a remar como se no empenho arrastasse o barco de onde ele mesmo o plantara.

Hermengarda não se conformava com que padecesse ele de solidão nas longas noites que se seguiram. Acordava de madrugada querendo descobrir se Eucarístico resistia. O coração sempre lhe respondeu: ainda vive, apenas os fios de barba se desenvolvem. Com o tempo, sobrou-lhe o consolo de imaginar que já escurecendo parasse de remar para recolher as velas.

Fidalga confirmava tais prognósticos pelo modo como olhava Hermengarda passar. Suspeitava-se que o sonho de Fidalga fosse abandonar Santíssimo. Não parecia ali ser o seu pouso. Antes um estábulo onde repousava ao meio de trajeto difícil. Diante de um mapa, embora assomasse aos olhos uma tonalidade verde, não distinguia entre água e terra, terra ainda e espaço, o que ficasse sobrando para ganhar batismo. Confessava a Bonifácio as dificuldades do voo cego, ao comando exclusivo das asas. — E para onde seguirão meus olhos? Havia nela sem se definir uma ansiedade que a projetava aos confins do mundo, onde sonhava construir uma casa no último limite exato da terra com o que já não seria mais um espelho refletor, mas seu perigo. E podia ser de barro, forrada de telhado cor azeitona.

Bonifácio aconselhou cuidados com a saúde. Era tão fácil um resfriado nos obrigar a partir. Ela fechou os olhos medindo no escuro a gratidão. Peregrino parecia indiferente aos projetos da mulher. Não o atraía uma vida dedicada a caramujos e insetos voadores, como a de Fidalga, cuja nostalgia de Assunção, do outro lado do vale, explicava-se. Sua mãe havia nascido ali, perto da ponte de cristal e o teatro Íris. E sonhara com a própria morte entre o cheiro de gado e sua gente, não a tivesse Átila Soares raptado sem ao menos lhe perguntar se a agradava segui-lo.

Átila surpreendeu Eulália no mato em guarda das vacas. Montava ele um alazão e protegia-se com capa de chuva apesar do calor. Tocou devagar as tetas inchadas das vacas, experimentava-lhes a fartura com a boca.

— Assim eu gosto. Magra arrio de lado. Convidou Eulália, cujo nome não sabia ainda dizer, a vir com ele, de outro modo ele e Próstatis, atrás dela, a arrastariam à força.

Eulália obedeceu esperando revolta. Viriam de Assunção praticando justiça. Durante a viagem Átila Soares solou canções ancestrais, imitava o inhambu, pássaro de preferência, e praguejou contra folhas e pedras. Tinha prazer naquela viagem em ofender a natureza.

— Sou de natural bom, ele disse. Após o terceiro dia, Eulália compreendeu que abandonava Assunção por Santíssimo. Próstatis investigava atalhos à frente, farejava o mato, enquanto o vale de Santíssimo, antes planta miúda, ganhava contornos de floresta. Não falou uma única vez. O rosto magro, olhos de bicho que Eulália buscava identificar manuseando rápida a memória para ter de que o acusar um dia. Em Santíssimo, todos os rodearam.

— E a luta, quando começa afinal?

O padre os casou e comeram o bolo depressa. A qualquer momento surgiriam os homens de Assunção enrubescidos pela vergonha e a pressa com que deixaram a casa. Por duas semanas se postaram de vigília, sobretudo nos limites das duas comarcas. Até afrouxarem a atenção, temendo agora que de nada valera o desafio dos dois homens. Especialmente porque às onze horas Átila recolhia-se ao leito e a mulher o aceitava.

Quando Eulália pariu Fidalga, e o nome Fidalga mereceu reprovação de Átila, inconformado de a filha carregar semelhante sina numa cidade com designações elegantes, mas que a mulher exigira: o nome afirma que veio de lá, chegou recado de Assunção: a guerra acabou de começar, e há de durar toda a vida.

Próstatis expunha a mensagem ao sol da manhã, e voltava a exibi-la durante a noite, na esperança de interpretar-lhe o significado. Capaz de repetir as palavras, mas sem saber para onde seguiam, devolveu o bilhete: utilizam os homens agora armas invisíveis para guerrear? Assunção esqueceu de responder. Eulália educava Fidalga de olhos sempre voltados para Assunção, até que Átila, descobrindo a orientação daquele olhar, pediu-lhe que ao menos o desviasse em sua presença. Eulália simulava obediência, logo porém arrastando Fidalga para o mato, ambas se exercitavam no mesmo olhar.

Como Próstatis desenvolvesse teorias sobre a guerra e desprezasse Assunção por dedicar-se a pelejas em que não havia um único rosto humano presente, enviou-lhes cheia de biscoito de araruta uma caixa de papelão, forrada de papel-seda. Rabiscado em cima: NÃO TEM VENENO.

Assunção mandou de volta outro bilhete: deliciosos, mas nada temos a retribuir, uma vez que já lhes remetemos Eulália e Fidalga. Átila padeceu por uma arrogância que não se podia combater. Mas Próstatis sugeria a devolução de Fidalga e Eulália, poupando-os assim das futuras remessas semanais dos seus deliciosos biscoitos de araruta. O olhar de Átila, ferido pelo desassossego de vigiar a família e o gado, viajou pelas entranhas do amigo manchando a todas de mofo. Cuspiu nas mãos, distribuindo saliva mesmo nas unhas.

— Esquece que arrastou Eulália comigo até aqui?
— Mas eu não queria uma briga de biscoito de araruta.

Átila recusava-lhe cumprimento, ainda que Próstatis pedisse desculpas.

— Não vê que a honra de Santíssimo falou mais forte em mim?

Eulália ensinava a Fidalga que estavam as duas ali de passagem, iriam um dia tão distante, que para lá se chegar percorreriam praticamente toda a terra, quando, entre frutas, legumes e repouso, construiriam uma casa, ainda que Assunção se conservasse na memória o único paraíso. Era empenho de Eulália lhe provar estarem as coisas dispersas, e que lhes cabia imitá-las.

— Não olhe, Fidalga. Não é preciso. A gente esbarra na árvore do mesmo modo que esbarra na água.

Diante das frutas sobre a mesa, Fidalga exercitava-se. Fazia por não as enxergar. O berço e a cama formavam idênticos limites, advertira-lhe Eulália. Até que as frutas cedessem à frivolidade que seus olhos iam tecendo com graça. Na cesta pareciam pequenos animais galopando no campo, ou diligentes bordadeiras empenhadas num tapete armado frente à casa.

Átila repreendia Fidalga: — Tudo mentira, sua boba. Você está em Santíssimo, e uma cadeira será sempre cadeira. Ameaçava deixar as duas, sair de casa. Eulália perguntava: — E para onde? Ele fazia com os beiços: por aí. — Por aí, ela dizia. Por aí, ela acrescentando, é só Assunção e nada mais. Átila identificava a ameaça. Não lhe importando que ele se fosse. Ele já não tinha onde se perder senão em Santíssimo, que era como se o tivesse em seu próprio leito. Temia Eulália ensinando a Fidalga o caminho de Assunção, dando-lhe a bênção ao partir para sempre. Ela porém lhe prometeu: não se preocupe, eu não saio daqui por enquanto. E estas palavras obrigaram Átila a ser intensamente feliz durante uma semana. Ao sétimo dia, sucumbiu.

— Você quer uma filha idiota, é isso? A que preço, mulher.

Eulália exigia a filha distraída com as coisas, que era o único modo solitário de amar e estar nelas, como explicou a Átila. Ele ia para o armazém, tomava umas aguardentes, de algum modo refazia o roteiro mental de Eulália, cedia-lhe a intransigência e a educação tortuosa que o cingiram a objetos inanimados e descrições deles exemplares. Fixava-se nas garrafas, copos, todos pousados na prateleira. Mas ainda que acentuasse o ritmo daquele exercício, não acompanhava a segurança de Eulália afirmando a transparência do mundo visível. Não tinha a quem se queixar. Próstatis oferecia-lhe a melhor cadeira do armazém, mesmo sabendo que não lhe podia agradecer o gesto.

Eulália recebia-o com a janta pronta. Ele se dispunha à vingança, capricho que a reduzisse à dor. Prisioneiro, porém, de seus olhos que jamais definiu surpreendendo-os na madrugada a desvendar o teto do quarto, sentava-se à mesa e tinha pena de Fidalga.

— Assim, quem vai querer nossa filha?

Esquecendo a presença de Átila, ela avisava a Fidalga: — Está na hora de dizer boa-noite a Assunção. Iam ao jardim, contentavam-se em olhar as montanhas à distância. Átila sorvia o café, resignado. Não adianta, esta mania um dia nos mata. Fidalga consumia as horas confundindo objetos, cancelando-lhes funções, ainda que o pai corrigisse os exageros que Eulália marcara-lhe na fronte para a distinguir.

— Não é assim, menina, cuidava de Fidalga com igual cautela fazendo amor na cama. — Ah, Eulália, resmungava ele após os corpos arriados. Pela manhã, a mulher iniciava os trabalhos da casa, tratando especialmente das galinhas. Ao seu lado aprendia Fidalga que um ovo podia abandonar a forma original, em Santíssimo considerada imutável, para pleitear outras honras. E que passeando pelo cemitério sempre lhe caberia dispersar-se para ir de encontro às pessoas e objetos. Não havia modo de recompensar-se senão pela abstração. Fidalga absorvia os segredos da distração com ímpeto que deixava os olhos de Eulália brilhantes.

— Que aborrecimento viver em Santíssimo, disse Fidalga afinal a primeira frase de amor. Átila inspecionou norte e sul, assegurando-se de que inimigo algum os delataria. — Ao menos fale baixo. Próstatis imaginava em curso o plano de Eulália de reformar a terra, sabia das estranhas inclinações de Fidalga. Culpando Eulália, especialmente condenava Átila.

— Já foi cabra o macho. Agora, perdeu os colhões.

Não resistindo ao sacrifício de ignorar a verdade, Átila disse entre espasmos: — A quem nossa filha sai, Eulália? Além de distraída, comprida como um varapau?

O pranto de Eulália foi de alegria. Se ao menos os de Santíssimo tivessem conhecido Assunção, o teatro Íris, o armazém Dourado, o Alvarado atravessando o centro da cidade sem deixar umidade nas paredes das casas, a ponte em arco que em nenhum lugar na região se viu forte e larga ao mesmo tempo, sem falar na gente da sua casa, que nem valia empenhar-se em descrevê-la. Não sofresse a condição de exilada, não teria ele ousado formular a pergunta em si um insulto. Culpado era Átila em desconhecer-lhe o passado, a qualidade e espessura do seu sangue, os rostos dos vivos e dos que já partiram, mas de quem herdara feições para as depositar no estranho rosto de Fidalga.

— Ah, os subterrâneos de nossos castelos! Você e Próstatis são os inimigos. Montados em ginetes, jamais aspiraram os nossos prados. Que espécie de futuro você está construindo, Átila?

Enquanto Eulália dissertava sem que Átila lhe prestasse socorro na viagem difícil, mas reconstituída na sala a poder de martelo, prego, memória, instrumentos de escavação, Fidalga começou a dançar, ao som da caixinha de música de alabastro, uma valsinha vienense assoviada nas manhãs de domingo, no cemitério, que em Santíssimo ficava no centro da vila. Aonde quer que se fosse, passava-se por ele. Cisma de Próstatis que jamais apreciou os mortos instalados em Morro Velho, por lhe desgostarem a distância e o vento frio que lá fazia.

Despertaram ao ruído das picaretas. A única praça esburacada, ainda que Próstatis lhes explicasse que estavam os mortos descendo Morro Velho, a virem viver entre eles para sempre. Não houve quem não reagisse. Átila, que se submetia aos seus caprichos, também protestou. De nada valeram os argumentos, Próstatis jurava defender a nova moradia dos mortos. Seguia os trabalhos de perto, ordenou a instalação de bancos de madeira em torno das sepulturas, e canteiros de flores que devessem podar toda semana. Aos que se persignavam doídos pelo convívio tão intenso, Próstatis bania aos gritos do seu território. Quem por ali transitasse, agisse livre, sem culpa, estava abolido o sinal da cruz e outros símbolos transitórios. Não viam que morto se comprazia com pragas e escarros, que outra homenagem o faria sorrir?

Contrariando Átila, que o conclamava a moderar-se, ergueu um coreto e exigiu dos instrumentalistas e execução de alguns dobrados no centro do cemitério, não para ressurgirem os mortos, mas despertar nos vivos a luminosidade dos poentes e o cheiro de café. Próstatis vigilou durante dias, até se tornar hábito em Santíssimo dançar no meio do cemitério entre seus mortos.

— Para que precisaríamos de uma praça? disse ele.

Átila apareceu em casa dois dias depois, disposto a aceitar o que Eulália decidisse. — Sou-lhe grato, por ao menos ficar, ele confessou. Não se conformava em ver Fidalga superando os meninos na sua mesma faixa de idade, além de aquele olhar, a que não bastando Assunção, exigir outra terra sempre condenada. Decidiu-se por administrar-lhe aulas de realidade, como chamava dar nomes corretos às coisas, vê-las instaladas com justiça na natureza e todos de acordo quanto ao que serviam. Não se descuidaria em definir o grau mínimo da dor, para não privar Fidalga da alegria, quando ambas eram de explosão semelhante. Comunicou suas intenções, não pretendia operar sem o consentimento da mulher. Eulália cedeu-lhe Fidalga.

— Se for do destino que passe ela a amar mais esta vida que a Assunção, eu me submeto.

Arrumaram a trouxa, e Eulália os perdeu de vista. Integrar-se à paisagem longínqua de Assunção sempre foi sua força e agonia ao mesmo tempo. Algum dia eles voltariam. Eulália arrumava a casa, cuidava das flores, dedicou-se naqueles dias especialmente a preparar geleias, doces em calda, o caldeirão não parava de ferver, e se deixou ela tosquiar complacente.

Ignorando o roteiro de Átila e Fidalga, aprendeu a perder-se na própria casa, como era do seu agrado. Santíssimo parecia-lhe rincão áspero demais para o memorizar com suavidade. Uma visita ao armazém já a fazia sofrer. Átila sempre a acompanhou. Pretendia ele que ninguém esquecesse sua soberania sobre a casa, os queixumes e as pessoas dentro. Que soubessem afinal que aqueles dois corpos se punham de acordo quanto aos vínculos entre eles. Sozinha, ela reconstituía com abundância os relevos de Assunção, a partir dos quais unicamente orientava-se, para não se perder nas modestas ruas e sobrados de Santíssimo. Descobrira Eulália que lhe bastava alimentar o equívoco de se pensar andando por Assunção, para alcançar com destreza o armazém de Bonifácio.

Debruçava-se sobre as águas do Alvarado sabendo que vinham de viagem que não lhe cabia imitar. Elas haviam passado debaixo da ponte, motivo de arabescos e sonhos seus, molhando as terras sem jamais ferirem Assunção com húmus ingrato. Aos domingos, sua família em vez de ir à missa assumia através da arrogância o compromisso de deter o curso das águas. Não passavam de sua porta, filtrada por rede de onde os peixes sim escapavam, um açude feito de sopro, gravetos e fios de lã. Desde pequena ocupava-se Eulália com feitiços desmanchados à noite, para aliviar o sono. Pelas manhãs, ardendo em febre, colhia frutas verdes com o propósito de amadurecê-las com brilho e calor das mãos. O mesmo estigma ainda alcançaria Fidalga, magra e alta como um homem, de calças compridas, botas, pronta para uma caçada que lhe ensinou existir dentro do próprio corpo, ao mesmo tempo que lhe prometera o melhor em Santíssimo.

Quando não havia mais o que fazer, eles regressaram extenuados. Eulália olhou Fidalga descobrindo se bastaram aqueles dias para a transformar, se fora em vão o seu empenho, revelara-se Santíssimo a vocação da filha. Fidalga parecia feliz. Abraçou a mãe.

— Que tarde esplendorosa! Recebi no peito os ventos de Assunção, com gosto de sal. E despejou sobre a mesa o material daquela viagem pela natureza, viagem tão íntima, reconhecia Eulália agora, pois lhe trazia o que sempre aguardou de Fidalga: espinhas secas de peixe, casinha de marimbondo, retalho de brim vermelho, uma verruma, um tamarindo, a espora de prata.

Átila pediu café e aguardou os anos passarem. A única mudança causada pela viagem foi reconciliar-se com Próstatis, embora não dividisse com ele as estranhas terras presentes em sua casa, de contornos porém desvanecidos, mesmo para ele que sorvia as lições na fonte. Evitava-se aliás discutir as desditas de Átila Soares, em razão de Eulália e Fidalga, cujas palavras e atos fustigavam a realidade com pequena alavanca e chicote. Próstatis inquiria simplesmente pela saúde da família, coisa de dever, jamais trabalho mesquinho da sua curiosidade.

Estava Fidalga em idade de casar, quando o rio cresceu ameaçando Santíssimo. Naqueles dias suspenderam visitas aos prados, cemitério, e não levaram para casa as flores coloridas com que enfeitarem os vasos. Eulália ficou só, comemorando o rugir das águas.

— Já lhe disse acaso que não pretendo repousar meu corpo nestas terras, disse ela.

— Se não for enterrada em Santíssimo, também não te mando para Assunção. Fica ao desabrigo, para os bichos comerem, ameaçou ofendido por esquivar-se ela em ficar ao seu lado, quando morresse também.

— Não sendo Assunção, jamais Santíssimo. Beijou Átila na testa, a Fidalga também. Ia ao armazém, que não a acompanhassem. Desta vez pretendia alcançar o destino sem falhas. De tal modo reconstituíra Assunção que podia agora percorrer Santíssimo unicamente orientada pelo rigor dos contrários. Pelo jeito de andar, não tinha pressa. Chovia menos que no início da semana. Cumprimentava com generosidade, quase sempre repetindo o aceno de cabeça. Chamou Peregrino, que acompanhava o pai.

— Você vai conseguir sim, mas Fidalga tem que ir junto.

Com a mão no ombro de Próstatis analisou-lhe o rosto como não tivera tempo naqueles anos, para descobrir com que bicho sua cara se parecia. Um esforço traduzido em rugas, senhas e piscar de olhos, de quem não alcançava a imagem desejada.

Próstatis consentiu na escavação, trabalho das patas de Eulália. Ofertava-se como modelo, para ela trazer-lhe a experiência adquirida em Assunção. Suas desavenças eram antigas, ambos se nutriam de trajetos encolhidos na casca de um caracol. A limpidez de Eulália despertava-lhe o intraduzível mistério de Assunção, que não se deixava desenhar pelas manchas de mofo nas paredes, mas que ela aceitava representar com zelo, mistério sim, prestes a desvendar-se, para que ele entre espantos e confidências descrevesse os inimigos, pudesse provar-lhes o quanto valera a luta que jamais saiu do campo das cogitações, fantasias, e uma verborragia derramada do pote como leite.

— Já sei, cara de urubu. Esperou que Próstatis se desfizesse do elmo, a lança, a armadura. Aceitasse os atritos do animal com que ela o vestia. E para não hesitar ele quanto à própria sorte, disse:

— Antes do amanhecer, eu estarei aquecendo o teu estômago.

Próstatis afastou pedras, gravetos, o filho, e que não voltasse ao campo de honra nas próximas horas, assegurando-se da solidão indispensável. Tomou os mesmos cuidados de Eulália, para ficarem sós. E poder dizer, sem Átila vir a saber:

— Você ainda comerá meus restos. Esqueceu que Assunção se alimenta dos biscoitos e da carne apodrecida de Santíssimo?

— Quer apostar quem vai morrer primeiro? disse ela rindo. Ele a acompanhou no riso, sabendo-se vencedor. Eulália dirigiu-se ao rio. — Pena que as águas não subam para Assunção. Felizmente, não ficam também em Santíssimo.

E sem que Próstatis a pudesse salvar, a menos que se decidisse morrer, para nenhum sair vencedor, o corpo de Eulália que se havia atirado ao Alvarado soçobrava entre as águas. Fidalga lamentou a morte da mãe com extrema delicadeza, como lhe ensinara Eulália a presenciar os objetos desmoronarem-se sem os considerar perdidos.

— E não foi sempre tão discreto o tempero da sua sopa? disse Fidalga organizando a roupa da mãe, para ela encontrar a fragrância de jasmim em seus pertences, ao voltar novamente à casa. Átila sentia-se pronto a morrer, agora que se lhe fora a sombra de Eulália, cujo corpo alcançara nos últimos anos a transparência. As águas jamais lhe devolveram o que restou da mulher. Olhava Assunção todas as noites, buscando manter com fidelidade as feições que ainda lhe ficaram de Eulália na memória.

Santíssimo tinha hábito de morrer em silêncio. E não variara nos últimos quarenta anos o modo de nascer, desde que Ofélia começou a recolher à porta do ventre os vagidos iniciais da gente dali. Piedoso tocava corneta controlando ao mesmo tempo os quatro animais amarrados à charrete, onde se instalava Ofélia julgando-se ainda no leito marroquino a mastigar. O estofamento e a capota da charrete, bordados por Emília, empenhada sempre em aplicar maior número de cores no mais reduzido espaço, formavam verdadeiro arco-íris. Esta policrômica nostalgia aliás se explicava pelo fato de Emília ser a primeira a enxergar em uma grande família de cegos.

Próstatis não escondia seu orgulho por uma raça que ao nascer logo se dedicava à escuridão. Cingidos à fatalidade de jamais enxergarem, por toda parte vagando com rostos encapuzados, para que os apreciassem sem lhes notar as pupilas sem rumo. Fidalga enviava-lhes flores em homenagem ao incandescente modo com que ainda, privando da terra firmemente, se haviam dispersado dali. Jamais agradeceram, porque o orgulho os sentenciara a aceitarem galanteios sem lhes investigar a origem. Entre eles o hábito da cegueira era sólido, alimentava-se de grandes côdeas de pão.

Trazendo-os à vida, Ofélia vendava-os para impedir que filtro de luz os ferisse. E passando do leite ao vinho, cobriam-se suas cabeças de capuzes brancos, com que venciam a existência até a hora do enterro. Assim agira Ofélia com Emília, pois nada a distinguira inicialmente. Apenas na puberdade os seios se aproximaram muito de perto dos limões, que se converteriam em laranjas espanholas decorridos dois anos.

Mariano acompanhava Emília a arrastar-se pelas paredes com a tesoura tremendo-lhe às mãos. Tinha febre nesses dias, ofuscado pela visão dos limões cuja acidez e tonalidade verde despertavam-lhe o estômago, bexiga, o sexo. Censata o aconselhava curar-se no Alvarado de um mal que não se explicava. Ele preferia perseguir Emília, atraído pelas hesitações daquele corpo contra um mundo sem luz. Chegava a esquecer de arear a tesoura, que constituiu sempre sua preocupação matinal. Não saberia dizer em que instante lhe puseram tesoura e navalha nos dedos, para ganhar a vida. Exercitou-se primeiro com anéis, como meio de se tornar mestre. Atapetava as pequenas falanges com aros de prata e cipó, construídos especialmente para se desfazerem de tanto ele abrir e fechar a porta da barbearia. Não se sentiu adestrado enquanto não se enrijeceu a pele mediante este tratamento, que lhe impedia a circulação, mas o obrigava a combater pela vida.

O amor pelos sendeiros que ia construindo em cabeleiras anônimas chegou depois. Bastava-lhe o exame de um único fio de cabelo, para aplicar-lhe tratamento que o fizesse crescer. E o fato de conviver auspiciosamente com a própria vocação ao longo de todo mês incitava-o à arrogância de mirar-se ao espelho: quem melhor que eu? Quando não ouvia ruído de porta batendo, ou o vento se infiltrando pela janela, ia para casa dormir com desvelo. Emília foi a primeira ameaça ao sono, pelo que lhe tremiam os dedos. Se lhe censuravam o desbaste contra madeixas cultivadas por mais de quinze anos, e com absoluta ausência da caridade, pois jamais o viram chorar diante dos cabelos que se encarregava o vento de espalhar, ele pensava quem responde pelo crime senão Emília.

Ela catava árvores em que depositar o suor das mãos e a leve inclinação do capuz, para prosseguir. Sua família sempre exigiu dos seus membros a deserção total. Não estavam os cegos autorizados a ouvirem descrições, ou se apropriarem de objetos que de nada lhes servissem, e cujas formas terminantemente rechaçavam. Mariano acompanhava no relógio a brevidade da vida de um limão. Bastava um inverno, ou menos de quinze minutos, para se porem amargos e intransigentes.

Jamais vira Emília um vegetal arfar e encostar-se a ela. A primeira árvore em que surpreendeu flacidez e nódulos semelhantes aos seus, quando se banhava. Ia arranhando aquelas formas com a volúpia que lhe viram muito depois, sempre que se persignava. Como a natureza é voluntariosa, pensou ela sentindo a alegria que lhe explicou o avô ser em tudo parecida ao vapor de um barco movido a carvão. Mariano movia-se ao fulgor das linhas retas que Emília lhe traçava no ventre, prosseguindo pelas coxas, cujos músculos distendidos fizeram ela recuar passos atrás. Excitado pela carne cega, ele a trouxe de novo ao peito, acariciava-lhe os seios movido pelo torpor de uma acidez que ainda não provara. A ganância dos galhos sugando-lhe o peito extraiu de Emília um som oco que esbarrava contra o capuz, de que logo se livrou, para registrar os baços olhos de Mariano a sorver através do vestido o sumo dos limões, e o levar previdente para casa. Os exagerados pelos de Mariano no peito, o sexo explodido, e seus lábios que se gretavam antes de lhe esbagaçar os seios, não a assustavam porém. Ao contrário, ria dos objetos em torno, que não sabia classificar e que, sem ganharem nomes, se tornavam tão cegos quanto ela.

Mariano trancou-se na barbearia temendo as consequências de um ato que alterara temporariamente o estado de uma cega, a ponto de fazê-la crer que podia enxergar. E uma cega voluptuosa, cujas narinas se dilatavam para lhe negar o prazer. Ainda que o convidassem a passear pelo cemitério, Mariano se recusava deixar a barbearia. Alegando cansaço, musculatura tensa, traziam-lhe o alimento. Não podia naqueles dias atender a clientela, trabalho delicado e nervoso como o seu, exigia concentração, qualquer descuido tinha ele o dom de matar.

Quinta-feira ela lhe surgiu sem capuz. Viu-lhe os olhos verdes, quando Emília se acomodou na única cadeira da barbearia. Distribuindo rancor junto à respiração, para ele acreditar que enxergava mesmo em seu estado de cega. Não determinou porém o tempo da luta, alguns minutos, ou três horas. Ele tudo fez para Emília capitular. Oferecia-lhe objetos traçando rumos sinuosos, que ela devolvia em linha reta. Uma vitória que ele não podia porém levar em conta. O fato de se haver encarcerado na barbearia permitiu sem dúvida que Emília providenciasse novas armas e acumulasse informações sobre os objetos pousados sempre nas mesmas prateleiras. Ela porém piscava as pestanas e as dirigia a pontos diversos, para ele compreender que lhe cabia agora criticar a cor de parede da barbearia, assim como o estofamento daquela única cadeira. Mariano resignou-se a comunicar-lhe que se vedava o ingresso de mulheres naquele salão, ainda que pudessem elas apontar com os dedos as manchas de tinta do teto. E se tinha Emília algum segredo a comunicar-lhe, pedia que respeitasse a solidão em que vivia ali. Elegera o claustro uma temporada, por problemas do estômago.

O olhar de Emília rejeitava condições, afirmava que haveria Mariano de lhe obedecer até o final dos seus dias. Para desviar-lhe a atenção, ele interpelou sobre a atmosfera, não sentia mais calor naquela estação? Com o prestígio da visão, transmitiu-lhe Emília que jamais contasse com palavras suas para aliviar-se, ou ficar novamente de pé. Ele afiou a navalha contra o couro estirado, preparou o sabão de barba na tigela com monograma desconhecido, a toalha fervendo, e a aceitou como varão.

Após espalhar o creme pelo rosto, obrigou-a a sentir a navalha contra a pele, antes de raspar-lhe a penugem. Emília consentiu nos preparativos, pelo prazer de lhe torcer o pulso e voltar o fio da navalha alemã ao seu rosto, e atraí-lo para ele lamber o creme com que a regalou, até não sobrar qualquer vestígio. Nesta noite mesmo, Emília devotou-se ao bordado, para o retomar nas manhãs seguintes, e com tanta persistência que chegou a esquecer que fora cega e vivia cercada de criaturas privadas da luz.

Sempre que avançavam as horas, e vinha a noite como serpente em seus pés molhados pelo suor, Emília ia elegendo cores alarmantes da sua cesta, e trazia ao peito o bastidor de madeira, a agulha, como se tudo lhe fugisse. E ainda que a aconselhassem a usufruir algumas horas próxima às flores do cemitério, conservando alguns hábitos de cega, a contração contínua dos olhos por exemplo, expulsava a tudo do seu mundo de fios, algodão, seda, formigas desenhadas, sempre minucioso.

Ofélia adornava-se com os progressos de Emília. Desde a própria roupa às almofadas, cortinas, colchas, cobertores, toalhas de cama e mesa. Embora Emília se desculpasse continuamente por falhas invisíveis a olho nu. O sonho a induzira ao erro, confessava. Para perdoar-lhe os antagonismos, Ofélia encarregava Piedoso de substituí-la nas respostas. Então Emília regressava à casa com a bolsa de crochê debaixo do braço. Mariano provocava-lhe o cumprimento, mas adotando hábitos de cega, ela esbarrava contra árvores, muros, para o sentenciar.

Às quartas-feiras arrastava pai, irmãos, sobrinhos, todos cegos, à barbearia, pelo prazer de os ver perfumados e com pelo curto. Mariano os recebia fazendo parte da família. Depositavam sobre ele palavras expressando orgulho quanto à organização existente entre os cegos. Ela fazia questão de pagar, sabendo que Mariano jamais aceitou as moedas abandonadas no balcão. Ele as colocava de volta no bolso do seu avental, de onde saltavam alguns fios amarelos, enquanto simulava ela não enxergar semelhante gesto, pelo fato da sua cegueira e ira, que a faziam deixar a barbearia sem o cumprimentar, do mesmo modo como entrara.

Ofélia não recordava as privações iniciais de Emília. Entregue porém à tarefa de depositar-lhe aos pés as memórias da vida sobre as quais não pudera ela concentrar-se em tempo, cuidava Piedoso de moderar a velocidade dos cavalos atravessando o mato. Havia Ofélia deixado escapar certo gesto que traduziu Piedoso como sua mais eloquente frase, razão de a repetir sempre como se a própria Ofélia a concebesse diariamente: tenho pressa, Piedoso, de outro modo o mundo cresce sem que eu esteja presente. Entretida no sábado de Carnaval com uma panela de canjica, pediu-lhe Piedoso que repetisse as mesmas palavras conservando porém igual sabor de novidade. Ela resguardou-se com delicadeza batendo pestana três vezes, acusando-o quem sabe de inventar o que não teria sozinha forjado. Ele chicoteava os animais. Não era fácil vencer distâncias, pelo peso de Ofélia.

Chamado às pressas à casa de Ofélia, menino ainda, a mãe pediu: vê se agrada, te mandam para a cozinha, e é um prato menos aqui. O pai passava as tardes pescando, anzol esticado, as minhocas alvoroçadas na latinha de marmelada.

— Posso pescar também?

— Quer peixe que vem de Assunção, ou que sobe para Assunção? disse o pai.

— Que vai para Assunção.

— Ah, seu bobo, aqui a água vem toda de Assunção. Não há jeito de consertar isto.

Recordava-lhe que fora em agosto. De nada serviu vestir a melhor roupa. Quando olhou Ofélia, para nunca mais afastar os olhos, a chuva daquele mês lhe havia inutilizado o traje. As tias indicaram-lhe o galpão de fora, para ele dormir. Não tinham hábito de hospedar homem na casa, ainda que garoto. Bastou ele crescer, ultrapassando os centímetros da cama, para o transferirem à despensa ao lado da cozinha, e os mantimentos o substituíram no galpão. Não lhe deixaram porém engordar junto com Ofélia. Aquela singularidade reservava-se para Ofélia, por tudo a flor de estimação da casa. Entre espanto e admiração, presenciava aquele tumulto hormonal, não cessando a boca de mastigar comida suficiente para alimentar algumas famílias do Santíssimo.

As tias eram discretas. Recomendavam-lhe alimentação saudável e olhos límpidos já pelas manhãs. Traziam-lhe Ofélia para fixar-se na sobrinha três horas diárias. À medida que lhe viam os olhos capazes de se prender a um objeto sem piscarem em demasia, o foram reservando exclusivamente à contemplação, até se habilitar Piedoso a interpretar cada expressão aflorando em Ofélia. Não trocavam entre si palavras, limitando-se Ofélia a ouvir. E pelo modo morno de atirar-se às poltronas, ela mal suportava a fadiga da atmosfera, compreendeu Piedoso que jamais deixaria aquela casa. Viver ao seu lado seria acordar acumulando hábitos desperdiçados em jornadas seguintes.

A princípio, o mistério de Ofélia concentrava-se na gordura. Sem levar em conta o fato de colaborar ela habilmente com animais em parto. Porém as batidas de Próstatis na porta obrigaram-no a acompanhá-la até Angélica, pronta a parir. O suor da mulher alagava os lençóis e Ofélia ia torcendo as pontas, para aproveitar a água em benefício da doente. Compreendeu que não se resumia a pretensão de Ofélia meter a mão pela vagina de Angélica e trazer à terra aquela coisa envolta em sangue, inicialmente muda, logo atormentada pelas pancadas. Mas controlar os ventres de Santíssimo antes que se depositassem neles sementes da criação. A sua lealdade por quem lhe explicava um mundo que não teria tido forças de seguir, ou agarrar, não o tivesse Ofélia indicado com o dedo para ficar ao seu lado, atingiu extremadas manifestações.

Incorporou-se a Ofélia destituído de vontade de fugir, ainda que lhe deixassem janelas abertas e o verão fosse ardente. Ela o presenteou com a corneta há muito se arrastando da gaveta à caixa de veludo, para destronar seguranças sonoras e paredes espessas. Já não havia no bocal vestígios da saliva de quem a assoprou por último. Ao alvorecer, Piedoso esfregava a corneta com flanela na esperança de alcançar um brilho que o metal cedia quarenta e cinco minutos mais tarde. Ele surgia na sala pedindo desculpas pelo atraso. Quando se despediam às oito da noite, seu olhar se fazia distraído para as tias e Ofélia não lhe surpreenderem a intensidade que se acumulou durante a luz do dia.

Pertencia a Ofélia o último gesto antes de dormirem, mobilizava o dedo mindinho, com que todos sorriam. A casa se esvaziava, pareciam os móveis saltar janelas, unicamente a cama marroquina de Ofélia era irremovível. Liberado para erguer-se durante a madrugada, e sem causar suspeitas, agia Piedoso às vezes como inimigo, traçando planos jamais partilhados com as pessoas da casa. Para Ofélia adivinhar-lhe a peleja interior, sua índole de voar e aniquilar-se na ascensão, usufruindo da intensidade desta ameaça. Mas, não lhe reconhecendo ela o jogo, guardava a corneta na caixa fabricada por Eucarístico Nóbrega ao lado do travesseiro, e cuidava de sonhar.

Estimava-se em cento e noventa quilos o peso de Ofélia. Pelo corpo inflado e a gordura em sanfona se suporiam duzentos e dez. Como a balança de Bonifácio recusava animal superior a dez arrobas, restavam sobre Ofélia intrigas e divagações, ainda que Assunção lhes mandasse bilhete de leitura difícil, redigido em papel-carbono: mandem-nos Ofélia e o jumento mais pio de Santíssimo, ambos cabem em nossa balança de carga superior a trezentos quilos.

Jamais se pediu que ela se deixasse medir. Marcavam-lhe cintura e ancas na retina, e trasladavam depressa para casa as imaginárias medidas aplicando-as sobre um móvel, ou à mais formosa vaca do curral. E unicamente não acertavam, porque não conseguiam harmonizar um julgamento com o outro.

— Ela é um tronco de manejo impossível na cama, disse Respaldo. Piedoso pediu informações. Se estivesse a falar do Alvarado, compreendia que cedesse exageradas dimensões às águas, caso contrário exigia desculpas. Respaldo retratou-se. Sucumbira por instantes a uma visão realista, sempre má conselheira, que buscava combater nos passeios que felizmente jamais o arrastaram à fronteira de Assunção.

As tias orgulhavam-se da generosa reprodução daquela carne. Uma célula contaminada pela multiplicação, responsável pela alegria com que abriam janelas pelas manhãs, deixando o sol entrar. Embora impedissem Ofélia de se olhar ao espelho, a pretexto de que estando todos da casa sob o signo da esperança podiam dispensar superfícies propícias às reflexões.

— Nós nos bastamos, disse Filomena, com uma coalhada na mão. Piedoso se encarregou de divulgar o desprezo da família por qualquer cristal, de transparência sempre insensível, para que tomassem providências. Tanto que visitando Ofélia salas, quartos, por força dos partos, ou passando rente a uma janela aberta, corriam todos a cobrir os espelhos com panos, ou papel crepom.

Passaram as tias a empenhar o cotidiano na tentativa de engordarem Ofélia, destino que seduzia as mulheres delicadas, a partir do instante em que sua mãe amanheceu febril, na semana que se pedia chuva e as águas retardavam de tal modo, que se chegou a pensar em pedir socorro a Assunção. Próstatis advertiu:

— Morremos todos ao mesmo tempo, mas Assunção descobrirá nossa desgraça pela catinga.

Já no início da agonia, a mãe chamou as duas irmãs. — Preparem-se para a minha despedida! Ofélia é um presente mimoso, sei que vocês apreciam!

Hermengarda e Filomena não perderam tempo. Dispunham de poucas horas para os rituais da morte, que não deviam faltar, agora que lhes fugia a irmã para sempre. Fechadas as janelas, comemoravam entre soluços sua perda. Fizeram-lhe chá de erva, mediram-lhe a febre, ora com a testa de Hermengarda, o pulso de Filomena, e a bunda colorida ainda de Ofélia. Detectavam erro grassando pelo corpo, e que lhes fora ocultado. Balançando a cabeça, a doente as censurou.

— Esta é a doença dos vivos, um dia vocês respeitarão.

Ajoelhadas ao lado do leito, corriam o rosário pelos dedos. Apesar da cautela com que manipulavam as contas, algumas lhes saltavam e logo eram varridas para debaixo do armário. A irmã não suportava que lhe dificultassem a respiração com os mimos excessivos. Pedia-lhes que a deixassem sozinha aquela noite, sem dúvida a última na casa. Repouso e silêncio a conduziriam ao destino certo. Confissão que despertou em Filomena e Hermengarda desespero no peito, uma aliviava a outra socando as mamas com os punhos cerrados.

Na noite de transição, Ofélia foi dormir na despensa. E para se distrair da dor, Filomena dedicou-se ao canto. Hermengarda não lhe criticou a decisão, unicamente o repertório. Desconfiava de como ia selecionando as notas baixas, tão diferente dela que se inclinou sempre às oitavas. Hermengarda apreciava hinos, sacros e militares. Filomena defendia cantigas de ninar. Vararam a madrugada na disputa pelas músicas de sua preferência, o que as obrigou a severa concentração.

Pela manhã, marcharam ao quarto, com Ofélia vestida de anjo, algumas velas e o breviário. Surpreenderam-se com a cama vazia, pela janela aberta ingressava um vento forte anunciando chuva. Sobre o travesseiro o bilhete preso com alfinete francês de segurar chapéu, encontrado na gaveta em certo agosto, sem que explicassem sua origem, pois passeava Iabeshab ainda pelo mar Vermelho. A caligrafia da irmã, que pela dificuldade de escrever desenhava as letras com a perfeição que se veria mais tarde nos bordados de Emília, afirmava: a maquininha dele é infernal, além de cortar o tabaco, seleciona as impurezas, vai apertando o fumo no papel e o enrola do mesmo modo como aperta as minhas coxas quando diz me amar: vou morrer ao seu lado, mas de tanto suspiro.

Hermengarda aperfeiçoava-se na comida apimentada, que tinha mérito de despertar apetite, os caramelados, os espessos mingaus, em que se mergulhava a colher com dificuldade, os litros de groselha substituindo a água, para que não deixasse Ofélia de alcançar as marcas estabelecidas para cada estação do ano. Em defesa da causa comum, as tias lhe iam cedendo o privilégio de trafegar pelas veredas e ser admirada.

Pelos seus cálculos, atingiria os duzentos e setenta quilos no próximo triênio, pois eram de ambição ilimitada, tratando-se da sobrinha. Nervosa, Filomena parecia perder a voz:

— Estaremos vivas para participar deste milagre? Temiam Ofélia adelgaçando de repente, sem perceberem o início da doença, e impedi-la, uma vez que aquele impenetrável bloco de carne não lhes concedia perfeita análise crítica. Para tranquilizar-se, Filomena alisava-lhe o corpo balofo de olhos fechados, abrindo-os ao sentir que nenhum centímetro da graxa cedera à massagem dos dedos. Apurava em afundar-se nas inevitáveis crateras que a carne de Ofélia lhe oferecia, do mesmo modo com que descascava batatas visando bolas de bilhar em que se passava cera.

Ofélia continuava indiferente aos caprichos manuais da tia. Não sentia as mãos indo por debaixo das axilas, ou cortejando-lhe as coxas, que se assavam às vezes, apesar de armarem ali uma trincheira com algodão e penas de ganso. Era-lhe difícil seguramente controlar o corpo pela sua exagerada extensão, tanto que lhe inflamando um dedo do pé, jamais a dor lhe chegou à consciência, ficava a meio do caminho. Se não se enternecia com a tia, acrescentando-lhe galanteios que teria Filomena exibido à janela, também não a maltratava. Nos últimos meses a vestiam de amarelo. Uma papoula, disse Filomena para arejar a sala. Dentro de casa mesmo, Ofélia teimava em abrir a sombrinha, talvez desconfiada dos trovões, chuvas, intermitentes invasões do sol. Filomena angustiava-se que esgotasse tais reservas segurando a sombrinha, que também lhe podia servir de bengala, quando se pusesse de pé.

— Posso brincar com ela?

Cedia-lhe a sombrinha. Filomena logo se cansava, eram seus braços finos como pés de rã. Hermengarda acompanhava as evoluções. Jamais exigiu de Ofélia devoção por tarefa que não fosse sua, ou que dispensasse o socorro de Piedoso para falar. Bastava simples gesto seu, e estendia-se entre elas rica colcha de retalho. Também temia Ofélia boiando no Alvarado, tranquila como no leito marroquino, levando-a a corrente para longe. Ou que uma rajada de vento a atraísse para um galho, e a confundissem com melancia, jaca, ou o sino, de que se orgulhavam em Santíssimo. Ofélia felizmente não era sonora, apaziguava-se com propriedade de concha recolhida, apesar do sorriso distante e da capacidade que lhe surpreendiam, ambos devidos ao intenso pensamento que lhe boiava nas vísceras.

Apesar de as tias se esforçarem, esqueciam de cumprimentar Justo, esquivo a vencer corredores. Hermengarda levava-lhe a comida, e recolhia o prato a que tinha direito como marido de Ofélia, surpreendendo-o a cultivar as unhas das falanges, para melhor trabalhar a palha. Tinham reputação as suas cestas. Abrigavam pão, roupas, novelos de lã, crianças recém-nascidas. As formas variavam desde o perfil de um eclesiástico a uma árvore esbanjando frutas. Nem sempre foi assim. Copiava o beija-flor, e saía-lhe um véu de noiva, para desgosto seu. Pois esgotava criatividade no ato de pensar, esquecendo os dedos dentro dos bolsos da calça. A harmonia começou a contemplá-lo com o enrijecimento das unhas. Esquecia de fazer a barba, mudar a roupa, ansioso em não perder a evolução daquelas unhas que pareciam agora alicate, prego, martelo e serrote.

No armazém, as cestas tinham comprador certo. Peregrino aceitava que Bonifácio o homenageasse indicando-lhe as favoritas. Algumas voltavam de onde haviam saído. Com frutas, batatas, quartilhos de carne abatida, que Peregrino enviava a Ofélia na primeira terça-feira do mês, ou em dias de enterro. As outras reservando para o milho que debulhava ao anoitecer. Fidalga apreciava o atrito de duas espigas douradas, trazendo-lhe velas acesas em vez do café que lhe fazia falta.

Ela baixava à terra uma única vez ao dia fervendo os seis ovos matinais de Peregrino. Ofício que correspondia a avançar por um istmo sufocado por plantas rasteiras, cujas raízes cortejava para alcançar o extremo do território, de encontro à casa planejada por Eulália. Jamais recorreu ao Patek Philippe, de Próstatis, para provar o quanto se afinara a intuição com a exata ebulição dos ovos. Aquele instrumento sensível colado ao ouvido para detectar o tempo fascinava-a pelo ruído sistemático e nervoso, de criatura engasgada.

Não podia falhar. Habituara Peregrino àquela única espécie de perfeição. Eulália a estimulava diretamente do rio. Os olhos do marido sempre brilharam decepando as cabeças dos ovos. Nada existia de mais profundo entre eles que este acerto matutino. Próstatis não se condoía com o esforço de Fidalga em ancorar ao menos cinco minutos diários na terra, que era Santíssimo. Inicialmente buscara impedir a cerimônia dos ovos, que bania da casa os que não a seguissem de perto. Angélica porém o enrolara de fitas, de que não se escapava, só pelo olhar. Acusava-o de trazer espuma cinzenta aos cantos da boca, sempre que vociferava, sem falar nos olhos alvoroçados pelo vento. Pois o descrevia assim, para provar-lhe a doença. Próstatis se defendia acusando-a de perfídia. Que o quisesse matar pelos ovos sagrados de Fidalga. Chamou o Dr. Floriano, para lhe testar a vida.

— Se já não vale mais, a gente joga fora.

O doutor pediu paciência. Não via como ceder a Angélica e Próstatis ao mesmo tempo. Ciência delicada como a sua requeria transcendência. Próstatis condenou a abstração, que já os fizera perder Eulália, Fidalga, o próprio Átila Soares. Recusou submeter-se aos exames pedidos. Sem desistir de curar-se porém.

— Force Angélica a reconhecer que estou bom, disse ele. Floriano suplicava-lhe com os olhos. Angélica disse: como posso curar quem precisa mais que paliativos, bondade e frutas sadias?

— Vamos, doutor, peça um exame difícil e eu me submeto, só para calar esta mulher.

Suspeitou Floriano que o mal tivesse origem intestinal. Melhor examinar-lhe o ânus, foco permanente de hemorroidas. Gente de gênio difícil e poder ilimitado entregava-se facilmente a esta doença, acrescentou Floriano sorrindo. Próstatis consentiu que o examinasse na manhã seguinte. Precisava uma noite inteira ao menos para acostumar-se à ideia de Floriano enfiar-lhe o dedo cu adentro.

Lavando o rosto na tina de porcelana, Floriano recebeu o bilhete: Assunção carece de salvador, quem mais senão vossa senhoria. Floriano quis pedir-lhe perdão, expressar sentimentos exaltados. Não passou da porta de entrada. Fidalga aceitou que lhe beijasse a mão, causando-lhe na pele aquele beijo o mesmo arrepio de quando se entretinha com caramujos, sempre ofuscada pela brevidade do rastro.

Próstatis imaginou Floriano de joelhos, chapéu na mão. Sentia prazer em puni-lo pelas dores padecidas durante a noite. Em defesa de Floriano, Fidalga propôs-lhe abstrações, olores de matos, e as joviais correntes do Alvarado. Ele pediu que fosse breve em seu poder de dispersar-se. Lambia o café no pires como gato, fazendo barulho, a bexiga retraindo-se, uma reação automática sempre que passava a língua por superfícies lisas, ou ligeiramente granuladas. Fidalga acusava a casa de abrigar exagerado número de objetos, que ela mesma havia trazido. Próstatis adotava o rosto de Fidalga, as contorções de quem vagava por um mundo inútil, para prolongar por tempo indeterminado a luta que Eulália apressadamente decidiu interromper.

Floriano tinha esperança de continuar em Santíssimo. Não via razão de partir por ter apenas desejado enfiar o dedo pelo rabo de Próstatis. Enxergava-se do caramanchão o Alvarado à distância. Empolgada com o ciclo de doenças que tocara à casa viver, Fidalga defendia o valor medicinal das águas do rio recolhidas às três e quinze da manhã, junto ao rochedo Flagelo, desde que não tremesse a mão espargindo neblina e gotas. Brincava com o botão até cair ao solo. Apesar de reverberação do sol, Floriano seguiu-lhe a trajetória.

Armou em casa sua defesa. Espalhou avisos pedindo socorro: me amarrem à cadeira e fico aqui até morrer. Portas e janelas abertas, Floriano tomava café para não dormir. A cada ruído ia ver se lhe traziam cadeira e corda. Censata cruzou-lhe a porta algumas vezes, de mãos vazias, fingindo não o conhecer. Há muito lhe exibia estima precária. Rezava para ela adoecer, vir-lhe à casa de pires angariar moedas, ou a desfilar rosário entre dedos. Só para saber que eu existo. Ela porém reagia forte como um búfalo.

Respaldo interrompeu mais cedo os devaneios com as tainhas do Alvarado, em cujo convívio levava às últimas consequências o hábito de meditar, e para provar a Floriano que ninguém em Santíssimo se prestaria a atá-lo a um móvel de quatro pés, sempre um deles prestes a quebrar-se.

— Por que você não faz o serviço?

— Meus dedos tremem, disse, incentivando-o a partir. Afinal, sarampo, catapora, cólica renal não eram doenças sérias. Curavam-se por si. E barriga furada não se devia coser, o inimigo apressava-se em abrir de novo.

Floriano chegou a Santíssimo por descuido. Ainda que lhe falassem da cidade, que merecera do bispo a bênção e um tênue sorriso, jamais acreditou que existia. Não se aventuraria a procurá-la, se o burro não o trouxesse de orelhas baixas, disfarçando o novo roteiro que lhe propunha, mas que o afastava de Assunção. Desmontou o animal procurando o armazém Dourado, o teatro Íris, sem que lhe esclarecessem seus paradeiros, ou o expulsassem dali.

— Acaso me atrasei tanto na viagem, que Assunção já não existe? disse. Bonifácio confirmou-lhe a doença, coisas surgindo para desvanecerem em seguida, de acordo com a temperatura no topo das árvores. Mas Censata lhe sugeriu buscar Assunção no sonho, como se desvendavam os segredos à força de partir para longe. Só na procissão de Corpus Christi ele viu escrito SANTÍSSIMO no estandarte conduzido por Peregrino e Próstatis, à frente do cortejo.

Habituou-se a viver ali com Assunção diante dos olhos. Sem recorrer a Eulália para lhe confirmar os sonhos, inventou o teatro Íris, o armazém Dourado, do qual instintivamente eliminou a balança. Aceitava cuidar de doenças triviais, cariar dentes, vacinar o gado, e que o afugentassem na hora de parto e morte certa. Admitir Peregrino e Ofélia tornou-lhe a vida confortável, até a doença de Próstatis. Nenhuma mulher o quis como marido, e era-lhes grato agora. Além de tomar café a qualquer hora da madrugada, derrubando panelas e pratos, ocupava sozinho a cama após voltar da casa de Iluminura.

Ela o recebeu de preto e as putas velhas de roxo, expressando sentimentos que o incitavam a ficar. Iluminura o desiludiu. Era norma da casa prantear os sentenciados minutos antes se despedirem. Floriano recriminou que passasse ela da alegria ao pranto, e que sem sua autorização agisse como viúva, enquanto lhe funcionavam os brônquios, as narinas abriam-se e fechavam-se com taquicardia. Iluminura ofertou-lhe café, justificando que há muito em Santíssimo os vivos dividiam com os mortos as honras da vida, a mesma respiração abafada e o suor amargo. Floriano chorou, até à hora de sair, nos braços da puta mais velha, a quem ainda tomou a temperatura, rebaixando-a a poder de sal.

— Hoje você foi rei. Iluminura recusou-lhe o dinheiro.

Encontrou à porta o burro que o trouxe a Santíssimo, vendido a Eucarístico Nóbrega. No lombo, suas roupas e o bilhete: de volta à sua terra, não se esqueça de que Santíssimo morreu, o animal desta vez acerta o destino, ou não volta mais a galopar e comer espiga.

— Que me enviasse ao menos um cartão esclarecendo os hábitos das borboletas, lamentou Fidalga à sua partida. Peregrino jamais a acusou de esquiva. Ou por recolher-se em certas madrugadas ao alvorecer, não baixando à terra nestes dias irregulares, mesmo a pretexto dos ovos quentes. Ao meio-dia, convocava-o à horta para encantar-se com legumes que de origem modesta transgrediam formas tradicionais e cresciam formosos. Ele a seguia no trajeto pelas hortaliças, para provar-lhe a banalidade daquelas formas a cada estação.

— Mesmo o chuchu? disse ela, recriminando-lhe a vocação de idólatra, voltado ao interior da terra, onde estavam lacraias e serpentes, desdenhando uma floresta próxima de sua casa, e que embelezava seus rostos.

— Assim eu afio as unhas e me apiedo, disse Peregrino a Tronhão, que se abstinha de saber se defendia ele o estado beligerante, ou inclinava-se à piedade. Vagueou pelo mato sob o peso da confissão. Na cama, as molas rangiam. Peregrino irrompia-lhe casa adentro a qualquer momento, sem aviso, cumprimento, ou perguntar-lhe pela saúde. Não exibia voracidade a que Tronhão ofertasse frutas, cordeiros em sacrifício. Entre eles havia a certeza de jamais Tronhão albergar segredos próprios. Conservava seu corpo as coisas do estômago, pertencendo a Peregrino preciosidade acima deste nível. Aguardava ele dirigir-lhe a palavra, aprendeu desde pequeno a trilhar à frente, obedecendo àquele comando. Ainda que Peregrino lhe cedesse o lugar, liberando-o para fugaz atrevimento, sabia-se sombra do outro. Estavam escritas em seu corpo palavras obscenas e reverências, dizia-se pelas manhãs.

Tronhão aspirava o fumo, fusão de tabaco, ameixa e aguardente, que vira preparar o engenheiro Fowles, encarregado pelos ingleses de estudar a topografia de Santíssimo, por onde se pensava correr o futuro traçado da Leonaldina Railsea System. Surpreenderam Fowles ao escurecer, esfregando os olhos sob os efeitos do sol. No armazém, batalharam sobre as razões que atrairiam a Santíssimo um homem de pigmentação ardente.

— Coisa de Assunção. Mais uma vez nos delataram, gritou Próstatis.

O longo corredor da casa de Imperatriz atuando como fole distribuía suspiros que falavam de sua desdita, naqueles dias justamente recuperava memórias difíceis. Recusou-se a salvá-los, ainda que Próstatis mandasse dizer:

— Também ele atravessou o Atlântico, o que os torna parecidos. Imperatriz não lhes quis também ceder Héloise, que naquela estação se distanciava do território da língua inglesa, limitando-se a olhá-los com ar de princesa antilhana.

— Estrangeiro é puto, disse Próstatis, ferindo Átila Soares, que se reconhecia de sangue impuro após o casamento com

Eulália, embora dividisse com Próstatis os resíduos amargos que sobravam daquela união.

Fowles ria o tempo todo mostrando o dente de ouro, canino superior esquerdo, e continuou a sorrir ainda mastigando a comida em que lhe puseram vidro moído, contorcendo-se sua cara de dor, embora se desculpasse por exibir uma agonia pública. Fez questão de confirmar a Tronhão, pouco antes de morrer, como ele, sob a fatalidade de ter nascido em uma ilha, cuidava do tabaco. Tronhão manifestou vontade de acompanhar o féretro a Assunção, pela receita que lhe ficou devendo, ainda que Peregrino lhe censurasse a ousadia e a receita também. Santíssimo não era uma ilha, e não haveriam de correr o risco de converterem-se em arquipélago pela extravagância de Tronhão.

— Arquipélago, repetia Fidalga, encantada com o prestígio de uma palavra que não se estava autorizado a investir em qualquer parte da terra, desvanecendo-se Peregrino com a homenagem pública. Próstatis proibiu que, além do cocheiro, seguissem o caixão. Não se preocupou em demonstrar cuidados por um corpo que chegou saudável, e se decompunha em breves dias de convívio. Queria os gringos suspeitando do tratamento que lhes seria dado se surgissem por aquelas bandas.

— Enquanto não tirarmos Santíssimo do mapa, não descansaremos.

Avisado de que o trem ia passar por Assunção, condenando Santíssimo ao esquecimento, com terno de festa Próstatis alardeou-se pelo cemitério. Comandou à banda que tocasse naquela quarta-feira as músicas de domingo.

— O progresso banaliza as criaturas. Assunção sempre serviu para receber o lixo de Santíssimo.

— Além dos biscoitos de araruta, disse Átila, protegendo Eulália em casa a compor infusões de chá e doce de goiaba.

Tronhão Arinos haveria de morrer ali mesmo. Não via necessidade de deslocar a carcaça para longe. Viajar é coisa de bárbaro, afirmara Peregrino. Sem dúvida, Santíssimo era terra para nela se nascer e morrer também, e o cemitério ficava ao alcance das mãos.

— E da bunda também, disse Hermengarda, já em sua fase de ouro, sentada no banco de madeira.

Ademais, ele era indolente, não erguia os dedos para plantar uma couve. Sob a proteção de Peregrino, recolhia de suas terras o necessário. Herdava roupas também, o suor do outro avançando-lhe pelos poros. Confessava-se ao espelho: deixei o ventre da mãe por caminho errado, não dá mais para consertar.

Lendo em seus olhos vontade de comer galinha, Peregrino indicava três, quatro daqueles animais, que lhe impediam a passagem, para serem exterminados. E embora Tronhão lhes cortasse o pescoço devagar, provando a inocência dos bichos, para Peregrino demonstrar afeição pelas que gravitavam em torno, ele exigia que se abatessem as quatro indicadas com giz.

Tronhão recebia no Natal uma vaca robusta enfeitada com um bilhete espetado nos chifres. As mensagens variavam segundo as preocupações de Peregrino. Na última festa chegara-lhe o bilhete em branco. Empenhou-se em decifrar a mensagem para dormir sem lhe ressoarem como ameaça o silêncio e a esquivança.

Estranhava a cama, um território que Iluminura, entre cínica e exaltada, lhe impusera como herança, e em cujos estragos visíveis estava inscrito o nome responsável. Riram a princípio, combinados em enaltecerem Peregrino. Os pigarros porém lhe impediam uma liberdade a que não se habituara. Enrubesceu com raiva de Iluminura, que lhe realçava o cativeiro. Alegou melhor continuar no chão, transitaria mais facilmente para o cemitério, onde também não havia conforto. Por que modificar conquista antiga, desde que abandonou o ventre da mãe? Ocorria-lhe dizer ventre da mãe, quando em perigo.

Iluminura insistiu. Se você despreza as evidências de Peregrino, a quem destinarei o troféu? Ela armou a cama indicando-lhe onde dormir sem ameaçar o precário equilíbrio. Havia ali um centro nervoso, em cujo encalço se devia partir, sempre ao escurecer. A imagem de Peregrino destroçando a cama com respiração afogada molestava-o. O que fizera Iluminura decidir-se por ele, acaso sua servidão encaminhara-se para o rosto? Adivinhando-lhe o sofrimento, Peregrino fazia-o correr atrás de coelhos, lebres, animais intitulados volantes.

Esticava os dedos, e Tronhão colocava dentro café fervendo, ou cachaça. Sem mencionar, era seu escravo. Estabelecera-se o acordo na inocência, Peregrino olhara o mundo primeiro, e com mais força. Querendo imitá-lo, lhe coube no segundo lugar. Principiou Peregrino por assinalar nomes nas árvores, nadar em águas vedadas, incorporando ao corpo vitalidade cujo reflexo em Tronhão tomava-o manso, medindo em polegadas distância que se vencia a galope.

Comunicou-lhe que havia mulher em casa, deixando à sua porta uma camisa limpa e passada. A pretexto de lhe devolver a prenda, Peregrino foi apreciar a mulher. Cumprimentou-a, tirou-lhe o chapéu, arrastando Tronhão para a porta de entrada, dali surpreenderiam melhor a natureza. Gesto como que aprovando aquela presença na sala, fazia-lhe falta, não andasse mais pelo mato fazendo bobagem, servindo-se sozinho. E limpando as unhas com o canivete, Peregrino disse:

— Despeje aquela área ali, corte o carvalho. É uma sombra inútil.

Tronhão defendeu o abrigo contra intempéries. — Intempéries! disse Peregrino. Simples sombra contra o sol, retificou Tronhão, ganhando tempo, para Peregrino desistir de lutas assaltando-lhe o corpo, quando forjava roteiros impossíveis de se seguir. Se reclamava da sede, não lhe trouxessem água da fonte. Vigorava então uma linguagem que emitia crédito e dúvidas simultaneamente, operando sobre objetivos de que não se tinha o que declarar. A mulher ofereceu cafezinho e bijus.

— Onde aprendeu quitute tão delicado, dona? disse Peregrino.

A mulher tinha a cara marcada pelas espinhas que se recusavam deixar a pele, e mais de cinquenta anos. — Em casa da mãe. Os irmãos vendiam em festa de santo.

— Tá na hora de vender mais bijus.

Ela foi espantar as galinhas compradas ao deixar Iluminura. Não quis transportar apenas o corpo, embora Tronhão protestasse. — Teu corpo é mais do que mereço. Ela riu, que se esforçasse em a fazer feliz a cada instante. Pretendia trabalhar, gastando economias com prazer.

Tronhão insinuou que melhor não discutirem a mulher, fora de suas paredes o assunto estava vedado. — E onde estamos senão dentro destas paredes, e indicou-lhe a vaca comendo os miosótis. — Esta não aprende. Um dia a gente abate ela a tiro.

Iluminura recebeu a mulher de volta. Ela se defendia através do ovo cru que lhe trazia Tronhão ao amanhecer, para enrijecer-lhe os músculos. Que outra prova de amor podia haver, e de modo secreto, pois alcançava-lhe as vísceras, e engordava em presença do homem. Peregrino cismara com sua boca sugando a energia de Tronhão, pelo que lhe criou pontes levadiças, casamatas, um cerrado sistema de defesa. Ainda que quisesse ele poupar o amigo, com isto interrompera hábitos estabelecidos entre eles, mediante os quais saneava-se a casa invadida pelo sol. Afinal, ela comprara galinhas, e deste patrimônio ambos teriam construído casas e pequenos açudes.

Iluminura antecipava-se à vontade de Peregrino. Via-lhe o azul da barba e o pressentia ferido. Feridas que se convertiam nele em chamas. Assoprava-lhe a cara, impunha-lhe movimentos de ginástica através dos cômodos da casa, dispondo-se para isto a substituir os móveis que se quebrassem, e Peregrino logo sarava. Sob seus aplausos, ela disse: você é caprichoso, segue o percurso lunar. Também Fidalga lhe havia assegurado a instabilidade, desde a primeira noite de casamento. Apenas não lhe forneceu imagem em que se apoiar quando ela própria lhe faltasse, ou cosera em sua roupa um signo identificável.

Iluminura vencia trevas e claridades, onde não havia um único rosto. Disposta a esquecer os que lhe vinham à casa. Peregrino prolongava a palestra interrompida oito dias atrás na palavra que ficou faltando, com que podiam manter um diálogo sem capitulações. Quando tardava ele em concluir o monólogo de que Iluminura já não prescindia, enviava um moleque a empinar pipa em suas terras. Fidalga era a primeira a surpreender aquela paisagem enfeitada. Encantava-lhe que motor pesado se sustesse ao ar, e tão alto, que dali se divisava Assunção e, com esforço maior, removendo alguns anos, se podia acompanhar

Eulália criança ainda a sair de compras no armazém Dourado. Fidalga logo se cansava, não anunciando a partida com ruídos. Discrição de pluma, ninguém a superava no deslizar delicado, apesar da firmeza das botas. Sem abandonar calças compridas, projetava pernas à frente, magras e longas. Calçavam ela e Peregrino o mesmo número, razão de lhe ceder as botas uma vez na semana. Rectus traçou-lhe um desenho que correspondia a um alazão importado da Inglaterra, para desespero de Próstatis, que jamais entendeu o casamento do filho.

— Perto das suas terras, o céu está coalhado de gansos, disse Tronhão.

— E por que não os abateu?

Peregrino visitava Iluminura com perfume jasmim, terno preto, colete prateado. Ela lhe tirava os sapatos, prometendo não o fazer sofrer. Simulando contrariedade, ele fechava os olhos, deixando que lhe extraíssem a cutícula como Emília passava a agulha pelo pano de linho. A habilidade de Emília divulgara-se por Santíssimo, a de Iluminura mantinha-se em segredo. Ela passou esmalte, ainda sob protestos. Jurara-lhe Peregrino que se assemelhava o amor a um caldo de galinha bem apurado, onde não se economizaram os miúdos, as coxas gordurosas, sempre que lhe aparavam as cutículas e o esmalte rosa nos pés. Havia que lhe descobrir a época de cio. Iluminura jamais se equivocou. Identificava a carência daquele corpo, cuja vida iniciava-se pelos pés. Oferecia-lhe as putas velhas tosquiando a lã diariamente, para evitar bichos tocaiados pernas adentro.

A mulher de Tronhão serviu-lhe café e bijus. — Que prazer, dona, logo vi que não lhe agradava a vida com Tronhão. Tronhão agradeceu o recato da mulher, entregue agora aos afazeres da cozinha. Adotou atitude arrogante, a primeira na vida.

— E pensa que eu consentiria nesta indecência? Você foi o último, disse Peregrino. Eram laços íntimos, nó marinheiro. Nasceram no mesmo dia, e se não morrem juntos, vão estranhar a terra, declarou Átila Soares, após o casamento de Peregrino.

— De que lado fica Assunção? disse Fidalga. Tronhão indicava-lhe as folhas arriando para as bandas de lá. Ela logo se esquecia. — E Assunção de que lado fica agora?

Tronhão ofereceu-lhe café uma única vez. Ela parou em sua porta das nove ao meio-dia. Ele fingia não ver, agindo ao desabrigo, desabara-lhe a casa, ficara apenas ele mijando sobre um jasmim perfeito.

— Se agora está feio, antes era pior, empenhou-se em a fazer partir.

— Aqui bem podia ser Assunção, sob aplausos de Eulália, e escorregou Fidalga a voz dentro de uma caixinha que carregava consigo. Tronhão temeu as consequências de tal distração. Três horas depois, sabendo que Fidalga lhe contemplara as paredes por tempo indeterminado, Peregrino provou-lhe que café ele tinha na sala, sem esquecer o conforto, poltrona e quadros dependurados na parede. E justificava por não o querer em casa:

— Lá, entram Rectus e Patrício, e enquanto tiverem prestígio. Esticava-lhe a mão ordenando apanhe as moedas. Tronhão não lhe agradecia dinheiro, ou presentes. Tinham em comum o orgulho de conhecer Santíssimo como ninguém. De olhos fechados voltava-lhes qualquer pedaço de solo negligenciado por muito tempo. Peregrino julgava os próprios olhos um animal desbridado, e herdara de Próstatis o sentimento de a terra ser sua.

— O que mais vale que este domínio? disse, no primeiro domingo de missa simulada.

Padre Ernesto afastara-se da igreja o tempo apenas de obedecer ao chamado da casa de Próstatis. Angélica decidira morrer sem maiores avisos, embora não lhe vissem marcas de doença no corpo, e lhe pedissem que aguardasse ao menos duas semanas, até a festa em que se comemorava a transferência do cemitério de Morro Velho para a praça. Ela franziu a testa, pretextou falta de tempo, e não tinha também por que homenagear Próstatis, ele teimara em cruzar a terra sem jamais a consultar. Magoado que morresse a mãe sem lhe pedir consentimento, ou instruções, Peregrino acusou-a de sentimentos frágeis e descortesia.

Já pelas manhãs, Angélica espanava a poeira das hortaliças, ainda que chovesse na véspera. Seu pretexto para ausentar-se da casa até o meio-dia. Preferia aspirar cheiros jamais identificados ao calor da cozinha, onde acabava com tonteira. Enfeitava o carvalho do centro do terreno, mais antigo na terra que ela e a avó, com figos e laranjas azedas. Peregrino criticava-lhe o gosto, que para expressar estima atingisse o animal na sua profunda natureza. Angélica convidava Fidalga para o festim, de que se ausentava Peregrino. Excluído, ele fechava a porta ignorando a conspiração.

Naquela manhã, Angélica não tocou nas hortaliças com nenhum dos seus dedos. Fixou-se no carvalho como se emitisse o tronco notícias aguardadas para ela afinal recolher a trouxa, os ossos do corpo, e certas sílabas que sempre perdeu ao falar, sem que lhe corrigissem o defeito proveniente sem dúvida do palatal. Acenou longamente para o carvalho com a mão esquerda, ordenando que enchessem a tina com água temperada, para relaxar os nervos. Separou o melhor traje do baú, e roubou com prazer algumas gotas do perfume de Peregrino. Havia sol quando foi para a cama.

— Depressa, aprontem os doces, salgadinhos, coem o café, para a festa da minha morte.

Peregrino censurou-lhe a vaidade que não lhe poupava o perfume mesmo em hora que mal se desfrutaria do seu aroma. O cheiro das velas efetivamente anulava o esforço de Angélica em morrer perfumada. Fidalga porém espargia-lhe na fronte gotas do caldo da compota de goiaba.

— Lembranças de Eulália, disse com delicadeza.

Angélica recusou a extrema-unção. — Para onde vou, estas coisas não são necessárias. Padre Ernesto insistiu, confesse ao menos, a hóstia estava entre seus dedos, bastava-lhe abrir a boca.

— Quer insinuar que estou em pecado mortal?

Não a quisera ofender. Pertenciam estes atos às esferas de que se aproximava com círios nas mãos e os pensamentos flutuando no ar. Embora lhe respeitando a vontade, ele correu à igreja com esperança de lambuzar-lhe a testa com o óleo sagrado e ofertar-lhe o dobre de finados com o sino de bronze, presente do Imperador, de nome que se perdeu entre seus sucessores. Acusara-os Assunção de comprarem os favores imperiais não com os biscoitos de araruta, que fizeram o Imperador cerrar os olhos na vertigem do sabor delicado, e sim mediante a única mulher a abandonar Santíssimo diretamente para a corte, primeiro como arrumadeira, mais tarde nas funções de desarrumar o leito já na companhia do próprio Imperador.

Tinha hábito de madrugar, o pai de Próstatis. Às três horas estava de pé, para nada lhe passar à frente. Sempre registrou primeiro a neblina, o orvalho, e a temperatura em ascensão. A despeito do espírito precavido, surpreendeu-o uma carroça puxada por bois cinzentos, avançando pelas picadas, exatamente às duas e quarenta e cinco minutos, o que o obrigou a antecipar seus horários, até já não mais dormir. Envolto em mantas e cordas, relíquias agora nas arcas da sacristia, o sino brilhava como se o esfregassem durante a viagem a cada minuto. Levaram três dias para o instalar. Não houve quem não armasse a roldana, batesse em pregos, serrasse a madeira, ou ferisse um dedo.

Sempre que repicava o sino, padre Ernesto fazia ali mesmo flexões diárias, com a finalidade de perder barriga. Trazia no peito o sentimento de um pássaro, deixando o corpo balançar ao sabor das convulsões. Se não podia barbear-se enquanto voava, e como teria sido do seu agrado, em compensação entre rápidas badaladas dedicava-se à meditação, quantas vezes lágrimas e emoções maculavam-lhe a batina. E justamente cristalizava dúvidas que lhe mereciam a morte de Angélica, quando tombou ao chão puxando a corda, e lhe ressoavam ao ouvido em vez do sino o ruído da própria queda e o ranger dos dentes. Desprovida de peso, a corda balançava impulsionada pelo vento encanado vindo do corredor, que lhe trazia cheiro de mofo e algas que reprovava, embora nada fizesse para o remover dali, quer pintando paredes, ou nelas grudando peles secas de animais. Temia que providência drástica arrastasse dali até mesmo sua alma, não cuidasse ele de se amarrar diariamente a uma âncora, ou ao sino, onde se sentia intemporal e ágil, livre dos agravos, chegando a considerar Santíssimo um barco sem leme, à deriva, pedindo que lhes provessem a despensa com orações, soluços, chouriços e ovos.

A determinação de morrer, por parte de Angélica, sem consultar quem a orientasse para o bem, ou simular uma doença com que se pusessem a contar os dias da morte, desorientara as últimas horas da tarde de padre Ernesto, todas dedicadas às vésperas, e a sacudir o pó dos móveis. Sem falar que Fidalga o acariciara à porta, antes de seguir ele apressado para a igreja. O calor de tal mão seguramente o arrastando por porta errada, em cujo terreno pisava agora, e sem saber a quem pertencia.

Não havia soleira em Santíssimo que não vencera com a língua e a bunda, que se punha agora mais magra. Ora apreciando o gosto de açúcar, censurando-lhes a mania de salgar em excesso as panelas, ora surpreendendo alfinetes esquecidos nas almofadas do sofá da sala de visitas. Ficara-lhe faltando conhecer a casa de Iluminura, ainda que durante a madrugada a nostalgia o fizesse tirar o pijama, olhar o seu telhado de longe, sob proteção do chapéu, óculos, missal, e as cortinas escuras.

Através do confessionário, a casa de Iluminura ecoava em seu corpo, desde o tijolo da parede da frente, até as telhas francesas. Embora nenhum homem a soubesse descrever com fidelidade, para lhe fazer crer que também a havia visitado. Acrescentavam-lhe divãs de rendas, que não se confeccionavam em Santíssimo, enquanto outros, com o esforço da confissão que lhes gretava os lábios, asseguravam não dispor a casa de camas, e tudo para deixarem as putas velhas na miséria. Padre Ernesto tossia, tinha dores no peito. Como perdoar a quem, perdendo-se na fantasia, resistia ao bem, que era descritivo, límpido e de natureza fibrosa. Exigia-lhes com firmeza o cenário definitivo de tais bacanais. Pelo seu cargo, infelizmente, lhe cabia visualizar o pecado, para o absolver. As descrições em sua abundância porém terminaram encurralando-o num campo de centeio, onde lhe sobravam ansiedade e um princípio de intoxicação.

Jamais lhe admitiram, ainda sob segredo confessional, que alguma vez Iluminura servisse aos clientes em vez de putas velhas um cenário em tudo copiando o interior da igreja, que justamente enxergava naquele momento. Uma nave seca, destituída de camas, espelhos, mulheres descascando esmalte. Mas, se não estava de visita à casa de Iluminura, muito menos regressava à igreja, uma vez que balançava a corda com autonomia que só lhe teria sido concedida se tivesse o sino desaparecido. Claro que tudo voltaria ao que sempre foi, se ao menos um paroquiano insistisse em ser enforcado na corda, para restaurar-lhe o equilíbrio.

Ao mesmo tempo, o sonho, a doença, que não se curou com o chá de camomila, o gesto de Fidalga, o estimulavam a crer que Iluminura lhe franqueara os pertences, o conforto de sua sala perfumada, a que se habituou tão depressa, que agia como se estivesse na igreja, entre santos, começando a puxar a corda do sino com que prantear Angélica.

— Ó de casa, gritou, para Iluminura o conduzir à porta de saída. Do quintal, ela lhe poderia indicar a torre, não longe dali, onde o aguardava o sino com que transmitir mensagens e receitas de bolo. Mas, negando-lhe Iluminura a mão no ombro, e o suor do medo e da noite avançando pelas axilas, não havia mais como ele se ludibriar. Mesmo porque estava a torre agora apinhada de pombas, penas soltas, ninhos organizados, e os mais volúveis desta espécie já se tinham livrado dos ovos ali, sem mencionar excrementos que se viam nas configurações românicas do campanário. E ainda que encontrassem o sino, já não o poderiam mais alojar, em revoada as pombas pareciam ocupar o local há anos.

Destituído do sonho, da doença, e o gesto de Fidalga, que o reconstituía esbarrando em ânsia e solidão, padre Ernesto gritava como se o matassem, e lhe restasse a defesa de descobrir se os assassinos usaram navalha, ou faca. A notícia do infortúnio alcançou a casa de Peregrino, quando se serviam os primeiros pastéis de carne, empadinhas, café, que não deixariam esfriar, para salvar o sino do Imperador, que não podia estar longe. Segundo padre Ernesto, a massa de bronze aprendera a andar, descer estreitas escadas, da torre ao lajeado, e seguir para onde não o alcançariam, a menos que se apressassem, e enquanto o corpo de Angélica estivesse aquecido.

Buscaram debaixo das camas, nos paióis, entre legumes da horta, nas encostas do rio. Peregrino não escondia o enfado por um sino que se recusava volver à superfície, após mergulho nas águas do Alvarado. A suposição de que o sino adotara hábito de peixe ofendeu padre Ernesto, que não admitia desvios da rota do céu. Mas, afagando-lhe a mão, de novo Fidalga o transportou para o corredor de vento encanado, ainda com cheiro de mofo e alga. Os tropeços de Fidalga se atenuavam pelo seu contínuo despetalar das flores que ornamentavam Angélica, e que ia ela recolhendo do chão para as estraçalhar outra vez. Não escondia Fidalga seu apego por um objeto capaz, como o sino, de pleitear voo que não se alcançava com a vista, e tampouco se podia imitar andando. Reconhecia, porém, que lhe deviam infligir certas penalidades, logo que regressasse ao seu ninho original, como modo de também aplacar os futuros padecimentos de padre Ernesto. Sob os favoráveis augúrios dos presentes, que o felicitavam prevendo-lhe o júbilo pelo breve reencontro com o sino, padre Ernesto entornava suspiros com a constância que respingava café da xícara.

Peregrino ordenou pela manhã que enterrassem Angélica sem acólitos, que também não os havia, e privilégios de origem sonora. Em verdade, surpreendera a mãe nervosa com os desmandos de padre Ernesto que, além de comemorar nascimentos, mortes, aniversários dos santos, efemérides nacionais, aproveitava para anunciar com o sino procelas, correntes nervosas do Alvarado, a chegada de Iabeshab, as colheitas débeis do milho, inesperados quilos de Ofélia, a ponto de já não interpretarem suas mensagens com a nitidez de outrora.

— Sem o sino, não sai enterro cristão, disse padre Ernesto, trocando a dor pela ação.

Peregrino tentou conciliar. Por um crime sem autor, ou que resultará de uma conspiração bem-sucedida, não merecia o corpo que o deixassem exposto por mais tempo. Padre Ernesto consultou o calendário pendurado na parede, traçou um círculo vermelho incluindo terça e quarta-feira, e exigiu vinte e quatro horas de busca: quando todas as botas regressassem enlameadas, incluindo-se nesta caçada as de Fidalga também, e os fundilhos rasgados contra pedras e espinhos, poderiam enterrar Angélica.

— Nem uma hora além do combinado, disse Peregrino.

— Nesse caso, eu não enterro dona Angélica.

— Desde quando morto precisa da gente? brincou, para comovê-lo. O padre dobrou os braços, não deixaria o sino cair no esquecimento. Átila Soares começou a contar o número de moscas que se uniram a eles.

— A cada hora elas aumentam. Logo, serão em maior número que nós.

Peregrino inspecionou o Patek Philippe, que em suas mãos não transpirava como escondido no bolso de Próstatis, expulsou as flores com que Fidalga sufocou Angélica, livrou-a do terço enlaçando-lhe os dedos como corda, e foi fechando o caixão.

Ordenou que Tronhão o levasse ao carro de boi. Antes, recomendava-lhe que naquela sua primeira visita buscasse conhecer o interior dos armários, as propriedades agrupadas nas esquinas dos quartos, porque seguramente seria a penúltima vez que lhe pisava a casa. Sabedor de que ainda regressaria para o enterro de Peregrino, Tronhão percorreu os assoalhos que rangiam, arrecadando material com que se acompanhar até a próxima visita.

O estribilho de uma marcha militar, a que se mantiveram os acompanhantes fiéis durante a cerimônia, substituiu o dobre de finados. Peregrino espanava emoções como se limpasse a casa, sem lhes dar tempo de verterem lágrimas que mal poderiam secar com lenços trazidos de casa especialmente para este fim. Fidalga não resistia aos miosótis dos canteiros. Sob desculpa de fabricar delicado buquê, visava ao extermínio da espécie naquela primavera. Não excedeu a sete minutos o ritual de enfiar Angélica no buraco da praça, distante de onde Próstatis se encontrava enterrado.

— Não quero que estes dois me amofinem depois de mortos.

Em casa, referindo-se à propriedade alada do sino, que o impulsionava a partir pela terra, Fidalga disse: — Que cerimônia mais tocante. Peregrino adotou o ar distraído da mulher, reforçando a semelhança com o bigode mais aparado, sempre que lhe falavam do sino. Três dias depois, batina limpa e barba feita, padre Ernesto pedia-lhe para localizar o fugitivo. Peregrino ofertou-lhe a cadeira de Próstatis, de assento aquecido pelos gatos da casa. Dali, padre Ernesto melhor apreciaria a estátua de Triste Figura. Serviu-lhe bagaceira, e criticou junto a ele costumes nocivos que, sem abolirem pudor e traje, atingiam a honra do lar. Recusava-se porém a discutir o sino entregue às mãos de Deus.

— Sentado à mão direita, ou esquerda, padre?

Padre Ernesto não resistiu aos atrativos apelos da doença. Tinha febre intermitente, em ascensão à hora das vésperas. Censata elegeu-se para o acompanhar na suposta agonia. Fazia-lhe café, preocupava-se em lavar-lhe as fronhas com álcool, e a cada espirro de padre Ernesto correspondia um lenço imaculado. Abandonava-o apenas para dormir em casa. Antes iluminava-lhe o quarto com velas emprestadas por Imperatriz, a quem pessoalmente devolvia os tocos. Temia que à ausência de qualquer luz, padre Ernesto confundisse a vida com a morte, já não podendo dizer por onde vagava. O padre agradecia-lhe o fervor pelas estações primaveris, em que a criatura se aproxima de Deus, mas recomendava-lhe contenção, de outro modo adoeceria gravemente diante de tantos estímulos.

— Assim o sino apareceria, disse ela.

Aos primeiros dias, ainda se lamentou a perda do valioso bronze. Peregrino exibia-se de cabelo aparado, os sapatos de verniz brilhavam a ponto de desviar a atenção de todos para a torre vazia, onde sobrava agora espaço para as pombas se estabelecerem. Na terceira semana, ainda que Bonifácio a despertasse, Censata teimava em afirmar que jamais pusera os pés na casa de padre Ernesto, não via motivos para iniciar uma amizade que seria por todos condenada.

Com cinco quilos a menos, que seguiram diretamente para a cama marroquina de Ofélia, padre Ernesto contemplava o Alvarado, seu novo campo de meditação. Fugiam de sua companhia assim que o viam dar o primeiro passo em território profano. Mas padre Ernesto orgulhava-se da teimosia que lhe dera a mãe de presente quando completara doze anos. Insistia em provar-lhes que, apesar do voluntário esquecimento no rosto de todos, o sino tivera durante anos destacada atuação em Santíssimo. Insinuava-se pelas casas, o armazém, não respeitando dispensas, armários, ora chorando, também praguejando. Não se fazia ouvir de nenhum modo. Metade das palavras ficava grudada nas paredes, ou atrás das portas.

Fidalga passou a apresentá-lo às melhores famílias, e repetia seu nome com breve hesitação que a todos pareceu extremamente elegante. Ele agradecia a providência, mas encontrava-se há anos em Santíssimo, não havia família que não visitara para batismos, encomendar mortos, ou tomar simplesmente um cafezinho. Fidalga teimava em o considerar um visitante a que se devia prestar cuidados. O padre rebelava-se que o tratassem como forasteiro, ele que já lhes bebera o sangue, em suas mesas comera delicados tecidos de origem suína, bovina, e pertences de peixe. Sobretudo quando lhes defendia o mais inestimável bem.

— O único bem é a morte, disse Peregrino. Bonifácio aplaudiu a sentença que não lhe danificava raiz do corpo. A vida o prestigiava naquela semana, concedia-lhe pequenos favores, mas inestimáveis. Acompanhando a ascensão de uma felicidade que a eliminava, Censata recriminou-lhe a vaidade, que se sentisse protegido, quando jamais lhes havia chegado à mesa qualquer bênção papal de que se orgulhassem, e a exibissem dependurada na parede.

Rectus sugeria que, sob a proteção dos fragmentos de uma memória que ainda se conservava entre eles, desenhassem o sino de frente, perfil, todos ângulos possíveis, não lhe desdenhando o traseiro. Também um tratado estabeleceria suas origens, filiação, sem esquecer sentimentos e aventuras daquele bloco de bronze enquanto o arrastavam até Santíssimo, o que não o impediu de comportar-se às mãos de padre Ernesto, e esgarçar a corda a que esteve atado. Uma vez registrada a história, não havia por que conservar o sino, ainda que o encontrassem nas próximas horas grudado ao barranco do rio.

— É o mérito da história. Anular um feito, inventando outro.

Padre Ernesto reprovou que a pretexto do sino invadissem o passado, lar sempre sagrado para uma cidade. — Com que poderes utilizam o direito de confissão, um privilégio exclusivamente clerical? disse no armazém, para a notícia espalhar-se.

Para o consolar da terrível perda, e conceder-lhe ilusão de que se podia também alimentar de bronze fundido, Respaldo enviou-lhe gorda tainha. Nela seguiram, além do óleo natural, suas íntimas meditações. Padre Ernesto, adivinhando que fazia Respaldo flexões diárias à beira do rio, preparou a brasa na chapa de ferro, espalhou pimenta sobre as escamas, e com lágrimas nos olhos comeu o peixe.

— Não fico em Santíssimo sem o sino. Nem eu, ou outro homem vestido de mulher, disse na missa. Peregrino mexeu com os ombros. — Se quer ir porque é frouxo, melhor para nós.

Pelas manhãs, Patrício saudava a tarefa que lhe consagraria a existência. Intuindo-lhe a grandeza, a mulher o cumprimentava tomando emprestado o chapéu de palha, para ele apreciar a reverência. Contudo, porque o acúmulo de pistas o enredava, algumas destrinchando ao amanhecer, ele só conseguia dormir ingerindo água com açúcar. Mesmo lhe faltando esperanças de encontrar o sino, Patrício ambicionava explicar as razões da fuga.

— Ainda provarei meu zelo, e manifestou preocupação pela ausência de um pároco a proteger os muros de uma cidade, contra o ingresso de falsos deuses. Fidalga agradeceu-lhe exatamente três vezes.

— Por quê? desconfiava ele, impulsionado pela sua função.

— Breve construirei em seu corpo um belo sonho.

Peregrino tranquilizou Patrício. Jamais autorizara a mulher a forrar seu leito com mantas, penas de ganso e pétalas, para que transitando por mundos animal e vegetal pudesse morrer com conforto. Pertencia-lhe esta tarefa, e considerava indispensável seu testemunho sempre que se colhesse o último suspiro dos seus estimados mortos. Significavam as palavras de Fidalga, após meditar longamente sobre elas, que Patrício ocupava lugar especial na sua galeria de heróis.

— Ao lado de Eulália, ambos nadando no rio.

Convencido de que Peregrino se desligara da sorte do sino, e da sua própria, padre Ernesto arrumou os pertences sobre o lombo de dois burros e, sem se despedir da cidade, negando os cumprimentos que lhe dirigiam, partiu rumo a Assunção. Saiu-lhe um fio de voz, fôlego que economizou nos últimos dias.

— Nenhum padre pisará em Santíssimo. De hoje em diante, estas terras se convertem em território pagão.

— Vocês viram? Estava louco por nos deixar, disse Peregrino.

A ingratidão de padre Ernesto feriu especialmente os parentes de Emília, sempre apaixonados pela escuridão em que estavam mergulhados, e da qual admitiam sair quando o padre os visitava. Emília provou aos irmãos e sobrinhos que nem sempre os homens agiam tão levianamente. Aquele fogo sagrado, que se nutria agora exclusivamente de raízes apodrecidas, convinha controlarem.

— Mas, se precisam de um inimigo, o padre serve. Dispunha-se a provê-los com aparatos bélicos, informações, suspeitas com que se fabricam pequenas lendas. Ao primeiro domingo, esquecidos das juras de não voltarem a pisar a igreja, solo estrangeiro agora, apareceram no átrio com trajes de festa, entretidos em conversas que se prolongariam no cemitério, onde as tertúlias ganhavam o arrebato do sol. Havia suspeitas porém de que padre Ernesto se descuidara dos seus deveres, pois se esquecera de iluminar os círios quando já faltavam três minutos para a missa começar.

Filomena não despregava os olhos do relógio, embora Hermengarda lhe pedisse paciência. O que poderia significar um atraso de quinze minutos, em relação à eternidade? Filomena não se conformava que a fizessem esperar quando o coração a ameaçava com festas para as quais lhe faltavam véus de tule e a leveza do olhar.

— Estou velha, Hermengarda, disse Filomena, para quem as profecias se limitavam a registrar a passagem de cada ano. Hermengarda censurou-lhe que em plena juventude quisesse esconder as rugas, espinhas, encantos depositados na pele pelo vento. Não se esquecesse que lhe convinha domar os sentimentos, estava na casa de Deus, onde apenas padre Ernesto tinha direito à palavra.

— Ou muito me engano, ou padre Ernesto partiu e nem percebemos, disse Filomena em voz alta na igreja.

A informação provocou desabafos e rápidas cotoveladas. Acusavam Filomena de se deixar fascinar pela mentira, desde que se cobriu com uma malha para pegar peixes, e se fez prisioneira da gordura da sobrinha. Reconheciam-lhe o recurso fácil, mas seguramente instável para uma comunidade rígida como Santíssimo. Filomena caiu em prantos, não é verdade que já me purifiquei na terra? perguntava à irmã. Hermengarda partiu em sua defesa, não lhes bastando um único desastre, também deviam ferir os brios de Filomena? E como corrigiriam o erro, se estivesse ela certa? Ambas irmãs não aceitariam simples inclinações, reverências à terra. Faltava-lhes índole oriental, eles sim iam ao chão com beleza e regressavam mais leves que antes. Filomena comovia-se que por sua causa Hermengarda arriscasse a vida e a reputação.

— E tanto é verdade, que Fidalga não está presente.

Apesar dos protestos do marido, Fidalga recusou acompanhá-lo naquele domingo. Jamais ia à missa numa segunda-feira, quando se devotava a cumprimentar os mais profundos amigos da sua vida.

— E que amigos que se escondem até hoje?

Ela cuidou do penteado com orgulho, percorria-lhe a cabeça uma trilha de grampos pela qual se seguia com o propósito de conhecer a história pessoal de Angélica, segundo ia explicando a Peregrino, quando o viu perder a paciência. Irritava-o que se copiasse de Angélica justamente a tradição que buscara ela armar em seu corpo a pretexto de defender a pureza.

— E que tradição é esta, que se desmancha ao final da noite, disse ele.

Fidalga continuava impondo-lhe a imagem materna. Peregrino suava ante a devolução de um rosto que ele censurou ao pai por trazer à casa, e ofertar-lhe como mãe. Aquelas horas, seguramente Eulália estaria passeando pelo rio, elegia porém rodamoinhos e rocas secretas. E o afirmava Fidalga, não porque ventasse, ou pequenas ondas inquietavam as águas. O certo é que aproveitando a visita a Eulália, que seguramente não se deixaria ver, enriqueceria sua coleção de pedras marítimas, que se iam arredondando graças ao empenho das águas.

— Deus abandonou Santíssimo, disse Rectus. Peregrino criticava-lhe o espírito que de tanto se alimentar de fel, daí lhe surgirem aftas no canto da boca, despejava depoimento que traía a pátria.

— Se no passado convivíamos com vários deuses e fomos felizes, por que ter medo? disse Peregrino. Não haveriam de perder hábitos cristãos simplesmente porque padre Ernesto lhes levara os burros para longe.

— Quem acredita na história, quando a lenda desaparece? insistiu Rectus.

Exibindo botas de Fidalga, extorquidas em troca de a dispensar da missa, Peregrino dirigiu-se ao altar, com Tronhão em seu rastro. E sem que o interrompessem, ou lhe pedissem explicações sobre inúmeras viagens realizadas na mesma área, reconstituía gestos e palavras que por descuido padre Ernesto semeara naquele lugar. Abdicava naturalmente do latim, a pretexto de ser língua encantatória, interpondo-se entre Deus e Santíssimo. Em compensação, regalava-os com fartos credos, epístolas, repetidas algumas vezes e em diferentes tonalidades vocais. Sempre com aspersão de água benta que, já não sobrando na pia batismal, teve Tronhão que buscar no baú da sacristia. O evangelho foi substituído sumariamente por crônicas de época.

— E o que é a época, senão nós? disse Rectus com desprezo, mostrando-lhe que facilmente o imitava.

Um longo relatório que não excluía detalhes da vida pessoal dos presentes naquele domingo. Longe porém das minúcias entristecê-los, ou denegrir-lhes a imagem, realçavam os contornos com que sonhavam eles cobrir-se nos dias de sol. E se a cerimônia entremeava-se de seguidas genuflexões, era porque não os queria indolentes, de precoce letargia.

— Os primeiros cristãos obraram deste modo. Por isto surgiu o ocidente, disse ofertando-lhes pão e vinho trazidos do armazém.

Tocara-lhe naquele domingo celebrar a missa e refrescar-lhes a memória. Mas não se esquivariam os assistentes de igual tarefa nos feriados que se seguissem. Seguindo cada qual sua vocação, pelo que lhes sugeria encenações teatrais em que participassem dois a três cidadãos ativos da comunidade. Alguns atritos, pele e poeira espalhadas, rejuvenesceriam o espírito daquela igreja. Importava sim adquirir naquele altar o direito de converter-se em padre Ernesto, que os abandonara sem motivos aparentes, durante cinquenta minutos ao menos de um domingo cinzento.

— Assunção não terá o gosto de nos julgar perdidos.

Enquanto Mariano o barbeava, Rectus transmitia, aos que chegavam, estar comemorando naquela quinta-feira o quarto dia em que ousara ameaçar Peregrino. — Não me podem acusar agora de medroso.

Em casa, Rectus saboreava a sopa de feijão com rara paciência. O alimento lhe parecia inflar o peito, cujo ar deixava escapar lentamente.

— Eu sou culto. Sou o único canudo de Santíssimo.

Nem seu pai, às vésperas de morrer, conseguiu explicar como ostentando o nome familiar aquele diploma viera parar em Santíssimo. Tornou-se Rectus doutor sem o transtorno de abandonar Santíssimo, enfrentar estrada, ou cursar universidade. Ele correspondia à dádiva folheando revistas velhas, estragando a vista em letra miúda que lhe chegava às mãos. À tarde de quinta-feira, em que se habituou a abrir janelas para ventilar a casa e apreciar as abelhas zumbirem, Respaldo indagou de sua saúde.

— Isto lá é pergunta, homem? fingia-se irritado, para demonstrar que nunca estivera tão bem. Após a missa, jurava diante do espelho ter crescido cinco centímetros.

— Acabei de saber que você chegou a possuir o único canudo de Santíssimo, disse Respaldo fumando.

— Eu sou ainda o único canudo desta cidade, batia no peito com energia.

— Peregrino é quem falou. Foi deixar flores no cemitério. E contra seus hábitos visitou Próstatis e Angélica, como se o pai e a mãe depois de mortos se reconciliassem. Pela primeira vez os homenageou no mesmo dia. Sem precisar fingir que desconhecia aquele a que não contemplava com miosótis naquela semana. Chegou cedo, para evitar naturalmente o calor das onze. E de terno escuro, ele que visita seus mortos de branco. Trazia as botas de Fidalga, que ficou no armazém. Depois de espalhar flores, ficou rondando sem rumo, murmurava o que parecia segredo, mas não houve quem não ouvisse, pobre Rectus, tinha tanto orgulho do seu canudo, tanto orgulho do seu canudo, tanto orgulho! Sua voz repetindo soava ao realejo. E com as mesmas palavras chegou ao armazém, reclamando com Fidalga: o que procura, além do mundo, mulher? até parece Rectus com seu orgulho, cuidado que ele chegou a rasgar o canudo pela vaidade. Fidalga entretinha-se com o aquário. Não resistia à perfeição daqueles peixes, capazes de construírem um universo em espaço reduzido. E disse a Peregrino: esta é a casa que sempre quis! E talvez porque lamentasse a tua sorte, pela primeira vez Peregrino partilhava um sonho com ela. E quando se foram para casa, pois não os víamos em nenhuma parte, nos pusemos a repetir, e cá estou eu a dizer também: acabamos de perder o único canudo de Santíssimo.

Tronhão consolava Rectus. — Se é decisão superior, por que hesitar? Rectus defendia certos mapas que ocupavam o interior de uma cúpula abacial. Bastava deixar os olhos em seus pontos obscuros, para ali descobrir um continente. E outras feitorias bem próximas, Assunção, por exemplo. Abrindo-lhe a porta, Tronhão indicou as montanhas, gesto que sentia ele o inocentar por duas décadas ao menos.

— Sua peregrinação começa hoje.

Rectus temeu o avanço pelo mundo das sombras, esbarrar entre espigas com chifres de novilhos, condenado à morte sem tempo de se banhar. Afinal, Peregrino havia-lhe prometido uma semana ao menos para limpar a casa, plantar algumas hortaliças, pela lisonja de que o crescimento semanal lhe restaurasse a imagem que já partira, queimar os manuscritos, para que não sobrassem provas do passado de Santíssimo, ninguém mais se deixando arrastar pelo universo da memória.

— Não saio daqui. Que absurdo pensar que um homem muda de pátria com a facilidade do galgo que num salto desconhece ter abandonado um país.

Apesar de não se falarem, Peregrino e Ofélia inventariavam Santíssimo através de bilhetes depositados nas cavidades de duas árvores, idênticas na aspereza de superfície, número de galhos, altura, dimensão, e no matiz das folhagens. Zelaram para que nem os anos desmanchassem esta semelhança, o que levou Peregrino e Piedoso a considerarem particularmente a fertilidade do solo.

A princípio Peregrino rebelou-se com a intervenção de Piedoso, escudo impedindo-o de analisar os reflexos de Ofélia, aquele universo que teimavam as tias existir na sobrinha. Mas, introduzido Piedoso como definição realista de Ofélia, não lhe coube opor-se. Como que Piedoso tomava o assento principal da casa, evitando naturalmente o leito de Ofélia, onde consumia ela juventude e horas de ocaso.

A semelhança entre as duas árvores tanto se acentuou, que cuidavam de não se equivocar de cavidade, onde os bilhetes iam expressando sentimentos. A primeira quinzena cabia a Peregrino, a última a Ofélia. Embora a letra pertencesse a Piedoso, Ofélia fazia Peregrino sofrer: ah, esta chuva! escrevia. Sem acrescentar suspiro, palavra áspera, a que devotasse Peregrino o dia a decifrar. Para completar ela no bilhete próximo: de todos os teus regalos, o mais comovente receber de volta à sala o caprichoso cesto de Justo.

Não sobrava a Justo espaço na casa. Iam-lhe apertando sempre mais os limites. Inicialmente, as tias o chamaram para capinar, recolher o gado, cenoura, couve, limpar o curral, e anunciar a chuva com antecedência, para que não se molhasse a roupa de Ofélia. E como lhe reconheciam o modo pacífico, logo o desobrigaram das saudações matinais. Arrastada à charrete, Ofélia passava por ele às pressas. Assim ia ele amontoando detalhes daquele corpo com esperança de completar um dia o grande quadro. Não conseguia porém ultrapassar-lhe os limites dos quadris, extensos e abundantes. Foi-lhe recomendado que jamais vencesse a soleira da porta, mesmo em circunstâncias em que faltasse ar a Ofélia. Qualquer ruído na escala programada pelas tias danificava a familiaridade de Ofélia com o mundo anímico. Seu casamento com Ofélia divulgou-se sem que o consultassem. Apesar de Hermengarda amarrar uma fita diariamente no dedo, esquecia-se de lhe contar que futuro o aguardava, como marido da sobrinha. A ideia porém de que os duzentos e dez quilos de Ofélia fossem surpreendidos na intimidade por um estranho emocionava Filomena, que em todos aqueles anos foi a única a acariciá-la.

Estranhou-se que Justo viesse a participar de um poder que fazia e deixava nascer ao mesmo tempo. Mais que ele, mereceria Piedoso a designação. Os murmúrios de que Piedoso seria melhor candidato foram recolhidos na horta, arrastando Filomena para a cama, com violentas cólicas. Não suportava tanto ultraje, confessou a Hermengarda, que lhe recriminou a doença às vésperas do casamento. De nada adiantando Hermengarda pedir-lhe revisão no processo de dor, nela em andamento. Incapaz de resistir aos apelos do luto fechado, Filomena optou pelo preto durante três meses. Até Piedoso desculpar-se: se estivesse em jogo a honra de Ofélia, abandonaria Santíssimo. Deixando-se afinal seduzir pelo xale colorido que lhe trouxe Emília, para melhor suportar as asperezas daquela estação, Filomena aceitou as desculpas. E, à meia-noite, véspera da cerimônia, Justo soube do seu casamento.

— O sonho de todos é ocupar espaço na cama de Ofélia. Você saiu vencedor, disse Hermengarda.

As tias evitaram trajes novos, e o bolo nupcial. A exibição de riqueza aprofundaria feridas que ninguém na casa sabia localizar no corpo de Justo. Ele adaptava-se aos novos padrões investigando com reservas o garfo e a faca. As tias o preveniram quanto às exageradas dimensões do quarto da noiva. Pertencera à mãe de Ofélia, que exigiu um quarto de dormir superando as dimensões de uma cozinha, pois alimentava-se unicamente de alpiste e alface selecionados à beira do rio, de vegetação sempre úmida, e ovos de codorna às sextas-feiras. Para vida tão frugal, que ela recomendava, ia explicando:

— O corpo para o amor exige febre e a magreza nervosa das lagartixas.

Tais palavras desalentavam as irmãs, absorvidas em cultivar o recato. Não deviam estas expressões vencer as paredes da casa. A irmã, porém, cuja intrepidez Próstatis intuía, voltava à casa sofrendo a inspeção diária de Hermengarda e Filomena. Principalmente Filomena, que ao não ter Eucarístico na vida razão de alimentar-se de côdea embebida em leite quente, chegava a cheirar-lhe o rosto, os braços, confiante de que o sexo da irmã se aguçava particularmente nestas regiões.

Em presença de padre Ernesto, Ofélia casou-se em casa, tomando-se o cuidado de cerrar bem as janelas, para que por distração uma das irmãs não acudisse ao jardim, para apreciar os legumes. Peregrino alegou doença por não comparecer, embora não o convidassem. Seguiu seu presente em folhas de palmeira, uma novilha esquartejada por Tronhão. Piedoso, que desconhecia a novidade do vinho, cujo sabor apresentava-se na sala naquele dia, foi convidado a retirar-se. Enquanto Ofélia se casasse, não devia permanecer na casa, assim evitando-se rumores de que fora ele o noivo, em vez de Justo. Filomena proibiu-lhe também a charrete, quando se exibisse por Santíssimo, durante a cerimônia. Temia que imaginassem Ofélia ausente ao próprio casamento, atraída pelo rumor dos cascos dos cavalos e o vento que lhe vinha ao rosto.

Piedoso aceitou a advertência em prantos. Pela primeira vez não o convocavam a testemunhar um ato destinado a converter--se em passado de Ofélia. Destituído de funções para as quais se preparou desde os doze anos, via-se na desgraça quando lhe chegasse a hora de relatar o que fora na vida de Ofélia aquela cerimônia.

Enquanto vestiam a noiva, acrescentando-lhe Emília renda e rosas, sem que Hermengarda pudesse criticá-la, Piedoso insistia junto a Ofélia, apesar do seu embaraço diante da última cena a que pôde assistir, para atentar aos acontecimentos, uma vez que ele, ainda querendo reconstituir-lhe no futuro o patrimônio daquela tarde, não a poderia socorrer.

— Ao menos uma vez na vida preste atenção, disse com lágrimas nos olhos. Ofélia sorriu-lhe e ele pensou haver-lhe arrancado uma promessa solene.

Em vez de enaltecer a noiva após o casamento, padre Ernesto realçou a altivez há muito alojada no rosto de Filomena, quiçá antes mesmo dele chegar àquela paróquia. E para Filomena não se recuperar da emoção, e poder ele antecipar sua partida da casa, afogou a todos de estima, carícias veladas, e um enfado inicial. E, por dever, abraçou a noiva em nome de Peregrino, Fidalga, Censata, Imperatriz, tantos ilustres ausentes. E quando já se afastava dela empapado de suor, o olhar de Ofélia parecia anunciar que ainda estavam faltando muitos nomes.

— Tem razão, minha filha. Sem contar os que já nos antecederam no céu.

Justo desembrulhou o pijama que lavou à meia-noite, após Hermengarda anunciar-lhe o matrimônio, e por cujo tecido cuidou de espalhar talco de modo que não exalasse seu perfume natural, de que começava a envergonhar-se agora.

— Por favor, o caminho é este. Hermengarda o orientou pela casa. Indicou-lhe o lado direito da cama que, já por séculos, pertencia ao varão. Justo agradecia que o encaminhasse por uma casa que tardara tanto a visitar, a despeito dos convites. Não fora Hermengarda, facilmente perderia a noiva, só a encontrando quando começassem a envelhecer. Hermengarda não lhe dava ouvidos. Ocupava-se com Filomena em instalar-se junto à porta, para isto arrastando cadeirinhas de palha, talvez estilo Império, que fabricara Eucarístico obedecendo à firmeza da mão e ao seu incontrolável desejo de voar.

Piedoso esgarçara o traje roçando os fundilhos pelos bancos do cemitério. Mudava de posição para que nenhuma testemunha se qualificasse a depor contra ele, ao reconstituir-se a aventura daquela tarde. Bonifácio convidou-o para um pão de centeio, que lhe trouxe a mulher, após insistir com ela. Piedoso aceitou com a condição de não ficarem um instante a sós. Convocada a partilhar de um repasto cuja fragilidade desprezava, Censata criticou-lhes a festa que se constituía de três pessoas apenas. Querendo corrigir o defeito, que se devia pela improvisação, Bonifácio foi impedido por Piedoso. Não ficava bem empalidecer de algum modo a verdadeira festa, que era o casamento de Ofélia. Talvez pudessem, isto sim, chamar Respaldo.

— Então você lhe conhece o nome?

— Sempre que posso, as pessoas passam a existir. Pena que seja por pouco tempo. De volta à casa, o som da sua corneta ameaçou avançar madrugada. Arrebentava quase o peito de tanto soprar, para nenhum ruído da câmara nupcial o atingir.

Fechando discreto a porta, Justo disse: — Licença, tias. E antes que Justo se defendesse, Filomena se interpôs entre ele a porta, impedindo-o de fechá-la.

— Como faria Ofélia sem o socorro das tias? De avental branco, desfaziam o leito marroquino. Hermengarda carregava uma bacia com água, e Filomena trazia o sabonete, a ducha nova, o álcool, ainda a toalha, cuja superfície ocupava-se com um gigantesco O bordado em ponto cheio, de tão esplêndidas cores que se proibia indicar a tonalidade que se destacava no trabalho.

Consultada sobre a toalha, Emília perdeu-se em divagações, das quais emergiu com a mesma alegria sentida após os desastres com Mariano, quando compreendeu que se Ofélia lhe impugnara a visão tantos anos, obrigando-a a enxergar as próprias vísceras e consumir sombras com a ajuda de goles de leite morno, também lhe desenvolveu o gosto pela paisagem e as cores, de que não teria usufruído, não fora o seu erro e a fatalidade de nascer em uma família de cegos.

— Uma família que causa inveja a Assunção, disse Próstatis condenando Eulália, que se recusava homenagear aquela raça inteira encaminhando-se para a escuridão. E tamanho o seu orgulho pelos cegos, que lhes mandava rações de alimento, animais vivos, para nada lhes faltar. E uma vez ao ano aceitava comer com eles. Onde se sentia redimido, os pecados perdendo força, enquanto a piedade o tomava.

— Estou salvo, disse a Átila, após se levantar da mesa. Sempre no quinto dia de setembro, repetia as mesmas palavras. E quando o avisaram de que Emília fora resgatada das sombras, Próstatis censurou a ruptura de uma tradição que acompanhava Santíssimo desde a sua primeira pedra.

Informada de que Próstatis padecia a ponto de não deixar o leito, Eulália vestiu o melhor traje, e se alardeou pelo cemitério com Fidalga pela mão. E indicando os galhos revestidos de ervas, que se curvavam com chuva, e entre si se emendavam com cipó, ela lhes insinuava a fraqueza e a propensão ao voo, por lhes faltar um tronco de que se originar. Bonifácio exortou-a a fazer suas queixas ao ouvido do que era humano, e não aos pés do inativo, e vegetal ainda por cima. Eulália insistia quanto à natureza de Assunção, que se prestou sempre a um belo passeio pelo campo, e da qual jamais se ausentaram a clorofila e a semente disposta a corrigir-se em prol da futura forma. Em Santíssimo ocorria o contrário, disse ela se afastando. Átila pediu-lhe que não semeasse a discórdia. O fato de Emília enxergar, ou não ter nascido cega, não significava a desintegração de Santíssimo.

— E não é o começo de uma cinzenta manhã de cinza? disse Eulália.

Fidalga sorriu para que Eulália lhe beijasse a mão em reverência. Fazia-se perfeito entre elas o silêncio. Sabendo-se porém objeto de disputa, Emília dividia-se entre o prazer de enxergar e a traição involuntária. Próstatis negava-lhe perdão, que tivesse sucumbido à oferta vil. Deixava-se ele sufocar pelo acúmulo de lições daquela semana. Nem Efigênia, ou a casa de Iluminura, lhe aliviavam a pressão sanguínea. Emília queria pedir-lhe perdão, ele evitava fixar-se em seus olhos, embora deixasse tombar em suas mãos algumas moedas de ouro, da guerra ainda do Paraguai, relíquia da casa.

— Agora que você enxerga, não quero mais as moedas sob o meu teto.

Átila o consolava: — Não desistiremos de nossas ceias anuais. De nada porém adiantava, Próstatis descobrira-se em pecado mortal. — Nem a confissão me salva, e pediu que escondessem do padre o seu remordimento. Se perguntasse ele pela saúde, pois lhe dissessem que a perda da mãe há tantos anos afinal o reduzia naqueles dias a cinzas. Suspeitando da origem daquela dor, padre Ernesto convidou-o para o café. Serviu-lhe na louça de ágata, presente de Respaldo, após expelir um difícil pecado pela boca.

— Sabe que a alma *é* imortal? disse ele de repente.

— Ah, melhor seria se fosse o corpo imortal, disse Próstatis saboreando o café.

Padre Ernesto defendia a paciência, estado vizinho à pedra, mineral mas reconhecidamente humano. Os santos provaram-lhe o sabor de mel, que Próstatis os imitasse. E viriam as abelhas povoar-lhes os ramos, bagas e prosperidade para a tua casa, casa da alma, naturalmente.

— O senhor cura matando, não é?

O padre sugeriu que deixasse de visitar certas vivendas. E não era a alvenaria destas paredes responsável pela dor no peito e seu olhar longínquo? E porque abordava temas impossíveis de modo gentil, padre Ernesto não recusou o choro. Próstatis ofertou-lhe o lenço, com a condição de não o receber de volta. Os presentes que lhe deixavam à mão, quando se distraía, considerava-os perdidos para sempre. Aconselhava o padre a puxar o sino, rezar a missa, abandonando idolatrias.

— E me acusa de paganismo?

— Acuso de venerar a fantasia, disse Próstatis. Fantasia não era coisa de macho, e não se deixaria capar apenas para se solidarizar com o padre, que fizera o mesmo. O seu credo era a ação, jamais coisa alguma no corpo lhe murchando porque se esqueceu de dar-lhe função.

— Vamos nos separar, é o que você propõe? disse padre Ernesto.

— Não precisa. Basta que saiba que estou em pecado mortal.

Mergulhado na abstração, Mariano cortava os cabelos. Próstatis corrigia-lhe os desvios das mãos: como se esquecera Mariano de capinar a grama, aparar as desforras da natureza, antes de pretender emendar as criaturas? Mariano se desculpava. Sentia-se responsável pela sua tristeza, uma vez que não o podia ajudar. E como se não lhe bastasse a dor em seu peito pelo estado da alma de Próstatis, orgulhoso o olhar de Emília convidava-o à luta de navalha, rinha de galos, pelejas todas indicando o mais forte. Não lhe concedia Emília o direito de divulgar sua participação no ato que lhe devolveu a visão, para que condenando-o também pudesse ele penitenciar-se. Quando Mariano lhe expressava remorsos, ela dizia:

— Reserve-me o direito de o querer sempre menos.

Bordando a letra O na toalha, cujo estado imaculadamente branco devia-se aos cegos em conjunto assoprando o tecido ao alvorecer, Emília perdia-se na fantasia: Ofélia é incorruptível. E ainda que a cada espasmo do rosto se lhe quebrassem algumas agulhas, dedicou-se a interpretar semelhante mistério. Não a seduzia Ofélia porque devessem nascer sob seu consentimento e diretamente à palma da sua mão. Tampouco pela gordura, aquele barril repleto de fitas, linhas, carretéis, agulhas de fino aço, sem mencionar os balões de delicado sopro. Incorruptível, disse Emília ainda incapaz de definir o centro da atração. Ah, porque ela segue o seu destino e nós lhe prestamos vassalagem, agora começava Emília a deslumbrar-se com a nova índole das suas percepções. O mistério pois de que estava Ofélia alagada, e que a anunciou, também se explicava pelo modo obsessivo com que Emília bordava. Então o mistério de Ofélia era também Emília excedendo-se até atingir a perfeição?

— E não é afronta, ouviu, Ofélia, disse, cuidando de enfeitar com violência o que restava da letra O, remexendo na cesta de madeira, e dos carretéis que ali estavam a nenhum deixou de tocar. Não se podia acusar sua cesta de pobreza, ou ela de distraída, por lhe faltarem certas cores. A abundância que elegera Emília correspondia ao mesmo exagero de Imperatriz com os círios todos importados das catedrais espanholas. E se lhe faltavam alguns matizes, não era por displicência, simplesmente Iabeshab vedava às cores combinações infinitas, transgressões que impossibilitassem ao homem descrever o amarelo por exemplo, razão de muitos carretéis tombarem à água sob sua iniciativa. Emília desforrava-se pela agilidade com que os dedos teciam os pontos, sem por isto visar menos à perfeição.

Não ousava Justo mais que o arquear da sobrancelha direita, gesto discreto na escuridão do aposento. As tias já se dedicavam a destituir Ofélia dos adornos, que de rendas e rosas logo se desfizeram, do vestido, anáguas, do corpete com barbatanas de peixe importado, que ainda conservava forte cheiro de maresia, a calcinha, meia soquete, tantas peças que Justo esquivava por vergonha de catalogar. As tias eram diligentes, dobrando peças, organizando-as sobre a cadeira, friccionando-lhe as gorduras com álcool, por temor da infecção. E quando Justo imaginou que partissem, elas o despojaram dos trajes, nem as ceroulas respeitavam, sobrando-lhe apenas cerrar os olhos na ilusão de que no escuro feito algum ganhasse evidência e força. Arrastado nu para o leito, foi advertido de que já podia livrar-se das falsas vendas e apreciar Ofélia esplendidamente abatida, em destaque as sobras do peito, cintura, e outras de enumeração difícil, todas porém inanimadas.

A natureza de Justo o predispunha à obediência e espanto ao mesmo tempo. Habituara-se a surpreender o corpo em explosões ocasionais, quase todas às portas dos próprios intestinos, a engrenagem sua mais sensível. Que as tias o arrastassem a Ofélia, não o fazia rebelar-se, desnorteava-o sim a maciça topografia estendida na cama de modo a não lhe ser possível indicar sobre que parte de Ofélia o seu corpo encontrava-se, pois percorrendo-lhe a superfície não chegava a deixá-lo, e nada se fazia familiar a ele e ao próprio sexo. Agachadas em torno da cama, Hermengarda e Filomena lamentavam o piedoso recolhimento do homem, como passaram na intimidade a denominar-lhe o sexo murcho.

Justo foi indicado marido de Ofélia na noite mais fria do ano. Deixavam-se Hermengarda e Filomena seduzir pela efervescência de um mingau, quando compreenderam que Piedoso estava a merecer reprimenda. Não que o considerassem inimigo, mas amigo também devia sofrer restrições e deslealdades. E que melhor punição que convidar um estranho a circular pela sala? Decidiram-se por quem estava mais perto, Justo dormindo na pequena casa de sapé.

— Pelo menos ele dorme em silêncio, disse Filomena.

— É verdade, ele vive em silêncio.

Na refeição matinal, disseram: — É hora de casar-se, Ofélia. Nos preste esta homenagem, sim? Emaranhada em sombras que jamais pouparam Santíssimo no mês de agosto, quando o ano ainda não terminara, e também não se podia dizer que havia começado, Ofélia sorriu, uma afabilidade sem respiração ofegante.

Justo pedia socorro pelo olhar. A natureza o tornaria de novo competente, se as tias deixassem a sala. Elas lhe surpreendiam o embaraço tecendo com as unhas riscos geométricos sobre a colcha. Perdoavam-lhe a dificuldade em adaptar-se à escala de preciosismo de Ofélia, que admitia em sua pauta a introdução de variadas notas musicais. Tinham fé, no entanto, que pronto ele aprendesse lidar com material transparente. Sorriam-lhe, para não duvidar Justo da confiança no peito daquelas irmãs unidas. Hermengarda beijou o pé direito de Ofélia, coube a Filomena o ósculo no esquerdo.

— Licença, sim, Ofélia, disse Filomena. E ambas lhe apartaram as pernas, tanto as suspenderam no ar que perdendo equilíbrio Justo tombou no colchão. — Onde estou, onde estou? temia ele que lhe fosse a queda fatal. Descobrindo-se em terra, teve esperanças de que os aflitos apelos não houvessem ressoado.

— Estamos ao seu lado, disse Filomena.

De olhos fechados, esquecendo as tias, Justo esfregava-se sobre Ofélia na ilusão de que aquela coisa distante dele, e nem assim menos sua, outrora fiel e alegre já pelas manhãs ao mijar, se erguesse procurando nela o caminho natural, sem dúvida incomensuravelmente largo, pois afinal estando ali o membro, nem ele e Ofélia lhe registravam a presença. A princípio, Justo condenou-se que, por grosseira concepção do que seria a natureza de uma mulher, cometesse tal equívoco. Logo porém se desculpou, naturalmente o destino querendo distinguir Ofélia conferira-lhe um túnel secreto, que se devia agachar para descobrir, e este era o prêmio. Fugindo do local em que convencionalmente o sexo da mulher se protegia, partiu em busca da porta de ouro. Para desvendar tal segredo, experimentou-lhe o umbigo, as cavidades auriculares, as celulites da bunda, coxa, até mesmo entre os dedos do pé. Não encontrava senão o túnel onde antes se perdera seu sexo nadando como nas águas do Alvarado.

Ofélia demonstrava enfado pela posição, pedia água com as pestanas. Demonstrou fome também, e lhe trouxeram galinha assada com farofa, que ela triturava sem fazer ruído, para não molestar Justo, tragado pelo vulcão, como se ostentasse às pernas um alfinete. Hermengarda e Filomena consideravam as contorções parte do espetáculo, por serem ambas donzelas.

— Paciência, filha. Logo estará terminado, disse Filomena, enchendo-lhe desta vez o vaso de flores com groselha.

Era delicado explicar às tias que embora lhe faltassem provas, estivera seu sexo em Ofélia. Não o acusassem pois de ingrato, ou desleal, o membro agira como cavalheiro, as tias deviam testemunhar em seu favor. Deslocou-se do corpo de Ofélia caindo pálido na cama. Hermengarda sugeriu-lhe repouso.

— Foi uma festa, não foi? disse Filomena.

Às oito da manhã, Piedoso descrevia um lobo, voraz e rasteiro, em visita a Santíssimo. A quem não bastando galinha, gado, animal miúdo, indicava preferir criatura de água, pois as margens do Alvarado amanheciam apinhadas de espinhas. Filomena comovia-se que imperasse agora a voracidade insatisfeita com as regras do próprio instinto. As dores de um destino incandescido, perseverante mesmo.

— Se me coubessem apenas as aves do céu, por que deveria preferir as aves da terra? disse em prantos.

Piedoso enumerou-lhe as rugas do rosto, e transmitiu-lhe coragem, que não temesse, àquela hora a criatura voraz estaria em Assunção, saboreando os biscoitos de Santíssimo. Filomena provou-lhe o engano, havia o lobo de novo abandonado o altiplano, onde rareava o ar, em troca do cemitério, cheio de flores. Não era Piedoso o primeiro a trazer-lhe a nova, o fato tornara-se lendário, pois que em Santíssimo as palavras costumavam multiplicar-se sobretudo ao meio-dia. Piedoso tocava a corneta, distraía-se esclarecendo Ofélia sobre acontecimentos com três, quatro anos de antiguidade. Até não suportar mais:

— Se duvidar de minha nobreza, eu me retiro, disse a Filomena.

Ela admirou-lhe o desempenho. Pôs a mão em seu ombro, até Piedoso sucumbir aos soluços. E utilizando imagens que variavam do golfinho à espada, todas em ritmo descompassado e com pequena graxa para deslizarem em suas mãos, e ele não as enxergar, transmitiu-lhe dúvidas.

— Não serve, temos certeza, disse Piedoso afinal.

Informado de que Piedoso o acusara de possuir instrumento convencional e doméstico, de que não se aguardavam senão desforras, Justo chamou-o na casinha de sapé.

— Ali, só elefante, ouviu?

Sua história pessoal jamais registrara outro momento de rebeldia, logo vencido pela realidade de que apesar de lhe haver tocado apenas as bordas do abismo, Ofélia era sua mulher. E para que Piedoso esquecesse a infidelidade, pôs a serviço dele e de sua família a habilidade manual com que a natureza o contemplara. Alijado das funções noturnas, Piedoso via crescerem entre ele e Ofélia inesquecíveis lacunas. Indicou a Justo a porta da casa: você há de lutar enquanto Ofélia consentir.

As funções se automatizavam. Por parte de Ofélia, deitada e nua, enquanto as tias lhe sustentavam as pernas abertas no ar, e por parte de Justo, que nada lhes devia em presteza. Assim como lhe vinha a ereção, à primeira manifestação de fracasso também se lhe ia. Ofélia não escondia a irritação, as tias empenhadas em acalmá-la com água doce. Justo esfregava urtigão no membro, sonhando-o inflamado, distante da gangrena, mas com dimensões preenchendo aquela cavidade. A inflamação despertou suspeita de que se contaminara na casa de Iluminura. Informada de que a estavam desonrando, Iluminura nomeou Peregrino avalista e defensor. Peregrino enviou uma pequena porca, o bilhete dizia: na minha casa, nada se contagia, nem os animais ou as criaturas são impuros. Tranquilizada, Hermengarda assou a porca e admitiu Justo novamente no leito. Porém, todo prodígio que Justo operasse com o membro, esbarrava na realidade. Numa crise de desespero, procurou atuar com os punhos.

— Alto lá, se o instrumento é precário, fiquemos aqui mesmo, disse Filomena. Hermengarda ordenou-lhe a retirada. Ele pedia auxílio a Ofélia, o sorriso dela insinuava: grata pelo esforço. De volta à antiga casa, era diariamente convidado a comer com elas. Em troca, suas cestas deixaram a convulsão de lado, e não se lhe viam os nós, ainda que os buscassem. Provocavam sentimentos moderados, e por parte de Emília especialmente devaneios. Peregrino inquietava-se com o artesanato minucioso, uma ciência que seria marítima se Justo dispusesse de um barco, bússola, sextante, e todos vivessem de cara para o mar. Também a intensidade de Eucarístico arrastava Peregrino a sonhos próximos aos novelos de lã da caixinha de Emília, que jamais ela usou, para não relegar ao esquecimento as linhas do bordado.

Eucarístico habituara-se a fazer milagres na madeira. A transubstanciação que haveria uma árvore de sofrer, e unicamente ele enxergava, sempre o deixou em estado febril, vizinho ao corpo supurando. Aquele amor selvagem revigorava-se a cada manhã, mesmo sem auxílio de Magnólia.

— É uma caça aos espectros, após desistir das sombras, ele disse a Respaldo, admitindo-lhe a fala após um ano de empenho. Todos reconheciam-lhe o amor à distância. Deixava traços na terra. Depois da chuva, não se apagavam. Seguia-se sua rota para descobrir Eucarístico cheirando a superfície de uma tábua, a testa franzida, o silêncio erguido com tijolos e argamassa. Ou destroçando uma cadeira já polida, para jamais duvidarem do seu poder de crítica. E se lhe insinuavam que buscasse a gênese do tronco, Eucarístico lambia a madeira para lhe testar o paladar, cortejava os nódulos, já lhes dando imaginárias formas. Com apenas olhar, declamava-lhe a procedência, origem, número de anos, as camadas de pele que havia naquele diâmetro. Quanto à serragem, em dois minutos reconstituía a memória daquele rosto de madeira, como o bosque de que a extraíram entre torturas e desbastações. Acrescentando-lhe sentimentos, capazes todos de refazerem o nascimento e morte de uma árvore, os galhos, folhas, o orvalho de longas madrugadas. A natureza inscrevia-se em ouro na sua fronte, bastava a Eucarístico olhar-se ao espelho.

Em hora de lazer, esculpia elefantes de tamanho natural. E quando já se podia batizar o animal, dar-lhe nome motivo de orgulho da tribo, levá-lo ao mercado onde o leiloassem entre guirlandas e vozes roucas, senhor de obesidade e pele de rancor e crocodilo, Eucarístico passava a reduzi-lo a nova dimensão, com forma igualmente asseada, a que oferecia retoques equivalentes a outro nascimento. E prosseguia nesta tarefa de estreitar-lhe várias vezes o mundo, ainda que não o privasse da sua rica clorofila, até haver esculpido da mesma madeira vinte e três a vinte e oito elefantes, todos conhecendo a cada fase um rosto e corpo de que sua espécie se orgulhasse. Por que não ia diretamente à miniatura, como terminava o elefante, era o que lhe perguntavam. Eucarístico indicava os dedos como fonte dos distúrbios, a sensibilidade exagerada de uma área livre. Mesmo aqueles elefantes, com que se distraía, resultavam de viagem dolorosa, de roteiro unicamente conhecido por ele.

Inclinara-se à madeira sem sofrer influência do pai, marceneiro também. Tombando do berço agarrou-se a um chocalho do qual se desprendeu para descobrir que brincadeira alguma firmava-se em seu catálogo pessoal. Respondia apenas à árvore, regras impostas pelo formão, serra, martelo, prego, e a presteza das mãos. Seu repertório de palavras ampliava-se sempre quando palmilhou uma árvore. Formava então frases como um potro, embora não se suspeitasse de tal riqueza vocabular. Certas palavras, no entanto, pela rispidez de forma, ou por ressoarem prisioneiras de uma concha, iam rompendo seu isolamento, e ele as repetia envergonhado em duvidosa escala, entrecortadas de suspiros, assovios, prontas todas a murcharem.

Para conservar intacta a oficina, seu precioso lar na terra, raramente autorizava visitas. Cabia a Magnólia confirmar se naquela estação, ou dia da semana, se dispunha Eucarístico a aceitar vultos humanos. Ela jamais reclamou de seus rituais, prolongadas ausências da casa, ou por deitar-se ao seu lado sem a enxergar. Intuía amar ele na madeira o que não podia amar numa mulher. Após o casamento, Hermengarda lhe fez chegar o aviso para agir com cautela, se mantivesse discreta. Habituou-se a ele do mesmo modo como fazia as camas, lavava a roupa, via os animais no pasto. No olhar do marido surpreendia espanto pelos filhos, como se não os tivesse visto nascerem, ou pudessem vir à terra sem antes ele os ter moldado na madeira.

Ofélia parecia apreciar os milagres de Eucarístico, razão de Piedoso desrespeitar-lhe a lei. Fazia-se preceder pela corneta, som que imantava Eucarístico contra a parede, por onde se arrastava até volver à própria complexidade. Deixava a oficina com gestos de cego. Sem se intimidar, Piedoso propunha-lhe extravagâncias a que Eucarístico unicamente poderia atender se tivesse nas mãos farinha de trigo, veludo importado, folhas de papiro.

— Imite o cristal desta vez, disse Piedoso. Queria um cálice em que Ofélia bebesse groselha. Eucarístico afastou as cascas até alcançar o nodo germinal de que a madeira partira para expandir-se e tornar-se um tronco. Passando a sua gênese em revisão, Eucarístico começava a tornear.

— Eucarístico viaja dentro dos troncos, disse Censata.

Se na batalha do machado o pai de Eucarístico perdera um dedo, ultrapassando a memória paterna sacrificara dois. Sua perfeição lhe permitia ceder alguns dedos em troca de construir camas marroquinas, armários de parede com dois mil escrínios, que conservassem lenços e papel de carta.

Sua magreza recordava os santos de Santíssimo, cujo sofrimento espalhado pelo altar padre Ernesto aprovava. Censata contrariava-lhe os fundamentos de que a passagem pela terra exigia sacrifício, ao pretender-se a santidade. Parecia-lhe ao contrário que a santidade era encargo tão pesado que estava a merecer alívio. E depois, não suportava santos em lágrimas, porque não lhes concedia a Igreja sorrisos. A defesa de santos gordos, segundo padre Ernesto, contrariava o estado natural da graça, que exigia jejum, perda de substância física, o flagelo enfim. De tanto Censata encabeçar a luta de que não podiam por mais tempo ostentar miséria, ainda que nas pessoas dos seus santos, foi atraindo adeptos.

— Censata tem razão. Para merecer o reino dos céus, a gente lá precisa perder arrobas? disse Próstatis.

— Vamos engordar estes santos, disse Piedoso, expressando apoio de Ofélia. Mas, se não os queriam esquálidos, havia que indicar preferências. Prolongou-se a discussão até elegerem Ofélia modelo. Atraído porém pelo sonho dos elefantes, propôs Eucarístico que cada santo representasse uma etapa vivida pelo corpo de Ofélia, de modo que quando os tivessem enfileirados facilmente se acompanharia a sua trajetória na conquista da gordura.

— Não vai sobrar lugar para a gente na igreja, ponderou Átila.

Havia os modelos reduzidos. Para cada quarenta quilos de Ofélia, caberiam ao santo dezessete. Rigidez com que alcançariam a atual marca de Ofélia, sem quebrarem paredes, ou expulsarem gente da igreja para alojar santos no altar. Eucarístico deixou crescer a barba durante o trabalho. E, convidado para a procissão, refugiou-se no monte, não havia como localizá-lo. Naqueles meses devotara aos santos tanto amor, que padecia com a separação. Amor que lhe recomendou Respaldo forrar de casca de árvore, para não se ferir tanto. Que outro escudo elegeria? Eucarístico prometeu resposta. Uma semana mais tarde, disse: talvez eu ainda contemple o amor perdoando qualquer separação.

Não se estranhou que na manhã límpida do primeiro de julho Eucarístico tomasse café em casa, cercado por Magnólia e os filhos, sem jamais os olhar. Sempre dividiu com eles o pão, as sopas do inverno e um animal ou outro assado. Não tinham em comum nenhum terreno que olhassem com igual fervor. Enquanto Eucarístico escavava o fundo do prato, os filhos já se haviam esquecido daquele homem que lhes vencia os corpos para ir de encontro à parede. Parecia Eucarístico confessar que se ainda voltasse à casa, viria em marcha diferente, pernas talvez trôpegas, o rosto tendo aprofundado sulcos que não estiveram em sua cara pela manhã.

Servindo-lhe o mingau, tarefa que a impulsionava ver o mundo oscilando, Magnólia naquela manhã surpreendeu-lhe o corpo em movimento de pêndulo, pois ia Eucarístico da mesa à porta, da porta à mesa, e a que se deixava ele submeter com certo nervosismo, quem sabe querendo quebrar os grilhões. E ainda que o visse prisioneiro do tempo, suas pernas avançando pelo número nove do marcador invisível, não teve coragem de dizer-lhe bom dia, ou indagar se casualmente ela se excedera na dose do açúcar, para o ter tão dócil próximo.

Hermengarda lutava contra a tentação de denunciar Eucarístico à comunidade. Mas, não podendo contar mais com ele na terra, que vinha alimentando o barco com a própria carne, convocou Filomena a acompanhá-la ao altar, no domingo. Com palavras em fogo e cinza também, exortava-os a desafiarem Eucarístico. Devia-lhes provar se o seu barco tinha realmente envergadura para resistir às águas do Alvarado. Não era brincadeira de papel, o que lhe consumira anos.

A campanha contra Eucarístico estendia-se ainda que Magnólia pedisse trégua. Acaso não lhe havia bastado presenciar aquele fausto marítimo com um enfado que já lhe ameaçava a saúde? Bateu de porta em porta, pedindo satisfações. Até Hermengarda compreender que, embora de forma incompreensível,

Eucarístico lidava com a madeira, quer acariciando os remos, a respiração contra as tábuas da proa, quer sujando a roupa contra a última serragem que permanecera a bordo. De outro modo como explicar que ainda se comovesse com ele? Houvesse abdicado da madeira, como a princípio acreditou a ponto de o difamar, esgrimiria ódio contra o aventureiro. A função dele era rara, migratória, como um pássaro, devia nascer e morrer continuamente para imprimir velocidade ao barco, que já não ocupava agora o mesmo pedaço de terra que o instalou desde o início.

A novidade de que Eucarístico remando em solo firme convencia a terra a ceder-lhe espaço para prosseguir adiante surpreendeu Emília, propensa a tecer enredos que coubessem nos limites do bordado. Porém a defesa de Hermengarda provou-se tão firme, que nos anos seguintes ninguém se ocupou do barco lentamente se afastando do pátio da casa. Magnólia era a única a reclamar daquela vocação ingrata do marido de abandonar velhas estâncias, obrigando-a a andar mais que lhe permitia a saúde, para levar-lhe comida.

Difícil era encontrar quem lhes fizesse cadeiras, mesas, caixões, com igual perfeição. Ao aparecimento dos primeiros elefantes de fabricação visivelmente espúria, Hermengarda enviou bilhete advertindo aos usurpadores a interromperem a farsa, sob pena de amargurar-lhes a existência. Não admitia ofensas à memória de Eucarístico. Filomena a apoiou, pois a ingratidão as magoava em conjunto. Porém a defesa de um patrimônio que mais competia a Magnólia extenuava as duas irmãs, especialmente porque Ofélia vinha absorvendo extraordinária quantidade de alimento sem lhes dar prova de estar feliz. Para acompanhar o ritmo daquele progresso, Filomena tomava água com açúcar.

— E não foi para isto mesmo que lutamos? bastava Filomena falar com arrebato para apoiar-se no guarda-roupa, sem forças, a vida como fugia-lhe do rosto. Na cama armada na sala, para lhe poupar inúteis trajetos ao quarto, Ofélia erguia a cabeça atraída pelo tumulto que deslocava os objetos dos lugares. Hermengarda abanava a cara de Filomena e Piedoso providenciava-lhe cadeira e chá de erva-doce. Só assim Ofélia regressava à placidez com que a obsequiaram desde os primeiros anos de vida.

De tanto estas agonias se repetirem, observou Piedoso que bastava Filomena trepar numa cadeira, alcançar uma prenda sobre o armário, para seu rosto voltar ao chão, resplandecente. Com energia para varrer a casa, adiantar pequenos trabalhos acumulados na gaveta, até lhe advir novo ataque. Sempre com pretextos banais, propunha-lhe Piedoso galgar cinco a seis degraus da escada, só descendo quando a liberasse. O que irritava Hermengarda, sempre pronta a defender a honra da irmã. No entanto, cessavam-lhe as tonteiras após excursionar por paragens elevadas, e Filomena adquiria a beleza da juventude, lamentando não dispor de espelho em que registrar as vivas manchas de um passado longínquo. A experiência permitiu a Piedoso diagnosticar que se tornava indispensável a Filomena viver alguns metros acima do nível da terra.

Apesar do rígido esquema de manter Ofélia cingida aos fatos com poeira superior a três, quatro anos, Piedoso expôs-lhe a tragédia pessoal de Filomena. Pelas bochechas tremendo, Ofélia apiedava-se do destino singular da tia, sua vocação de pássaro. Mas, à presença do porco assado que lhe prometeu Hermengarda para quando a visse sorrir do modo com que sonhara numa noite difícil, embora não lhe pudesse explicar com que estrutura apresentou-se este sorriso, de ferro, junco, madeira, para Ofélia o imitar, formando nos lábios a sua aparência — viram Ofélia desertar, Piedoso compreendendo que só a teriam de volta na manhã seguinte.

Hermengarda não se conformava com que, para melhor viver na terra, Filomena devesse abdicar dela. E que a pretexto de salvar-se a enviassem à mais elevada montanha de Santíssimo, fronteira quase com Assunção. Não estava disposta a tratá-la como morta.

— E não está ela viva ainda, ou é assunto de Peregrino? E o tratado de paz entre as duas casas? disse Hermengarda.

Como o mal era incurável, e não a pretendiam acorrentar até o final dos seus dias ao topo de uma escada, tornava-se impossível salvar Filomena. A menos que construíssem sobre o teto da sala, deslocando-se algumas telhas, um quarto imitando pombal, distante oito metros do chão, de modo a impedirem Filomena de sucumbir à doença que se contornava nas alturas. Uma escada em caracol, nascida ao meio da sala, após se afastar a cama de Ofélia, que promoveria tal sacrifício para salvar aquela vida, uniria o quarto à parte de baixo.

Sob promessa de que lhes seriam concedidas licenças de gerar um filho ainda este ano, o carpinteiro e o pedreiro revezaram-se ao longo de dez dias, dormindo ambos três horas por noite. Ofélia padecia pelos ruídos. Ao vencimento de cada meia hora, Filomena solicitava desculpas, que por imprevidência sua lhe causasse tantos transtornos. E para Ofélia desafogar as mágoas, estimulava-a a manter a sombrinha aberta dentro de casa.

Mas, faltando sexta-feira para Filomena alçar-se à moradia da qual não a autorizariam descer a menos que morta, perceberam que a escada de tal modo leve e estreita impedia a passagem de Ofélia e seus duzentos e trinta quilos. Filomena cedeu ao pranto sabendo-se apartada para sempre das carícias que o corpo de Ofélia lhe inspirava. Confessava: prefiro a morte, ah, como a morte é mais grata do que me afastar de Ofélia, meus amados duzentos e trinta quilos!

Entretido com os cestos, Justo reconheceu-lhe a desdita. Tanto que indisfarçada nostalgia passou a assinalar-se em seus trabalhos, o que o promoveu à categoria de artista. — A vida é mais importante, disse Hermengarda apalpando-lhe os braços já a meio caminho de arroxear, porque o pranto de Filomena sempre lhe trouxe à garganta um caroço de pêssego engolido na juventude, e que jamais conseguira expelir.

— Eu dou um jeito. Prometo que verá Ofélia, disse Piedoso. Viam-se no rosto de Filomena além das rugas, de procedência alguma estrangeira, quase todas porém nascidas naquela casa, entre Ofélia e a irmã — ríctus convulsivos prenunciando grave ataque a estender-se pelo corpo, ameaçando convertê-la em figueira morta.

— O ataque está vindo, Filomena. Em cinco minutos você estará morta. Escolha depressa, por favor. E indicava-lhe os ponteiros do relógio de parede, ambos ponteiros irmãos, um teimando fixar-se nas horas, mais galante o outro conduzia os minutos que se esgotavam depressa.

— Faltam três minutos. E você nunca mais verá Ofélia. Nunca mais se olhará no espelho que venhamos a arrastar um dia para casa, prosseguia Hermengarda.

Filomena abanava-se com dificuldade. A vida faltando-lhe, seus braços não lhe garantiam conforto, um modo de relaxar-se, olhar tranquila as paredes. — Vou morrer, Ofélia, vou morrer. Ajude-me a nascer de novo. Ajude-me como você manda nos outros, sobrinha amada! e se ia deixando arrastar pelos degraus acima, entre Hermengarda e Piedoso, nos corrimões estreitos. Já na curva mais proeminente do caracol, limite de onde poderia enxergar Ofélia pela última vez na vida, sentindo-se melhor, o ar leve permitia-lhe comportar-se como duquesa, ela disse:

— Parem. Ah, Ofélia, não sofra tanto. Eu lhe peço.

Ofélia, que pelo exagerado cansaço que a entretinha naqueles dias não se erguera da cama para tocar em despedida a cabeça da tia, fixou-se em Piedoso, a quem coube interpretar o que lhe ia na alma:

— Logo segue um presente. É um presente para se visitar o céu.

— O céu! Que diabo de céu é este! Não vai dizer que é Assunção numa bandeja, disse Filomena, no pombal.

Nos dias em que Ofélia lhe escrevia, Peregrino despertava com febre. Entretinha-se acompanhando Fidalga ao cemitério. Aos domingos, a música soava-lhe mais sensível que durante a semana. Quando lhe dirigiam a fala, comportava-se como Fidalga, cabendo a ela agir como Peregrino. Mas o esforço de adotar a distração, para a qual lhe faltavam estruturas indispensáveis, custava a Peregrino o equilíbrio. E para não sucumbir à atração do solo, apoiava-se a uma árvore. Querendo socorrê-lo, recomendava-lhe Respaldo que se deixasse acorrentar à terra sem resistência e preconceito. Perdoava-lhe Peregrino o atrevimento, porque no papel de Fidalga seu coração sempre se abrandava.

E também não era diária a audácia de Respaldo, afora confessar à mãe, à família, que se inclinava seu coração por Iluminura, embora não a visse há três semanas, e jamais lhe tivesse tocado o corpo. Bem verdade, tomara no dia anterior chocolate quente, beberagem a que mal reagia, sofrimento atenuado pelo passeio às margens do Alvarado. Surpreendendo ali uma tainha seca sobre a pedra, lamentou Respaldo que se passassem estas coisas sem Santíssimo tomar conhecimento. O passeio despertou-lhe atenção sobre o presumível fim de Santíssimo, que defendia aliás com sobriedade. Incluía-se entre os que definiam a morte como um relicário protegido debaixo da camisa, e que não se devia perder. Sempre que suas palavras de denúncia se enfraqueciam ao escurecer, Rectus fornecia-lhe imagens adequadas. Agradeceu-lhe pois que acrescentasse aos olhares vagos a ruína também das paredes, quando quis justificar a inquietação da cidade, após o desaparecimento de Iabeshab.

Inconformado com a perda de Iabeshab, Bonifácio se deixou dominar pela preguiça e sobressaltos que o surpreendiam em forma de olheira. Ao escurecer, começava a suar. E soando as sete batidas noturnas do relógio, ainda que estivesse pesando meio quilo de feijão, ou desferindo com a faca golpes na carne--seca, ele corria à casa deixando abertas as portas do armazém, embora soubesse que uma noite de vigília diante do espelho o aguardava, e ele estaria à espreita.

A princípio, o nome de Iabeshab, por suas sílabas desagregadoras e seu aspecto de vergonha, provocou definições que partiam de produtos hortigranjeiros e terminavam em tribos africanas deslocadas no tempo e espaço das cavernas originárias sob os protestos de uma língua de conceito breve, e armas rudimentares. Bonifácio estimulava tais delírios, que os despertavam da monotonia e do dever de conjugar sempre os mesmos verbos. Apesar de Tronhão adverti-lo de que não lhes devia ferir os brios, a pretexto mesmo da nostalgia, ou do espelho anunciando-lhe à noite o envelhecimento.

Censata fechava-lhe a cara, para ele corrigir-se. Seduzido porém pelas emanações do espelho, Bonifácio não a socorria. E avaliando a própria fragilidade pelo sorriso esgotado do marido, ela o acusava de recorrer aos sortilégios da transparência, querendo salvar-se.

— Você podia ser como Ofélia, jamais se olha no espelho.

Não era presunção, ele explicava. Em sua família, ou na de Censata, ninguém atendera à beleza. De vida modesta, regada a vinagre, constituíam-se quase de cera. Não havia que recolher do espelho harmonias esquecidas. Talvez avaliasse os estragos, as cavidades do rosto, surgidas do medo ou sonho, a consciência nervosa testemunhando deste jeito. A cada alteração do rosto, correspondia uma realidade, estava seguro. Deixava-se marcar a ferro no armazém. E no cemitério, arrastava-se com o ouvido tapado de cera, para não ouvir as músicas de domingo.

Fidalga remexia as prateleiras surpreendendo entre a carne-seca, a linguiça, feijão-fradinho, uma bússola em desatino pela insistência do norte sul este oeste, porcelanas chinesas, castiçal de prata, o aquário em que os peixes japoneses, vermelhos, limpa-fundo, atuavam como carpa. E todas estas coisas, que ali estavam sem ninguém comprar, se cobririam de poeira, não fosse Fidalga limpá-las enquanto as ia tocando, sem Bonifácio perceber, ou lhe agradecer.

Bonifácio ocupava-se em pisar de novo a terra, e sempre com medidas práticas, quando o corpo ameaçava abandonar este território, livrando o armazém da poeira, sobras de carne defumada, e um mofo a que se poderia dar forma pela espessura. Em protesto por Bonifácio abandonar o armazém às sete horas, Censata se recusava dividir com ele os encargos de uma vassoura e um pano de pó. E quando lhe afirmou que seu dever era salvar-se, Bonifácio disse:

— Que culpa tenho que Iabeshab nos tenha abandonado?

Censata ameaçou quebrar o espelho, distribuir os destroços pelo campo, como estrume. Não conservaria em casa os estilhaços que punham a alma de Bonifácio em perigo. Ele deixou claro que, se agisse como silvícola, tomaria o caminho de Assunção, sem medo de errar. Censata recusava semelhante desonra e, em vez de água fresca, friccionou com álcool a superfície do espelho.

— Que ao menos não deforme seu rosto. Cuidava do espelho como a nenhum outro adorno da casa, incluindo-se Bonifácio neste inventário. Ele se alardeava de jovem diante de um espelho que diariamente se banhava. A casa girava em torno daquela doença, que se tornou em Santíssimo o modo de dizer que Bonifácio corria perigo. Em represália, ele escreveu no quadro-negro do armazém, onde se registravam preços de mercadorias, máximas e recados: se esta desgraça me acontece, o que não se passará em Santíssimo?

Respaldo exprimia com precisão um sentimento que em verdade não tinha a quem dirigir. As versões confirmavam que Iluminura se fizera inatingível como Morro Velho, onde se enterraram outrora os mortos de Santíssimo em cerimônia recordando rituais de reis secretos.

— E reis secretos, não é aberração? disse Próstatis.

— Você quer dizer abstração, corrigiu Átila Soares.

— Ah, mete no cu.

Iluminura registrava os estragos do amor, especialmente após Cacilda murchar como flor, e tudo por amar uma sombra. Repugnava-lhe a memória de uma mulher, entre dor e prazer, escondendo-se atrás das árvores na esperança de surpreender a sombra que a havia desfigurado. Não se sabia como o louco amor se manifestou. Tronhão só foi capaz de compreendê-lo quando já estrebuchava a irmã ao lado de Iluminura, que arrastou para casa aquele corpo que ninguém pleiteava, por medo do contágio. Através de suas obscuras palavras, não resistira Cacilda à formosura do cavaleiro todo de negro e cabeleira longa subindo as encostas rumo a Assunção. Seguiu-o até perdê-lo de vista, e continuou a procurá-lo por toda a área, embora lhe afirmassem que ninguém passara por ela, seguramente se apegara à simples sombra, sombra, sim, que produzem as árvores em horas certas, com forma de homem, cavalo, esquilo, donzela, exuberâncias.

Cacilda não se deixou convencer, que seu coração sucumbisse prisioneiro a uma sombra. Pediu socorro a Tronhão, mas empenhado ele em recuperar um novilho de Peregrino, seguiu direção contrária à designada. E quando lhe confessou que não vira o homem, certamente jamais existira, ninguém tinha o poder de tocaiar-se por tempo indeterminado, viu a leve imagem de triunfo da irmã converter-se numa massa gelatinosa, expressão que sob seus protestos Iluminura ousou classificar de obscena. Pensou pedir ajuda a Peregrino, detendo-o sua antiga advertência: cuide da irmã, esta égua precisa de rédea firme. À noite, não encontrou Cacilda em casa, mas o cheiro de Iluminura.

— Que negócio é este de querer fazer a irmã de puta?

Iluminura exigiu que investigasse a casa, para provar-lhe que Cacilda se perdera, e por motivos de uma sombra. Tronhão e alguns homens atingiram os limites de Assunção, ela se abraçava a uma árvore acreditando ser o tronco o cavaleiro de rosto intenso. Arrastada dali, a pretexto de se impedir que a umidade lhe tomasse o corpo, Cacilda prometeu enlouquecer se não o conseguissem para ela. Uma última busca na área afirmava ser tudo produto de lenda.

— Nenhum macho desperta tanta paixão, disse Próstatis.

Como havia prometido, tudo fez Cacilda para enlouquecer. E logo se viu recompensada, seu corpo agindo como não seu, coisas estranhas instalavam-se ali, ela rondava por todas as partes com o secreto poder de transformar casas, animais e gravetos na sombra amada. Tronhão esforçou-se em a encarcerar na sala. Cacilda insistia: onde quer que esteja o louco, ali se encontra sua paixão, ele então a deixou partir, e nunca mais ela teve pouso certo.

Revezavam-se entre todos para lhe deixar perto do rio um prato diário. Para sua caça à sombra, Cacilda orientava-se sobretudo com as águas. Fingiam não lhe reparar a sujeira, por cuidados a ela e ao irmão. Quando julgou Peregrino hora de dar fim àquele amor por uma sombra que ninguém senão ela reclamava, Tronhão chorou, seriam breves dias, embora houvesse o problema de como ela morreria se esquecesse a obediência.

Iluminura garantiu-lhes que se fosse sua vida reclamada em nome do amor à sombra, Cacilda se acomodaria à morte. Transmitiram-lhe a mensagem que com seus olhos esgazeados e poder de trevas ela quase não ouviu: sabemos que seu amor sempre existiu, mas ele a exige agora disposta a morrer em seu nome.

Cacilda se acalmou pela primeira vez. Tudo a induzia a viver, ao lhe reconhecerem o amor pelo qual lutara naqueles anos.

— Minha sombra existe, repetia. E indicando a casa de Iluminura onde morrer, pediu que não fizessem barulho. Há muito peregrinava, razão do seu estertor vir a ser exagerado, como foram desesperadas as condições de sua vida.

Iluminura marcou-lhe a morte pelo relógio. Cacilda prometera três horas para o ciclo da agonia completar-se. Nos últimos dois quartos de hora, começando a estrebuchar, reconheceu Iluminura o amor como doença de deveres funestos, a que se devia fugir. Ao devolver Cacilda morta para Tronhão cuidar, como se trata uma mulher a que se ordenou morrer porque seu amor molestava, transmitiu a Respaldo que também ela perdera qualquer esperança. Resistia-lhe não por capricho, porque foi a única a acreditar no amor de Cacilda.

Respaldo condenava-se aos registros imperiosos, sem negligenciar das botas de Fidalga, ou das variações climáticas que tanto sensibilizavam o Alvarado. Ainda que o acusasse Peregrino de percorrer as margens do rio vaticinando o fim de considerável crosta da terra. Ele aquecia as memórias debaixo das penas, ou entre as coxas, ovos que jamais teria força de desovar, para se igualar aos animais de pena, que lhe mereciam estima. Reconstituía especialmente o rosto em pedra de Peregrino, cujas lascas na superfície, por motivo de ira ou rebeldia popular, o vinculavam à rápida passagem pelo neolítico, jurando que nunca mais Iabeshab haveria de voltar a Santíssimo.

Iabeshab sempre traduziu sentimentos despejando sobre o cais a mercadoria de uma viagem que ninguém soube onde havia começado, ou quando terminaria. O modo de andar não licenciava conjecturas quanto ao próprio destino. Pisava com os pés esparramados, sempre depressa, pois na terra havia um fogo intenso, e aliviava os artelhos daquele calor. Próstatis o descrevia com alma de cigano, porque era nômade e ansioso em atingir raros sentimentos.

Furtava-se a qualquer dissertação sobre passado, ou futuro, para esta evasão alegando dificuldade com a língua de Santíssimo, sonora sim, mas seu universo ocupado com outra mais antiga, não podia adotar sistema jovem como aquele. De onde vinha, faltava-lhes a capacidade de acumular simultaneamente dois sistemas linguísticos, seus gestos explicavam alimentando-se de queijo, pão de trigo, cebola.

Jamais se esquivou à visita mensal. Por razões de conforto, ou simples espinho na alma, escolhia o rio para transporte de mercadoria, ou severas mulas às vezes. Igualmente conhecia roteiros fluviais e veredas, que lugar não havia passado. Aos que duvidassem de tanto conhecimento, indicava os lugarejos com os dedos em arabesco no ar. Dava-lhe prazer conhecer a terra, por condição de criatura carente cercava-a submisso. Ria acentuando o amálgama feminino, corpo e alma. Estas palavras, porém, que afinal compuseram um parágrafo, foram assimiladas durante seis viagens, longa expectativa que se prolongou exatamente seis meses.

Bonifácio escarvava o ar adivinhando-lhe a chegada, se viria pelo rio, ou montanhas abaixo, sempre que nostálgico do mundo mineral. Aprontava então o armazém, apurando-se no vestir. Censata, que lhe pedia igual empenho nos dias de domingo, jamais foi atendida, ainda que lhe preparasse a tina com água tépida, o sabão de pedra sobre o banquinho, para ele não errar. Bonifácio deixava os minutos esgotarem-se, esquivava-se alegando não suportar água fria. No início, Censata chorava. Em represália aprendeu tricô e consumia assim as economias da casa. Bonifácio passou a lhe trazer no aniversário gravetos em cuja extremidade houvesse ameaça de brotação, e depositava-os no travesseiro. Censata agradecia, para o acusar mais tarde de colocar sobre a cabeça uma coroa de espinhos.

— E não foi assim que o Senhor se purificou? disse ele.

Bonifácio jamais definiu o sentimento por Iabeshab, uma vez que não lhe apedrejavam a porta da casa, ou a fachada do armazém. Censata disse: sou escudo e elmo. Ele apreciou a riqueza de imagens de criatura de sua casa, sobretudo o ar gentil no rosto. Dirigia-se ao rio, e ainda que o convencessem do grave erro de aguardar o mercador tanto tempo, Iabeshab sempre o premiou. Acenava-lhe com a cabeça, inclinação delicada que se perderia não estivesse Bonifácio escravo daquela vinda. Diante das dádivas que Iabeshab lhe trazia à porta, autorizando-o a vendê-las se quisesse, perguntava-se se esta cerimônia oficializada entre eles era de se legitimar na terra. Pensava em ofertar-lhe dinheiro por cada presente, de modo a festejar livremente sua chegada. Faltando-lhe porém a coragem de coletar moedas, e temendo que por não se beneficiarem de uma língua comum Iabeshab se ofendesse, tratou de se desfazer do patrimônio, exibido nas prateleiras, vendendo-o afinal. Jamais admitiu que os objetos fossem regalos ou buscava definição em cujos cipós fatalmente tropeçaria.

Após a chegada mensal dos presentes, Censata vestia-se com o melhor traje e passeava sem rumo. Cumprimentava a todos de modo galante, até a poeira cobrir-lhe a roupa, obrigada então a voltar à casa desnudar-se e lavar cada pecinha suja.

— Iabeshab é um ganancioso, disse Peregrino.

— E por quê? ofendia-se Bonifácio.

— Só gente assim devota-se a produtos raros, e indicou-lhe a bússola, o castiçal, o estribo de prata, o tamborzinho de Tawai. Bonifácio aguardou semanas para responder. E quando Peregrino e Fidalga entraram no armazém, ele correu à casa, arrastou Censata pelo braço e indicou-lhes a mulher. Fidalga cortejou Censata um minuto apenas, antes de perder-se entre prateleiras. Bonifácio fingia-se inocente.

— Como é que a gente pode responder pelos festins alheios, disse finalmente.

De olhos puxados, Iabeshab parecia um chinês. Tributavam-lhe homenagens destinadas unicamente aos inimigos. O delegado Patrício irritava-se que mesmo entre varões Iabeshab não adotasse posturas dignas. A cara sorridente alagava-se sobre o fino solo de Santíssimo com soberania indiscutível. Uma noite o surpreenderam dormindo com o mesmo sorriso que imaginavam destinado às criaturas vivas. E embora o quisessem despertar, para exilarem o ríctus que naquele rosto os molestava, continuou a sorrir até o amanhecer, quando os cumprimentou.

Rectus, que pregara a riqueza da pigmentação humana, diante da inigualável pele cinzenta de Iabeshab, recorreu aos livros para descobrir como teria nascido um homem com tonalidade assim pérfida. Iabeshab sempre derramou dúvidas, apostando-se mesmo se seria homem, ou mulher. Se metade do corpo e adornos pareciam femininos, sua voz introduzia-se metálica e febril.

Chegou do barco pintado de vermelho, de onde contemplou Santíssimo sem interesse em pisar aquela terra. A longa permanência a bordo obrigando a revezar-se os que o vigiavam, pois não o queriam sozinho, produzindo gesto que em futuro serviria de senha. Dedicavam-lhe intensidade que Fidalga analisou, ao fixar-se nele única vez com o propósito de distrair-se:

— Com ele, conheceríamos a riqueza.

Peregrino recusou um espetáculo classificado de obsceno. Desagradavam-lhe reverências a estranhos, embora Tronhão registrasse eventual colisão do barco contra a pedra, corrente, ou tronco aventureiro. As palavras de Fidalga não o deixaram dormir. Ela não indicara árvores frutíferas, ou campo minado de bois. Talvez lhes faltasse um estrangeiro ensinando o conforto da morte, pois em outras terras, era sabido, morria-se com indulgência e mesmo serenidade.

Tronhão e Peregrino nadaram em direção ao barco. Convidando-os às muralhas da China, Iabeshab jogou-lhes a escadinha. Uma fidalguia protegida das intempéries, e que Peregrino não tinha tempo de estudar. Hesitava quanto ao tratamento a dar-lhe. Rectus o instruíra. — Se for um imperador, pode chamá-lo de Excelência. E se for rei, trate-o de Vossa Senhoria.

— E quando não se sabe se é rei, ou imperador?

— Neste caso, Senhor Donatário.

Suspeitando que na tarde de sol dois estrangeiros o visitariam, Iabeshab antecipara-se expondo a mercadoria sobre o convés. E com um lenço cor rosa a limpar uma lágrima invisível a Peregrino e Tronhão, convidou-os à pequena mesa coberta com uma toalha prodigamente bordada, a mesma toalha que infundiria em Emília profunda insegurança, não hesitando em desmanchar alguns de seus melhores trabalhos, já instalados nas casas de Ofélia e Fidalga, a quem em prantos e ajoelhada pediu perdão, prometendo-lhes nova enciclopédia para suas mãos a partir daqueles instantes, uma vez que se perguntava como ousou agarrar-se a uma agulha, ainda sob o pretexto de tecer a fantasia, quando não muito distante dali mãos em tudo irmãs das minhas armaram trajetos tão florescentes, que não me resta senão imitá-los, para isto reservando minha vida, e viram em Emília a mesma determinação que a acompanhou desde a cegueira, quando em sua família era alegria trocar a nitidez da natureza pelas sombras, como se fossem trajes de noiva.

— Sombras que fossem trajes de noiva, repetia Emília a frase preferida.

Sobre a mesinha, três xícaras de porcelana abrigavam o chá na temperatura de quarenta e dois graus, ideal naquelas circunstâncias, tudo indicando ausência de falhas no sistema de Iabeshab. Peregrino deslumbrava-se que além de lhes antever a chegada, o chá fervendo na xícara, exibisse ele leve enfado pela impontualidade dos visitantes. A transparência da xícara permitia Tronhão enxergar o sino da igreja, a voluptuosidade do cobre, uma mancha de sangue que ali ficou desde a construção, e minúcias invisíveis a olho nu, como as rugas que se avizinhavam de Peregrino por desgostos de que não padecera ainda, os primeiros cabelos brancos ao abrigo das próprias raízes. Permitia-lhe a porcelana atingir tais intimidades, que achou Tronhão conveniente desistir de uma viagem da qual talvez nunca mais regressasse. No entanto, não conseguia devassar Iabeshab, parecia ele ter sumido do barco, largando os dois. Resistia evidentemente às transparências, se deixando apreciar unicamente ao natural. De nada serviam espelhos, binóculos, lentes, e óculos. A imagem teimosa rebelava-se mesmo quando Bonifácio o arrastou ao espelho, que ele o presenteara, com este gesto Bonifácio pretendendo saldar algumas dívidas. Mas ainda que Iabeshab ocupasse toda a frente do espelho, não o viu refletido. Passou álcool na superfície, para dormir tranquilo aquela semana, e falhava de todos os modos. Cessara simplesmente o poder do espelho de refletir Iabeshab e o círculo blue sobre sua cabeça.

Peregrino quis explicar ao Senhor Donatário que em Santíssimo a infusão de erva reservava-se aos moribundos e parturientes. Mas soprando o líquido amarelo Tronhão cortejava a criatura que não sabiam homem, ou mulher. Olhavam-se de íris a íris, já não sabendo Peregrino se aquele ato era lição de vida, ou modo de extinguir a vitalidade. Tronhão comportava-se como se tenro ainda lhe puseram nos dedos a alça da delicada porcelana, esquecido das vacas que ordenhara.

Ele tem a alma vendida, arrependeu-se de o ter trazido. Adaptava-se ao cerimonial como se Angélica e Próstatis o tivessem parido. Através da túnica oriental viam-lhe seios que ele ela apertava para se aliviar quem sabe do leite. Terá parido nestes dias? pensou Peregrino. Esgotados o chá e o biscoito de fragrância de flor que o solo de Santíssimo recusava, Peregrino achou oportuno parlamentar.

— A gente aqui não aceita estrangeiro. Não se sabe de algum que tenha vindo para ficar. Esquecendo-se Imperatriz, é claro, que nasceu sem moldura. De longe tivemos Eulália, e veio contra vontade. Floriano é só para luxações, perebas e cólicas rápidas. Não creio que assente o rabo aqui muito tempo.

Iabeshab limpava as porcelanas com o lenço que levava aos olhos. Dava-lhes atenção que lisonjeava Peregrino. Disse afinal em voz masculina:

— Felar dovegar, otra viz.

— O quê? Peregrino rastreava agora a língua, sua sim, sofrendo alterações epidérmicas.

— Faler divogar, itra voz, enriquecia a língua comum dizendo a mesma coisa com idênticas palavras, buscando porém combinações exemplares. Não era fácil a verdade naquele nível linguístico. Peregrino pediu que Tronhão registrasse no papel as declarações e, em casa, com conforto, se devotariam à criptografia palaciana. Estimulava Iabeshab a abandonar-se às confidências, regressaria brevemente com a lição interpretada.

Iabeshab exultou que modesta vila pudesse amar o mundo, pronta a interpretar as vertentes da algaravia humana.

— Iabeshab, su Iabeshab, lato moto bibus, o Sintino lendo, e ordenava-lhes que arrastassem consigo a mercadoria. Tronhão sugeria repetição das falas, a tarefa de escriba o predispunha a erros.

— Iabeshab, si Iabeshab, lito meto bubus, o Sintino lendo. Havia no rosto um canteiro de rosas, pela candura. O fato de se enriquecer uma língua, sem a deslocar da sua gravidade, encantou Peregrino.

— Então o homem nasceu para enfeitar a língua?

Vencendo as correntes do rio a nado, Tronhão cuidou em não molhar o manuscrito onde se registravam as fantasias de Iabeshab. A casa de Rectus, pelas paredes altaneiras, mofo permanente e ar de assombro com que lhes servia o café do bule, era a mais indicada para estudos. A sala de Peregrino enfeitada de plantas e jarras a cujas sementes Fidalga não consentia desenvolvimento, podando para isto as primeiras brotações, em defesa da esplêndida harmonia de um espaço vazio, era melhor para armar defesas, quando dos motins. Além do mais, teimava Próstatis em caiar as paredes de branco, antes do mês de maio.

Não havia café que sobrasse. O pó vinha da casa de Emília, e lhes chegava sempre pela metade. Peregrino irritava-se com desperdícios numa noite em que por culpa de tantos indícios deviam interpretar a alma de Iabeshab, seu passado, o faro de perdigueiro marítimo. Rectus reprovava Peregrino tomando sempre a palavra, reconhecia-lhe autoridade em assunto administrativo, porém a soberania de sua cultura, havia que acatar.

— Não se esqueçam, o Oriente tem mais de quinhentos anos.

Peregrino indicou-lhe o seu leito permanentemente vazio como motivo de inexperiência e só assim puderam decifrar a mensagem: meu nome é Iabeshab, e logo que descobri a aspereza da minha terra, tomei um barco, venci mares, em seguida outro barco menor, e tudo para alcançar Santíssimo, pois sempre soube que em nenhuma terra aprenderia a nascer e morrer tão bem. Nem em Assunção eu aprenderia, apesar do teatro Íris, o armazém Dourado. Mas só quando vi Bonifácio fechando as portas do armazém decidi que seria ele contemplado com a minha assiduidade.

O convite autorizando a embarcação a atracar seguiu a nado também. O barco deslocava-se com a delicadeza do dono, sem a transparência da xícara, pois não se lhe devassava o interior. Pela sua forma redonda, o que transferia a proa para o centro, e a popa a um ponto inalcançável do cais, mal se encaixava na terra, dificultando o desembarque de Iabeshab, acentuando-lhe ao mesmo tempo gestos que nenhuma mulher em Santíssimo imitaria com sucesso. E porque a mensagem incluíra favoravelmente o seu nome, Bonifácio prestou-lhe socorro. Primeiro com os dedos, depois com o peito estufado para suportar a inesperada carga. E à medida que os movimentos de Iabeshab o confundiam, pois lhe faziam crer que ajudava uma dama, também o orientavam em detalhes novos. Jamais por exemplo prestara cuidados aos pés humanos, ainda que lhe afirmassem serem as extremidades femininas armas de exaltação e naufrágio ao mesmo tempo. No entanto, os pés de Iabeshab, pequenos e redondos, saltavam as pedras mal as deixando, dois passos à frente e um atrás. Censata sentiu no peito a contração de quando ofereceu as mamas aos filhos, ao surpreender no marido o primeiro gesto principesco, que se desfaria logo que chegassem à casa.

Embora em terra firme, Iabeshab dava braçadas espadanando água dentro dos olhos de Bonifácio. Aquela inesperada construção de um lago quase perto de sua casa comoveu Fidalga, especialmente o tipo de flor que lhe via saltando do peito. Iabeshab recusava confrontos, a apropriação de forma mineral, animal, ou coisa viva. O estrangeiro molda o rosto de modo a reservá-lo para transações futuras, disse Fidalga.

— E que transações, que não se veem aqui no cais? disse Peregrino.

— Ah, que transações tão impiedosas.

A mercadoria que se destinava a Santíssimo foi logo separada. Pelo gesto de Iabeshab abrir caixotes, desmontar os degraus de uma escada, optaram pela sua masculinidade.

— Se não é homem, de hoje em diante o consideraremos como tal, disse Próstatis. E como Iabeshab conservava o corpo em permanente recato, jamais urinando em frente deles, aceitaram a orientação de Próstatis.

Iabeshab abastecia-os com mercadorias que não se sabia para que serviam, e a quem podiam interessar. Ainda que lhe explicassem os hábitos simples de Santíssimo, rejeitando tudo que não germinasse diretamente da terra, trazia-lhes Iabeshab nas viagens seguintes objetos do seu agrado, embora estimulasse críticas, fazendo-os repetir os pedidos à saturação. Peregrino irritava-se com a rebeldia, um barco sem comando, à deriva. O cheiro acre da maré alcançou Bonifácio, que buscou apaziguar Peregrino. Esclareceu a Iabeshab que a sua teimosia estrangeira colocava o armazém em posição delicada. Não o queria fazer sofrer, mas devia proibir-lhe a inversão em mercadorias que fatalmente não se venderiam, e quase o arruinavam. Iabeshab jamais o corrigiu, para dizer que Bonifácio sempre esqueceu de estender-lhe uma moeda. Tocava-lhe os ombros e, com gestos de melancolia e desespero ao mesmo tempo, fingia recusar o dinheiro que Bonifácio tinha na gaveta fechada. De nada adiantando insistir ele no pagamento, como nas vezes anteriores devolveria o dinheiro que havia escondido na proa do seu barco. Considerava aquilo um empréstimo temporário, em que previu a deterioração do produto, seu desfalecimento mesmo. E com longas pausas, solicitava perdão por invadir-lhe a casa, ocupar ali espaço por tantos meses, sobretudo espargindo cheiro de maré.

Bonifácio aceitava o perdão, que se cancelasse a dívida existente entre eles. Certo gesto da mão parecia aguardar que a beijassem. Quando Iabeshab inclinava a cabeça, ele recolhia os dedos e os escondia no bolso. Censata sugeria-lhe que se educasse contemplando os objetos, todos de procedência estrangeira, e não se tratava apenas de apreciar a manufatura, mas os sentimentos neles antes mesmo de atravessarem o mar.

— Ao menos use uma cortiça, para não se afogar, advertia Censata servindo-lhe sopa fria.

Iabeshab anotava as encomendas rabiscando o ar, jamais ultrapassando os limites de uma suposta lousa de metro e vinte por oitenta centímetros. E como lhe irritasse o giz contra a ardósia que ninguém enxergava, tapava o ouvido com cera e tremiam-lhe as bochechas. Percebia-se sua preferência pelos registros longos, em que se destacava sua fria cerimônia com a ortografia e a pontuação. Fazia-lhes crer que escrevia em língua alheia, em detrimento da própria, rica sim de recursos, para melhor obedecer ao que lhe solicitavam. Uma coisa parecia certa, sua letra miúda, que não lhe permitia afastar-se de uma linha imaginária, onde por muito tempo ficava traçando desenhos, por isto sobrando-lhe espaço que economizava naquele momento para o ocupar mais tarde. As palavras o afetavam, porque o surpreendiam a chorar. Mas, quando ouvia com dificuldade, ou lhe tremia a mão, apagava com os dedos, ou pano molhado, as falsas letras no ar. Com espaço limpo de novo, recomeçava a escrever.

Bonifácio ofereceu-lhe a própria lousa, para Iabeshab transacionar com mais desenvoltura e à vista de todos. Sempre haveria de comover um escriba em ação, do próprio ubre recolhendo palavras hesitantes. E ganhando as letras realidade na lousa, teriam tempo de se arrepender das encomendas superficiais, que mal mereciam longa viagem. Sob o pretexto porém de não conservar a bordo qualquer duplicata, salvo o próprio rosto, Iabeshab recusou a oferta.

De nada servia seu empenho na lousa invisível. Trazia-lhes sempre mercadoria que nem em volume se assemelhava ao que lhes tocara em sonho. E porque não mais confiavam na lousa, ou no giz que, além de não se enxergar, fazia ruído, planejaram destituí-lo das funções. Mas, no mês de novembro, não suportando a intensidade da chuva, e vencidos pelo peso dos ossos e o sangue ameaçando transformar-se em água barrenta, encomendaram-lhe guarda-chuvas com que enfeitariam a cabeça, ainda desaprovando o aparato melancólico.

Trancados em casa, e com sintomas de doença contraída pelo convívio excessivo, iludiam-se com Iabeshab a vencer o Alvarado, ou a deslizar no solo alagado pelas chuvas dos últimos cinquenta dias. Iabeshab surpreendeu Bonifácio, desta vez incapaz de farejar o rio para anunciar-lhe a vinda, pelo fato de Censata proibir que se abrisse uma única janela da casa. Chegou sob a proteção de um rapaz franzino despejando um líquido oleoso por um funil na maquininha encaixada na curva mais saliente do barco. De rosto frágil, que se temeu não resistir à natureza de Santíssimo, começando pelos cabelos que ao desembarcar perdiam os últimos vestígios de uma tintura loura.

Embora reprovassem um estranho sem qualificações, passaporte, palavras amáveis, e prévia consulta, nada disseram. Apenas abriam a boca para pronunciar guarda-chuva, guarda-chuva, e já se exauriam na rápida limpeza dos dentes, os gargarejos, a água quase a sufocar transbordando pelos lábios. Também desta vez, não lhes trouxe Iabeshab a mercadoria que se destinaria ao esquecimento logo passadas as chuvas, quando não saberiam onde guardá-la, se atrás da porta, debaixo da cama, perto do urinol. Apresentou-lhes em troca semente em quantidade para lavrar-se a terra durante semanas, e com algumas juntas de boi.

Bonifácio perdeu a paciência. Como pudera abusar dos sentimentos gerais, após lhes descrever aquele aparato de barbatanas de ferro alimentando uma fantasia interrompida pela chuva, e construído com o único propósito de proteger os penteados. Iabeshab articulou a mão direita três vezes, advertindo-lhes que se aprontassem para plantar nas próximas quinze horas.

Mencionou enxada, ancinho, ferradura de cavalo, e pouco esterco. E fechando os olhos, elegeu o centro das reclamações para deitar-se, onde as vozes se concentravam exasperadas e o rapaz franzino vigiava as sementes. Após quatorze horas e meia de sono, em que apenas ele repousou, dedicou-se ao corpo, para escândalo dos que recusavam a propriedade de transformar o que a natureza procura frear.

Mereciam-lhe cabelos e sobrancelhas idêntico cuidado. Apesar das sobrancelhas em volume perderem para os cabelos, despojava-se dos seus detritos com amorosa cautela. O rosto foi afundado numa espuma da qual emergiu desfrutando o sentimento de haver nascido de novo, e isto após extrair os fios da barba com pinça, estender na pele uma pasta próxima à serenidade da seda. Também em torno dos olhos distribuiu uma poeira fosforescente, com o socorro de um pincel de anta, abatida num conflito asiático. De túnica amarela, escovou os cabelos outra vez e aguardou a chegada do sol.

Faltando três minutos para as quinze horas previstas, Iabeshab com o mesmo sorriso recolhia numa lata as últimas gotas de chuva. Para guardar de lembrança, explicou, e não duvidassem, pois não choveria em Santíssimo durante muito tempo. E impedindo-os de abanarem sobre a lata, evitava a evaporação do ar. Foi o primeiro a recolher os brilhos do sol ao deixar o trapiche, e nenhuma gota lhe alcançou a cabeça.

Ampliados seus poderes, tanto errava com mais frequência, como transmitiu a Peregrino sua intenção de deixar em Santíssimo o rapaz franzino que o acompanhava em muitas viagens, e em constante refúgio a bordo, que só abandonou uma vez para vigiar as sementes, recusando-se a trocar palavras com estranhos.

Nos últimos meses aquele corpo franzino deteriorava-se, pelas cavidades oculares, o suor forte e espinhas no peito. Madrugava sempre mais cedo, simulando haver dormido, quando em verdade o surpreendera a inspecionar estrelas toda a noite. Sua fraqueza não permitiria remoção naquela semana, para Assunção, ou hemisfério próximo, de tal modo tornara-se vulnerável aos vapores ácidos em profusão por toda parte, menos em Santíssimo.

Peregrino exigiu trinta dias para refletir, antes deste prazo nenhuma terra autorizaria a invasão de bárbaros e animais que se reproduzem com facilidade. Iabeshab reagiu com vocabulário escasso, a que novas palavras se acrescentaram, assegurando que trinta dias justamente aniquilariam uma sensibilidade ferida pelo mar e terra ao mesmo tempo, sem se definir por qualquer deles. Infelizmente, Iabeshab devia levá-lo daquela vez, até Santíssimo decidir. Estaria a morte sem dúvida próxima ao rosto franzino, mas como o embelezava. Ante tais palavras, o sorriso durante anos grudado a cola, ou pregado a martelo no rosto de Iabeshab, fugiu dali, sem Peregrino lhe acompanhar a trajetória. Em seu lugar ficou um rosto liso, marmóreo, e ventava em torno. Peregrino temeu um conflito interno, do qual adviriam hemorragias, hematomas, sintomas a surpreendê-lo antes de os poder nominar. Sempre desejou combater aquele sorriso, fazê-lo partir para longe, sonhara com Iabeshab destituído de arcada, incapaz de manter o rictus incômodo na cara. Em memória pois do sorriso, Peregrino condenou o rapaz a uma quarentena sobre as águas.

Censata ambicionara na juventude viver sobre o rio. Coletara tábuas que sofressem o peso de um corpo sem afundar. Nenhuma resistiu mais de vinte dias na água sem apodrecer. Via com júbilo o rapaz franzino realizar-lhe o sonho. Mas, como Iabeshab partindo levaria o veleiro, e não lhes sobrando tempo para construir outro, o único barco capaz de abrigar um homem por período tão longo, sem lhe oferecer perigo de vida, era o de Eucarístico. Advertido da importância do assunto, Eucarístico se recusou recebê-los. E cedeu-lhes algumas palavras, porque a comissão logo se constituiu de cinco homens:

— Não adianta, este barco só conhecerá água de chuva.

No domingo, ao cumprimentar Magnólia no cemitério, Peregrino ofereceu-lhe custódia, para quando enfrentasse assunto difícil. Logo o mundo estaria por extinguir-se e, faltando-lhe peças raras, sem dúvida necessitaria de seus socorros. Magnólia comoveu-se, sem aflição no peito.

— Eucarístico está condenado. Deixemo-lo apenas com alguns meses, anunciou Peregrino a Tronhão.

Hermengarda não se afligiu com a sentença de Peregrino. Pareceu-lhe justa a sorte de Eucarístico. Chegara a hora de pôr-se ao lado do seu leito para a despedida, como se haviam prometido, e lá se iam quarenta anos. Fidalga ligou-se à sorte do rapaz franzino. Instalava-se pelas manhãs frente à barcaça improvisada, onde ele aguardava os quarenta dias. A comida chegava-lhe por uma roldana, a distância porém impedia que o alimento o alcançasse à temperatura agradável. Encantava a Fidalga sua discrição ingerindo e devolvendo a comida intacta ao mar, como descrevia o Alvarado naqueles dias de tormenta. Nada lhe parava no estômago, a fraqueza o enaltecia. Peregrino constrangia-se com modo tão frágil de viver. E antes do prazo, Piedoso tocou a corneta, o bilhete na árvore aconselhava Peregrino a desistir.

Iabeshab foi avisado de que dispensando conselhos, ou remédio contra febre terçã, o rapaz franzino tomou o porão em abandono, montando ali uma banca para consertar sapatos, não lhe importando teias de aranha, paredes imundas, ausência de conforto. Atitude que não melindrara Peregrino, medindo-lhe o grau de ambição. Mas, enquanto enfileiravam as desditas do sapateiro, como à falta de nome de batismo o iam tratando, Iabeshab bocejava, ou velejava até às margens orientais de África, como definiu Rectus, não lhe podendo pois interessar aquela capacidade humana de esquivar-se no porão, para construir vida obscura.

Bonifácio lamentava que por palavra ou gesto Iabeshab não reconhecesse a vida do amigo, a fatalidade de o perder. Exigia-lhe definições raras, para em suas longas madrugadas com Censata também ele poder enumerar suas legítimas posses. Punha pimenta no feijão de Iabeshab, fritava-lhe carne-seca, destituindo-a da gordura que sempre o fez chorar, e tudo para atraí-lo ao porão. Não lhe interessavam as réstias de luz no rosto do sapateiro, quando Iabeshab o visitasse, mas a espécie de cara que Iabeshab lhe ofertaria de presente. Bonifácio provocava-lhe aflição pequena que fosse, atraindo à superfície a natureza da filiação que os unia.

Provava-lhe também que do armazém à sapataria o trajeto era breve, conhecido por todos. Cerravam os olhos e decalcavam-lhe os ingredientes, pedra, vaca, criaturas. Os que propuseram emendas ao caminho, evitando-o ou derrubando algumas paredes, terminavam por cruzá-lo como se jamais o tivessem deixado. Havia pouco a conhecer-se em Santíssimo. Mas, se sentissem sede, Iluminura os convidaria enfileirando as putas velhas especialmente para Iabeshab, visitante há muito aguardado. O chapéu de Bonifácio e o gorro de Iabeshab teriam que ser abandonados à entrada. Era norma da casa. O resto podia conservar-se no corpo. Como recompensa, eles descobririam a meiguice das putas, que sempre esteve ali, ao alcance da mão. A meio caminho, surpreenderiam os avanços de Eucarístico em terra seca. Não havia que lhe criticar a velocidade do barco. De verdade, não correspondia ao que se aguardava dele, se estivesse no mar. Respaldo inicialmente chegou a medir os milímetros diários. Porém a atração pelas tainhas, o amor por Iluminura, e a postura à janela, que lhe entortava as costas, o obrigaram a desistir. Ele não lhes negaria uma aguardente pura, que deixava envelhecer junto às ceroulas do baú. A mãe o recriminou, até aprender com ele a guardar ali também o café, para o conservar quentinho. Nesta viagem, Bonifácio prometia-lhe a apreensão de um vocabulário inusitado, de que se orgulhasse mais tarde, orgulho seguindo diretamente ao seu rosto, onde sempre ficava, tanto que ali o surpreendiam a cada visita mensal.

Recusando as tentações do mundo, o passeio que prometia nunca terminar, Iabeshab trazia-lhe presentes com história pessoal de custoso manejo, exigiam uma tarde inteira para se descrever. Bonifácio censurava a construção de peças que um homem saudável jamais visitaria, para torná-las úteis. Nenhum objeto o surpreendeu como o espelho colocado à instância de Censata perto do aparador da sala de jantar. A princípio, Bonifácio deixou Censata alimentar a vaidade, para cancelar mais tarde aqueles voos difíceis de se acompanhar. Cobriu com a manta de dormir a superfície que, além de o refletir, denunciava-lhe o que não carecia de enxergar. Iabeshab disse: dia longe, gestar muinto.

Bonifácio contemplava os estranhos sintomas daquela carne esponjosa instalada no centro do peito de Iabeshab, mais pareciam seios. Ia à casa de Respaldo, que lhe censurava correr agora como um adolescente e elegia no curral a vaca mais robusta. Ficava a ordenhá-la até a despojar das tetas volumosas. O leite tombava ao chão, uma urina fresca. Em certas noites, lambendo o corpo de Censata, ele lhe sabia a carne-seca, salgada e ressentida.

Embora Censata se banhasse todos os dias, Bonifácio jamais a recompensou com palavras que lhe reconstituíssem a confiança no próprio corpo. Enfrentando rios e sendeiros, Iabeshab era sempre a imagem mais forte. De onde ele veio, para onde ainda irá, que terras o produziram, Bonifácio questionava Rectus. Rectus passava saliva nos dedos para lambuzar as revistas velhas. Sempre simulou uma seriedade que veio junto com o diploma herdado.

— Seguramente não são terras do Atlântico. E aguardava os aplausos. Bonifácio porém se entretinha com o pesar do feijão, aparteando pedregulhos, folhas secas, minhocas. Mas não lhe bastava mais fugir às sete horas para casa e aparar a manta de carne-seca. Uma última vez perguntou a Mariano, prometendo-lhe nunca mais trazer desgostos:

— Será Iabeshab homem mesmo?

— Se eu lhe tocasse os cabelos descobriria.

Enquanto Iabeshab não vinha, Bonifácio enredava-se em novelos diferentes em tudo dos que enfeitavam a cesta de Emília.

— Ele é a única fantasia, disse Fidalga, trazendo ao braço uma cesta de tomate, alface, pimentão, pepino, cenoura, rabanete.

— Veio vender ou comprar? disse Bonifácio.

— Vou até o Alvarado. Eulália sempre passeia por ali. Quero mostrar-lhe o que a horta vem produzindo. Pediu que Bonifácio examinasse a carga. Há muito não se viam legumes com matizes assim, borrifados com tinta importada por Iabeshab. Bonifácio ponderou-lhe que naqueles dias o Alvarado ameaçava Santíssimo, seguramente as águas barrentas a impediriam de ver Eulália passar com pressa, agora que se sabia ter Eulália invertido o roteiro original das águas, lutando contra a correnteza buscava alcançar Assunção.

— Mas ela já chegou muitas vezes a Assunção, então não sabe?
— Como não me disseram?
— Peregrino não quer que se saiba que Eulália saiu vencedora. Só deixa que eu a homenageie com a condição de que ela esteja descendo o rio, jamais galgando suas águas.

— Que legume é este? ele extraiu da cesta o que se parecia a um pepino cor de pele.

— Conheço este legume, mas não lhe posso dizer o nome agora, disse Bonifácio.

— Encontrei na gaveta do quarto. Coisa de Peregrino. Ele é tão distraído! Confundiu o fundo da gaveta com a horta. Abri um buraco na terra, mas estranhei que viesse sem raiz, para indicar começo ou fim. Mais parecia um toco de vela espanhola do que um pepino. Eulália sempre disse: todas as espécies são obra de Deus, por que as recusar?

Bonifácio apalpou-lhe a forma, sentiu-lhe o cheiro até ruborizar-se, compreendendo que se tratava de um molde em cera de um pênis cujos detalhes um dia conheceu de perto o bastante para os memorizar.

— Faço-lhe uma proposta, disse ele.

— Nunca esmeraldas por estrelas, e Fidalga sorriu talvez conversando com Eulália. Há muito elas não se viam, como estava sendo a sua viagem pelo Alvarado, de que modo encontrou Assunção na última visita, naturalmente não tivera tempo de ir ao teatro Íris, sua passagem é sempre rápida, não é? O destino de Eulália obedecia ao destino do rio, esquivando-se às coisas firmes, troncos, barrancos, sempre traiçoeiros, seduzem os novilhos logo os cobrindo de massa, impedindo-lhes os movimentos, mas bem sabia que ela estava bem, quanto ao povo de Santíssimo? Era questão de tempo, você sempre esteve certa, deixou-nos no momento exato, pois cada vez mais nos confundimos com o que já tem nome, e com o que não foi batizado ainda, todos pelejando por designações, se boi é boi, ou touro, ah Eulália eu...

Bonifácio prometia-lhe em troca do pepino a bússola do seu agrado, trazida sim por Iabeshab, quem senão ele se orienta deste modo? Em Santíssimo, bastava erguer a cabeça, farejar a mata, olhos vidrados pelo sol, para não se perder. Fidalga sentia o inverno nas juntas, era hora de mudar de roupa, aprontar-se para as longas noites em que especialmente sonhava.

— Uma bússola? que árvore mais solitária.

Peregrino fazia a higiene ao lado do poço no quintal de Iluminura, o ruído da água escoando no chão. Iluminura estendia-lhe o sabão de pedra, a toalha, o lampião desvendava-lhe as vergonhas.

— Chega para lá, mulher. De que serve tanta luz?

O sorriso de Iluminura parecia de excusa. Segundo Respaldo, contraía-se pela arrogância.

— As meninas preparam-lhe surpresa. Um presente.

— E lá fica bem presente de mulher? Ajeitava especialmente o laço da gravata resguardada para certas datas.

Bonifácio tinha certeza, bastara-lhe olhar uma vez, para não esquecer Peregrino cuidando das próprias vergonhas com esmero de princesa. Faltava-lhe apenas passar escova como Censata fazia com as unhas. Transpirara no armazém que estavam as putas velhas tratando de o homenagear, ainda que se desconhecesse por que forma se apresentaria esta festa tantos anos sonhada. O pepino confirmava a consagração em cera do que vinha Peregrino exibindo todas as semanas pela casa. Iluminura sempre brincou tomando a tristeza como tema, razão dos seus desenhos serem abstratos, e engolir sopa sem se comprometer com o cotidiano, para não perder a naturalidade com que segurava a colher. Peregrino enrubesceu ante um presente que não lhe chegava diariamente às mãos e o retratava com perfeição, como recompensa por não falhar desde a juventude junto às putas velhas.

— O que faço com este inconveniente? disse, para disfarçar a alegria.

— Põe no fundo da gaveta do quarto. Não há lugar mais seguro. Não era fácil imitar a natureza íntima de um homem, e continuar fiel ao seu modo de ser, ainda que fosse um molde de cera. Levou-se em conta mesmo raízes aparentemente na reserva e súbito em grande evidência. Para manter em segredo o que dependia de habilidade manual, Iluminura exigiu a confecção do molde na própria casa. Respaldo providenciou as sobras das velas de Imperatriz que, de qualidade superior e oriundas das catedrais espanholas, mais se aproximavam da pele humana.

Abrindo as vinte e oito portas da casa, Héloise consentiu a Respaldo formulação oficial do pedido, que Imperatriz confirmou. Ainda que perdendo bem inalienável, as paredes da casa não cederiam. Aquela generosa doação obrigava Héloise a apressar-se. E para que ela jamais capitulasse diante das dificuldades de recolher resíduos de procedência tão nobre, Imperatriz confessou:

— Ah, los almendros en flor!

Impelida pelo sol, Censata dedicava-se a investigações que deixavam marcas de mão nas prateleiras do armazém. Poupava as gavetas quando era sábado, e se fazia nelas mais intenso o cheiro dos venenos contra ratos e insetos. Bonifácio quis jogar o molde ao rio, mas pensou em Eulália, suas conturbadas viagens, que terminaria por o considerar descortês.

Apesar da chuva, Iabeshab parecia estátua polida, os fragmentos no rosto expressando cansaço pela viagem, primeiro por mulas, ao final pelo rio. A túnica tinha manchas de lama e cheiro de maresia ao mesmo tempo. Jamais Bonifácio o viu cometer tantos erros na lousa invisível ao ditar-lhe os pedidos. Detinha-se à formação de cada letra, consciente talvez das alterações sofridas pela ortografia, ou porque perdera o ouvido a afinação natural. Muitas vezes apagava o ar, até pedir a Bonifácio outra flanela para substituir a antiga, imprestável agora a seu juízo. Não desistia de rabiscar a lousa invisível, embora Bonifácio lhe sugerisse repouso antes de exercício tão penoso. Aquela indolência sua permitia no entanto se desvendar o coração ferido de Iabeshab. Uma doença com irradiações atingindo Bonifácio, que já não suportava um futuro em que o sapateiro não lhes dissesse uma única palavra. Deviam visitá-lo, exigir-lhe declarações precisas. A indiferença do sapateiro começava a ofender. Iabeshab manteve a mão no ar, padecia de uma dor que não se apostava de onde partira.

— Acaso vocês são inimigos? e ousou repartir pela primeira vez uma ração de arroz do mesmo prato.

Iabeshab voltou às escrituras voláteis. Redigindo agora a frase em que não lhe faltavam letras e longas palavras, sílabas nutridas com banha de porco. Não se ocupava em transcrever as encomendas de Bonifácio, sua fúria dedicava-se a acrósticos capazes de comover, se os pudessem ler. Aquela pesquisa ao vento e outras mercadorias perecíveis ressentia a Bonifácio. Melhor perder o amigo de uma só vez, pensou com raiva.

— Um presente, disse, apresentando-lhe a caixa com o molde de cera. Iabeshab agradeceu de modo a Bonifácio esquecer-se de que não lhe ofertara pérolas. Sempre progredindo na língua, prometeu Iabeshab confeccionar com ele um colar, e visitar Santino. Bonifácio riu franzindo a testa, ensinava-lhe Iabeshab a fórmula do humor em que o machado lhe adornaria a cabeça enquanto não se movesse.

Foi despertado com mate gaúcho no rosto, há muito na casa sem uso. Censata destinava-o a uma ferida no peito, de que temia sofrer um dia. O acidente do mate se devendo à pressa de Respaldo, ele lhe limpou o travesseiro, com a condição de vir correndo salvar os restos de Santíssimo. Bonifácio corrigiu-lhe a volúpia em o trazer para a vida. Amava objetos distantes entre si, o que lhe fragmentava a alma. Diante do espelho da sala, Respaldo fez os exercícios com que pretendia corrigir os desvios da coluna vertebral.

Havia madrugado, para rondar a casa de Iluminura. No último encontro, exaltada ela defendera a vida em Santíssimo, sem dúvida superior à que Assunção oferecia aos seus concidadãos, querendo com isto lhe afirmar que a partir daquele instante, por ocupar-se com a aparência da casa e o embelezamento do corpo, lhe sobraria sempre menos tempo. Jamais seus gestos anteriormente traíram tanto amor pelo próprio dorso, pernas, e o pescoço ligeiramente levantino. Antes, examinando-se pelas manhãs, Iluminura ressentia-se com tantas falhas. E madrugada, tomava diferentes atalhos para atingir a cozinha, quando se iniciavam os dissabores de inspecionar os ralos da casa e das putas velhas. A prática lhe ensinara caminhar sem cansaço, a cada três horas repousando nas cadeiras espalhadas pela casa, sobretudo no corredor, quente e aconchegado.

Já no café com bolo de fubá, após o fazer esperar uma hora, Iluminura consentiu que Respaldo lhe descrevesse a decoração com que cobria o próprio corpo. Premiava-o segundo seu temperamento, com brincos e roupas coloridas, arrastando candelabros entupidos de modo a não se enfiar ali nenhuma vela.

— Trajes exaltados, disse ele, num transporte amoroso. Iluminura recusou galanteio que, manipulando seus sentimentos, visava pleitear-lhe a companhia.

— Quem lhe disse que eu brinco? Meu defeito é a seriedade, disse ele.

— Neste caso, você não sabe viver.

Em represália, ele lhe cobriu o corpo com vasinhos de rosa, espinhos, e mel de abelha. Mas, como Iluminura era de gênio difícil, o vento lhe extraiu a cera doce, deixando-lhe o fel. — O que você pôs em mim que eu própria estou provando minha pele e a encontro amarga? Sempre alimentara o seu gênio com comida temperada, não havendo pimenta baiana que lhe bastasse. E jamais se comovia ainda quando a viam sorrir. Não deixaria de ser virgem, para o agradar.

— Em minhas terras, ninguém enfia estacas, disse ela.

— Como supor que eu dizimaria sua espécie?

— Deus me poupe dos inocentes.

Algumas vezes buscou vencer o desconforto da nudez. Tomava aguardente, fazia gargarejo para simular risadas, e recolhia a colcha da cama, deixando que a pele do homem lhe alcançasse as tetas. Mas, a qualquer ruído do leito, e o respirar descompassado do companheiro, enrolava-se no lençol. E ainda que forçassem os avanços, ela os corrigia com vômitos e compressa de água fria de reserva sempre na mesinha de cabeceira: não adianta, esta tarefa me consome, dizia. A mesma frase servindo para cada desistência.

— Se ao menos eu fechasse os olhos deixando eles passearem? confessou à puta mais antiga da casa, admitindo que o hábito de conservar a natureza num envelope fechado era doença incurável. Ao surpreender casais fazendo amor, sentia reflexos agônicos na têmpora. Acaso o meu sexo está ali? Decidida a reparar a situação, recorreu a ervas que a levaram de novo à cama. Embora os reflexos violentos na têmpora, que a iludiam de sentir prazer, logo se via engolfada pelo tédio e a irresistível vontade de pôr a casa em ordem.

— Sou virgem, Respaldo, e não crê? Sim, como não acreditar, se lhe amava a intransigência, um corpo sem a passagem para a água. Você é perspicaz, ela disse. Por que esperou tantos anos para confessar a virgindade? Mentira, sempre estive disposta a revelar que não recebo homem na cama. E as tuas gatinhas, não agradam? Gatinha ronrona, e eu transpiro. Então o amor lhe é proibido? Sim, como a você.

A conversa separara o cipó, abria picadas inverossímeis. Exatamente, inverossímeis, é o que eu quis dizer, Bonifácio. Claro que eu madruguei. Era cedo para postar-me à janela de Iluminura. O rio enfeitava-se em muitos trechos de palmeiras e buritizais rosianos. Iabeshab chegou primeiro. Havia preparado o colar com argolas, miçangas, fogos juninos, o pênis de cera, naquela noite, véspera de sua partida. Apesar de que se pudesse confundir o colar em seu peito com um baú de noiva, o retrato íntimo de Peregrino, por seu tamanho e diâmetro, destacava-se dos outros enfeites. Iabeshab tinha leveza para rodopiar e deter-se diante de obstáculos intransponíveis, indiferente aos que madrugavam. Censata ameaçou desmaiar.

— Como se avilta uma paisagem, disse ela, sob ameaça de intervenção de Bonifácio. Ninguém ficou em casa tomando café, ainda que Peregrino, sem nada compreender, criticasse o tom desigual da tragédia.

— Tudo desmedido, disse ele, expulsando o caroço de pêssego da boca, que sugeriu Tronhão plantá-lo longe dali, antes que secasse em cinco minutos e Peregrino identificasse o molde de cera no peito de Iabeshab.

— As vergonhas de Peregrino, disse Emília. Mariano reagiu às palavras pronunciadas para o ofender. Decepava com a tesoura ervas amargas, gesto que Emília por sua vez desprezou, considerando-o tardio.

— Mas não era a gaveta o cofre mais seguro? afinal disse Peregrino.

— Que honra é esta, de que todos participam? disse Emília ainda, para Mariano ouvir.

Peregrino estendeu a mão exigindo o objeto no centro da palma. Em troca, Iabeshab alisou-lhe os dedos, sem desistir de suas propriedades. E agora, ou se corrompe para sempre, disse Peregrino, procurando arrancar-lhe o enfeite. Fugindo pelo cais, Iabeshab usurpou de Rectus o seu vocabulário, para poder afirmar em melodioso fraseado verbal que se não o deixassem usufruir aquelas horas, jamais regressaria a Santino. Peregrino alcançou-lhe a bunda com o pé. Atingido nas partes que lhe mereceram a designação: são como pastéis, fofas e cheias de vento, Iabeshab caiu em prantos, beijando impetuosamente o pênis disputado por Fidalga que, grudada ao seu peito, também o queria beijar.

— Ah, o legume de Eulália, ah, o legume de Eulália. E logo agora que ela vai passear pelo Alvarado!

Entre Iabeshab e Fidalga havia o espaço apenas de impedir a asfixia. Enquanto disputavam o pênis, Peregrino quebrava as mercadorias sobre o cais, para alcançar Iabeshab e Fidalga, em torno dos quais se formara uma parede de segurança com Censata e Emília à frente, dispostas a enfrentá-lo. E só quando os lábios de Fidalga e Iabeshab apresentaram estrias de tanto beijarem o pênis, e a sede expulsava-lhes a língua fora, eles se apartearam. Iabeshab em direção ao barco, de braço com Bonifácio, que o alojou na proa, recomendando-lhe cuidado, não caísse na água, nervoso como estava. Sempre agarrado ao pênis de cera, Iabeshab resmungava: nica meis Santino. E uma última vez recorrendo ao vocabulário emprestado por Rectus, disse, antes de recolher a âncora: Assunção é destino agora.

Peregrino dirigia-se a Fidalga cerrando os dentes, para ela não ouvir. E embrenhou-se na mata por alguns dias. Ela cuidava dos ovos matinais, ainda na sua ausência. De modo que quando Tronhão o trouxe de volta, Peregrino encontrou sobre a mesa trinta e cinco ovos. Ele começou pelo que lhe parecia mais antigo. Varou o dia até os consumir. E ao alvorecer vomitando a porção exagerada, escreveu a Fidalga: voltamos à normalidade neste lar.

Após queimar a manta de lã que o impedia de apreciar-se, Bonifácio tremeu diante do espelho, imaginando os cuidados de Peregrino em punir o causador daquele incidente, hipotecando toda energia a fim de apagar a memória de Bonifácio da cidade. Censata era presa fácil. Em menos de vinte e quatro horas negaria sua passagem pela terra, acrescentando ainda que as manchas deixadas na sala pertenceram ao antigo inquilino, que não pudera levar seus móveis ao mudar-se para outra casa, não longe dali.

No armazém, ele enxugava depressa as lágrimas, antes que Peregrino lhe surpreendesse os queixumes. Disse a Emília: eu já me habituara aos desatinos de Iabeshab. Apesar da nostalgia, e bem no centro do peito, Bonifácio não queria a morte, que cheirava a mofo. Levando a mão ao nariz, apegava-se a contar as moedinhas da gaveta.

— Ao menos limpe as mercadorias, disse Censata.

— Um dia as limparei até de olhos fechados.

A notícia de que faltavam três meses para Eucarístico morrer, durante os quais disporia de suas coisas, confirmou a Bonifácio que Iabeshab ainda haveria de voltar. Magnólia procurou Tronhão. Não sabe Peregrino que de tanto Eucarístico o estimar deixa-lhe o barco em testamento, as palavras estão numa carta que guardo na gaveta: que Peregrino ao menos uma vez na vida se divirta, para isto lhe estou oferecendo os meios.

— Não basta esta prova de amor? disse Magnólia.

Peregrino não se deixou convencer pela herança. Se em verdade Santíssimo devia-lhe as melhores peças de marcenaria, nem por isto Eucarístico tinha o direito de traspassar-lhe a espada na escuridão e sem aviso.

— Ah, Tronhão, Santíssimo habituou-se tanto à morte, que já não lhe tem apreço.

Átila Soares visitava Peregrino com dificuldade de andar. Recusando no entanto deixar a casa sobre o andor encontrado na igreja em desuso agora, por não despertarem o mesmo interesse os discursos dominicais. Não rejuvenescera um único dia no seu exílio, e quase não enxergava, mais alimentando-se de sombras do que de laranjas. Recusara os óculos de Iabeshab, que lhe provocaram, na vez que os usou, tonteiras, visões de animais moribundos, e sequências da vida em Assunção, que não podia porém confirmar, por lhe faltar Eulália. Devolveu-lhe os óculos sob pretexto de que já lhe coubera na terra a obrigação de olhar com rara intensidade, não via por que devassar agora o que já não lhe houvesse a vida reservado.

Inspirava certa solenidade, pelo que fechavam portas e janelas à sua passagem, no caso que se quisesse sozinho na rua. Para nada o molestar, quando de visita à terra que jamais deixou de lhe pertencer apesar do retiro. Fidalga reservara-lhe a mesma cadeira durante anos. Não consentia que espanassem a poeira acumulada. Deste modo Átila Soares a identificava imediatamente entre os objetos da sala. Concedia à filha esta obediência, aceitando tributos.

— Aquela ingrata, vocês conheceram? vivia reclamando, embora lhe beijando a testa Fidalga pedisse tenha paciência, pai, Eulália está muito ocupada, um dia ela volta.

— Que nada. Mulher ambiciosa está ali. Só lhe serviam Assunção e aquele maldito teatro Íris.

Pedia que o removessem para o jardim. Dali poria olhos rumo a Assunção, quem sabe melhore do reumatismo e prove a Eulália sua intransigente culpa. Arrastava-se ao armário, de encontro à miniatura de Triste Figura. A nenhum outro objeto, Próstatis recomendava tanto cuidado.

— Nunca se sabe, um dia broxamos de novo.

Átila tinha o touro de madeira na mão com igual temor ao que o acompanhava menino levando as vacas às vilas vizinhas, para serem emprenhadas. Por razões desconhecidas, não nascia em Santíssimo um novilho entre todo o gado. No início, faltaram-lhes animais domésticos, medravam apenas os enfeitados de penas. De outra espécie, logo chegados à praça, encolhiam-se para morrer ao fim da tarde. Murmurava-se que por ter sido sempre desarmonioso o retrato que Santíssimo fazia de si mesmo, e em tempos idos haverem apreciado animais violadores da carne humana, a natureza os punia promovendo em troca Assunção, onde tudo florescia tão depressa que logo construíram o teatro Íris, sem outras dívidas a saldarem senão aplaudir de pé a pianola. Santíssimo invejava-lhes a sorte. Mas como pensarem em teatro se, para uma vida normal, lhes faltavam relinchos, mugidos, e o sinistro balido das ovelhas?

— Cacarejo só, não justifica a existência, disse o pai de Próstatis, sacrificando um bicho de pena na caçarola de ferro.

A reprodução dos animais domésticos, trazidos de longe, com temor de que alcançando a praça morressem, coincidiu com a terceira geração de Santíssimo. Mas ficava-lhes no coração o espinho de jamais lhes nascer nos currais um novilho macho. A tarefa de pedir socorro distante, para acasalar as vacas, pertencia aos meninos ainda sem buço. Indicados para o serviço, eles apagavam o fogão com lágrimas, suspiros e tremor das mãos. Átila arrastava os animais sonhando nas ribeiras com os banhados e alagadiços de Santíssimo onde, ao não lhes nascer um novilho, havia o temor de que o fenômeno, confinado ao mundo animal, se alastrasse entre os homens, jamais lhes surgindo um varão. Diferente dele, Próstatis fincava os moirões com raiva:

— Estas vacas são umas filhas da puta, pior que mulher. Mulher ao menos não seleciona, vai parindo o que lhe puseram no bucho.

Assunção ofertava-lhes touros impecáveis. Santíssimo devolvia-lhes o animal que deslizara pelas encostas, sem palavras de advertência. Preferiam a pobreza ao sêmen duvidoso. O touro descarnado, cheio de berne, feiura sem adorno da própria espécie, surgiu-lhes quando o temporal ameaçava a safra de milho. Não se rastreando o caminho por onde veio, tampouco lhe descobriram a origem. Pelos descuidos da carcaça, a mão humana o abandonara. Jamais Assunção exporia bicho assim à visitação pública, pelo orgulho que punham na criação de animais bojudos. O touro amparou os chifres nas ripas do curral de Próstatis, aguardando que o abrigassem. Fizeram-lhe a vontade, sem prevenirem Próstatis do touro inútil, pronto a morrer em algumas horas. Como ninguém reclamou sua posse, forneciam-lhe alimento, cuidando das feridas, mas não lhe faziam festa. Na semana seguinte, seu corpo manifestou vida ao acasalar as vacas com olhar magoado, por lhe doerem talvez os ferimentos. Não lhe notavam gratidão, ou respeito, por quem o tratava, e com as fêmeas não lhe surpreendiam qualquer emoção. Cheirava os miosótis, flor preferida das vacas de Próstatis, e aceitava querosene nas feridas. E quando as vacas cruzadas com ele começaram a parir, foi um deus nos acuda, pois o primeiro rebento, e os que se seguiram, todos eram machos.

O desfile diante do touro triste invadiu a madrugada, o estábulo enfeitado de folha de eucalipto e cipreste. Traziam-lhe incenso, mirra, iguarias para dias de festa. Próstatis não cabia de orgulho, que seu curral fosse contemplado com semelhante graça. Imperatriz se imaginou abandonando Santiago de Compostela por um galeão espanhol, ancorado em Gondomar, e que aguardando sua decisão de partir tinha velas enfunadas noite e dia. Para enxergar com os próprios olhos o milagre que lhes reservava aquela jovem terra, a tripulação e Imperatriz enfrentaram desatinos e o desejo de aventura por parte dos piratas ingleses. Sem dúvida, aquele primeiro novilho macho contrariava interesses europeus, mas havia afinal chegado a hora da independência. Festejariam o touro com vinho Ribeiro, tinto e rubro, com poder de manchar paredes, lábios, trajes, honra, a cuja tintura nem a porcelana, o inverno, ou o vaso de barro resistiam. Héloise, que a seguia desde o encontro em Plaza Mayor, providenciou a bebida, já no último tonel.

Imperatriz suspirava, enquanto bebiam. Entoou cantigas galegas, de origem celta, curtidas a sal e água temperada a sangue. Próstatis pedia-lhe que naquela estação abandonasse canções plangentes, temia o fervor nostálgico em sua pauta musical, a evocação sangrenta, cessando os privilégios do touro junto às vacas. As palavras de Próstatis atraíram Imperatriz de volta ao solo. Quis ajoelhar-se no curral, mas para suas mãos e joelhos não tocarem a terra, que evitava como a peste, trouxeram-lhe lençóis e almofadas sobre que tombar sem se comprometer.

— Nos destinaron para este milagro. Mi profeta Santiago no me habría de fallar.

Dedicavam-se a lavar o touro com extrema cautela. Primeiro as pernas, o rabo que pentearam eriçando-lhe a crina, avançando por esconderijos que o animal possuía, até surpreenderem no ventre, próximo aos testículos, gravada a fogo ASSUNÇÃO em letra de tamanho que se disfarçava, confundia-se com cicatriz, ou sinal de nascença. Com gritos de raiva, Próstatis ameaçou estripar o animal, devolver a carne salgada a Assunção, para que avaliassem o estoico comportamento de Santíssimo naquele caso. E enquanto procurava no animal uma área onde melhor o sangrar, não lhe obedecia sua mão.

— Os desgraçados, me castraram também? o desespero acentuava-se com o vinho Ribeiro que Imperatriz estimulou a consumir todo naquele dia.

Incapaz de converter-se em assassino de animal tão útil, vestiu-o de arlequim, cobrindo-lhe a marca e ridicularizando Assunção. O touro naqueles dias mereceu-lhes escárnio e reprovação. Atiravam o alimento em tinas lambuzadas pelos outros animais, e negavam-lhe cumprimento, ou amabilidade. Nascendo porém outros novilhos da mesma matriz, regressaram ao touro com fervor incomum. E o traje que devia ridicularizá-lo e esconder as características de sua raça terminou por acrescentar-lhe um encanto descoberto à medida que lhe enfeitavam as patas e o pescoço com pulseiras e braceletes de ouro, latão, cobre, madeira, até se tornar difícil ao touro locomover-se sem barulho.

O olhar de Triste Figura, como Imperatriz o batizou, exibia luminosidade intensa. Quando o liberavam nas campinas desenvolvia jactância que dava gosto vê-lo apreciar o milho, como se o comesse com garfo e faca, e o guardanapo no pescoço para limpar-lhe a baba da boca. E quanto mais o adornavam, não lhe sobrando no corpo espaço para outro enfeite, melhor acasalava as vacas. No entanto, o testemunho daqueles testículos era provocador. Ao mesmo tempo que lhe tinham amor, registravam com desgosto Triste Figura engordar na barriga, como se estivesse ele sim prenhe, abandonando o jeito antes desengonçado, para agora jogar as nádegas ao ar, o corpo quase se lhe indo pelo molejo, e as recolhia com suavidade que alterava o jogo das pernas. Um caminhar que lhes parecia sinuoso, africano, a que se queria agarrar para sentir-lhe de perto a voracidade.

Deprimia apreciar Triste Figura a cada dia aperfeiçoando-se na arte de ser mulher. No meio dos festejos, Átila Soares chegara a advertir: — Vocês estão bichando esta criatura, qualquer dia não emprenha mais as vacas. Parecia-lhe impossível o animal resistir aos galanteios que lhe propunham, o convite permanente para alterar a própria natureza. Átila observava os seus espasmos espalharem-se pelo dorso, até alcançarem os chifres, que se mobilizavam agora ainda que presos por dobradiças. Nenhuma área do corpo de Triste Figura defendera-se da transformação. Um outro animal vivia nele.

Próstatis recusava as advertências. Imitando Imperatriz, que se extasiava com decoração mourisca, disse ele: — Alhajas de corte oriental. As palavras de Átila, vestidas de luto, fazia-os rir, quando comemoravam a prosperidade.

— Não é hora de ameaças, disse Rectus.

Próstatis escondia-se agora no curral aguardando o milagre que lhes restituísse Triste Figura. O bicho porém afagava as patas, coçava o rosto com o rabo, numa curva rigorosamente transcendental. Fixava-se em Próstatis e Átila com carinho que os molestava.

— O que fazemos? disse Próstatis.

— Chamemos Imperatriz, disse Eucarístico.

Como discutir problemas afetos à natureza masculina com uma mulher de porte airoso, que trocava a luz pela escuridão. Especialmente porque surpreendiam em Imperatriz musgos e líquens que lhe ficaram da travessia atlântica. Ao mesmo tempo, esta doença, que ela alimentava com água fervida, convertera-lhe a natureza, do mesmo modo que Triste Figura não era o mesmo de quando o conheceram.

— Desde quando Imperatriz é mulher? disse Rectus.

Héloise os deteve à entrada quinze minutos, tempo de abrir as vinte e oito portas entre o portão e a sala, onde se exibia Imperatriz com adornos mouriscos. Em novembro, ela lhes confessou:

— Jamás les perdono el haber manchado suelo castellano por ocho siglos, con inponernos el paladar gitano y dudoso. Acariciava os anéis e colares, tributando-lhes homenagem. Docemente repetia: — Ah, Toledo, dónde te pones, tierra mia.

Visitou Toledo aproveitando-se de um dia de brisa forte. Mas, logo que o sol se pôs violento, sua decisão foi partir, ainda que prometesse: luego no sera Toledo, pero cruzaré toda Espana.

Não lhes parecera adequado criticar um amor que soçobrava à aproximação do sol. Com única falange, um poder de parafuso que invadia áreas absurdas, Imperatriz apalpava a carne esquálida para subitamente deter-se, como se a sangrassem. Nestes momentos, liberava pelas ventosas avaras porções de ar. Eles lhe sondavam o rosto, em que terra recém-pisara ela, antes da visita.

Imperatriz sugeria que Héloise lhes ofertasse anis. Fechando e abrindo os olhos, simulava a imobilidade do beija-flor. E quem olhasse Héloise, princesa jamais etíope, mas antilhana, não poderia imaginar que em momentos de incerteza e crise esmigalhasse com a mão bichos de carapaça de tijolo, ou retornasse ao pó cômoda de marqueteria, trabalho que facilmente Eucarístico reproduziria se lhe fosse concedida formação francesa.

— Y cómo son tontos estos franceses!

A força de Héloise, aperfeiçoada em tempo de nostalgia, tornava Imperatriz volátil, por não a acompanhar em tais arrebatos, e pela necessidade de desprender-se dos objetos da terra. — Si soy de la tierra, cómo puede Héloise habitarla al mismo tiempo. Me ocurre algo raro cuando me pongo a pensarlo.

Perdoavam-lhe o anis na esperança de que se esgotasse o estoque. Apesar de viver anos em Santíssimo, era incapaz Imperatriz de cortejar-lhes os costumes. Falava de Espanha com capricho vocal, e ao sibilar ia despejando por estreito funil palavras com prestígio de dicionário.

— Y de la Real Academia, no os olvidéis.

Enamorava-se ela dos gestos dramáticos, pelo que se suspeitava que, antes mesmo de aportar em Santíssimo, já praticava maravilhas. Razão de dispersar-se prisioneira na casa que mandara erguer. Era a primeira mulher a dispensar socorro de quem a fizesse caminhar entre a cama, armário, utensílios de cozinha, até se alojar em porto seguro. Como paga por tanta independência, a nomearam representante de uma terra em que a singularidade acumulara-se como doença, motivo de a cada insurreição instalarem o garrote.

Esgotadas as manifestações de hospitalidade, aflorou aos lábios de todos o nome Triste Figura, e com ele a riqueza dos adornos, sem o arrebato porém de outrora. Não que já não lhe devessem estima. Mas, à medida que lhe devassavam a intimidade, fazia-se difícil traçar-lhe o perfil para Imperatriz, que não o via há tanto tempo, identificá-lo na rua. Diante das mulheres, eles foram educados a capitular, por palavras, ou atos, sobretudo quando Imperatriz os olhava querendo uma verdade que existia se eles confessassem, e deixava de existir se não encontrassem o perfeito modo de falar-lhe. Quantas vezes no domicílio conjugal retardava-se a revelação de qualquer verdade. Só no café da manhã, entre migalhas de fubá saltando da boca, ia junto uma palavra amarga. Também não se velavam como odaliscas, homens como eles traçavam e percorriam linhas retas.

— Entonces Triste Figura se ha vuelto maricón?

O espírito de mortalha de Imperatriz despertou inveja, já na hora de desembarcar em Santíssimo. A faca alcançava a veia principal, a vida toda enfeitada ali de vermelho. Ainda que reagissem todos às suas investidas de abandonar a terra, para pairarem a vinte centímetros do solo. Uma tentação que extinguiam na produção de biscoitos de araruta e raiva. Qualquer sentença que não eliminava frases, na expectativa de o inimigo completar o que ficava faltando, obrigava Próstatis a coçar-se, querendo aliviar a bexiga. Imperatriz tinha o hábito de incluir santidade em todo futuro, que em sua terra aliás era uma moringa de barro por onde corria água fresca.

— Santidade é coisa de espanhol. Nós nascemos para a terra, e Assunção é o nosso aval, disse Próstatis.

Imperatriz analisava as vantagens de um estado rico, como o de Triste Figura, que nem ocupava a terra, nem se deixava tragar pelas águas do mar, semeando ainda assim frutos e mostarda picante. A indefinição do animal em estabelecer-se em fronteira à qual o atassem para sempre, onde lhe vestiriam única pele, sem poder desfazer-se dela, acordar com chifres que serviriam somente para fins produtivos, comovia Imperatriz. Recordava seus chifres, a pele riscada por antigas feridas, o peso medido agora em ouro e pedra. Também ela se definira pela noite, porque os recursos do dia há muito se esgotaram. Devia-se sua clareza a viver acima do nível da terra, recusar a luz solar. Provou amar a noite, chegando em Santíssimo. Na tenda ainda, quando desembarcou, a surpreendiam em luta contra a claridade, que não podia revelar-lhe o corpo, ou desfrutá-lo.

— De donde vengo la lucha es contra lo elemental.

A chegada de Imperatriz estabeleceu novos hábitos. Nas quartas-feiras de visita, dormiam durante a tarde, compensando as horas de sono que sacrificariam à noite. Próstatis aceitava aquele mistério com aparência de remédio, como meio de curar mazelas. Ainda que se mostrasse ela indiferente a Assunção, ao lhe exigirem sua carga de ódio, para enriquecer a deles. Quando lhe falavam do teatro Íris, o armazém Dourado, com a animosidade que dilacerava internamente Espanha, Imperatriz suspirava, vertebral, estátua, pedindo-lhes perdão. Seu corpo abrigava tantos ódios e mal-estar, que se mais um sentimento incômodo se instalasse nela, passaria a espirrar veneno.

Estimava Santíssimo, e numa enchente do Alvarado confessou: — Me quedé por servidumbre, jamás por voluntad. Alisando a cabeça parecia esbarrar contra coroa invisível aos demais. E se acalmava certificando seu ainda o trono na terra.

— Por su nombre Santíssimo la elegí, no por su tierra, que no la conozco.

As revelações depositadas aos seus pés não serviam ao arrebato, ou à indiferença. Ela buscava estado neutro, vizinho ao gás. Teimava em ser volátil especialmente após atravessar o Atlântico. Sua força ficara em Galícia. Mas, compensando espinhos cravados em Santíssimo, surgia-lhes de branco, a transparência do traje sem confirmar tratar-se de mulher o que havia dentro.

— Santíssimo de mi corazón, Santíssimo de mi corazón, e o corpo como que lhe fugia despeitada pelo amor.

O sexo de Próstatis reagia a tais palavras. Fazia Imperatriz reviver memórias, até repetir Santíssimo de mi corazón o número de vezes que lhe bastariam para atingir o prazer. Sempre esteve perto da agonia, faltando-lhe uma única frase. Seu gozo malograva-se nos súbitos silêncios de Imperatriz.

Ela sugeriu que pusessem Triste Figura à prova. Se dominasse as vacas a ponto de parirem novilhos, deviam esquecer sua natureza policrômica, pelas joias e curvas do dorso. A partir desta data, não o deixavam em paz. Exigiam-lhe as provas mais consistentes. Nenhuma vaca esqueceram na sala de visitas. Triste Figura submetia-se em troca de adornos que lhe acrescentassem. Em nenhum momento abdicou da condição que Santíssimo intitulava feminina, pelo olhar e trejeitos, a que parecia irremediavelmente habituado.

Na quinta-feira, o despojaram das joias na esperança de o invadir nostalgia pela antiga masculinidade. Triste Figura se deixou desnudar, convertido em animal comum. Junto à vaca, porém, fechou os olhos, parecia dormir. E não reagiu enquanto não lhe repuseram o patrimônio conquistado com o precioso sêmen. E vestido de novo, aceitou cumprir tarefa junto à vaca.

— Macho já não emprenha mais, só maricón, disse Átila.

Pensou-se a princípio que a sabedoria de Imperatriz crescera em Andaluzia, embora manifestasse desagrado pela fragrância das laranjas. Através de precárias informações, descobriu-se que Galícia fora seu ninho. Mas que país gera filho aflito com contingências territoriais da própria terra, cuidando de oliveiras e rochedos com a diligência de quem vela pelo sono do inimigo, para o dizimar ao alvorecer?

O barco com Imperatriz e Héloise alcançou Santíssimo às primeiras horas do dia. Ainda que a convencessem vir à terra conhecer Santíssimo, recusou-se em algaravia impenetrável descer antes da noite. Héloise não sofria tais impedimentos. Exibia bata colorida, colares que não se contavam, que para a abraçar deviam afastá-los, além de ervas ao peito. Seus olhos perseguiam Imperatriz e, indo à frente, voltava a cabeça, ou localizava Imperatriz atrás, com o auxílio de um espelho de toucador. Refugiadas na tenda, não voltaram a saber de Imperatriz por muito tempo, até ela revelar:

— Soy Imperatriz, no se creian que vine de Bizancio.

Próstatis se deixou atingir pelo desespero da lisonja. Sugeriu transformar Santíssimo em capital do reino. Para tanto ordenando a lavagem das casas, animais, e cuidados com a lavoura, produto natural da aristocracia. Átila estranhou a vaidade que os envelhecia, Próstatis barbeando-se diariamente. Mas o espírito de grandeza não ultrapassou a semana em que Imperatriz prometeu trocar a tenda por uma casa.

Todas as questões Héloise resolvia sozinha. Alimentava Imperatriz, cobria-lhe o rosto com véu negro, de modo a poupá-la da luz em Santíssimo insistente. A princípio, as moedas de ouro causaram estranheza. Até se convencerem de que podiam ressarci-las em qualquer ponto da terra. Próstatis reservou suas moedas na caixa de madeira há muito na casa, sempre vazia. Em ferrenha disputa, Angélica a queria para guardar passarinho, com o que Próstatis jamais concordou.

Bonifácio transportou a bagagem para a tenda. Os baús que não couberam dentro, enterraram em vala comum. Durante os trinta e quatro meses de construção da casa, elas viveram na tenda. Imperatriz planejou uma vivenda comum, exceto pelo longo corredor entre porta de entrada e sala, defendido por vinte e oito portas, lavradas todas por Eucarístico, a quem enviou recado para a visitar brevemente, com isto significando na segunda quinta-feira do mês entrante. Pareceu-lhe data conveniente, pois antes de vinte dias Eucarístico não se poderia preparar para enfrentar suas pretensões de águia, altaneiras e difíceis. Mas naquele período justamente Eucarístico catalogava madeira nova, de bosque holandês, o que lhe exigia sabedoria e intuição ao mesmo tempo. Antes de dois meses, não poderia visitar Imperatriz.

Héloise sucumbia ao peso dos encargos. Além de não falar a língua, descobria ambiguidades por todas as partes. Coube-lhe comunicar a Imperatriz que Eucarístico viria em cinco meses. A notícia indignou Imperatriz, a descortesia extravasando hábitos de qualquer terra, ainda para os territórios que acalentavam originalidade e imprecisão. Mesmo nas guerras acirradas, o tratamento por parte do inimigo diferia do que lhe estava ofertando o orgulhoso Eucarístico.

Nos primeiros anos, parecia-lhes de difícil compreensão o julgamento de Imperatriz quanto às coisas do mundo. Irritava-se com banalidades, desde a cor do leite, que lhe levavam pelas manhãs, o ubre do animal arrastando-se à porta da tenda, ao modo de a cumprimentarem através de véus, ou à distância. Unicamente os gestos praticados com medo mereciam-lhe aprovação. Porque neles estava incurso o erro, tinha Imperatriz ensejo de os corrigir, e ofertar-se como modelo. De olhos cerrados batia o peito seguidamente, ali estava, apesar da carne e costelas, o seu jardim de penas e lamentos, onde se abrigavam os motivos de eleger Santíssimo para viver, construir uma casa contrária à imagem que se tinha de um templo.

No começo, houve luta entre eles. Imperatriz incitava-os a capinar, teimando existir naquelas terras urzes e tojos galegos. A resposta de Santíssimo era retardar o trabalho. O que se fazia em uma semana, levava seis, sete para Imperatriz. Ela fingia não ver. Advertia Héloise a tratar o ouro com doçura, dele dependiam para desempenhos menos frugais. Vendo Imperatriz determinada a não capitular, Héloise repassava as moedas, assoprava-as, a algumas brilhava com flanela, comunicando-lhe os desarranjos intestinais que sofria a casa às mãos de Santíssimo.

Jamais Imperatriz demonstrava emoção por algum trabalho terminado. Ao contrário, transmitia-lhes surpresa em os saber avançando em tarefa que, em sua terra, de gente operosa, tomaria três, quatro vezes aquele tempo. Próstatis abandonava a tenda coçando os testículos de boi. Ia-lhe à alma a satisfação com que Imperatriz dissipava dúvidas que em Santíssimo germinavam frescas a cada manhã.

O desafogo de Próstatis sofreu imediata reprimenda de Angélica. Acaso não bastava Imperatriz mergulhá-los em sombrias hesitações, prolongando o próprio orgulho, e ainda condenava à demolição partes inteiras da casa? Imperatriz, temerosa de os melindrar a ponto de já não se curar a ferida, admitia-lhes haver cultivado desde a infância o hábito de atrair a tragédia como forma de apurar o passado, o que lhe coube na terra sempre que aprendeu a inventar. A obsessão acompanhou-a nos últimos anos, antes de cruzar o Atlântico. Em Santíssimo agora, não desistia da reflexão, desde que dispusesse do tempo que só eles poderiam conceder-lhe enquanto demolissem paredes.

Além de cuidar dos encaixes, Eucarístico entalhava nas almofadas das vinte e oito portas, entre desenhos de cidades espanholas e flores, inscrições redigidas por Imperatriz. E quando registrava numa porta frase de estilo condenado, ou confissão que não se permitia ainda, Imperatriz determinava-lhe total extermínio. E, em obediência à história do seu país, queimava-a em fogueira armada frente à tenda, para o cheiro da madeira em brasa ressecar-lhe as narinas.

Eucarístico aceitava a destruição de um trabalho que lhe consumira meses. Sua fé aguçava-se com quem lhe mostrava o rosto da paixão. As portas seguiam protegidas por véus, mantas de inverno, cedidos por Imperatriz, em defesa dos seus desabafos na madeira. O rosto às vezes com espessa camada de cera, para não lhe apreciarem as feições, Imperatriz meditava, sem meios práticos de retornar à terra. E neste estado autorizava a presença de Eucarístico. Sob coação da forma perfeita, ambos selavam o destino de uma porta. Investigavam equívocos, sombras, lascas, cavidades, no nível de uma constância que os comovia ao final da madrugada. Imperatriz questionava o que lhes estaria reservando a palavra lavrada na madeira.

Magnólia incumbiu-se de informar a Santíssimo os graves e agudos que se imprimiam naquelas portas. Prestava-se à delação, não por ciúme, ou porque a carne do marido se despojasse diariamente. Pelo fato de Imperatriz ocupar-lhe a consciência de tal modo, que nem o conforto de lençóis limpos a cada sexta-feira, ou o café da manhã reforçado, chegavam a aliviá-la. Levava a Eucarístico porção de alimento que sozinho não poderia consumir, dando-se assim pretexto de fazer algumas viagens ao galpão para verificar se as formigas o estavam deixando em paz.

 Eucarístico eximia-se do dever de a reconhecer, por arrastar-se ela com as pantufas de lã sem fazer ruídos. Ela se aproximava das portas, onde se lavravam epígrafes, testamento, as memórias de Imperatriz, resguardadas ali em sal, logo cerrando os olhos, sem coragem de os abrir. E ainda que rapidamente apalpasse as letras, não se concebia direito, ou tempo, de formar uma palavra. Pressentindo que a fartura à mesa era o grito de socorro da mulher, Eucarístico ofertou-lhe uma caixa de serragem, a que Magnólia revidou primeiro com arroubo cristão, logo com apatia, por lhe parecer incorreto aceitar regalos que jamais se reuniriam de novo quando batidos pelo vento. Com rajadas manuais, Eucarístico provou-lhe que se podiam construir com a serragem pequenas joias, ou guardá-la em saquinhos sobre os quais se confortasse uma cabeça torturada. Tanto confiava na sua eficácia, que lhe parecia possível mesmo atribuir à serragem atuação de esterco, desde que a espalhassem sobre terra molhada.

 Em casa, Magnólia enfrentou os filhos. Eles exigiam a mãe em prantos, trajes rasgados, o rosto ofendido, ante a ousadia do pai. Ela defendia sua memória, como se Eucarístico já tivesse morrido. Não viam os filhos que não lhe podia Eucarístico oferecer senão o que o comovia, e de origem vegetal? Trocaram ásperas palavras. E ao acordar às nove horas numa manhã, o que constituiu uma desonra, ela preparou o forno e o deixou ligado dias. Como castigo, assava pães e bolos sem parar, por isto vindo a possuir surpreendente reserva. Mais descansada, escondeu a caixa debaixo da cama, aguardando que adoecesse alguém da casa, quando a utilizariam como o urinol que jamais possuíram, embora insistisse com Eucarístico para lhes armar no dormitório aquela peça em madeira.

    Coube à casa de Emília tratar do delicado assunto. Peregrino indicou o avô cego para morrer em menos de uma semana. A família dispôs o velho na cama, cuidando antes de o lavar, vigorar-lhe a circulação com escova, para o pouparem das escaras de sete dias. Apesar do cerimonial, a morte pontilhou-se de pequenas perplexidades, pois o avô, além de cego, jamais nominava os objetos com acerto. Pedindo côdea de pão, queria dizer copo de vinho, de que estava carente. Sua fúria em não se fazer compreender prolongava-se entre seis e sete horas, serenando quando se propunha outro enigma. Apesar de tantos transtornos, a família não o acusava, ou sugeria avariar no centro nervoso. Parecia-lhes que se deviam tantos enganos ao fato dele possuir o vocabulário mais rico de Santíssimo, o que o induzia a considerar a palavra artifício volátil, de valor transitório.

    Não era fácil ajudá-lo a morrer, tornar-lhe menos penosa a semana de espera. Os equívocos se vinham acumulando em torno da cama. E quando lhes pediu o avô uma comadre, uma vez que prisioneiro do leito desejava aliviar-se com conforto, trouxeram-lhe desde jabuticaba à bússola de Fidalga, que a cedeu com alegria. O avô mostrava-se intransigente, e com a voz sempre mais rouca. Para solucionar o conflito, recomendaram-lhe o desenho do objeto de seu anseio. Ele escarneceu da família, recusando-se a pôr em descrédito uma palavra que, à simples anunciação, tudo esclarecia. Sem mencionar a cegueira que a família em conjunto desfrutava, o que, poupando-os da forma, condenava-os à palavra. Emília sugeriu uma comadre de verdade, quem sabe o avô pela primeira vez fora contemplado com o rigor verbal.

Mariano confirmou a existência da peça em Santíssimo. Iabeshab transportou com tanta cautela a comadre de pedra lazúli e brasonada, que não houve quem não surgisse à janela. Fidalga passou-lhe a mão, para copiar o azul. Em casa, por mais que esfregasse, as manchas não a deixaram todo o verão. Querendo guardar de lembrança o mesmo azul, outros também lhe passavam a mão, mas a comadre já não largava cor. Peregrino não se conformava com aquela presença na cidade. Sugeriu seu imediato sepultamento em vala encomendada para este fim. Nenhum varão daquela terra, ainda que em circunstância dramática, ardendo-lhe a bexiga, recorreria a um instrumento contra a natureza. Quanto às mulheres, pelo seu desterro na terra, bastava-lhes abrirem as pernas, e urinarem na cama. Através das persianas fechadas, Rectus murmurou:

— Uma cidade não deve dispensar tesouros.

Para fugir à sanha depredatória de Peregrino, Bonifácio escondeu a comadre numa caixa, redigindo em tinta vermelha: FRÁGIL X PERIGO. Naquela viagem Iabeshab incorrera em erros de que se eximia Bonifácio julgar, para não lhe indicar o exílio. Abandonou-o na soleira da porta, expressando sua censura. Dividia-se entre a estima a Iabeshab e Censata, que o combatia utilizando armas familiares. Servia-lhe comida fria, esgarçava suas camisas de seda. Apontando-lhe as montanhas de Assunção, onde encontraria escudo contra as incompreensões de Santíssimo, Iabeshab defendeu a complexidade geográfica do mundo.

Todas as desditas foram esquecidas quando Iabeshab lhes ofertou um relógio que atuava em acordo com o sol, desde que o instalassem no cemitério, onde a bandinha animava os domingos. Convidado à inauguração, Iabeshab excusou-se sob pretexto de inclinar-se à natureza selvagem, naquele dia. No armazém, registrava as fraquezas de Bonifácio, as respostas amontoadas no fundo da gaveta. Bonifácio consentia que lhe raspassem à força os fios da barba. O sentimento que se perpetuava nele a cada viagem de Iabeshab, buscava desafogo criticando-lhe os objetos espalhados pelo armazém. Usando garfo e faca, Censata era cortês, cumprimentava-o de gota em gota em um único dia, forçando-o a falar.

— Iabeshab perdeu-se no tempo, e não se dá conta, disse Bonifácio a Peregrino, excusando-se por abrigar peças que provocavam dissensões. Peregrino aceitou a defesa do amigo, com a esperança de Iabeshab ainda vir a transportar cargas de arroz e fubá, e lhe pintassem afinal o seu rosto.

O relatório de Emília alongou-se por setenta minutos, ao fim dos quais Bonifácio desenterrou a comadre, para surpreendê-la em perfeito estado, apesar do tempo. A família não teve que lhe aparar qualquer defeito, ou mesmo lavá-la. Apresentaram-na ao avô que chorou de alívio. E aos ruídos da urina que inaugurava a comadre, formou-se procissão em torno da cama. Pediam-lhe constantemente que repetisse o feito. Ele se esforçava em obedecer mesmo sem vontade, também encantado com as águas represadas à saída do corpo. De tanto porém ceder às solicitações, o corpo foi murchando, já não lhe restando líquido a eliminar, o que o obrigou a morrer antes do prazo. Para alívio de todos, Peregrino compreendeu a crise que a comadre de pedra lazúli deflagrara, e os perdoava.

Enterraram o avô às pressas, ansiosos em rever a comadre. Nada os atraía tanto. Pretendiam lavá-la, expô-la ao sol, e guardá-la no armário, para a ter próxima sempre que homenageassem a memória do avô. Mas, ainda que a procurassem debaixo da cama, dentro do poço, no alpendre, entre legumes, ou nas tachas de cobre, onde faziam goiabada, não a puderam encontrar. O desaparecimento, que não explicavam, despertou mais lágrimas que a morte do avô. Não faltou quem denunciasse Assunção como responsável pelo delito, pois também eles urgiam em represar suas águas.

Magnólia orgulhava-se de sua previdência, que a resguardava de penosa situação futura, agora que Santíssimo já não dispunha de comadre. A caixa de serragem veio ser o presente mais grato recebido em todos aqueles anos de casamento. E não havia pois como não apreciar a casa de Imperatriz crescendo, entregue à sofreguidão de Eucarístico.

Rectus tirava-lhe o chapéu de palha, perguntando sempre:
— E os afrescos de Imperatriz, são de escritura duvidosa? Magnólia pedia desculpas. Não estava autorizada a revelar ao mundo os ditames de Imperatriz. Esta aliança estabelecida entre ela e Eucarístico fazia parte dos votos conjugais.

A paciência de Imperatriz naquela guerra absolvia-a do pecado de ter aportado em Santíssimo sem licença, por vontade própria encarcerar-se na tenda, unicamente Héloise trazendo-lhe as regras do mundo externo. Próstatis combatia a clausura que ela lhes impusera, sugerindo que Imperatriz os recebesse imediatamente, pois se o espanhol dela era um canhonaço no indivíduo, como o definiu no armazém, para alegria de Santíssimo pela elegante frase, considerava o francês de Héloise rigorosamente incompreensível. — E não é francês o que ela fala, Rectus? Um francês que não precisaremos aprender, porque é indecente apropriar-se de uma língua sem a colocar imediatamente em uso.

— Pois discordo, o espanhol de Imperatriz corta o ar como pequenas lâminas sarracenas, murmurou Emília, contrariando as festividades e o depoimento de Próstatis.

Ele se irritou que Emília esquecesse as medalhas de ouro, lembrança da guerra do Paraguai, e o declarasse inimigo do regime em momentos frágeis. Átila Soares convocou-o a perdoá-la. Há muito o devaneio no coração de Emília atuava como incômoda trégua, e estava agora a necessitar de uma peleja. Próstatis concordou em ajudá-la. Não a cumprimentou no dia seguinte, para Emília convencer-se de que o tinha como inimigo. Durante a semana passou frente à casa, até Emília se assegurar de que a paz, onde mergulhara até então apesar de Mariano, era traje mais filigranado que um bordado seu.

Héloise esclarecia que, por obra do seu temperamento e formação hispânicos, Imperatriz aceitava sofrer prejuízos, mas não os receber na tenda, ou falar-lhes em língua irmã. Não insistissem. Naquele mês precisamente Imperatriz conhecia momentos difíceis, ainda que Héloise lhe filtrasse com o socorro do tecido negro uma luz ameaçando devassar-lhe os domínios. Suas razões eram secretas, sim, pois Imperatriz mesma as combatia, para evitar tombos de grande altura. Melhor esquecerem nos primeiros anos o seu corpo tumultuado. Próstatis recomendava-lhe repetir a mensagem até a decifrarem. Em uma semana, nenhum sistema linguístico resistiria ao interesse que eles sentiam por Imperatriz. Ela podia bem abandonar a tenda por cinco minutos, o tempo de participar dos seus funerais e dias esplêndidos. Depois, que se trancasse de novo. Também em Santíssimo muitos se dedicavam a estranhos nojos, depilar a sobrancelha, desprezar a cadeira pelo chão, amar a madeira em vez de pele humana.

Héloise deu-lhe as costas após projetar o francês, que soava a Próstatis como manifestação gutural de povo atrasado. A nenhuma língua concebia tão aperfeiçoada quanto a sua, com azeite nas juntas de boi. Intitulava-se, para espanto de Átila, herdeiro de combinações linguísticas ilimitadas, ainda que às vezes pessoalmente a cultivasse com tropeços, feridas no pé, abelhas mordendo-lhe o couro cabeludo. Átila Soares sempre o corrigiu. Porém bastava Próstatis pedir-lhe explicações para o reparo que lhe fazia, para Átila atolar-se no pantanal de Chaco.

— Quais são suas prerrogativas, doutor? disse Próstatis.

O fato de não descobrir, senão muito depois, se estava em Assunção, ou em outra cidade cujo nome lhe sonegavam, permitiu a Floriano esquecer as fulgurações da língua natural. Enrolava a palavra na boca, e como que a conservava aquecida na caixa de costura de Emília. Átila porém, adotando a voz de Próstatis, retificou a pergunta:

— Sim, doutor, quais são suas qualificações?

Próstatis engoliu o café sem cuidar que fervesse. Melhor ofendia, impulsionado pela dor. — São todos uns cornos. E não é a mesma coisa? Desde quando você é mais letrado que eu? Só por causa de Eulália se põe a corrigir o mundo?

Sentiam-se confusos em relação à mulher. E, entre eles, evitavam-lhe o nome, que no coração de Próstatis insinuava-se através de pequenos sobressaltos. Toda quinta-feira, às mesmas horas, encontrava Eulália no cemitério. E tomando direção contrária à sua, voltava a cabeça para trás se sentindo perseguido. Temia Eulália a invadir-lhe a casa, instalada em sua poltrona. Advertiu Angélica de jamais deixar a porta aberta, pois havia por toda parte gente gananciosa. Angélica recriminava a insídia contra o bom conceito de Santíssimo na região. Ele enrubescia em surpreender os pequenos seios de Eulália sempre do mesmo tamanho, que lhe pareciam encolhidos e com frio. E imaginando Átila a apalpar o corpo da mulher, não lhe compreendia a paixão. Não esquecia que também fora a Assunção buscá-la, e tudo para atrair à claridade a turva luta entre as comarcas. Eulália sempre identificou nele um inimigo. Ambos sem condições de desertarem dali, seus destinos atados desde o alvorecer. E se a amizade com Átila nutria-se de silêncio, também cuidava em eleger palavras que não ferissem aos dois. E quando por razão de Eulália deixaram de cumprimentar-se, protegeram-se com chapéu de palha, para que através de olhares furtivos se punissem com sombras, agora que um não existia para o outro.

O convite para a inauguração da casa trazia palavras perfumadas em papel tão transparente que por ele se enxergavam os objetos. Mas, diferente da xícara de Iabeshab, apenas revelava o que estava próximo, faltando-lhe sensibilidade de apreender à distância. Havia que se reconhecer ali os méritos artesãos de Imperatriz, capaz de registrar palavras sem rasurar o papel. Rectus recriminava que os prêmios se dirigissem à cabeça de Imperatriz, quando tudo indicava ser trabalho de Héloise.

— Nada de mais para um espírito cartesiano, sempre disposto ao trabalho manual e grosseiro.

A tentação de conhecer Imperatriz na intimidade superou o espírito de vingança. — E não será por estima que a farejamos? disse Emília, para alívio de Próstatis.

— Desta vez eu lhe perdoo. Mas nunca mais crave a espada no meu peito, disse ele.

Emília beijou-lhe a mão, sem que o gosto da língua, ou sua respiração acelerada pelo uso constante da agulha de aço, despertassem espasmo no corpo de Próstatis.

— Será que me caparam, e não percebi? Mas Emília sabe. disse a Átila.

Sexta-feira, às nove horas, Héloise esticou o braço fora da tenda, farejando o vapor da neblina. Para ocupar a casa, Imperatriz optava por traje longo, que não lhe cobria os tamancos vermelhos. À guisa de adorno satisfazia-se com guirlanda de flores e cravos de ferro entrelaçados, cujos espinhos não lhe feriam a cabeça por antes haver atapetado os cabelos com grama francesa.

A verdade é que, ao seguir diretamente do barco à tenda, Imperatriz não se deixara apreciar, prometendo porém que, tão cedo habitasse paredes caiadas de branco, aceitaria visitas regulares. Passando da vida nômade para a sedentária, teriam eles ocasião de podar especulações com que a revestiam.

Seus tamancos eram de fascinante intriga, pela base duas vezes o pé, e pelas correntes de couro trançado que invadiam os tornozelos até alcançar-lhe o pescoço, cujas pontas esforçava-se ela em exibir. Os saltos ultrapassando vinte centímetros indicavam que Imperatriz de fato não habitava a terra. E, no entanto, alcançava o fundo da terra a cada passo, desvendando entranhas escuras, por apoiar-se sobre uma bengala em cuja extremidade havia um estilete, pelo qual se emitiam as palpitações do solo.

Héloise reconhecendo o modo de viver de Imperatriz, sempre sujeita a inesperadas ofensas, desbravava as primeiras portas das vinte e oito do corredor adornado de velas acesas, algumas grudadas ao chão, outras em vasos pregados à parede imitando tinhorão, por onde duas pessoas não passavam ao mesmo tempo. O passo de Imperatriz, avaro e medido na terra com fita métrica, retardava o cortejo. Às vezes, Héloise ia a ela, certificando-se se o esforço a dizimara. Levava-lhe o pulso ao coração, e próximas descobriam que a morte ainda não as visitara.

A principal razão de aceitarem o convite era desvendar epígrafes, acrósticos, sonetos, o testamento de Imperatriz, que estariam ao seu alcance, se não tivesse Héloise distanciado as velas das portas, que se fechavam à passagem de cada pessoa, para não privar às que se seguiam o prazer de abri-las, de modo a não se enxergar uma única frase. Mas orgulhava-se Próstatis, na tormentosa travessia, de haver salvo a palavra "almendro" que, confrontada porém com acervo alheio, na esperança de recompor uma frase inteira, logo se perdeu na solidão. Ninguém conseguira, salvo ele, enxergar sequer o delicado arabesco da letra a, de acordo com profecia de Imperatriz, de que fossem suas palavras sepultadas em vida.

Eucarístico recusava festejar suas criações. A intimidade que o unira à Imperatriz desfazia-se com a entrega dos móveis e portas. Jamais voltaria àquela casa, para presenciar os estragos feitos pelo tempo, ou descobrir a inabilidade com que fabricara aquelas peças.

— Ah, minhas pobres mãos distraídas.

Imperatriz elegeu da mala com trezentos e cinquenta e dois anéis, acumulados em período inferior à constituição da flora de uma cidade, uma argola de prata, de origem tibetana, ainda que lhe devesse ofertar peça de nascimento menos longínquo, com sangue europeu que existiu uma vez "y la destrozamos con nuestra barbarie". Ele usasse a argola onde lhe aprouvesse, de preferência no peito, ali melhor se filtravam fluidos sem dono e direção, quase todos malditos.

Eucarístico passou barbante pela argola, não lhe cabia agradecer enquanto Imperatriz o expulsava de sua vida. A gratidão não era sentimento predominante entre eles, mais bem a luta dos três últimos anos, uma das mais nobres campanhas de Santíssimo. Prometendo-lhe jamais solicitar novamente seus serviços, Imperatriz disse:

— Has hecho todo lo posible para un mortal.

Os móveis da sala sobre cabeças de tigre, leopardo, leão, animais de convívio fatal, davam ilusão de não esbarrar no chão, talvez pela nostalgia de Imperatriz buscando sôfrega no escuro suas patas de ouro. Héloise cedia-lhe o centro das atenções, limitando-se a iluminar no recanto da sala o ataúde em que um dia se abrigariam Imperatriz e seus tamancos.

— De que otro modo podría ser, si yo he nascido para las alturas.

Próstatis cedeu à velada súplica de Imperatriz. Estava convencido de que ela lhe reservara a tarefa de arrastar com o seu prestígio de boi o caixão para o centro da sala. E obedecia em represália pelos anos de espera. Empurrava o caixão combinando raiva e orgulho. Ao mesmo tempo desfazendo-se de alguns inimigos. Ao vencer a prova, quis colher em Imperatriz o olhar informando-o de que lhe caberia, após a proeza, ditar-lhe regras de morrer. Ele descobriu Imperatriz incapaz de reagir.

Naquela noite, Imperatriz os introduzia ao seu extraordinário estoque de velas, que a baniria da escuridão até o final dos dias. Viver, para ela, não havia sido fácil, que morrer fosse ato delicado, sem reumatismo e espasmo, cercando-se de cautela. Há muito ela se dedicava à coleção. Espanha contribuíra com seu exagerado número de catedrais. Sobretudo a de Santiago, sempre sufocada por círios. Arrebatara-os para os baús, por ambicionar unicamente círios desta raça.

Héloise surpreendera-lhe a coleção, buscando uma anágua de renda de Bruges num dos baús que em verdade constituíam para ela seus braços, pernas, esôfago, esperança de respirar. Aquelas velas que ao sabor da chama se derretiam formando animais espantaram Héloise, empenhada em decifrar enredos de Imperatriz. Trouxe-lhe chá de camomila, testando a temperatura do corpo, cercava-a de cuidados especiais. Sugeriu-lhe mesmo o consumo imediato do material incandescente e involuntário, como o definia. Fixando-se nela com o único olhar a que Héloise jamais resistiu, tanto que se refugiava em outro quarto, Imperatriz informou que havia chegado a hora de ambas venerarem o mundo da cera, do mesmo modo que se prepaririam para a morte quando ela indicasse a época em que atravessarem o Atlântico.

À medida que Imperatriz refugiava-se no escuro, sua vida escoando-se por subterrâneos e minas de sal, Héloise cercava-se de discretas manifestações de vitalidade, variando entre insetos e plantas de breve duração. Mas, como na casa de Santíssimo as plantas morriam antes de um dia, Héloise dedicou-se a flores confeccionadas com sobras das velas, o que lhes evitava a amargura do desperdício.

No início, Héloise cometeu erros grosseiros. Moldando um girassol, chegava-lhe às mãos uma serpente. Sem desanimar, a luta levou-a a conciliar mundos erguidos à sombra do visível com outros sem forma e explicação. E eram estas flores de cor tão ardente que as devia mergulhar nos canteiros da cozinha e regar diariamente, e tudo pela força da vida que se instalou ali.

Héloise transmitia nervos, sistema, músculos, às pequenas flores. E querendo provar que as tinha na conta de criaturas humanas, trazia-lhes insetos, poeira, água de chuva, outras flores, esterco, para elas conhecerem os companheiros de natureza, posto que faltava a Héloise coragem de as deixar sem controle pelos campos de Santíssimo. Imperatriz aprovava aquela ilusão endereçada às plantas, também ela aceitava a regularidade dos dias e o mecanismo prestes a extinguir-se do relógio de parede trazido de Pontevedra. Ambas se deixavam envolver por intensas memórias, retardando o regresso ao tempo presente. Desde o encontro em Plaza Mayor, propuseram-se ao conhecimento profundo sim, mas diversificado. Discutiam à exaustão cavaleiros mortos, cidades outrora vivazes e, discretamente, os próprios sentimentos. Temiam porém escaladas difíceis e pontos cegos.

O bilhete de Cacilda dizia: sei que sonho, e não existe também o sonho em terras de Espanha? Imperatriz convidou a irmã de Tronhão Arinos a participar da escuridão por quarenta e cinco minutos. Cacilda deslumbrou-se com a perspectiva de vida que intuía existir ali.

— Os corredores de Moscou! E escolheu a cadeira com pés de tigres africanos. Ainda emocionada: — Se falho em viver, hei de ter morte gloriosa.

Imperatriz ofereceu-lhe anis. E ia Cacilda molhar os lábios no líquido doce quando Héloise lhe tirou o cálice da mão em obediência à mesma Imperatriz, que lhe reservava sensações mais intensas. Cacilda reconhecia-lhe a severidade, mas que alegria em seu rosto para o mundo inteiro desfilar pela sua porta. Beberam vinho Ribeiro em doses moderadas, por questão de economia. E fingiam bebê-lo com os cálices já vazios. Até simularem a embriaguez que permitisse Imperatriz convidar Cacilda a dançar.

— Minha dança é para acompanhar os mortos, disse Cacilda.

Imperatriz provou-lhe que toda dança representava obscuro modo de afugentar a morte, a morte que se expulsa por instantes do corpo. Cacilda dançou como se os membros se lhe desprendessem, seus delicados orifícios, o umbigo mesmo, inundavam-se de suor. Até às cinco da manhã, ultrapassando o prazo de Imperatriz, que adormecera na cama ao lado do caixão, ressentida por haver cedido à violência da alegria. Mas, não querendo deixar Cacilda solitária no seu ato de vida, Héloise abanava Imperatriz com o leque de penas de avestruz, que fascinou Cacilda a ponto de desejar voltar um outro dia, para novamente sentir o ar desprendendo-se dos movimentos ininterruptos do leque, enquanto as observasse.

Embora Héloise filtrasse raras palavras, acenou com a cabeça. Cacilda jamais plantaria no solo sementes falsas, pêssego, por exemplo, quando sonhava com maçãs. Cacilda evitava Tronhão. Ele perseguiu a irmã exigindo pormenores sobre a noite em que talvez tivesse perdido a honra. De tanto Cacilda simular capitulação que o desorientava, ele foi desistindo. Seu interesse em verdade era Peregrino. Próstatis ia envelhecendo de modo que já se colhiam suas rugas em qualquer terreno em que pisasse por mais de cinco minutos, para mascar tabaco. Peregrino vitalizando-se porém aos olhos de Tronhão. Seu destino de obediência descuidava-se quanto a marcas de servidão no próprio rosto. Em momento de estima, Cacilda o acusou de escravo, mas, criada sem mãe e pai, era difícil localizá-la na mata.

— Um dia ela vai tão longe que não a teremos de volta, disse a Peregrino.

Peregrino surpreendia olhar de suspeita em Eulália. Passava por sua porta forçando-a a esquecê-lo. Em trajes negros, ela lhe percebia as garras, e o impulso de aparar com tesoura as brotações das flores e coisas vivas. Lia os manuais das suas sobrancelhas, folheando-os com presteza. À sombra do mandamento que se ia criando de que a vocação de Peregrino, que lhe puseram no leito junto à mamadeira, era limpar a natureza como fogo, sem distinguir arbustos de lebres. Faltando-lhe ainda selecionar quem deveria encaminhar-se para o ataúde e ali adormecer. Santíssimo sempre aceitou prestígios estranhos, que lhe chegavam desembarcados em balsas, boiadeiras, qualquer trilha servia. Parecia-lhes oportuno a mão sábia indicando hora certa de recolher-se ao leito para o suspiro final entre refrescos, leques abanados, a família em prantos. E porque não desenvolviam atividades guerreiras, consagravam em cada cinquenta anos uma criatura dali mesmo para dizer fechem as pálpebras depressa, está na hora de morrer.

Peregrino se elegeu antes que o indicassem. Não se ocultava às razões do seu sentimento. Sonhava em comandar a morte sem arbítrio desgovernado: pôr a vida em ordem, disse a Tronhão. Átila Soares preocupava-se em deixar Fidalga à sanha do quarto escuro, sem ninguém cuidar dela, indicando-lhe a janela a abrir-se já pelas manhãs. Para o tranquilizar, Eulália buscava Peregrino que se desviava dos seus sinais, gravetos próximos à montaria, espinhos cravados na calça secando na corda, bilhetes em branco, ou a mirada fixa obrigando-o a cerrar os olhos. Nestes instantes, o confundiam com um cego da família de Emília.

Peregrino temeu que, após os gravetos, espinhos, bilhetes em branco, e a presumível cegueira, Eulália lhe enviasse a própria mão, encerrando o ciclo. Obedeceu ainda que o lugar de encontro fossem os limites entre Santíssimo e Assunção, onde bastava esticar os braços, para metade do corpo passar a pertencer à outra comarca. Seguiu sozinho, os segredos conservava em vinagre.

— De onde venho, além do respeito, há profunda autoridade, disse Eulália.

Peregrino considerava Assunção inimigo sobre o qual não se plantavam flores, ou se beneficiava com a urina. Eulália piscava os olhos sugerindo dentro encontrar-se a formosura de Assunção, bastava Peregrino dar mergulho ali para lhe recolher a topografia.

— Sei quem você é, disse ela. Esburacando a terra ampliava orifício do qual saíam uma frigideira, concha de prata, núcula, vitória-régia, esperta como na água, peneira, mesmo uma viola de gamba, nota musical fá com cara de hipocampo, o que o fazia supor ser clave de sol. Quanto mais ampliava sua ação na terra, oferecia-lhe objetos inestimáveis. Ele não suportava a caça ao tesouro com tanta avidez.

— Pare, por favor. Já não respiro mais.

— É simples, basta homenagear tudo que Fidalga selecione. Mas, faltava o último objeto. — Este búzio é sagrado, só os do meu sangue o possuíram. Te fará forte como um touro, mais que Triste Figura. Para questões de vida e morte.

Ele guardou o búzio no bolso, inchava como esponja. Ela disse: — A minha promessa. Fidalga é o prêmio comum. Peregrino disse: — Não prometo nada. Eulália disse: — Do contrário, a garrucha dispara contra o teu peito. Peregrino disse: — Logo vai escurecer, não posso confundir o caminho de volta à casa. Eulália disse: — Assunção é o corpo, a tentação da odalisca.

Ele nem disse adeus. Quando se viam, ela fotografava no próprio rosto as feições descontraídas de Fidalga. Peregrino desviava os olhos, provando-lhe o fracasso de um rosto que se decompunha à revelação. Melhor Fidalga devotar-se aos objetos inúteis, arregimentados em Santíssimo especialmente para ela, construindo uma solidão com barragem. E quando Eulália antes de se atirar ao rio recordou-lhe a promessa uma última vez, ele foi ao enterro brincando com a alça do caixão da mulher.

Apesar dos protestos do pai, uma semana mais tarde Peregrino provou a Átila Soares que, ainda rondando ele a casa a cultivar a sombra de Eulália, não devia Fidalga continuar sozinha na terra. Após o casamento, ele seguiu em companhia de Fidalga ao Alvarado. Fidalga comunicara a Eulália que não a procurasse no antigo endereço, agora ocupava casa em tudo diferente da sua, é a casa de Próstatis, você se lembra dele, Eulália? o que seguramente alteraria alguns dos seus hábitos, nem por isto imaginando Eulália que iria se proteger com máscara, para não a reconhecer mais, não sou ingrata, ouviu? Peregrino exibia com impaciência o cumprimento de uma promessa formalizada pelo olhar e a posse de objetos saídos da terra. Logo experimentaria a força do búzio, mas agradecia-lhe o silêncio em que mergulharam anos sem mútuas delações.

Fidalga não serve nem para enfeitar a casa, disse Próstatis.

— Desde quando vaso enfeita, ou é útil?

Por delicadeza, Próstatis e Átila evitavam o assunto. Cinco dias após o casamento, os três velhos aos quais Peregrino autorizara morrer naquele mês, e que lhe gargalharam com gengivas secas demonstrando desapego à vida e altanaria diante da pretensão classificada de ridícula, puseram-se de repente na cama após prolongado bochecho com água e sal. Os enterros se sucederam ao mesmo tempo, com o polegar Peregrino indicando aos familiares os ataúdes diante dos quais chorarem sem se equivocar de morto. Consumiu-se biju no cemitério, e o armazém de Bonifácio cheirava a cachaça. Em companhia do marido, Fidalga recolhia das lápides flores campestres com que compor buquê sortido.

Peregrino empinava Fidalga para não a machucar. Ela deixou que lhe visitasse o corpo com fausto de cortesã. Os suspiros rítmicos, perfeição no ofício, recordavam a Peregrino o trabalho de Eucarístico na madeira. A perfeição chegou também à minha casa? pensou acabrunhado. E como acreditar que sem mesmo tirar as botas na cama, pernas de girafa, comprida, Fidalga lhe desse gozo que em sua vida encontrou unicamente na companhia da índia velha.

Apareceu em Santíssimo vestida de penas, os pés descalços, querendo licença para morrer. Iluminura se condoeu que vinda de tão longe esticasse os braços pedindo pão e gotas de energia. Após a comida, a índia alterou os planos. Melhorando prosseguiria a marcha, para morrer em outra horta. Aquela fé sem dúvida comovia. Iluminura estimulou-a ao alimento exagerado, que deitasse ao chão para repousar. À noite, Peregrino esbarrou com a velha estendida na cozinha e cujos olhos, reforçados pelo angu, feijão, água mineral, aguardente, regressavam à vida.

— Gosto de minininho, ela apontou Peregrino.

Peregrino lhe recriminava a pretensão, e o modo de chupar caroço de manga exposto há meses ao sol. Não lhe viu um dente, os lábios pendiam flácidos. Evitou que o tocasse, a índia insistia. Jogava-se sobre ele impondo-lhe o cheiro, as pernas arqueadas. Ele pedia socorro, acusava Iluminura de abrigar pequenos monstros vaidosos e cheios de ambição.

— Só uma índia como eu pode dar prazer, minininho, a velha insistia. As risadas de Iluminura provocavam ira de Peregrino, que ameaçava derrubar móveis, quebrar garrafas, se não afastasse a índia da sala. Ganhando forças, a índia o perseguia até esbarrar nele.

— Pago para ver, velha safada, ele disse.

Peregrino dava gritos no quarto, alcançando o teto solto na mola do colchão, pedia ajuda, em seguida condenando Iluminura por lhe bater à porta oferecendo água com açúcar. Ele surgiu aquecido e transfigurado. Iluminura lhe escorregou café pela boca, ofertava bengala em que se apoiar até à casa.

— E se ela morrer, e se ela morrer? Peregrino agarrava-se a Iluminura desesperado.

Iluminura lutava em manter a índia viva com comida gordurosa, delicadas massagens pelo peito, e os aplausos de todas as putas velhas. Ela ganhava cores que alentavam a casa, não houve quem não lavasse as cortinas dos quartos, como prova de estima. Mas, quando Peregrino quis arrastar a índia para a cama, ela recusou. Embora Iluminura a aconselhasse seguir Peregrino, continuava a índia a protestar.

— Eu sou uma velha. Não recebo homem, dizia.

— Mas ontem ainda você foi para a cama com ele, disse Iluminura.

— Ontem, eu ainda era mulher. Foi meu último prazo.

Peregrino não se conformava. Nada o faria desistir da velha, ainda que a tivesse à força. Confessava a Iluminura seu arrebato, a índia que o fizera visitar o próprio corpo, despojar-se de vértebras inúteis, dar atenção às peças sensíveis e propícias ao prazer. Sua confissão durou três horas, o tempo de sentir fome e ir à cozinha com Iluminura. A velha não estava mais sentada no banquinho como sempre. Nem a encontraram na casa, no quintal, ou debaixo de moita em Santíssimo. Deixara na cozinha em troca um prato cheio de lentilhas, enfeitadas com pimenta vermelha.

Peregrino via eclipsar-se o esforço desenvolvido na cama junto a Fidalga. Alegando frio, ela abria as janelas, enrolada no cobertor não se deixava convencer pelas promessas de Peregrino em extenuar-se sozinho sobre o seu corpo. Uma única vez naquela madrugada, e não a molestaria, cinco minutos apenas, Fidalga, eu lhe peço, só o tempo de pisar naquela crisálida escura e amarga.

Fidalga sucumbia ao fascínio dos pequenos objetos transportados com cautela de cristal para a nova casa. Peregrino pensou que noite ingrata para se fazer amor, tanto que o primeiro morto já se foi. Até a quinta noite do casamento, possuiu Fidalga uma vez mais, o milagre da primeira não se repetindo. Ela parecia oca, cova de água azinhavrada em que se banhava. Cantarolava, assoviava mesmo, o tempo em que esteve em seu corpo. Partira de viagem, de nada servindo Peregrino provar-lhe que em alguma parte do corpo, entre as pernas precisamente, existia o que se intitulava de realidade.

Piedoso esmiuçava o progresso de Peregrino, o modo elegante agora de comandar a morte, mantendo intocável o semblante, os cabelos com brilhantina, enquanto a poeira castigava aos que passeavam pelo cemitério. Ofélia aceitava as acusações por três minutos, logo a gordura do corpo atraindo-a para a modorra que há muito a ameaçava, era hora da sesta. Ela nascera sem memória. Pelo que Piedoso teimava, a pretexto de estampar o cotidiano na parede branca frente a ela, em deixar-lhe marcas de varíola no rosto. As lembranças remotas, ou muito próximas,

Ofélia recusava. E seus suspiros mesmo apaixonados, que sob influência do calor derretiam-se no ar, se teriam destinado ao esquecimento, não fora Piedoso em luta por armazenar a rica vida de Ofélia.

Sempre que surpreendia Ofélia concentrada no polo sem fundos em que se convertera seu corpo, um mundo ali iniciado sob promessa de extinguir-se também, Piedoso narrava-lhe episódios da sua vida. Selecionava fragmentos do passado como havia indicado alpiste para os pássaros de Hermengarda. Sofria de urticária e dúvidas, ao tirar do baú lendário de Ofélia o que lhe provocasse brilhos. Ela se defendia com bocejos, uma facilidade de conciliar o sono em frações de segundo, e a qualquer hora, mas jamais lhe atirando sabugo de milho ao rosto.

— As tias são instrumentos da providência, disse ele, fazendo Ofélia festejar as ferramentas que estivessem na caixa dos seus pensamentos. Aquela displicência não a impedia, no entanto, ao lado de Peregrino, de dominar Santíssimo, sob orientação de Piedoso nutrindo-se de água de fonte cristalina localizada no planalto do seu corpo. As tias na sala indicavam que, para melhor sondar temperos, matizes a cada dia mais indefiníveis, e com que elas batizavam os alimentos, deveria Ofélia bater a língua entre as arcadas dentárias, contra o palato ruidosamente.

— Não é verdade que lhe apetece agora nos relatar trechos de sua vida? disse Piedoso.

Ela se acomodava no leito armado no meio da sala solicitando pelo olhar almofadas de algodão, paina, penas de ganso, que lhe amparassem a imobilidade, para jamais lhe advirem escaras. Filomena defendia as possessões da sobrinha conservando o armário fechado, enquanto enfeitava a cintura com a chave, sob protesto de Hermengarda.

— A chave de São Pedro, disse imitando o modo isento de Piedoso contar-lhes o que Ofélia teria relatado não a detivesse a própria riqueza interior. Ele se transformava em Ofélia, assumindo-lhe a gordura, os ossos, a contratura do seu trapézio, pela falsa postura no leito. Jamais Filomena lhe olhou o rosto. Seguia com paixão os lábios de Ofélia, que lhe pareciam mover-se, expulsando narrativas que transportavam ouro, incenso, mirra. De tal modo estava Filomena convencida, que ia à fonte ver a água jorrar, tocava-lhe os lábios forçando-a a calar-se, que não se exaurisse a sobrinha. Por sua vez Piedoso, de transitar por labirintos existentes sob o tecido adiposo de Ofélia, deslizava-se da cadeira, escondia-se atrás do armário, esquecido ele próprio de que se transformara na aguda memória de Ofélia.

Este jogo narrativo durava horas, as mais felizes da casa, e de preferência pela tarde. Embora Ofélia terminasse dormindo, sem por isto Piedoso interromper a função, ela parecia divertir-se. E ele vigilava do quintal as horas de sono, para a poupar de erros, uma vez que as tias alimentavam a esperança da sobrinha com frutas cada dia mais frescas.

Ofélia jamais perdeu em suas mãos um recém-nascido, cuja visita à terra previamente autorizasse, através de cotas despachadas por Piedoso. Pelo que lhe chegavam à casa quartilhos de cordeiro, sacos de milho, dúzias de ovos, fígado de pato selvagem, balas de coco, e bolos armados de quimera e farinha de trigo no quintal, sob vigília da vizinhança. À medida que o corpo de Ofélia alagava-se com águas do Índico, para desgosto de Imperatriz que reverenciava o Atlântico, transferia-se para Piedoso a sua memória, com o apoio das tias que, ocupadas com a comida, não dispunham de tempo para se tornar o espelho de que ela necessitava.

Diariamente Piedoso assoprava-lhe o nome de Peregrino, para obrigar o adversário a circular pela sala, analisando-lhe o modo frágil com que espirrava sem utilizar jamais o lenço perfumado de jasmim. Piedoso lambuzava a pena de pato na tinta, atraído por exercícios literários que lhe faziam o corpo vergar, confuso entre uma palavra e outra. Simples malabarismos com cheiro de cabra e queijo maduro, servindo para aperfeiçoar os bilhetes quinzenais a Peregrino.

Ofélia reagia sem emoção ou febre nas axilas, quando lhe falavam da árvore dos segredos. O sorriso era a expressão com que contava, não se alterando à invasão da riqueza. Simplesmente mastigava com cautela, os caninos para fora, e mesmo nestes instantes não a podiam acusar de orgulhosa.

Em certas tardes, ainda sem mutilar fatos, a narrativa ganhava tal condensação, que Piedoso se sentia aviando a receita que faria Hermengarda sorrir, e fortaleceria em Filomena a fé na vida eterna. Nestes momentos de fogo e astúcia, Piedoso não se mostrava ambicioso. Sempre lutou por fazer Ofélia personagem central de uma árvore com frutos. Mas Hermengarda, homenageando-lhe o poder de síntese, cuidava do alimento como esfregava vaselina nos bicos dos seios de Filomena, feridos de tanto coçar. E não ia a comida à mesa nas panelas, mas em tachos de cobre, decorados com alvoroços verdes do quintal da casa, como Ofélia teria descrito legumes na rara primavera em que viesse a praticar a fala.

Ao meio da narrativa, porque imprimisse um ritmo difícil de se seguir, mas que ele não controlava pela angústia, pressa, e medo de esquecer, os olhos de Filomena se dilatavam ameaçando estourar, não sugerisse Hermengarda um intervalo de quinze minutos, para se aliviarem da urina e ânsia de aventura. Contrário a Ofélia, Filomena jamais esquecia uma única palavra das que Piedoso arrolava sobre a mesa, para não se perder a estrutura da narrativa. Por se devotar a Ofélia desde o primeiro grito do galo até enumerar os sete pirilampos que a surpreendiam no escuro do quarto, Filomena se esquecera de viver a própria vida, limitando-se a considerar presente o que Piedoso lhe punha no regaço com três, quatro anos de atraso. Razão de jamais a encarregarem de zelar pelas manifestações da realidade ou a nomearem defensora do mês em que viviam.

Hermengarda compreendia que o passado de Ofélia, ali reconstituído, legasse à irmã precárias noções de atualidade, uma vez que o presente, com seu olor de lobo, provocava-lhe espasmos, indícios da doença que ainda a tornaria um pássaro. Filomena empunhava a vassoura como prova de sua guerra interior. E quando lhe diziam: descanse em paz, Filomena, ao sabor do intenso brilho do olhar, ela explicava: e como deitar-me, se os antepassados, e as criaturas do presente, não desistiram ainda de instalar Ofélia numa redoma de cristal, e a fazer padecer os ditames da asfixia?

Hermengarda forçava-a a abandonar a vassoura. E quando alguns resíduos do presente alcançavam a irmã, Hermengarda agarrava-se a eles no esforço de a atualizar. Filomena jamais aceitou que a narrativa de Piedoso a estivesse escravizando a um tempo remoto. Rebelava-se quando a solicitavam desprender-se do terreno da memória que, a seu juízo, era movediço, cheio de lama, lesmas que lhe trariam umidade para o corpo. Recusava-se crer que justamente ela, vivaz e cheia de planos, vivesse em tamanho atraso.

— Que absurdo! Fantasia assim, só nasce nesta casa. Não se esqueçam, eu sou o futuro, ia explicando enquanto ajeitava Ofélia no leito marroquino, cercado de cestos de vime que Justo trazia, e serviam de proteção contra mosquitos e abelhas. Ao final da tarde, esgotada de alisar e amassar almofadas, Filomena disse:

— O presente é o presente. E aguardou Hermengarda bater-lhe às costas, cumprimentá-la pela precisão aritmética. Mais calma, perdoava a maldade de lhe corrigirem o tempo em que estava justamente vivendo.

— Está bem, desta vez esquecerei a absurda perversidade.

Piedoso conformava-se em ser memória de Ofélia e presente de Filomena ao mesmo tempo. Hermengarda recompensava-o com gestos singelos, e o distinguia exigindo-lhe pequenas serventias, visita a Bonifácio, por exemplo, à cata de essência recentemente derramada em Santíssimo por Iabeshab. Eucarístico prolongava-se como motivo forte, ainda que o quisesse converter em adversário.

— O que se passa nesta casa? Ninguém tem galhardia de viver o futuro? queixava-se, temendo soçobrar à tentação do passado. Nas madrugadas alvoroçadas pelo calor, se perguntava: e não me assemelho a Filomena, enquanto Eucarístico existir? Não se conformava em copiar a irmã, aqueles olhos assustados de quem se alentava com sombras e tímidos devaneios. Nesta aflição, beijava Ofélia como se ela fosse Eucarístico. Ofélia batia as pálpebras elevando para o alto a sombrinha aberta dentro de casa. E quando se surpreendeu em Ofélia tremor de alegria, Hermengarda gritou em nome dela:

— Piedoso! Ah, minha veneranda memória!

Ainda que Imperatriz lhe confessasse que o amor passa sem vestígio e provas, Hermengarda não voltou a homenagear a espanhola amarga. Especialmente porque Santíssimo se deixava sacudir pela notícia de que, ao herdar moedas de ouro, Mariano se pusera a construir uma pensão ao lado da barbearia, com o ato desejando dotar a vila de um monumento imperecível.

Peregrino investigou a construção querendo surpreender em que tijolo solto no ar se concentrava a audácia de Mariano. Ele o recebia com café coado na hora, incitando-o ao brinde. Peregrino recriminava uma hospedaria em Santíssimo, a fileira de quartos fantasiados alguns com espelhos no teto, para melhor refletirem o pecado. Mariano defendia em certos cristais a propriedade de se descascarem, ou se tornarem opacos diante de situações embaraçosas. Não respondia exatamente por aqueles, importados de Berlim, mas elegeria seus hóspedes com severa cautela.

— Desta vez, está certo. Na próxima, fale comigo, disse Peregrino.

Mariano jamais resistiu aos gestos nobres. E para enfeitar-se de sentimento duradouro, indicou a gratidão para uni-lo a Peregrino. Enviou-lhe de presente uma esponja do mar Índico, embora Imperatriz afirmasse que semelhante coral se encontrava unicamente no Atlântico: pues además, qué otro mar sino este? Um regalo que ganhava valor pela lenda afirmar que se haviam banhado com ela os primeiros fundadores de Santíssimo. Ainda que agradecesse a lembrança, Peregrino lhe censurou a informação quanto aos ancestrais terem alguma vez utilizado tais artifícios.

— Não envergonhe nossos primeiros varões. Desde quando se dedicariam a banhos de luxúria?

Eles não mergulharam propriamente os corpos em banheiras de mármore, pedra reflexiva, de memória vergonhosa pois, mas se abrigaram em tinas de madeira, como os primeiros cristãos. Próstatis se rebelou contra as insinuações malévolas, obrigando Peregrino a devolver presente que mais recordava a vulva feminina. Repreendia Mariano, que para valorizar os próprios atos, emprestava aos antepassados costumes jamais celebrados em Santíssimo.

— Se este sem-vergonha insiste em nos envolver em histórias ultrajantes, que parta hoje mesmo para Assunção.

Eulália pediu que fosse a esponja o último presente. Átila argumentou: restam-nos dias e noites infindáveis para salvar a nossa honra. E para que necessitaria ela de uma esponja impura, havia conhecido profundezas maléficas, as mil espécies de peixes a farejarem o mar abandonaram ali feitiços com a esperança de os afetar, ah, Eulália, não percebe que os mercadores pagãos a tiveram entre suas coxas?

— Pobre Santíssimo, a cada dia se perde na ignorância, disse ela.

Querendo provar-se livre dos preconceitos, pediu a Mariano, confuso agora em relação à esponja, que o deixasse levá-la para casa, para presentear Eulália. O interesse de Átila o sensibilizou, mas chegara-lhe tarde. Já lhe causara aquela peça muitos transtornos. E Peregrino reprovaria que andasse ela circulando por ali. De tanto Átila insistir ao longo de uma semana, cedeu-a em troca de uma vaca. Quando Próstatis soube que em Santíssimo se permutavam vacas por esponjas, expôs sua profunda tristeza. Átila veio porém em trajes de festa.

— Para onde segue, homem de Deus? disse Próstatis, cuidando em não escorregar no sabão da sua língua.

— Tomei o único banho de minha vida.

— E que espécie de banho é este que um homem tem a coragem de confessar em público?

— O banho de esponja. E transmitiu-lhe com o olhar que não discutissem em público as determinações de Eulália, antes medisse as palavras, porque breve lhe assomaria o destemor de o acusar de falso, perjuro, desleal. E não fora de Próstatis a ideia de incorporar Eulália a Santíssimo, ideia sua ainda escolher justamente aquela mulher, sua sim de os casar logo alcançando Santíssimo, antes de a guerra deflagrar? E acaso não o havia surpreendido a mirá-la com olhar que jamais soube classificar, não eram ambos responsáveis pelas extravagâncias e arremessos defeituosos de Eulália?

Próstatis protegeu a cabeça com o chapéu de palha.

— Vou ver de perto a pensão de Mariano. Um dia a casa fica pronta.

Durante duas horas não trocaram palavras diante da construção. E só regressaram ao tema na hora da morte de Próstatis, Átila observando a peculiaridade de haver a esponja voltado à casa do amigo com a presença de Fidalga, que não a dispensava em seus banhos, esfregando-a pelo corpo até ela ganhar a formosura dos corais do Índico.

Mariano lamentou que seu gesto ganhasse ar de desforra. Antes o acusavam de apatia, senhor de vida povoada de gestos neutros, de que nem tesoura e navalha o convulsionassem. Magnólia mesmo, que desde o casamento com Eucarístico inclinara-se à complacência, lançou-lhe o aviso: que mais senão morrer? Redimia-se na construção da casa, as últimas moedas escorriam-lhe entre os dedos com avidez que só cedia à presença de Emília.

Inaugurou a pensão com farofa e carne de porco assada. No vestíbulo, pedia aos convidados suas assinaturas no livro de registro dos hóspedes, preocupado em resguardar para o futuro aquele manifesto. E em que outro documento assinalariam ao mesmo tempo nome, idade, origens familiares, além de rápida apreciação por aquele esplêndido domingo de sol? Peregrino encantava-se que um único livro acumulasse informações tão gratas, ainda que em dia de festa qualquer julgamento se prejudicaria pela ferocidade com que se entregavam todos ao porco e à farofa.

De panamá branco, os botões marrons do tamanho de ovo de pomba, Mariano excusava-se pela pressa com que os cosera, embora os barões cafeeiros na urgência em atender ao Imperador também se equivocassem em capítulos de elegância. Jamais o haviam visto sorrir como naquela manhã sem sombra.

— Será seu último sorriso, disse Peregrino, constrangido por uma festividade em que nenhum prato, bibelô, e outros adornos, permaneceram nos baús ou nas prateleiras da cozinha. Censata pediu que ele repetisse, havia acaso mencionado o sorriso de Mariano, ou o desafogo das vacas no quintal, e cujo cheiro agora os alcançava na sala. Peregrino confirmou, para Censata se esquecer de criticar bichos, paradouros, e seres humanos.

Não havia quem não se engasgasse com a farofa, espirrando detritos por todos os lados, visando especialmente o impecável terno panamá de Mariano. Peregrino condoído de que se abatesse a ave mais bela daquele domingo, utilizando-se para isto armas desprezíveis, retificou a advertência anterior.

— Mariano ainda será um dos varões mais velhos de Santíssimo. Imperatriz não pôde comparecer. Faltavam-lhe forças para enfrentar a claridade, a que atribuía defeitos congênitos. Mas, farejando o cheiro de porco e farofa, embora protegida pelas vinte e oito portas, haveria de meditar sobre os acontecimentos. Héloise os cumprimentava com porte de Imperatriz. Pela primeira vez divulgando galanteios em espanhol, o que despertava suspeita de que Imperatriz lhe emprestara a voz, além das esquivanças do seu temperamento. E prova disto é que, quando a expulsavam de assunto inicialmente tratado por ela, e a iam introduzindo por temas esquivos, merecedores de outro empenho verbal, Héloise, não se dando conta das alterações sofridas pelo universo, prosseguia na matéria anterior em imperturbável sequência de frases repetidas e ensaiadas em casa. Até que Fidalga declarasse, sob o fascínio da aristocrática propriedade da farofa de voar sem causar embaraços:

— Que encanto a presença de Imperatriz apreciando os alimentos desta terra.

Não restavam dúvidas. Ao decorar frases de lavra de Imperatriz, pretendera Héloise, e com generosidade, eternizar aquele dia mantendo o tempo em suspenso, enquanto lhes prometia um mundo em que, não bastando uma única identidade, todas as demais, inquietantes e sóbrias, estavam à disposição de todos. Mariano agradeceu o esforço, beijando-lhe as mãos. Bonifácio o imitou, em seguida Respaldo, a magnífica entrada de Ofélia interrompendo o cerimonial. De sombrinha aberta, deslocava camadas de ar, as vistosas coxas projetadas à frente. Por onde fossem as tias, se deixava ir, mas era como se não houvesse de verdade deixado o leito marroquino, sobre o qual recentemente instalaram rico baldaquino de brocado e pérolas minúsculas. Piedoso a encantava com narrativas que em nenhum momento se podiam interromper, sob pena de se desfazer as razões que a atraíram antes de terminarem a inspeção pelos quartos, cada qual com cama de feitio diferente e espelhos cravados ao teto.

Aos beijos das criancinhas, Ofélia reagia picada por insetos. Complacência porém que se admirava, pois como podia ser tão modesta, a ponto de estender-se sobre a mesa, e a espetarem com garfo, devorando-lhe ricas porções, quem como Ofélia dispunha de poder? Piedoso não encontrava tempo de mastigar, ainda que Filomena aliviasse o ar em torno da sobrinha com o leque de avestruz, emprestado por Imperatriz. Mariano sentia alívio por não mais distinguir os atributos da terra. Explicava a Ofélia a procedência dos suínos, a confecção graciosa da farofa, os doces presentes da vizinhança. Homenageava constantemente as moedas de ouro, sem as quais estaria ainda empunhando navalha e tesoura com técnica ensaiada com o nascimento do seu primeiro fio de barba, uma vez que não lhe ocorrera outro método de aprendizagem.

Mariano convidou Iluminura a passar pela soleira da porta, mesmo sem entrar. Para excursão tão breve, em que exporia a pele a prejuízos, Iluminura exigiu em troca que ele viesse à janela ao meio-dia, para a ver desfilar. Respaldo, adivinhando que Iluminura não resistiria aos ímpetos do próprio coração, postou-se à janela às onze e meia. Ela surgiu envolta em filó e Respaldo sonhou estar conhecendo pela primeira vez o corpo que se expunha intrépido. Para descobrir que, debaixo do filó, Iluminura usava um cânhamo de caráter tão duro, pois apagando-lhe as formas, também as achatava, que seguramente gritara ao colocá-lo em contato da pele, alguns dos seus pelos tombando sob a intensidade do arrepio e da repulsa. Respaldo não resistiu ao choro, que para se defender da luxúria ela pagasse semelhante preço. Nenhuma virgem o seduziu como aquela. Se frequentasse a Babilônia, a encontrando perguntaria:

— De que modo chegou primeiro que eu?

Confiava nos arranjos de Iluminura para justificar a viagem. Ela tomara o barco, vencendo o Alvarado sem passar por Assunção, e conheceu memórias vagando através dos portos desconhecidos, todos beirando o Atlântico, antes de se decidir por Babilônia, destino de Respaldo e seu.

— Em nenhuma parte da terra os cães ladram como em Santíssimo, Bonifácio interrompeu os devaneios de Respaldo. E neste instante Iluminura cruzava as portas, como havia prometido a Mariano. Sorriu ditando recado para Respaldo responder a Bonifácio.

— Não são cães, são ovelhas.

Há muito Rectus se sentia devedor. Uma dívida que o fazia encontrar o café amargo já pelas manhãs. E não querendo aguardar o próximo enterro para saldar o compromisso, aceitava um dia de festa. Comendo farofa, lambuzando a camisa de feltro, razão do suor abundante, entregou a Peregrino uma pequena caixa, declarando à entrada de um novo país:

— Meu orgulho está aí. Eu mereci castigo.

Mariano disse: — Foi preciso Santíssimo possuir sua primeira pensão, para Peregrino merecer esta homenagem. A notícia circulou com o frescor de um vendaval. Tratando-se de Rectus, o tempo viajava sem obedecer a sequência. Privavam com fevereiro, ou novembro de cinco anos mais tarde. Héloise repetia a mesma frase, a intervalo de oito minutos:

— Suerte que me dejó huérfano a tiempo.

Peregrino cheirou a caixa, de bunda lisa, sem seios. Bastava a Rectus a certeza de que durante a sesta Peregrino não resistiria à tentação de sondar sua intimidade. O fato é que ganhando uma pensão Santíssimo acabara de perder seu único canudo. Fidalga sacudia a caixa ouvindo os cacos de vidro, e sem enxergar formava um caleidoscópio.

Três dias depois, ainda com a mesma roupa, alimentando-se dos restos da farofa e chupando os ossos do porco, Mariano de pé aguardava o primeiro hóspede. Começava a ressentir-se da solidão que o ameaçava ali mais fortemente que na barbearia.

— Chegou algum hóspede? disse Respaldo.

— Ainda é cedo, respondia Mariano cheio de gratidão. E estas palavras repetiu em tom sempre menos firme durante trinta e sete dias, a roupa de hoteleiro escurecendo, mal alimentado, cabelos e barba desgrenhados. Tronhão lhe sugeria ao menos a mudança da roupa, para não se ressentir quem chegasse com o miserável aspecto de um proprietário. Mas, Mariano não dispensava seu único traje de festa, digno ainda para receber o primeiro viajante. Tronhão lhe prometeu voltar no dia seguinte, para caçar moscas em sua companhia, e enumerar teias de aranha, ainda que Bonifácio dissesse:

— Não vejo nada mais seguro que a tesoura e a navalha.

Mariano irritava-se que à força o fizessem regressar às suas origens. — Um dia vocês compreenderão. E quando a fraqueza o tomou, a roupa provocava risos, concluiu que Santíssimo jamais merecera uma pensão com cama de casal, espelho no teto, para se verem refletidos como haviam sempre sonhado e unicamente ele ousara jogar-lhes na cara as secretas solicitações. Afetado afinal pela poeira dos quartos, Mariano foi tirando a roupa, esfregou a pele com pedra-pomes, retomou o traje de barbeiro, exercitando-se com navalha e tesoura no próprio rosto, para testar a firmeza dos dedos apesar da desilusão, e escancarou a porta da barbearia.

Peregrino foi o primeiro freguês a confiar à sua habilidade a jugular. Mas envelhecera tanto Mariano, que muitos lhe indagavam o nome ao lhe indicarem a pensão para hospedar-se naquela primeira noite em Santíssimo. Desvendando o rosto de Peregrino, antes escurecido pela barba, Mariano disse:

— Por que ninguém me alertou que Santíssimo jamais recebeu forasteiros?

— Eu avisei, você não foi homem bastante para compreender.

Mariano varria as relíquias do chão, temendo nesta devassa a colheita de palavras que o perdessem. Reprimiu a pesquisa frondosa e passou a colecionar os pelos do chão com o fim de construir um travesseiro indevassável.

Sabendo da desistência de Mariano, que abandonara abertas as portas da pensão, Emília o surpreendeu com a notícia de que ela e duas sobrinhas iriam pernoitar no hotel, com a ilusão de haverem deixado Santíssimo, rumo a Santiago de Compostela, terra por que Imperatriz se perdia em suspiros. Transmitiu-lhe ainda que sentimento como aquele merecia explorar-se até as funduras do mar. Ele pediu somente que aguardasse sua roupa de hoteleiro secar ao sol, retomando o brilho dos primeiros dias. Esperou-as à entrada, simulando não as conhecer.

— Esta é toda a bagagem que possuem? referia-se à pequena valise que Magnólia lhe emprestara. Profundamente distraída em seus planos de viagem, com o desenvolto ar de inquirir hotéis como inspecionava a temperatura aquecida da sua vagina, excusou-se Emília por ter transferido para ali quase todas as suas posses, de valor desmedido, mas a que conferia importância limitada, pouco lhe preocupando que se extraviasse entre alguns desatinos. Com mesuras, Mariano quis saber se casualmente Emília inclinava-se por algum quarto, embora a todos imprimisse capricho e lealdade. Quem sabe aquele debruçado para o jardim não a surpreenderia, pelos pássaros surgindo madrugada, para ensaiarem voos, enquanto entre eles desenvolviam lutas domésticas.

Infelizmente, não as podia poupar do livro de registro, norma de hotel internacional. Emília assinou solene o compromisso de aceitar a ética da casa em seu nome e das sobrinhas cegas, arrastadas por Mariano ao aposento, pois naquela família o milagre que a beneficiara jamais se repetiu. Apenas adotavam agora capuzes exuberantes, o vermelho em dia festivo.

Ao despedir-se pela manhã, Mariano não lhe apresentou a conta. Sua dívida com Emília se eternizara. O gesto de Emília alcançou ressonâncias. E porque todos acharam que deviam viajar, tornou-se impossível encontrar um único quarto vago naquele verão. Mariano dividia-se entre a barbearia e o trabalho de conduzir os hóspedes às habitações. Obediente à sugestão de Imperatriz, escreveu à porta de cada quarto o nome de cidade famosa, desenhando pelas paredes desde palmeira à Torre Eiffel. Rectus lhe cedera revistas onde se via a torre com relativa nitidez, o que não impediu Mariano de confundi-la com a de Pisa, na página seguinte. Estes dissabores não arrefeciam a alegria dos que entravam nos quartos com a segurança de invadir terras onde se podia viver em ritmo acelerado e cuspir no chão, sem socorro de escarradeira.

As moedas que lhe vinham à bolsa, Mariano reservava para o sabão consumido na lavagem dos lençóis e a tinta de caneta, para o registro dos hóspedes. Mas, havia indícios de que Mariano não sustentaria por muito tempo tantos sonhos. Ele explicou as razões de fechar a pensão:

— Deste modo não viverei muitos anos e contrariarei as decisões de Peregrino.

Pela frase, Peregrino o regalou com três ovelhas, que o aconchegariam no próximo inverno. Tronhão postou-se à entrada da pensão, impedindo os que contrariassem os ditames de Mariano. Imperatriz lamentava a interrupção em Santíssimo da sucessiva onda de assaltos, caravanas em desfile, e a exploração de minas, agora que não mais contavam com a pensão de Mariano. Mas quem sabe não seria a normalidade uma prática a que se sacrificava a vida.

— Pónganme en el Alvarado, y llegaré a Santiago, disse a Héloise. E dedicou-se a relembrar em que instante surpreendera em Cacilda o último vestígio de lucidez. Jamais estranhou que se devotasse ela a um futuro que proibia ruínas, pedras falsas, profetas. Pelo fato talvez de vir a sua casa desprezando informações sobre Espanha, ou a vida que conhecera Imperatriz no impulso da aventura. Fixava-se Cacilda unicamente na intensidade dos sentimentos.

— Se o seu povo sente deste modo, acaso o imitamos sempre que também sentimos?

Imperatriz equilibrava-se sobre aflitos vinte centímetros. Declinara de sentir as pulsações emanentes de um solo que lhe tragara a família, a honra, pormenores soterrados na península Ibérica, ou que disfarçava sob o fausto dos anéis, trajes estranhos, e o leque que nas mãos de Héloise ganhava mobilidade.

Para trocar de roupa, deslocava-se ao pódio de madeira, presente do Maestro Merluza, já no último encontro, pondo ela praticamente os pés nas águas atlânticas. Merluza querendo provar-lhe que apenas vencesse o oceano, jamais recuperariam em seu corpo o tesouro de incenso que Santiago lhe espargira. Ela se desvencilhou do abraço espalhando anéis de prata, proibindo Merluza de os recolher.

— Mis últimas semillas, e dirigiu-se à nau reconhecendo em Héloise seu profundo animal de estimação.

Cacilda anunciou-lhe que deixara Iabeshab em Santíssimo o rapaz franzino que sempre o acompanhou em suas viagens de recreio. — Y tanbién él, es tu sombra? disse Imperatriz. Cacilda que de sombras nada sabia, jamais havia naufragado no amor, disse: — Será este então meu destino?

Imperatriz pediu perdão, às vezes seu desespero ensaiava passos falsos. Quando em verdade via Cacilda esplêndida assenhoreando-se do silêncio que unicamente Sabá, a rainha, teria o respeito de impor. Pelo galanteio, Cacilda apressou-se em descrever-lhe a herança de Iabeshab, o rapaz franzino, anulando-lhe porções do corpo. Mencionava braços, sem acrescentar pernas. Admitia solenemente jamais lhe ter contado as vértebras da coluna algo inclinada, fazendo sua magreza supor que a algumas conseguira cuspir pela boca, junto com a gordura.

Héloise refrescou-lhe os lábios com anis, sob protestos de Cacilda. Por que a distraíam justamente quando se dedicava à verdade? Imperatriz aplaudiu-lhe a independência, que em terras tão distantes uma alma dissecasse a carne, para se tornar substantiva, e sem medo de se perder.

— Y su nombre entonces?

Não o tinham batizado. Peregrino impusera-lhe sanções habituais, ainda que Fidalga lastimasse tal sorte. O rapaz franzino não se importou que o degredassem para o barco, uma escravidão sobre espumas e a amplidão do rio. E quando deixou o mar, tampouco agradeceu a liberdade. Não se haviam passado quarenta dias, é certo, e pisava de novo o chão. Tronhão atrás, os passos desajeitados.

— O irmão é sombra de Peregrino. Que sina esta que o faz despojar-se da própria carne?

O rapaz franzino pleiteou o porão vizinho ao armazém. Contentava-se com paredes em ruína e a memória dos que o precederam, todos relaxados e com poucos móveis. Manteve a sujeira que havia chegado ali primeiro que ele. E a única vez que o viram de vassoura, ele varria poeira e folhas para dentro de casa. Censata aplaudia que cuidasse ele em ampliar o canteiro de flores que também ela sonhou deveria existir ali dentro. E ainda que a corrigissem, enviou-lhe um litro de água fervida, para borrifar as plantas, mantendo-lhes a pureza. O sapateiro bebeu a água com as mãos, a metade caída ao solo. Sentindo o gosto da amargura, Censata evitou o cemitério no domingo.

O sapateiro limitava-se a deixar a penumbra da sala pelo anoitecer no quintal, onde observava o firmamento. A princípio pensaram que não resistiria à sombra da amendoeira próxima à sua casa. E que visitaria o cemitério às quintas-feiras, o mais tranquilo dia da semana, quando o teriam cumprimentado estendendo votos de saúde à família ausente. Ela amassava os convites, e forrava os sapatos com as palavras que lhe chegassem mais insistentes.

Enquanto Censata esvaziava a tina do banho adotando o sistema de deixar a água lhe escorregar pelos dedos, sempre que amanhecia nervosa, Bonifácio erguia intrigas envolvendo Iabeshab e o sapateiro, para não morrer do próprio estado sedentário. Imaginava o sapateiro no barco, o mesmo rosto de quando varria a poeira e as folhas para dentro de casa. Mal lhe mexiam as bochechas à sobrecarga das redes. Tinha preferência pelos mexilhões, sobretudo movidos a vapor, que os comia com apetite despertando lágrimas em Iabeshab. E por mais que disfarçasse a emoção, padecia vendo no convés a mercadoria encharcada pela chuva. Iabeshab planejou-lhe a vida sem pedir licença, mania antiga do mercador, que Bonifácio surpreendera, embora fingisse esquecer no mês seguinte. Para Bonifácio aliás, perdido na intriga, era difícil conceber de que natureza se revestiria o toque de recolher a bordo, dois homens liberados dos serviços que à noite não tinham mais razão de ser, um olhando o outro. O pensamento do sapateiro escorregava sobre escamas, quanto a Iabeshab, ofendido pelas tergiversações, exigia imediato roteiro para Delfos. Jamais Iabeshab esclareceu sua vida no Alvarado, nos igapós, igarapés, de que modo na solidão empunhariam facas, anzol, ou simplesmente se deram as costas.

— Acaso sou uma pedra? disse Bonifácio, se recusando acreditar que Santíssimo fosse ideal para se observar o céu.

O sapateiro amassava o couro quase a desfazê-lo em seda, concedendo-lhe a transparência. Tinha rigor de relógio o ritmo das batidas. Fidalga trazia-lhe as únicas botas, em seu poder antes do casamento, e que Peregrino tomava emprestadas uma vez na semana, sob condição de devolvê-las como se jamais tivessem seus pés estado ali, exigência a que cedia para sentir-se próximo à mulher, como não voltara a estar desde a noite nupcial. Perturbada pelo assédio dos objetos, e a certeza de Eulália agora adotar estranhas formas de a visitar, ou se deixar ver, Fidalga levava as botas para reparos, bastando que Peregrino as usasse uma vez. Visitava o sapateiro todas as semanas, atraída pela escuridão, uma caixa de vime ideal para se nascer, e os anos passam depressa. Seguindo o movimento de pernas de Fidalga, que dardejavam dentro das calças, o sapateiro descobriu a nostalgia da navegação, e as longas noites vermelhas. Ele que, vomitando no barco chegara a assustá-la, pelas cores que ganhava em terra firme despertava-lhe sentimento a que não dera nome ainda.

— Se eu usasse cinquenta meias ao mesmo tempo, bem poderia dispensar estas botas, disse ela.

Ele parecia esquecer a língua comum. Não se traduzia em seu rosto qualquer texto. Defendia as réstias de sol no porão virando a cada cinco minutos as meias a secarem sobre a mesa. Os murmúrios sobre a genealogia de Fidalga lhe chegaram ao ouvido, mas ele confundia nomes com datas. Limpava o nariz olhando-se ao espelho, para localizar orifícios. Fidalga ofertava-lhe graxa para a higiene. Aceitava ele tais cuidados, mas a corrigia fechando os olhos para abri-los e surpreender a mulher envergonhada. Ele enrubescia quando lhe fraquejavam as batidas no couro. Ia escondendo a cabeça, para Fidalga afastar-se. Além do couro e os instrumentos, nada o interessava. Trocara água doce do rio pelas incertezas da pele animal. Ela voltava depositando insetos da sua coleção entre sapatos enferrujados, a que ele retribuía com breve apreciação. Logo comandava os dedos para o voo, cujas batidas de asa Fidalga acompanhava à porta, para tombar desiludida.

— Um dia Iabeshab retorna, disse Bonifácio, com a esperança de sapateiro ouvir.

— Quem é Iabeshab? foram suas primeiras palavras.

— O pequeno criador de composições perturbadoras, disse Fidalga.

Comia as batatas pelando com casca. Um dia ele fica forte, pensou Fidalga constrangida. E a força inventada para o corpo dele despertou-o da monotonia de mastigar.

— Quer?

— Fidalga comeu com Eulália à frente: tenho novo amigo, o nome nem ele sabe, enfeita a parede com sapatos e cordéis, como quadros. Ele limpava as mãos a cada batata, para logo recomeçar. Bonifácio, que o surpreendeu no alimento, confessou:

— Até parece que está no pasto. É uma besta disfarçada de homem.

Originou-se em Censata a suspeita de que era melhor ser um animal em Santíssimo. A investigação levou-a a esbarrar contra um olho de vidro no armazém, escurecendo-lhe a vista como se tivessem arrancado seu olho saudável, para o depositarem na prateleira, sem resguardo. Ferida no coração, Censata pensou para que fins malignos se conserva coisa viva, ainda molhada. A mão no sexo, reconheceu protuberâncias habituais. Na igreja, caminhava como padre Ernesto, para lhe conservar intacta a imagem. Admitia ser o reverendo à primeira quarta-feira do mês. Ainda pego a doença de Bonifácio, em vez do espelho, falas alheias. E visitando Magnólia exigiu combate à insanidade de Eucarístico.

— Deste jeito, enlouqueceremos todos. Não bastando a afirmação, repetiu-a algumas vezes, até se convencer de ter sido a primeira a interpretar o destino de Santíssimo. Pelo que visitava Magnólia agora, não mais para a convencer de que devia Eucarístico abandonar o barco, onde o surpreendiam maltratado, trajes em desalinho, apanhando chuva. Mas que Magnólia o imitasse em grandeza, a todos despertando do torpor.

Bonifácio suspeitou de que Censata lhe pressentia o sofrimento, que a intensa abstração do espelho não deixava esconder. E percebia a mulher a transformar-se. Os filhos não eram mais recebidos com bolo e biscoitos de araruta. Surpreendendo-os a caminho de casa, Censata esquivava-se pelos fundos, em refúgio junto a Magnólia, e tudo para não lhes falar.

Censata condenara Bonifácio à ociosidade, para ela significando que conhecia a interpretação de todas as palavras que pronunciasse. Ele diagnosticou este seu estado vizinho à morte, que se combateria porém com uma viagem. Mariano recusou-se a franquear-lhe a pensão, um único quarto onde Censata se instalasse com o propósito de mergulhar na fantasia, o tempo de refazer o sistema respiratório atingido pelas chuvas. Apesar de Bonifácio insistir, Mariano dizia:

— Ah, as minhas únicas moedas, as minhas perfeitas moedas, as amadas moedas.

Censata fixou-se nas panelas em que consumira metade da vida. Elas explicariam melhor seu tremor que Bonifácio, de quem parira filhos. Naquela noite, serviu-lhe comida de véspera. Com as mãos na cadeira imaginou-se em novo desempenho. Refletindo se lhe caberia reclamação, Bonifácio sugeriu repartir o alimento frio, que ela aceitou e se falaram como quando crianças.

— Onde você pôs os segredos? disse ela.

— Por enquanto no espelho. E você, onde embrulhou os seus?

— Dentro do sabonete. Fiz um buraco para ficarem ali quentinhos.

— E como me vou banhar, disse Bonifácio, cansado de tecer interesses que o prendessem em casa. — Melhor é morrer quando se fica velho, e correu para o espelho. Ali estava nova ruga no rosto, provocada pela impaciência de Censata. O destino de Santíssimo era mesmo aglutinar-se em torno de causas comuns, pensou ele.

— Mas antes a loucura de cada um de nós.

Não era mais segredo que Censata havia entronizado em casa, ao lado do Sagrado Coração, o olho de vidro que a comovera ao limite da paixão. Aos domingos, afastava-o da pequena base de madeira, que ela mesmo talhara, e com ele ia ao cemitério, cuidando que o sol não o aquecesse.

— Você agora decidiu comportar-se como Fidalga? Peregrino pedia satisfações.

Censata apresentou-lhe o sorriso mais gentil formado em seu rosto, para que ele o destrinchasse a seu gosto. — E não somos todos como Fidalga? O único modelo disponível em Santíssimo.

O depoimento de Peregrino, largado na árvore de Ofélia, expressava dúvidas congênitas, anteriores a Próstatis e Angélica, e a urgência de tomar providências. Consultava-a fiel a hábitos estabelecidos, mas já não estava nele recuar ante avanços inimigos em seu peito, em correntes sanguíneas, o que o obrigava a remar com fúria. Quem sabe desta vez os volumes de seus corpos, tão diferentes, ela arfando como um ganso, ele se ressecando como a figueira, não se conciliariam. Era a morte o único refresco agradável para aquelas tardes quentes. A letra se desenvolvia nervosa, sim, Ofélia, a quem agarro desta vez, quando a rebeldia e a desintegração se processam?

Duas semanas mais tarde, consumidas amealhando milho nas cestas e suspiros inadvertidos, Ofélia lhe respondeu com palavras todas besuntadas no creme de leite. O vento incomodava as batas de Ofélia, ornamentadas pelas mãos de Emília, que se preparava a ocupar no mês entrante a casa de Peregrino, com o propósito de a embelezar. Peregrino resistira a tal invasão, afinal cedendo por se tratar de um regalo de Ofélia.

— Melhor seria embelezarmos Santíssimo, disse no armazém.

Peregrino rasgou em mil pedaços o bilhete de Ofélia propondo o aconchego das ovelhas, a vocação deste animal em jamais desperdiçar calor. Há muito a gordura de Peregrino se derretera no convívio com Fidalga, o que o tornara sensível à dor. Nestes dias de julho, descobria uma estação de disputa e pranto. A corneta de Piedoso em exaltação distribuía no cemitério palavras em vez de notas musicais. Não havia quem não participasse de suas inovadoras pautas sonoras. E duvidando-se de qualquer palavra, bastava bater-lhe ao ombro para Piedoso transcrever fielmente o bilhete de Peregrino. Enunciadas tais intenções, foram logo classificadas de pérfidas. No entanto, a resposta de Ofélia recompunha-lhes os penteados desfeitos, perdiam o temor de dormir no escuro. Ofélia era a única proteção no próximo inverno.

Ninguém advertiu Peregrino, imune àquela emissão, de que se tornara objeto de escárnio público. A Tronhão encantou a sua inocência, que não o privava felizmente do conforto, ao levantar-se da cama. Mas, ainda que dissimulassem sentimentos, se consumiu mais bebida agora que de hábito. Sabedor de que Peregrino buscava as razões da inesperada sede que o excluía, Bonifácio encheu metade das garrafas com água do Alvarado, deixando à mostra as que já se cercavam com teias de aranha.

— E este cheiro no ar, saiu de que garrafa? disse Peregrino.

Apenas se levantaram, havia decidido em conjunto consumir naquele dia as doses de aguardente e alegria que lhes caberiam ao longo de todo o ano, pois não estavam inclinados a esperar. Alguns, porque ansiavam a morte, outros, prisioneiros da lavoura, dormiam às seis da noite para amanhecerem dispostos às três da manhã. E não lhes sobrou tempo de, em prata e caligrafia gótica, participarem a decisão ao convidado de honra.

Censata acumulara despeito contra Magnólia. Passava por ela sem a cumprimentar, ainda que Magnólia se encostasse na amendoeira durante horas para lhe dar tempo de meditar e vir ao seu encontro. Convencera-se de que Magnólia, além de estender roupa encardida no varal, jamais esteve à altura de Eucarístico. Observando o marido, também o julgava:

— Quando Iabeshab voltar, serei eu a lhe ditar os pedidos.

Bonifácio exibia cordura, cedeu-lhe o lugar a preço do regresso de Iabeshab. Explicava que não era pela alegria de o ter de volta, mas simples interesse comercial, sou muito interesseiro, Censata, como você e o espelho sabem bem.

Ela cultivava o olho de vidro com flanela, após horas imerso no álcool. Também naufragando junto a ele, habituada a enxergar agora através daquele olho temporariamente deslocado do seu rosto. À medida que os filhos reclamavam da voluptuosidade de suas novas formas físicas, em contraste com o abatimento de Bonifácio, Censata passou a adotar novo sentimento pelo olho. Se antes fora o seu modo de enxergar o mundo com ímpeto que os olhos originais não lhe asseguravam, encarava agora a limpidez do vidro com a raiva de quem sabe estar circunscrita ali uma ciência que se ocupou somente em desvendar uma terra maligna. Não mais devia cultivar tal monstruosidade. Fingiu-se de cega por alguns dias, da família de Emília, e o olho de vidro no bolso do avental. Recusava auxílio que lhe ofereciam no cemitério. Bonifácio aceitou que brincasse sozinha, desde que não colidisse com ele enquanto se contemplava ao espelho, ou se concentrava frente à janela para o Alvarado, pensando um dia Iabeshab há de chegar, eu tenho certeza. Censata que farejava qualquer obsessão, murmurou de olhos fechados:

— Sim, ele chega, mas será o fim de Santíssimo.

Abrindo os olhos para enxergar outra vez, e sem repercutir nela os mesmos sentimentos de Fidalga pelos objetos e desenvoltas formas, compreendeu Censata que lhe cabia conformar-se com suas modestas posses. Apesar do descrédito dos filhos, vaticinou que breve perderia um olho num dos inúmeros arbustos de Santíssimo, mas não lamentassem o infortúnio por favor, que diferença fazia um olho que apenas lhe assegurou a visão de um mundo oprimido e débil. Desde já se conformava. O fato de carregar o olho de vidro numa caixinha de madrepérola, não significava que o utilizasse em circunstâncias trágicas.

— Eu bem mereço perder um olho. Sempre enxerguei demais.

Também disposta a extraviar-se sob a custódia dos vizinhos e reis magos, Magnólia acompanhava o itinerário da antiga amiga. Sentia-se acanhada, esquecendo-se antes que a esquecessem. Ferida por carregadas suspeitas, visitou Eucarístico, desta vez abandonando o pretexto da comida para chegar a ele. Eucarístico afirmava com a cabeça estar tudo bem, de outra forma Magnólia não teria vindo em horário inoportuno, largando afazeres de cama e cozinha, de que sempre se ocupou, sem devido apreço de sua parte. Magnólia lhe arrebatou os remos da mão.

— Ao menos na despedida, fale-me toda a verdade.

A hora dos naufrágios determinara-se em torno das seis horas. Com os dedos que lhe sobravam, ele tomou a direção do vento, pedindo a Magnólia limpeza na proa, que se convertera em seu minarete. Recolhia-se ali para meditar.

— Não sou Hermengarda, também não sou mais Magnólia. Conte-me toda a verdade. E não é verdade que, ainda que eu corrija com a tesoura os moldes dentro do baú de casa, nunca mais conseguirei fazer um vestido de noiva?

O mesmo choro de quando Eucarístico e ela ocuparam o altar na igreja. Em casa, ele explicou que devia nesta noite ausentar-se, e não o aguardasse, era homem sem prazo, sobretudo confeccionando um armário onde se encerrariam a cada crepúsculo objetos preciosos. Magnólia não buscou saber se a resposta significava desistência. Mas ele disse que, ainda ocupado e de mãos nervosas, voltaria para cumprir o que Hermengarda em prantos lhe havia exigido.

Magnólia reteve as palavras como espinho. Jamais esqueceu a autoridade conferida a Hermengarda de ir à casa a qualquer hora da noite, exigindo que Magnólia lhe cedesse a cama, uma vez que não dispensava naquele inverno o calor de Eucarístico. Ele nada teria feito para corrigir a situação. Ambas lhe pareciam as mesmas sombras, bocejos, espirros que surpreendera durante o noivado.

Hermengarda o levou ao altar, aproximando-se o suficiente para Magnólia não lhe surpreender as lágrimas. E lhe indicou a mulher pregada no altar, e o que carregava nos braços, flores silvestres quem sabe, ou um pequeno leitão, que ambas assariam, tal o apetite naqueles dias. Para possuir Eucarístico, Magnólia consentia que Hermengarda também o tivesse. Sua índole era de barro, e se apiedou da própria imagem refletida numa poça do terreiro. Censata a fustigara com palavras, Hermengarda devotara-lhe silêncio.

Sacudia Eucarístico sem o ferir, sua fraqueza se originou do berço, ele lhe confessou um dia. Apontando-lhe o sol a declinar, ele fez que se fosse. O instrumento da navegação era a paciência, e sorriu. Magnólia pressentiu Eucarístico ainda nas perguntas preliminares. Também ele não a podia ajudar. Em casa, cozinhou como se recebesse visitas. Mandou um prato embelezado com crisântemos para Hermengarda, que apreciasse a força repousada em suas mãos por tempo indeterminado, e que jamais valorizou.

Hermengarda aceitou o arpão cravado à porta. Alguns marinheiros, após esquartejar a carne de baleia, desprendiam a arma com doçura. Comeu o alimento sabendo que Magnólia merecia ver sua força consumir-se dentro da boca da outra. — Um dia ela repousará. Ninguém melhor que ela merece, disse. Piedoso agarrou a corneta fazendo os metais brilharem.

Mais uma vez, Magnólia cumprimentou Censata como se nada houvesse entre elas. Pregava que se haviam querido muito, entre ásperas pedras o afeto se melindrou. E quando Peregrino bradava: vou interromper esta viagem, Eucarístico não terá o prazer de navegar em terras de Santíssimo por muito tempo, Magnólia se ergueu em defesa do corpo do marido, perdido no mar. E de tal modo o protegia, que tomou da harpa, há muito na casa, para recordar Efigênia, a mais ilustre morta de Peregrino. Ele lhe mantinha o retrato, pintado a óleo, e para o qual Efigênia se deixou posar na ilusão de realizar o mistério perseguido em toda vida, sobre o espaldar da cama, de modo a ela lhe sorrir sempre que ia dormir, assim não precisando dar boa-noite a Fidalga, ausente do quarto. Fidalga andava sem rumo, regressando de madrugada, sob a proteção da leveza com que se revestia, e a fez intocável.

As cordas da harpa endureceram-se com os anos. O remoto som recordava o lamento de Efigênia, para quem Eucarístico construiu a única cama que decidira possuir na casa, e onde pensava morrer. A data de entrega foi fixada de modo a Efigênia comemorar sua chegada. Já pela manhã, ela estabelecia a desordem. Dentro de casa, atingindo os de fora. Com a pretensão de ferir Próstatis, definira-se como animal perigoso. Ria ostentando galardões que causavam repúdio em Santíssimo, que a reconhecia submissa ao jugo sonoro.

Fora do círculo da harpa, Efigênia desprezava equívocos gerados na região. Quem lhe ditava o cotidiano era ela mesma, e Censata ficou horas à sua porta, e jamais a surpreendeu lavando roupa, ou fazendo a comida. Aos domingos, transportava a harpa ao centro do cemitério, para o som úmido e solitário do instrumento abafar hinos e dobrados escorregando pelas árvores.

— Toque em outro dia, Efigênia. Ou procure outro jardim.

Ela prosseguia por considerar a fala humana vegetal, que não a intimidava. — E que outra praça existe, se os mortos se congregam aqui?

Mariano propôs-lhe Assunção para moradia e espetáculos durante o verão. Ela tinha dificuldade em aceitar convites, ou receber visitas. Havia distribuído numa manhã abafada, em que se mataram tarântulas e escorpiões, todas as terras deixadas pelo avô.

— Não preciso mais que um prato de comida por dia. Pediram-lhe que reconsiderasse a atitude, subvertendo valores locais. Não percebia o perigo de conceder favores a quem não fosse do seu sangue? O argumento pareceu-lhe evasivo e partiu pelos campos repartindo o último aparelho de louça, passando a comer num vaso de flor raso, onde a comida se tornava preciosa. Suspeitava-se de que as visitas de Próstatis visavam arrastá-la ao chão, onde faziam amor, uma vez que na casa não havia cama. Ao insinuarem a Próstatis que sua vida se enriquecera com a presença da música, ele se fazia surdo, pedia que repetissem, até enfraquecer as cordas vocais do inimigo. Átila privava-se às vezes de ir a ele, pedir-lhe socorro, para que não pensasse que em troca da sua fraqueza Próstatis passava a dever-lhe certas confidências. Eulália insinuou que de tanto caçar javali, Próstatis sucumbira à nostalgia. E o que quer dizer com isto, mulher? Irritada, ela deu-lhe as costas, cumprimentou Assunção ao meio-dia, contra seus hábitos.

Angélica acompanhava no calendário o dia em que Próstatis sucumbiria à grave luxúria das falanges amputadas de Efigênia. Próstatis sempre tremera à mesa ao descascar frutas e destrinchar o peru de dezembro. Quando perguntavam a Efigênia por que capricho se privara das extremidades dos dedos, amparava-se ela no sucesso da própria sombra, que se recolhia ao cair da tarde, para aguentar as dores em certas noites frias. Não quis testemunhar ao mandar cortar os artelhos que já não lhe serviam, diante da altivez com que entretinha a vida. Confessava constantemente que Santíssimo teria sido a morte sem a presença da harpa, e a terra sem o dedilhar das cordas uma superfície sufocada pelo sal.

— Numa manhã de chuva, Efigênia abandonou definitivamente o método de dedilhar as cordas, segundo a tradição, para sonhar em segredo com a técnica nova ainda de socá-las. Estimulava-a à adoção do processo o enfado que as segundas e terceiras falanges de seus artelhos provocavam-lhe, magras e refinadas, em contraste com as últimas, brotando diretamente da palma da mão, grossas e de confiança. Ela meditou até o relógio completar o primeiro círculo sob o domínio do sol e decidiu-se pela amputação.

— E não é a harpa também um piano?

Próstatis pensava nela mais que em seu cavalo, sua roupa interior, bordada e cheirosa, e nas putas velhas de Iluminura. Não lhe deixava faltar comida e roupa, que iam escorrendo pelo chão discretamente para Efigênia não se ofender. Ela catava algumas roupas, considerando-as porém exóticas. A indumentária do seu tempo a ultrajava. Despejou sobre Próstatis a sua ira.

— Se tive coragem de amputar meus dedos para pôr em prática um método que só tem a mim de seguidor, peço-lhe que não me vista deste modo grosseiro.

Próstatis prometeu nunca mais pisar aquela casa. Porém alegando nostalgia pelo som da harpa, agora com os dedos cicatrizados Efigênia socava as cordas durante horas produzindo ressonância que não se explicava, podia ser de coiote, ou de anjo desertor, Próstatis sentou-se ao chão, para ela esquecer que havia voltado. Efigênia criticou-lhe a fluidez.

— Um ditador como você precisa de coragem para se matar.

Ele gritou, desde quando sou ditador? ela lhe abrindo a porta: — Como você vai levantar-se pedindo que eu lhe abra a porta, já a deixo aberta, porque não pretendo ser interrompida. Próstatis ameaçava guerrear Assunção, ver o teatro Íris em chamas.

— Ainda duvidarei da imortalidade da sua harpa.

Efigênia dedicava-se a enfeitiçar as águas do Alvarado, enquanto Próstatis envelhecia. Ele já não tinha força para vir a casa e combatê-la, como nos velhos tempos. E sentia falta da argumentação insípida que ele grudava nas paredes simplesmente para ela descobrir que valia mais que a harpa.

Imperatriz pedia a Héloise que visitasse Efigênia. De tal modo Héloise deixava impregnar-se que regressando à casa podia extrair-se dos seus ossos, e bastava pôr-lhe a mão em cima, a vibração sonora da harpa. Na presença de Efigênia comportava-se Héloise como se não estivesse ali, mas Imperatriz inadvertidamente acampada entre suas paredes, com o propósito de fruir o instrumento. Aos últimos acordes, Héloise corria ao encontro de Imperatriz. Cuidava em não tropeçar contra a pedra, para nenhuma nota musical entornar como leite. Imperatriz recolhia a cabeça de Héloise em seu peito e ficava horas ouvindo o concerto.

— Ni las campanillas de Santiago me ofrecían sonoridad tan atrayente.

Efigênia orgulhava-se que Imperatriz, rosto recente na terra, acreditasse em sua criação artística. — O mundo então se inclina ao meu gênio? Próstatis disse a Átila: — O que há de ser desta mulher, qualquer dia nem comida vai ter. Átila disse.

— Ela comerá a harpa.

Em casa, Próstatis reclamou que não lhe mudassem diariamente a roupa de cama. Fidalga explicou-lhe que coisa de muda não lhe cabia, passarinho é que se preocupava com pena nova. Próstatis pensou, vai à puta que te pariu. Controlou-se, e não por apreço a Átila, temia Fidalga ganhando espaço e anunciando que acabara Próstatis de nomeá-la herdeira espiritual, pelas belas palavras espargidas pelo corpo.

Átila comunicou-lhe que, embora acamado, Próstatis apreciaria contemplar seus tocos brilhantes. Efigênia enviou o recado: antes ele perecendo, que a minha harpa.

Átila transmitiu o espasmo de dor que cingira o corpo da mulher ao solo, e tudo pela notícia do resfriado de Próstatis. Só não passaria pela casa assoviando, por não ficar bem a donzela entreter homens casados, sobretudo aqueles que a haviam olhado em breves lampejos com malévolas intenções. Próstatis sorriu para desaguar o orgulho. Esquecia as brigas apreciando o recato que adornava Efigênia com guirlandas. Não o ofendia a insinuação de que jamais lhe vencera o corpo. — Isto é respeito, murmurou.

Efigênia se mantinha indiferente a que lhe visitasse a casa após a convalescença, para depositar à entrada regalos, de que a imaginava carente. Era intenção de Próstatis destruir-lhe a harpa.

— Foi o pai que a trouxe a Santíssimo, rebelando-se contra preconceitos. Venceu o Alvarado quase a nado.

Passando-lhe Eucarístico pela porta, ela confessou: também ele possui uma harpa. Próstatis condenou os suspiros que a tornavam infiel, há muitos modos de fazer amor, pois não goza a abelha em pleno ar? Em revide, Efigênia prometeu aperfeiçoar os suspiros sempre que Eucarístico estivesse perto. Magnólia não se inquietou que no mesmo feudo se desenvolvesse secreta luta em torno do fantasma do marido. Que armasse Hermengarda as defesas, já ia ela aliás bem avançada em alimentar Ofélia e no túnel que começou a escavar quando abandonou Eucarístico no altar para o casamento.

— Qualquer dia lhe encomendo uma cama, mas não irei pagar seus serviços. A morte é minha fiadora, disse Efigênia e Eucarístico.

Ele aceitou que a morte pagasse por ela. Efigênia nascera na cama, mas escolheu amar e viver no chão. Acatava o regresso ao leito rico, cobrindo-se com a colcha que Censata não se negaria emprestar-lhe, porque se tratava da morte.

— Que momento difícil nada. Minha raça entra no céu distribuindo pontapés e claves de sol. Sem música, não há céu.

Peregrino hesitava em condenar quem se afeiçoava à vida após elaborar método musical tão requintado. As ingênuas palavras de Fidalga o acalmaram:

— E como Efigênia se lava com aqueles cotos?

Era hábito duvidar-se dos poderes de Peregrino à época da desova dos salmões, peixe flutuante e obstinado, que o Alvarado felizmente não abrigava. Submetia-se ele à prova do mesmo modo que o artista fiando a paciência no tear da casa desmancha-a durante a noite, sempre que se descobre insone. Tronhão piscava as pálpebras com esperança de que Efigênia, interpretando a imagem, acatasse as decisões de Peregrino. Ela se comoveu que para lhe dirigir um galanteio, há muito no bolso da sua calça, Tronhão usasse Peregrino como exemplo, e perdesse o pudor ao citar salmões, criaturas de sua raça. Em troca, Tronhão aceitou que ela o imaginasse penitente por vir à sua casa solicitar favores especiais. De que modo porém esquecer a ingrata tarefa de Peregrino, obrigado a eleger, entre tantos candidatos, o artista mais modelar da região, para o enfileirar em seu cortejo? Como podia Efigênia compreender, nunca foi fácil indicar um artista na rua, sobrecarregá-lo com enredos e sombras, tratando-se sobretudo do mais fino dos criadores e que em benefício de sua arte não hesitou praticar no próprio corpo retoques indispensáveis. Também Peregrino, ainda sem o apoio dos dedos amputados, criara um método com que indicar este artista. E era justamente em nome deste método que Peregrino solicitava a Efigênia, delicado espírito, o obséquio de deitar-se em sua cama, fechar os olhos à hora e dia combinados, até vir a morte ocupá-la sem dor.

— Será uma audição de gala? Confessava-se seduzida pela proposta, unicamente pedia prazo. Interrogou Eucarístico:

— É ainda Eucarístico o seu nome, ou a perfeição modificou o legado dos ancestrais?

Seu nome era um asilo, para se ficar até a velhice. Gostava que apreciassem através das sílabas do seu nome os fantasmas do pai e da mãe, atualmente tão evasivos. Mas, enquanto viveram, acautelando-se contra equívocos, eles registraram os filhos segundo o combinado antes mesmo do casamento.

— Sim, Eucarístico Nóbrega, escravo da madeira, às suas ordens. Ela não dispensava cama para morrer, e armário para aconchegar-lhe a harpa tão sensível ao ar livre. Seria penoso abandonar o instrumento na terra, entregue às mãos estranhas, cordas que reagiam unicamente aos seus tocos endurecidos. Bastava um contato distraído, para a ferirem mortalmente.

— E não seria Fidalga seguidora fiel? disse Eucarístico.

— Fidalga toca harpa e não sabe que toca, foi sua resposta.

Eucarístico esforçava-se em colaborar, não poupando qualquer nome.

— Não adianta, a resposta ainda virá. Antes mesmo de minha morte.

Eucarístico interrompeu outros afazeres para dedicar-se às encomendas. Planejou um leito magnífico, o primeiro que conheceria o corpo adulto de Efigênia. Apurando ouvidos para as despedidas, Censata disse a Efigênia: — Hoje, estou sem tempo de ouvir a harpa, peça-lhe desculpas em meu nome. Mas, como soube que você pensava morrer, vim oferecer-lhe roupa de cama, travesseiro, a colcha de casamento, que conserva o viço do primeiro dia.

— Ora, Censata, se você não presta atenção à harpa, como me vai dever este favor?

Bem que Censata havia dito: não adianta eu ser gentil, ela vai inventar tesouros que jamais decifrarei: será mesmo o destino de Santíssimo entregar-se a orgias e cabalas de índios anciãos? Bonifácio coçou a cabeça:

— Se ao menos Iabeshab estivesse aqui.

— Que Iabeshab nada. Se ao menos eu fosse como todos vocês, pedia sempre mais constantemente. Talvez não tivesse chegado a sua hora. Mas logo o calor, e as periódicas estações de seca, seguidas sempre das chuvas, haveriam de aparelhá-la para a estranheza.

— E quanto preciso sofrer até o mistério chegar? disse ela.

Efigênia não desistia de socar a harpa, para Censata chorar. E a consultava inconsolável: — Então, Censata, não chorou ainda? Fascinada com os tocos daquelas mãos, Censata concentrava-se na habilidade de invadir sons a poder de soco.

— Será mesmo um piano?

Efigênia dispunha-se a perdoar tamanho desleixo, desde que recuperasse ela a sensatez do ouvido musical. — Então, Censata, vai finalmente chorar?

— Tenha paciência. Eu nunca fui sensível, você sabe bem.

— Enquanto Efigênia socava a harpa, ia Censata sentindo que talvez não estivesse muito distante dos caminhos já trilhados por Eulália, Imperatriz, Fidalga, tantos outros, a cujas evidências se deviam em Santíssimo uma campanha de ardor e desatino. Faltava-lhe a resignação de aguardar dias indispensáveis, quando se desmanchariam finalmente as crostas da indiferença e neutralidade acumuladas em sua pele. Temia a morte surpreendê-la antes do momento de glória. E de tal modo avolumava-se o seu medo, especialmente em contato com a perdição de Efigênia, e que invejava, que começou a chorar a princípio modestamente, arquejando mais tarde como um animal.

Efigênia beijava-lhe as mãos, estimulando o pranto com a língua. — Não pare, continue, vamos. E quanto mais desordenada Efigênia exigia o choro beijando-a, mais aquela extravagância assegurava a Censata que, em dia muito próximo, também lhe caberia seguir a fantasia de cristal.

Naqueles dias justamente Eucarístico pedia a Magnólia que o poupasse no leito. Estavam envelhecendo, ademais estranhava que ato alheio ao que laboriosamente vinha amealhando lhe ferisse o corpo. Ela sentiu uma mancha desregrada na pele. Então esta coceira na barriga é a manifestação da vergonha? E tudo porque se avizinhara perigosamente da natureza? Ele trabalhou com afinco, Peregrino informando-se da data de entrega. A expectativa apurava o apetite, embora consumissem alimentos delicados, purê, sopa, mingau de maisena. Buscando alguma esperança, Próstatis tocou nos testículos.

— Um dia a gente cansa, não é?

Átila combinou, logo que estivermos livres, simularemos outro rapto. — Desta vez em terras de Santíssimo. Os olhos de Próstatis não se acenderam como antes. Átila protestou.

— Acaso você se enganou de cidade, pensa que somos Assunção, e nos combate?

O suspiro de Ofélia, no seu universo de juízos e secretas palavras, aparentemente dispensava Piedoso. Ele estimava naqueles dias o prestígio de Peregrino em Fahrenheit, extenuando-o o exercício de se arrastar exclusivamente pelo presente. Em defesa dos interesses de Ofélia, arriscava-se a frequentá-lo. Porém, às cinco da tarde, enquanto ingeria Ofélia uma das refeições vespertinas, por pura distração Piedoso imergiu no passado, deixando passo livre a Peregrino.

Eucarístico prometeu enfeitar-lhe a casa na quarta-feira. Efigênia passou o pente nos cabelos, que simulava escorregarem até a cintura, e para que se fundissem o afluente, que era sua alma, e o rio, de que se originara, banhou-se com água do Alvarado. Censata devia postar-se ao seu lado logo chegassem a cama e o armário. Censata mandou dizer que melhor Efigênia estar a sós com Eucarístico, quando apreciariam com independência o labor daquelas mãos respeitáveis. Efigênia apreciou tanta delicadeza, e Censata se viu trilhando pela primeira vez a rota da insegurança e dos desvios, sempre desejada, e da qual se sabia ainda distante.

— Significa que já poderei me olhar ao espelho e surpreender-me?

Bonifácio mergulhara na apatia, já não o emocionando o corte da carne, ou o pesar da farinha. Obedecia a gestos sem registro. E deixando o armazém aberto às sete, não corria como antes. A independência apregoada por Censata não lhe merecia fé. Estranhava sim o ventre da mulher fedendo a sangue amassado em dias certos do mês, quando passava rente a ele. Que lascívia é esta? condenava secretamente. Mandou-lhe recado através de uma bacia armada com água tépida e povoada de pétalas. Censata sentiu-se afinal liberada dos deveres conjugais. E para desfazer definitivamente tais vínculos, bebeu algumas gotas, e entornou o resto no curral.

Para alegria de Magnólia, Eucarístico banhou-se. Pela primeira vez a lembrança de Hermengarda ausentava-se das intimidades do casal. Ah, se fosse sempre assim! ela exultava. Mas o poder que Eucarístico lhe ofertou naquele banho se desfez ao partir com olhos sombrios, os cabelos já cobertos de pó. Efigênia o recebeu como fosse Próstatis, desistindo de uma série de acordes, sempre que desejava aquecer a sala.

Em troca, Eucarístico expôs difíceis cargas, o padecimento para conceber cama e armário que formassem um único sonho. Importava-lhe que fossem do seu agrado, Imperatriz e ela entre mil espécies saberiam selecionar a de encanto único. Logo se recriminou, que o primeiro galanteio na vida se dirigisse a uma estranha. Só os estrangeiros merecem esta dádiva, pensou conformado.

A dúvida passageira em seu rosto obrigou Efigênia a reparar que lhe faltavam dois dedos na mesma mão. — Também você se destina a harpa?

— Sempre que a harpa for a madeira.

Após sua morte, ele levaria a harpa para a casa, protegendo-a, no armário, das ditaduras reinantes em Santíssimo. Uma vez ao ano sussurrasse ao seu ouvido tantas vezes possíveis, até desmanchar o nome num eco: Efigênia, Efigênia, figênia, fiênia, fineinha, fiença, finia, inia.

O encargo afetou Eucarístico. Além da natureza de rica fauna e flora, impor-lhe a formação diária de um catálogo, Efigênia exigia cuidados de floresta para sua harpa. Porque temia a consciência, que o amordaçava a ponto de impedir-lhe mesmo o pensamento, aceitou que ela se despedisse em prantos da harpa, até ajudou a trancá-la no armário.

Censata limpou a casa, trouxe-lhe lençóis perfumados, empenhando-se em instalar Efigênia no centro da beleza. Centro da beleza, repetia, até se tornar a expressão a mais poderosa aquisição intelectual de sua vida. Havia indícios de lhe crescerem as asas, pronto a confundiriam com Fidalga.

Efigênia começou a cerrar os olhos à hora combinada. A casa do lado de fora guarnecida por Tronhão, para impedir falhas. Adivinhando que sua participação se reduzia a um café quentinho, Próstatis propôs a Átila recolhimento absoluto. Às sete e dezessete da manhã do dia dezenove de abril, Efigênia acariciou com a língua cada coto das mãos, sorria para Héloise, Cacilda, que tinha no rosto a paixão pela sombra, que ninguém senão Iluminura acreditava, e Censata ainda, continuamente preocupada em esticar os lençóis para conservá-la até o final do seu recente centro de beleza.

— O que teria sido de minha vida sem esses toquinhos preciosos, disse.

Tronhão confirmou a morte lavando as mãos numa tina de água barrenta. Peregrino resistia às comemorações, uma vez que Efigênia se antecipara oito minutos ao seus desígnios. Tronhão provou-lhe que Efigênia ajustara o relógio de acordo com o seu, sempre com oito minutos de atraso.

— Efigênia estava certa? Orientou Fidalga ao armazém, comprasse o do seu agrado. Fidalga agradeceu. — Não sei se devo aceitar presentes sem consultar Eulália.

Anos mais tarde, Fidalga disse: — Quero agora o presente prometido no dia da morte de Efigênia. Ele concordou, sua palavra ainda estava empenhada. E o que poderia desejar, após tantos anos, que já não tivesse comprado? E como poderia ter comprado, se a vontade me veio agora, e acompanhada da memória daquele triste dia, dia de Efigênia, a emérita intérprete da harpa.

— Intérprete nada. Uma tocadora sim, para combinar com seus tocos.

Fidalga deu brilho às botas, e pronunciou no armazém: — Uma corda, um varal, pregadores, e algumas meias pretas. Largou o pacote no porão: — Embora o sol não o visite, isto ainda o atrairá. O sapateiro não tirou os olhos dos sapatos adernados, e ela se comoveu que pudesse um homem ser tão sensível. Empenhada na batalha de arranhar as botas para ele consertar, perguntou na semana seguinte pelo seu nome. A testa franzida em resposta relatou sua preguiça pelos problemas.

— Se você acha impossível, arrumo grafia só para você.

Peregrino acusou Fidalga de agir como adúltera, infiel, puta velha de Iluminura, ao devotar-se ao batismo de um pagão. Fascinada com a voracidade verbal, ela perguntou, o que significa tanta coisa que em breves segundos você amontoa em minha vida para eu reter de uma só vez? A transparência nos olhos de Fidalga garantiu-lhe que ainda o batizando, era como se desse nome a um animal de estimação. A mulher emagrecera desde o casamento, e ele atenuava os resíduos da única noite de amor.

Batia-lhe à janela três vezes, para Rectus franquear a entrada. Ele tinha orgulho em insinuar à Fidalga, por suspiros e espirros seguidos, a presença na casa dos pergaminhos encontrados nas escavações de Morro Velho. Conservavam ainda a poeira daquela aventura, e o cheiro do vento de que Próstatis reclamava. Jamais se conformara de que a cada enterro conduzissem os mortos ao morro distante, como se eles próprios, por já haverem deixado a terra, se jubilassem com os vivos extenuando-se naquela campanha. Em nenhuma hora do dia o vento cessava de fustigar árvores e criaturas, alguns regressando de olhos dilatados, com propensão ao sonho. Apesar do chá de camomila, recuperavam-se dos devaneios vinte dias depois.

— Diabo, aqui a gente não vem para repousar, mas combater guerreiros de vento, disse Próstatis. Ele ia capitulando a um sentimento que não sabia combater. Ocupava-lhe o mesmo espaço que destinava a Assunção. Melhor que vigiemos Próstatis, disse Átila. Eulália apreciava as flores justamente ao amanhecer. Depois do café, recolhendo a lavagem dos porcos, pediu clemência a Átila.

— Posso saber por quê?

— Próstatis precisa viver a sua história.

O sono de Átila perdera a neutralidade fornecida por Eulália antes de se dizerem boa-noite. Restavam-lhe pesadelos e o cochilar ligeiro. Imaginava Próstatis irrompendo casa adentro a pedir socorro, sem mesmo bater à porta. E a este pensamento regozijava-se que lhe faltasse o sono. Tomava xícaras de café com intenção de inquietar-se, e emagrecer também. Até descobrir, pelas unhas sujas de Próstatis, a roupa carregada de poeira, que já começara ele a escavar as sepulturas de Santíssimo, indiferente a protestos. Ia distribuindo pás, enxadas e mulas.

— A nossa alma, ou a deles. Não admitia que a morte, a vir-lhe um dia molestar à porta, lhe impusesse solidão e vento nervoso. Junto aos outros, Átila protestava. Mas Próstatis deixou claro preferir morrer no cumprimento do destino, que o matassem, foi sua sugestão. Passava as tardes no armazém, ali lhe poderiam indicar a prepotência. Amansava-se alvo das preferências gerais: é natural que me contrariem, o que é o animal sem sua vontade de fugir? Simulava marcar boi com iniciais fumegantes.

— E que letras senão PRÓSTATIS? disse Mariano.

Átila encabeçava os que acusavam Próstatis, até lhe absorver os argumentos junto com um copo de água e frutas colhidas na horta.

— Nada mais fiz senão cumprir a vontade deles. E Próstatis indicou Átila com o dedo: — Quem o recomendou ao tribunal de defesa? Acaso os mortos o indicaram? Há mais de dez anos que lhes escuto os protestos, rangiam especialmente no mês de julho. Cedi aos seus reclamos e os trarei de volta a Santíssimo.

— E onde vai pôr a ossada, disse Respaldo. Átila pensou: e onde Eulália e eu ficaremos, se a alma da mulher se avizinha a Assunção, e nada posso contra poder superior, ainda que meu corpo a alcance em ritmo de água e recolha suspiro que me acompanha até agora, para não a perder de vista: será Assunção uma vila de criaturas, ou uma olaria da qual saem os únicos objetos que Eulália e Fidalga têm gosto de consumir, todos inúteis, não resguardam feijão, arroz, farinha, ou a ossada de Santíssimo.

Próstatis cismava que o ar em Morro Velho vinha diretamente de Assunção. Desgraçados, não lhes bastam os biscoitos de araruta que mandamos todas as semanas? Átila e Bonifácio o seguiam, outros logo se uniram. Distribuíam os ossos em caixotes, baldes, e vasos de flor, gentilmente cedidos por Eulália, tratando-se de fêmures infantis. Surpreendeu-os porém pequenos baús em que se empilhavam dentro manuscritos, papéis, bandeiras enroladas.

— Que indecência é esta? disse Próstatis.

Átila encareceu respeito aos achados, sem dúvida sepultados numa noite escura, para se conservar o segredo. Próstatis contrariava-o: em Santíssimo, não cultuamos divindades, sob pena de adotarmos as máscaras funerárias de Assunção. Eles lá se devotam aos mortos e às memórias com assombrosa impertinência.

— E o progresso de Assunção? o teatro Íris, o armazém Dourado? disse Bonifácio.

— Simples impressões. Ignoram que a memória e o progresso são incompatíveis? Ainda que queimemos estes papéis, eles já morreram antes de nós.

Buscava cumplicidade em Átila, como quando raptaram Eulália. Embora fosse a mulher troféu único do amigo, chegou a envolvê-la com olhar que o amedrontou. Trancado na casinha pensou, melhor que o doutor Floriano tivesse metido o dedo na minha bunda. E ainda abatido recusou o alimento forte que Angélica lhe pôs à frente, sabendo que ia ele gastar suas energias fora de casa. Só quando teve certeza que os olhos se cobriam com véu e chumbo derretido, ele enfrentou Eulália novamente. Átila perdoava-lhe sentimentos que erguiam a mulher à categoria de uma cidade, como Assunção.

Próstatis atiçou a fogueira com a lenha dos baús. A secreção que o fogo expurgava, e escorria pela madeira, ia rabiscando no chão o nome dos presentes. Próstatis em revide ameaçava consumir os manuscritos. Não admitia documentos que, destinados ao segredo, viessem a público espalhar discórdia. Bastava a um único sutil, como batizava às criaturas mal-intencionadas, colher ali informações, para lhes jogar na cara a origem de Santíssimo.

— Isto é mais íntimo que vagina de mulher. Não consentiremos que Assunção se aproprie do nosso passado.

— E quem disse que o nosso passado se encontra nestes pergaminhos? disse Bonifácio.

— Se não está neles, onde se encontra? Para que servem papéis senão para se converter em passado, logo que passe um ano? Tremia apesar das chamas, pedindo emprestadas as camisas de Bonifácio e Átila, e o suor que as empapava.

— Melhor é queimarmos os manuscritos. Isto aqui não é Europa. País jovem não tem direito à cultura.

— Pois Eulália é mulher culta, disse Átila.

Lamentou o amigo. De nada valeria adiantar-se no campo da refrega para lavar-lhe a honra. — Nossos heróis ainda não nasceram. E esperou Átila afirmar que mais culto que Eulália o próprio Próstatis. Em Santíssimo, todos jurariam que sim. Unicamente Átila, prisioneiro do amor conjugal, não enxergava a verdade. Átila alegou enfado, início de enjoo, saudade de casa, vou andando, se você quiser, fique sozinho com a decisão de queimar papéis, as bruxas de que tanto fala.

A deserção de Átila lhe fazia arder as hemorroidas. Troca-me por uma fêmea, pensou para aliviar-se das dores. E empilhou os manuscritos e as bandeiras na cesta dos alimentos.

— Não confio nestes falsos escribas. Se você quiser, te dou tudo de presente, disse a Rectus.

Átila o evitou na semana, imaginando-lhe a dor. A organização em casa porém estimulava-o a partir em sua busca. — E não é a ferida do amigo o que mais se estima nele? disse Eulália. Átila em troca exigiu de volta a autoridade ameaçada. Não via que talvez Santíssimo estivesse nascendo de novo? Eulália cumprimentou Assunção apressada, e não o deixou tocar em seu corpo todo aquele mês.

— Por que aqui? disse Átila, quando Próstatis amanheceu furando a praça.

— É o único lugar onde há verdadeiro calor.

Surpreendendo uma tainha que excedia em peso à anterior, Respaldo comentou: — De que modo Átila e Próstatis hão de se olhar, se ambos sentem medo.

— São trevas, disse Bonifácio.

Nos dias de escavação, Próstatis alardeou: quem mais teria ousado desenterrar os mortos e ensinar-lhes o caminho de casa?

— A única casa de um homem *é* a praça.

O novo enterro exigia acompanhantes que segurassem firmemente as caixas enfileiradas de modo a formar-se uma trilha pela qual passassem inválidos, saudáveis, animais domésticos, homenageando os mortos em festa que ameaçava estender-se por toda madrugada, provocando um choro que lhes secava os olhos. Ameaçados pois de cegueira, buscaram socorro no Alvarado, às gotas de perfume de frascos antigos, para de novo injetarem seiva aos canais lacrimais. Embora enclausurados nas caixas, e misturados uns aos outros — não houve como selecioná-los na luta que Próstatis enfrentou — pareciam os mortos ganhar vida o tempo suficiente de ingressarem em novo ciclo de agonia e incômodos antes de outra morte.

A perda da praça compensava-se pela suntuosidade de certas iniciativas. Próstatis não hesitara em sacrificar as últimas moedas do Paraguai forrando a superfície de banquinhos de madeira, bandeiras da monarquia, do regimento Excelso, lá da capital, que bordou Emília com tal avidez, que se lhe foram dois dentes, justamente os da frente, ocasião em que lhe preparou Eucarístico uma cunha de madeira, para sustentar a arcada que ameaçava ruir. Ainda flores em tal profusão, que muitas foram afastadas para se evitarem espirros, epidemia, ou possível asfixia. As bandeiras nos mastros tremulavam movidas a vapor. Entre alaridos e fogos de artifício, Respaldo foi a única voz dissidente.

— Não adiantou a mudança. O vento de Morro Velho veio atrás nos perseguir.

Próstatis sofreu a ingratidão esticando os dedos para que ali depositassem manifestações de solidariedade. Em toda semana, Átila não o deixou. Trouxe-lhe bolo de fubá, que Próstatis tímido levou para o quarto, e o desfez em pequenas migalhas. Ao olhar Respaldo, negava-lhe cumprimento, os dentes no entanto se abrindo em sorriso. Tudo para o deixar entre a dúvida e a certeza.

— Será sua coroa de espinho. Teria bastado Efigênia tocar a harpa, para lhe restaurar a paz. Mas, deixando a casa pela praça, ela o dispensou naquela tarde, e as que se seguiriam. Confortavelmente instalada, Efigênia socava as cordas imitando o vento, com o propósito de irritá-lo. Ele aguentou o concerto terminar, que a mulher recebesse discretos aplausos.

— Depois deste enterro, não quero mais choro na praça, disse.

Rectus sucumbiu ao fascínio dos manuscritos. Pelo tremor com que os reteve nas mãos, e suas letras miúdas, pressentiu que lhe exigiriam a vida inteira. Nem o cotidiano me vai bastar, disse tirando a camisa na pequena varanda enfeitada com âncoras, tamanha sua nostalgia pelo mar, sem lhe importar que surpreendessem os pelos do peito, que o mantiveram solteiro até aquela data. Sempre aspirou amar livros com energia para o transformarem. De tarântula a libélula, explicou a Respaldo, sem lhe despertar inveja.

Os livros em sua casa, sob proteção dos cupins, teias de aranha, e naftalina, não o deixavam confundir a persiana de uma janela com o cristal de um espelho que, contrário a tantos murmúrios, jamais foi um simples rosto reproduzido, mas uma superfície sem outro destino e ocupação que cuidar do vazio.

Apesar do convencimento geral de que, à parte Assunção e Santíssimo, restavam vapores e penumbra, Rectus se habilitou a acreditar numa terra compreendendo outros limites que os determinados por Próstatis. No entanto, apegara-se a Santíssimo com raízes que já não se cortavam mais. Ter ficado foi um sacrifício, confidenciou.

— Por que não se pôs no rio, para se fazer homem? disse Respaldo.

— Ah, e o dever de decifrar palavras que vão abrigando outras?

— O que pode dizer lápis senão lápis?

A pretexto de sofrer do fígado, frequentava sempre menos o armazém e a casa de Iluminura. Fixou-se primeiro em oito meses o período em que deixou de abraçar as putas velhas. Esquecia-se de lhes bater à porta, para um simples cumprimento, ou verificar se lhes esgarçara pelo uso a bainha dos vestidos. Peregrino estabeleceu no armazém o estágio de dezenove meses para ele se curar de doença secreta, aprumar-se de novo, antes de o julgarem. Iluminura esquivava-se a esclarecer se lhe invadira Rectus a casa pela janela dos fundos em noite furtiva obedecendo ao prazer de regredir a tempos juvenis.

— Enquanto as putas velhas apreciarem o arroz bem branquinho e solto, não me falem de Rectus.

— Vai ver ele está broxa, disse Peregrino, quatro anos depois, a poder de relógio, para não o acusarem de impaciente. Não havia mais razão de poupar a honra de um homem que não vinha a público comunicar a verdade sobre os manuscritos. Mas, sempre que Rectus escovava o chapéu, e o exibia na cabeça, que era o seu modo de reverenciar os manuscritos, Peregrino alegando cansaço, vida sobrecarregada de atos que o favoreciam à distração, jamais o deixou abordar o assunto. Para se magoar em seguida, por faltar-lhe liberdade de mencionar os manuscritos sem logo Rectus cair em prantos, sob o pretexto de que já não mais confiavam nele como quando mereceu a custódia do tesouro.

Rectus era homem de fé. De tanto ansiar que lhe propusessem questões a que responderia com desvelo, passou a redigir perguntas que levaria unicamente em conta se lhe viessem em papel-pergaminho e letra gótica, de preferência talhe alemão:

Confrade de Santíssimo, Vizinho de Assunção, Excelentíssimo Doutor Rectus, por vênia sua solicitamos a seguinte orientação:

a) acaso nos manuscritos em vosso poder, paira sentença de morte sobre nossas humildes cabeças, pelo que devemos depositá-las, ainda que tardiamente, no cepo? (suspeitamos merecer certos arrazoados, pelos sacrilégios que percorrem esta comarca!)

b) indicam eles a existência de tesouros ocultos em nosso santo solo, ou ainda atos heroicos de que nos ausentamos (perpetrados no digno berço de Vossa Senhoria) e que inadvertidamente tenhamos esquecido de comemorar, embora passemos o ano a festejar o que nem mais sabemos mencionar, supomos que por fraca memória?

c) cometeu antepassado crime pelo qual nos obriguem agora a merecer castigo, como nos vestir de luto, e nunca mais olhar o sol? Responda-nos, Digno Doutor, não nos poupe quanto à verdade dos manuscritos.

Saudações,

Assinado: SANTÍSSIMO solidário, e em peso.

Próstatis abdicara dos manuscritos, cabendo a Peregrino sua exegese. Para que a mensagem alcançasse Rectus em tempo inferior a oito minutos, Peregrino definiu-os no armazém como material combustível, com propriedade de deslocar do centro da terra a quem privava com ele. Rectus enviou-lhe doce de jaca, a que sempre derramava açúcar em excesso, sem se corrigir, ainda sob vigilância. Também no armazém, proclamou os sintomas da doença recente que o abatia. Passara a ouvir unicamente o que lhe provocava prazer, distúrbio porém que o alheava das vísceras ameaçando deixá-lo pelo funil colocado à saída do corpo. Fazia-lhe até supor que um aglomerado de abelhas em voo depositara-lhe no ouvido quantidade de cera para o inutilizar por longa temporada, privando-o de ouvir críticas.

Respaldo comovia-se com tal destino. Não o podiam culpar, quando algumas de suas células se decompunham no cumprimento do dever.

— Mas, não o vejo servir à cavalaria? disse Fidalga.

— Desvendar o passado, também merece medalha.

Rectus dormia temendo que lhe extraíssem os manuscritos antes do café da manhã, para expurgarem os demônios familiares na fogueira de domingo. Em vingança pelos maus-tratos, naturalmente Iluminura não participaria de tal cerimônia, simulando estar em outra cidade. Ele se banhava cumprimentando seu membro, por já não buscar o caminho da casa de Iluminura, e sorrir em agonia junto ao espasmo de uma puta velha. A seus olhos ganhavam os manuscritos forma de fêmea, embora nos últimos meses, porque os manuseasse com maior antiguidade, lhe parecessem egípcios. Habituara-se a tomá-los nas mãos enquanto o café esfriava. E os carregar para o leito, quando ia dormir. Nunca os perdia de vista. Suspendendo a obsessão em hora de visita. Rezava porém para que o deixassem logo, mesmo porque se manifestavam no corpo coceiras a que não tinha mãos a acudir, sem mencionar antares próximos ao nariz. O conflito visível naquele corpo comovia mesmo aos que haviam estabelecido três horas como prazo ideal de uma visita.

Convidados a conhecerem junto aos manuscritos um prazer de natureza que nenhuma puta velha lhes podia ofertar, Respaldo e Bonifácio escolheram os melhores trajes, no banho atentaram especialmente aos pés, que sabiam preciosos quando se lidava com civilização oriental, e, por discretas veredas, bateram-lhe à porta, decididos a resistirem a um passado que lhes prometia alterar o giro da roda a que estavam atrelados.

Sem perda de um minuto, desabotoaram a braguilha. E embora passassem a noite com os manuscritos grudados ao ventre, não houve modo de sentirem um único espasmo. Apenas um sono que Rectus lhes combatia despejando café pela garganta com o auxílio de uma flauta doce. Quando amanhecia, e ameaçaram deixá-lo na solidão, Rectus disse:

— Como podiam sentir prazer, se tomaram café a noite inteira?

Os rumores da semana serviam para evidenciar o enfado de Próstatis. Rectus farejava-lhe o rastro com chapéu na mão, como se longe estivesse dele discursar sobre manuscritos. Marcaram encontro no armazém, onde os inimigos se encontravam sob a sua neutralidade.

— Como é, a cera já derreteu? disse Próstatis.

— Tenho algo a lhes anunciar.

Em casa, Próstatis descascou as laranjas com minúcia que lhe permitia exercitar os dedos. A resposta chegou afinal a Rectus com um dia de atraso: — Tempo você ainda tem para nos denunciar. Dou-lhe exatamente cinco minutos, e nunca mais abrirá a boca para falar dos manuscritos.

A vaga noção que Próstatis fazia do tempo era peculiar de habitante dos trópicos. Como ele se decidiria em cinco minutos, quando lidava precisamente com séculos? Em sua defesa, acusou de falso, arbitrário, o registro do tempo. Mesmo porque, sempre que se fixava o passado no papel, sofria ele interferência por parte daqueles que o classificam segundo interesses pessoais.

— Puta merda, então o passado não existe! disse Próstatis. Apanhou o pijama, para que se divulgasse que saíra a passeio, sem intenção de voltar tão cedo.

Nem Respaldo, que visitava Rectus pelas manhãs, suportava a visão das figuras de cera, como agora lhe pareciam os manuscritos. Compungido porém pelo amor sem esperança por Iluminura, recomendou-lhe esquecimento.

— Como esquecer o passado? Ah, unicamente Assunção se interessaria pela história de Santíssimo.

Para Rectus, no entanto, Fidalga sempre lhe pareceu viçosa. Deixou-a mover-se pela sala, pedindo que aceitasse modesto regalo, um relógio cujo ponteiro ao aproximar-se das doze automaticamente insurgia-se contra a divisão do tempo em noite e dia, disparando em tique-taques nervosos. Uma rebeldia que exigia contínuas explorações justamente no centro da terra, ele explicou, para Fidalga comover-se.

— Gostou, Eulália? disse Rectus, sentindo prazer em trair Santíssimo ao invocar a memória de um natural do país inimigo.

Fidalga retornou à terra atraída pelo humor que se concentrava em objeto tão pequeno: — Nunca rirei tanto em minha vida!

Aplaudindo-lhe o conceito, no entanto ele explicava: veio do meu pai, meu pai herdou do meu avô, meu avô o descobriu na fazenda da sua avó, surpreendida ela com o relógio em uma manhã quando sua mãe tomava o barco para vir até esta região, sendo o relógio seu último presente, porque não pretendiam nunca mais se ver, mas como tal medida severa demolia o interior da casa, elas trocaram de destino, veio a avó em lugar da sua mãe, e a mãe devolveu o relógio que a teria embelezado preso ao corpinho numa longa viagem. Daí para cá, jamais deixou de marcar o tempo, mesmo quando em documentos e mapas esqueciam-se de registrar-lhe a operosidade.

Atenuado o olhar pela fantasia e a lentidão do cágado, eles não estavam mais ali. Rectus refazia o roteiro do relógio com braçadas pelo rio que quase extenuara as energias da avó da avó. Batendo doze horas, as emissões nervosas da sua independência despertaram Fidalga.

Ela disse: — O que faço aqui?

Depois disse: — O que faz você aqui?

E sem Rectus poder responder, ouviu-a dizendo:

— Já que estou aqui, que nome dar ao sapateiro?

Iabeshab trouxe o sapateiro sob a custódia dos regalos. Alguns, pela extravagância, foram repousar nos estábulos, entre animais se sentiriam mais à vontade. Bonifácio transmitiu-lhe o destino de alguns daqueles presentes, porém Iabeshab inspecionando os currais aprovou o calor da palha. Perguntado por que não se deixava ficar de vez, franzia a testa obrigando Bonifácio a traduzir que sua vida era amá-los à distância, que melhor amor senão o que se manifesta uma vez ao mês? Censata sentiu-se ferida em seu brio e essência femininos, e por vingança divulgou o vergonhoso hábito de Bonifácio observar-se diariamente no espelho. Primeiro, recriminara-lhe a obstinação, que contrariava votos conjugais. Para descobrir que talvez fosse o cristal uma fonte com água fresca.

— E como é ele, para que o nome a se lhe dar não se torne uma desonra? perguntou Rectus, animado a inventariar os recursos de Santíssimo, a pretexto daquele batismo.

A insinuação de que preponderava desarmonia entre coisas díspares, amargurou Fidalga. Quis pedir socorro a Eulália. Ela jamais se deixaria corromper por tais imposições. Um nome é uma mancha, Eulália havia dito. Também lhe dissera que uma cebola era casualmente uma cebola, a liberdade de Fidalga estava em contestar, se de verdade pretendia erguer escolas para os navegantes.

— Devemos batizá-lo segundo o que ele é, ou segundo o que se pensa dele? disse Fidalga, pressentindo a fatalidade de qualquer lógica.

O convite de Fidalga impusera-lhe o abandono do esconderijo, as defesas escoando-se pelo esgoto. — O nome que vier, será o nome, disse Rectus. Mas, batismo simples assim, desagradava a ambos. Ela exigia solenidade. Um pouco mais e nos perderemos, ela também advertira: antes de a imaginação trabalhar em favor de uma estátua de barro.

— Tomemos café então. Que pena! o pó está acabando, disse Rectus. Fidalga pediu a Bonifácio: o melhor pó que você tiver, e vai equivaler ao sal e à água. Bonifácio arrumou a encomenda num pequeno saco de seda. — Neste saco veio escondido o olho de vidro. Censata padeceu, antes de se habituar àquela coisa morta.

Rectus dependia de mínimas informações: bate sola, arruma sapatos imundos de lama, classifica os vermes que vêm junto, de minhoca especialmente deve conhecer muito, mais que qualquer um de nós, e que mais?

— Lavra a terra batendo sola e substitui uma paisagem pela outra, tornando o universo móvel e uma bola de bilhar, ia explicando Fidalga. A verdade é que lhe vinha faltando também material de trabalho. Eucarístico, nem mais sapatos tinha. Navegava com os dedos de fora, possuídos todos pelo vento. Ainda que Magnólia, para manter intacto o orgulho familiar, afirmasse que viajava ele irrepreensível, com sapatos engraxados nos pés. Eucarístico decretara a inutilidade dos utensílios caseiros, o que não impedia ao sapateiro viajar, ou memorizar textos antigos, à simples visão dos sapatos.

— Quem sabe, ele lê à distância os seus manuscritos? e concluiu: — Já sei, ele viaja fazendo sapatos. Viaja o que ninguém em Santíssimo viaja.

— Tudo, menos se apropriar de minha fêmea, disse Rectus em soluços.

Eles se aproximavam do coração do sapateiro. Deviam agir depressa, antes de Peregrino chegar. O café esfriou, mas Fidalga soprava: pronto, está quente de novo. Rectus pedia, não exagere, Fidalga, podia na peleja perder a pele do palato. Mas, o que mais? Respaldo confessou surpreender o sapateiro em certas noites a observar o céu.

— Por amor, ou desfastio? disse ele.

— Observar o céu é ainda o modo mais seguro de enxergar a terra. Aliás, segundo Teodorico de Antioquia, como mesmo a terra se deixaria ver? e por tais palavras de Fidalga, compreendeu Respaldo que Iluminura deixaria de lutar. Pela argumentação impecável, Fidalga credenciava-se como a primeira criatura em Santíssimo a pensar. Imperatriz buscara conquistar, por suas palavras acentuadas nas segundas e terceiras sílabas, semelhante prerrogativa, mas não passou de uma declamadora em língua estrangeira. Sobre saltos vencendo trinta e três centímetros, que abandonava sobre o pódio e a cama, ao lado do caixão, vivia sua última estação. Teimando em não regressar à terra. A velhice modelara-lhe um rosto onde não se viam as feições exemplares do antigo império.

— Y cómo hacerme admirar sino inponiéndoles la conmiseración, la otra faz del orgulho. E confessava, embora sem estimar Andaluzia, que culpa tinha de lhes haver herdado traços físicos, e a peculiaridade da cor do barro? Do seu enterro não se descuidara, previu detalhes fundamentais. Após o último suspiro, imediatamente a jogassem dentro do caixão semeado de flores que Héloise todas as semanas renovava. Confiava no entanto que a sua própria força a impulsionaria acomodar-se no ataúde, e aguardar. Héloise enxugava-lhe o suor com lenço rendado.

— Pañuelo de Bruselas, jamais abdicando do projeto de os educar.

Quanto mais Héloise assimilava a língua, para melhor se comunicar com Santíssimo, sofria o estranho processo de aprender inglês. Ainda que Imperatriz lhe explicasse não ser esta a língua de Santíssimo, convencera-se Héloise de que só poderia abdicar do francês por idioma de igual estatura. Imperatriz reagia com violência.

— De Francia para arriba, son todos iguales y nos desprecian. Y mi sombría España, donde queda, hombre?

Héloise limpava a casa apagando as marcas que Imperatriz pela idade abandonava do corpo pensando deixar cair anéis, e sem jamais expressar desgosto pelas vacilações agora de uma luz que se acendera outrora no encontro de Plaza Mayor. A oferta de um garrafão com água do Alvarado, que Respaldo colheu sem outro devaneio que extrair de Imperatriz receita habilitando-o a ingressar em triunfo na casa das putas velhas, confrangeu o coração da espanhola. Como pudera ele adivinhar que justamente aquelas águas, pois as identificou pelo cheiro, se desprenderam da grande massa marítima que a estavam arrastando de volta a Santiago, e para isto venceriam o Atlântico? E para o distinguir, tocou-lhe a fronte. Aquela adesão, e de modo tão arrebatado, convenceu Respaldo que não encontraria Iluminura pretexto de não o convidar ao jantar de domingo, desde já lhe reservando a cabeceira da mesa. Mas, aquele ingresso por rota fortuita, que não conseguia Respaldo esconder, deixou Fidalga vigilante.

— Eulália agora nos visita, sem mesmo irmos ao Alvarado.

Como a memória de uma mulher soçobrando na água impedisse Rectus de folhear os manuscritos, livrá-los dos excrementos confiados ali durante a noite, sentiu aguda dor no peito. Fidalga proibia que, a pretexto de socorrê-lo, se interrompesse o labor da gestação.

— A dor é secreta, menos o nome do sapateiro, disse ela.

— E que nome é este, que já faz sofrer um dos mais ilustres cidadãos de Santíssimo? disse Respaldo.

Despejando pela boca uma aragem com gosto de hortelã, Rectus sussurrou: — A partir de agora se chamará Aldebarã.

Por efeito do calor de fevereiro, atingindo temperaturas que dilatavam brechas e poros do organismo, era penoso assimilar o hábito de dizer aquele novo nome. Não havia pomada que ao mesmo tempo reconstituísse o tecido e os habilitasse a pronunciarem uma designação incontestavelmente de origem estrangeira. Fidalga demonstrou diligência sugerindo gargarejo com sal, cuja propriedade de secar a terra, nada deixando germinar, justamente lhes favoreceria dizerem Aldebarã, sem qualquer perigo.

Peregrino repudiava nome de estrela, ainda que Rectus pretextasse que já não podiam por mais tempo abrigar um pagão entre eles. Amargurava-o reconhecer que as primeiras sílabas do nome foram aspiradas na sua própria casa, tendo surpreendido Fidalga a exercitar-se de frente ao carvalho, onde Angélica perdera muitas palavras, por motivo de defeito palatal. Se ao menos não o chamassem Aldebarã? confessou.

— Alegria de cristão-novo passa logo, Tronhão o confortou. Fez a barba, disposto a denegrir um ato premiando homem comum com alcunha estelar.

— E merece nome de estrela quem limpa sapatos? É como se ele estivesse limpando suas bundas, ia dizendo. Censata prontificou-se a declarar:

— Ah, se ao menos limpassem a minha bunda com delicadeza na hora de minha morte!

— E por que o trouxe Iabeshab numa cestinha de vime? com a agulha suspensa no ar, o metal provocava vibrações nos dedos de Emília.

— Era carga marítima. Ameaçava contaminar o barco.

Fidalga dividia-se entre as águas e o firmamento, entidades de que jamais se ausentavam Eulália e Aldebarã. Adivinhando por que frestas na abóbada celeste as estrelas se escondiam em momento de lazer.

— Existe vocação para o firmamento, em vez de vocação para a terra? condoía-se Magnólia que semelhante sabedoria redundasse em tragédia. Defendia em casa a sinistra tarefa do marido. Levando-lhe comida, descrevia-lhe a vida de Santíssimo: igual a você, Aldebarã descobriu uma tarefa, sem ter perdido os dois dedos, mas ele vive só, diferente de você, a quem não bastando uma mulher carrega a sombra da outra, que também herdei ao estarmos na igreja, na presença de Deus: dizem que só interrompe bater a sola para enxergar o céu, nenhum espetáculo na terra lhe interessa, aliás, explicou Imperatriz que em Espanha, aquele deserto de cactus e doçura, também há muita gente extraviada, sem se reconciliar com a terra, não havendo cura para mal assim, fiquei até com o coração apertado, ah, que não se me esgota a paciência de você um dia abandonar este barco, que te levará ainda para tão longe, sem caminho de volta, e me perderá também, pois indo atrás de ti pela comida, esquecerei onde ficou a casa, ora, nem a igreja me pode obrigar a tais votos, se você se quer perder ao menos não me perca, te peço, Eucarístico, sobretudo agora que Aldebarã agita Santíssimo e Peregrino prometeu: isto não fica assim.

Ele avisou Tronhão: — Se aquele cachorro do Iabeshab aparecer, nós o caçamos. Não pisa mais no nosso galpão.

— E quem disse que ele quer? disse Tronhão.

As punições de Peregrino oscilavam entre afastar-se de Tronhão por uma semana, ou deixar de cumprimentá-lo à vista de todos. — Temos agora estrangeiros em Santíssimo? perguntava no armazém fingindo não vê-lo.

Sob a inocência imperativa do espelho, Bonifácio disse não, nenhum estrangeiro nos ousou visitar neste inverno, ou no verão passado. Peregrino insistiu, estou certo que você anda distraído, quer dizer que precisa de repouso? Bonifácio explorou os desmandos do Alvarado que, sendo filho único na região, via-se cercado de mimos. Acaso lhe contaram dos problemas de Mariano?

Após selar a pensão com lacre, onde se viajou pelo mundo sem abandonar Santíssimo, se previa para breve o segundo regresso de Mariano à barbearia. Ele porém insistia em cortejar cidades pintadas nas paredes, reforçando a tinta esmaecida com a memória e a insistência do olhar.

— Por onde andará a mulher de Mariano? disse Bonifácio.

— Ele jamais deixou que o visitassem em casa, disse Respaldo. Há muito também não o viam abraçar as putas velhas, homenagem que não lhes podia agora faltar, quando o tempo se desfizera das impurezas para melhor circular pelas redes e já se levantavam elas da cama estranhando terem que ficar de pé. Emília bordou: o castigo desaba sobre Mariano em papel delicado, que se podia destruir numa emergência. Ele leu buscando conforto em Imperatriz, que lhe compreenderia a formação de artista e sua nostalgia pela paisagem europeia. Ela consolidou certas promessas, como se não possuísse rugas e tiques nervosos.

Respaldo cedeu as tainhas a Mariano, porque não cabia em si de orgulho pela fulguração daquelas escamas, e a gordura que saltava pelas guelras. E, em mal traçadas linhas, Mariano orientou Imperatriz quanto àquela dádiva envolta em folhas de bananeira, cuja umidade vegetal tinha propriedade de conservar os peixes como se estivessem ainda nadando no Alvarado.

Infelizmente, Imperatriz já não o podia recompensar por despejar à porta aquário em que se fixar acompanhando a reprodução das espécies. Sua coleção de trezentos e vinte e oito anéis desfalcara-se sobremodo nos últimos anos, e havia advertido a Héloise que o consumo daqueles ornamentos significaria a sua hora de morrer.

— Cómo vivir, sin la tierra de los plateros?

Mariano vivia só. A pensão dera-lhe a ilusão por breves instantes de pertencer a família numerosa, readquirindo seus dedos a naturalidade que lhe ficou faltando no convívio com a tesoura e a navalha. Peregrino estimulava-o a cortar os cabelos dos varões.

— É tarefa sagrada. Não vê Dalila?

Para vencer a porta emperrada da barbearia, bastou a Mariano uma pequena luxação no ombro esquerdo. Afastou a poeira com os dedos e o vento. Ia espanando a cadeira de pedal, as três de palhinha, o espelho, que formava um tríptico, para cada parte do rosto. — Sou superior à tesoura, agitava arrebatado os vidros de loção. A espuma o cegou por instantes, para descobrir a tesoura enferrujada, que resistia abrir-se à pressão dos dedos. Pelo desgosto que lhe inundou a boca de sal, Mariano pressentiu a morte. Por que o castigo, se nada fizera senão transportar seus concidadãos a países estrangeiros, desenvolvendo-lhes o gosto pela paisagem, sem os forçar a gastos, apenas algumas moedas para o sabão de roupa de cama e a tinta do livro de registro?

O choro de Mariano despertou Censata, que acordou Bonifácio. — É a vez dos homens chorarem, e cedeu-lhe óleo de amêndoa e trejeitos que na juventude Bonifácio lhe exaltara. Abraçado a Mariano, ele convencia Respaldo de unir-se ao choro. A generosidade de uma vida inteira sempre lhe teria concedido razões de pranto. Respaldo solidarizou-se com eles pensando em Iluminura.

— Até parece que lhes cortaram os testículos, disse Próstatis, a quem se passou discretamente o convite de ir à casa das lamúrias. Com apoio de Átila, recusava a misturar-se aos muçulmanos. Contrário ao pai, Peregrino apreciou que em tempos difíceis um bravo grupo de homens continuasse a acreditar nos ideais da cavalaria do império. Não, não choraria, mas jurava sofrer junto a eles. Tinha muito a agradecer à tesoura de Mariano. Muitas vezes lhe enfeitiçara o cabelo, e, segundo se dizia, ela mesma amputou as falanges de Efigênia.

Ela convencia Mariano unicamente através da harpa e a pobreza de sua casa. Resistiu ofertar-lhe chá, para que não a acusassem de subornar uma consciência livre. Ele se defendia, com temor de que o aço perdesse seu invejável fio, por mais de uma década a serviço exclusivo dos varões de Santíssimo.

— Eu a escolhi por esta razão, disse Efigênia.

Próstatis farejou a traição, tinha ímpetos de perguntar: também Eulália sonha em se fazer mutilar com instrumentos masculinos? No cemitério, Átila se comovia com a harpa. — O artista é sempre a mais inocente das criaturas, disse ele. O argumento, que faltava a Próstatis para conceder a Efigênia regalias reservadas aos homens, restituiu-lhe a alegria, que o fazia respeitar a mulher.

— Ainda bem que a tesoura só conhece as cabeças.

Efigênia o expulsou do seu solo naquela temporada, pelo verbo ligeiro, e para dar tempo aos dedos de cicatrizarem. Próstatis insistiu: foi em cima, ou embaixo, que você se fez cortar? Ela só lhe veio abrir a porta sete meses mais tarde, ofertando-lhe chá, por o saber melindrado com o brinde hindu. Em revide, ele lhe garantiu ser o chá sua beberagem favorita, em casa já o serviam pelas manhãs, para deleite seu, e a última coisa a fazer, antes de dormir, assim as emanações dos sonhos o eletrizavam, era bebê-lo outra vez. Efigênia renovou-lhe a xícara até que amarelasse como os manuscritos de Rectus.

— E minhas mãos, não lhe causam medo?

Ele prometeu beijá-las lambuzando-as com o açúcar extraído do próprio sangue. Apreciava que socasse as cordas como se contasse agora com o piano do teatro Íris. Apesar dos galanteios, ela não o quis de volta. Ele derramou chá no solo. — E o meu sacrifício?

Efigênia recriminava-o, jamais voltasse a manifestar poder no recinto sagrado de sua casa, embora destituída de móveis. Quando se viam no cemitério, ela desfazia o falso coque velando a cara com a abundância dos cabelos. Ele redigiu: Imperatriz é tão magnânima quanto sua pérfida música. O bilhete lhe voltou enfiado numa couve-flor, junto a espinhas de peixe, doação antiga de Fidalga.

Censata estimou que duas horas bastariam para lhes extrair o pranto envelhecido em adegas sanguíneas. Cabia-lhes agora eliminarem a ferrugem da tesoura com os recursos da esperança e a disciplina de friccionar metais.

— É de um mágico que precisamos? disse Mariano. Emília indicou Cacilda, por sua longa experiência com uma sombra, para recuperar o brilho da tesoura, exigindo que conservassem seu nome em segredo, suas relações com Mariano não se alterariam por um aço vil. Aos saltos, Cacilda buscava alcançar o forro do teto, sem que o olhar fugaz lhe indicasse a distância e o fracasso.

— Nunca existiu um único centro, um único centro, repetia, até que a estimulou Rectus refugiar-se em indagações ricas.

— E o que é uma indagação rica? disse Respaldo.

— Fazer biscoito de araruta, disse Tronhão.

Peregrino aceitou a velada homenagem ao pai. Desde o rapto, intensificara-se o tráfego de biscoitos entre as duas cidades, em troca de que a matriz de Eulália, ventre e corpo, estivessem a serviço de Santíssimo. Embora os protestos de que pagassem todos por privilégios apenas usufruídos por Átila Soares, Próstatis não admitia falhas semanais, ou menção ao nome de Eulália.

— Só o macho tem direito ao nome da própria mulher. E discutia com Angélica as razões do seu silêncio, que a impedia de cumprimentá-lo no café da manhã, quando lhe recomendava cautela com a merenda que levaria em excursão pelo monte. Angélica resistia aos pedidos de explicação.

— Desembucha, mulher. Porque gerou Peregrino, vai viver na displicência? Ela respondeu, é direito meu reduzir o ritmo de vida, e chega de sons nesta casa, não lhe bastam os arpejos produzidos pela harpa?

Ele confessou a Átila: — Por que Assunção não se reconciliou com Santíssimo, quando lhes roubamos Eulália? Bastava eles terem pedido perdão. Assoando o nariz, Átila pediu notícias.

— E a família, vai bem?

— Não é para te ofender, mas que raça é esta que se conforma em perder Eulália em troca de mão cheia de farinha?
— Não é mais a farinha. É o biscoito.

Próstatis desenhou um círculo no chão, que para Átila era o perfil de Eulália. Chegara-lhe o momento de ouvir amargos depoimentos incluindo seu lar.

— É a navalha, ou a faca? disse.
— Você escolheu uma nota aguda, um dó no peito. As referências musicais lhe ocorriam frequentemente pela paixão ascendente por Efigênia. — Mas, pagaremos todos por este erro. Eu escolhi uma mulher neutra, transparente, e sem força como um véu de noiva. O mérito de Angélica foi parir Peregrino e o modo como soube morrer.

— Mas, ela não morreu ainda.
— Tenho certeza que nos prepara uma daquelas.

Eulália esquivava-se de Santíssimo pelo jeito de andar, para recomendar-lhes Assunção, onde ali se banhava sabendo que o erro não merecia opróbrio público. Pelo contrário, até o estimulavam, porque servia para projetar o que estava atrás do pensamento e não se teria revelado através do prêmio. Pelas manhãs, não se viam bocejo, espirro, ou remela nos olhos. Já se renovavam aos primeiros exageros do dia, e não sabem que intitulamos assim a luz? se Imperatriz ancorasse entre nós, haveria de perder esta melancolia por Santiago. Para que uma catedral, se as temos de vidro, os espaços livres? Sim, aos primeiros exageros do dia! linda expressão. Não acha, Fidalga? Prefiro a outra. E que outra? A que acompanha os sinos. Você tem razão, os sinos dos nossos nervos. E descrevia o teatro Íris, o cortinado vermelho, a pianola automática. Bastava rodar a maçaneta e a música saltava de dentro, sem pular uma nota.

— Nem em Viena o som é tão perfeito. E sempre que uma peça teatral cisma em analisar o bem, nós a vaiamos.

Átila combatia o procedimento suspeito, o bem merece medalha, Eulália! Ela espantava-se de que se multiplicassem as maldades no peito do marido, ainda depois de as ter combatido no leito comum.

— O bem não tem enredo, Átila. Só merece vaia.

Eulália não renunciava a lhes denunciar a banalidade, suas ameaças descrevendo Santíssimo como uma vila de destino estreito. — E como combater a santidade de Assunção? disse Rectus.

— Com bosta e os biscoitos de araruta, respondeu Próstatis.

Alguns curiosos se acercavam de Assunção, sem lhe botar os pés. Bastava-lhes cheirar a clorofila, para dispararem vale abaixo, diretamente aos bancos do cemitério, onde lhes aplicavam ao mesmo tempo compressas de mandioca e de apreciação pela euforia capaz de danificar. Como não se sabia classificar aquela alegria desesperada, uma doença a que não se ficava imune, foram perdendo o hábito destas viagens.

Eulália lutava por conservar na memória dos fugitivos o ar de Assunção. Eles resistiam abafando as narinas com um lenço. Átila esforçava-se em atrair Eulália ao lar, impedir os desmandos que esboçavam a nanquim a casa onde viviam com aspecto de ruína. Ela jurou mergulhar no silêncio.

— Ao menos me dirija algumas palavras, pediu, por lhe dar garbo que Eulália o conduzisse através de paisagens inatingíveis sem o seu socorro.

Fidalga registrava os minutos do pai e da mãe, tomando leite morno que lhe despejavam na colher. Eulália lhe protegia as primeiras horas, lambuzando quase os músculos delicados, que sabia exatamente onde se situavam.

— Ela está grande demais para a tratar como criança, Átila alertava.

Peregrino esquivava-se à pressão de Eulália fiscalizando o forro do casaco, e a sela de montaria. Se não encontrava espinho, certamente havia papel picado em forma de rio, porque era uma tira comprida sustentando ao final uma rápida curva. Eulália é uma rã saltando no estômago, confessou a Tronhão. Informada de que lhe deformavam a imagem, ela sorriu que Peregrino desse agora transparência às suas epígrafes.

— Ficam no mármore e no dia seguinte.

Peregrino galopava sem Tronhão o alcançar, contraído sobre jumento, ou cavalo. Angélica censurou o abandono da casa: tão jovem, e sem pedir autorização. Sem responder, ele trancou a porta, para que não lhe chegassem mensagens substituindo as anteriores, com símbolos novos, que lhe dariam trabalho para decifrar. A mãe aguardou Próstatis toda madrugada.

— Está vendo, que motivos tenho para viver? Continuamente derramava açúcar no chão. Nunca se vira tanta formiga, agora que se descontrolava.

— Vou mandar vir um violão para você, disse Próstatis. Angélica se fazia pesada com os anos, ele tingia os cabelos com chá de erva trazida por Átila, embora lhe recomendasse sigilo.

— Não fica bem na nossa idade simular juventude, disse Átila.

Próstatis bateu com força nos testículos. — E que faço com esta carga de touro que arrasto comigo?

O devaneio de Angélica era aguardar em futuro quem sabe nova visita de Ofélia. Não dá mais procriar, mulher, você e eu precisamos de descanso, disse Próstatis. Nunca mais a procurou, reservava o corpo para as negligências de Efigênia e as putas velhas. A vinda de Ofélia obedecera à teimosia de Angélica. Próstatis se rebelou. Meu filho não vai nascer às mãos de uma garota de doze anos.

— Se Ofélia não fizer o parto, não deixo sair o que se esconde no meu bucho.

— Não adianta, que cospe fora de qualquer jeito. Arrastou a cadeira para o corredor, ouvindo a respiração da mulher. Ela disfarçava as contorções assoviando, de modo que ele pensasse que ainda faltavam dias. Mas temendo Angélica não suportar o desejo de expelir aquela fruta, trancou as pernas, amarrando as coxas com lençol de linho.

— Acaso a mulher está louca? ele se afligiu. Ela fazia sim. — Não sendo Ofélia, não nasce.

Próstatis sugeriu que alguém da casa fizesse o parto, pelo que elegia Hermengarda. A tia, porém, que perseguia as manchas espalhadas pelo chão por Eucarístico, evitando esbarrar com Magnólia, defendeu a habilidade de Ofélia.

— Mas, ela nunca fez uma cria nascer, ele gritou.

— Está na hora de começar a aprender.

— Então é uma conspiração! correu para casa, seguido de Hermengarda. Colocou-se diante da cristaleira de modo a esmurrá-la sem ferir as mãos. Hermengarda cumprimentou-o pela energia que se foi esmorecendo para ele se vestir com trajes de festa, e tirar o chapéu de palha frente a Ofélia. E com gentis maneiras de homem de Assunção, pediu-lhe que transportasse à casa, além da tesoura, a bacia, a toalha com suas iniciais, também sua sabedoria, para seu filho nascer com a ajuda de Deus.

— Ajuda de Deus, não, corrigiu Filomena, mas pelo sagrado empenho das mãos de Ofélia.

— Deus entrou por acaso, pura mania.

Angélica lhes dirigiu o primeiro sorriso após três dias de contração. Os nós em torno das pernas já roxas foram cortados com a tesoura que deveria inaugurar o cordão umbilical. Átila distraía Próstatis exortando-o a irem um dia a Assunção, para o rapto de outra mulher.

— Logo que o filho nasça.

Hermengarda anunciou cinco horas depois: o feto agora é um homem. Festejou-se a habilidade de Ofélia, congregando alimentos em torno de sua mesa. Pagavam-lhe o cansaço e o tempo ausente de casa.

— E o nome do pequeno macho?

— Peregrino, disse Angélica.

— Que nome horrível é este?

— Para ele jamais deixar Santíssimo.

Imperatriz encantava-se com a vida fluindo em Santíssimo. Pedia sal, açúcar mascavo, noz-moscada, canela, num copo de água. Héloise acalmou-a em francês crioulo, afirmando-lhe não estar ali a sua paixão, o ponto rubro do mapa indicava Santiago.

— No me hagas acordar las malas noticias.

As frutas agrestes que trazia Héloise à casa com esperanças de embelezá-la terminavam por lhe ferir a pele e dificultar seu encontro com Mariano, que se conformara com que ela lhe respondesse em língua estrangeira. Atribuiu a Héloise preocupações com sua saúde, e da tesoura, tão feridas pela adversidade. Pelo Natal, Emília lhe enviou um bolo cujo fermento o multiplicou ao longo de três andares, não havendo faca que o decepasse de um só golpe. Temendo que a degustação de uma casa, embora de açúcar, lhe afligisse todo verão, deixou-o no quintal, para as formigas de Angélica usufruírem o regalo real.

— Emília se julga rainha só porque deixou de ser cega, disse com despeito, sob reprovação de Respaldo. — Um dia, ela ainda o salvará. Mariano julgou absurdo que, após o condenar, Emília lhe produzisse terra ideal.

— E de que modo ela te danificou?

Mariano lamentou a língua distribuindo estrume, longe dos currais. Infelizmente, não cabia ao homem dominar as partes mais mortíferas do corpo. Emília era amiga de infância, e não sabia? Mas, quando descobriu que Emília indicara Cacilda para eliminar da tesoura o ar de envelhecimento, irritou-se que o tivesse salvo com tantos anos de atraso.

— Também com esta boca que mais parece cu de galinha!

Rectus confiava em convencer Cacilda a desempenhar a tarefa de recuperar o que fora atingido pela traça e o salitre, vindo diretamente do mar, que estava um longo país distante dali. Embora se ressentisse naquele momento do seu leito sempre vazio, que apenas lhe trouxera a experiência de agitar-se toda noite, para esquentar os lençóis. Indicou a tesoura à Cacilda:

— Salve estes dois pobres braços que se mutilam entre si, também em busca da sombra amada.

O rosto de Cacilda não voltou a recuperar expressões anteriores ao amor de sombra. Ganhou uma rigidez impedindo que se fixasse nela, e a pudessem descrever. Baseava-se sua nova cara em testemunho que ia recolhendo em sua peregrinação sem rumo, um modo que tinha de fazer nariz, boca, olhos, um arranjo de flores, cujas manifestações silvestres variavam segundo seu gosto.

— É a nossa mais importante tesoura, depois da tesoura de Ofélia, disse Rectus.

— Não adianta mais, já a perdemos para sempre, disse Mariano.

Cacilda perseguira Bonifácio à beira do rio, confundindo-o com a sombra. Ele lhe mostrou a face, que os reflexos do sol desfizessem suspeitas. Ela lhe apalpou a boca, e fedia. Ele se confessou, como fosse Cacilda a imortalidade de que lhe falara Iabeshab, e ele pensou asperamente entender.

— Iabeshab é homem, ou mulher?

Ela girou no impulso de uma perna solta no ar. Bonifácio repetiu a questão, recordando Fidalga, a quem também perguntara nervoso: — Iabeshab é homem, ou mulher?

— O que teria preferido que ele fosse? disse Fidalga, antes de imergir de novo na distração.

— Responda à minha pergunta, Cacilda.

Girando ainda, ela se deteve com o dedo em seu rosto. Ele se corrigiu:

— O que você acha que eu preferia, homem, ou mulher?

Mergulhada na sombra, que a enriquecia de vestígios, Cacilda não se deixava seduzir. Desenhou-lhe na cara vários riscos contra os quais Bonifácio se defendia apagando com a flanela sobretudo as manchas no canto esquerdo da boca.

Assim como Ofélia, Mariano temia perder a memória. O passado desfazer-se com a perda da tesoura, por cujo corte sempre dera cronologia aos fatos. Após três dias de insônia, em que não deixou a barbearia, e durante os quais Censata se orientava em casa segundo Cacilda à beira do rio, limpando as panelas como se pudesse também arear a tesoura, e compreendendo os ricos apelos da loucura, mas a que não aprendera ainda a servir, prestar reais serviços, surpreenderam Cacilda como não a viram desde os primeiros sintomas do seu amor. De branco impecável, que Magnólia e Censata com desgosto não conseguiram igualar, ainda empregando o melhor sabão ao esfregarem as roupas nas tinas. Docemente, ela depositou a tesoura recuperada sobre a cadeira de pedal.

Uma obra que não esclarecia a técnica que nela se investiu. Se havia descascado a ferrugem com saliva, mergulhado a tesoura no Alvarado, para quase apodrecer e tornar-se dócil, ou com as próprias mãos rapara o metal até o brilho e o corte a gratificarem. Quando lhe quiseram pagar tributos pelo seu último instante de lucidez, ela recusou que a sufocassem com flores, se não lhe reconheciam o amor de sombra. Magnólia comparou alguns de seus reflexos aos de Eucarístico, também próximo dos rodamoinhos de círculos incontáveis.

Embora Mariano lhe devesse lágrimas, causava-lhe repulsa que tivesse Cacilda deixado na tesoura sua vida nômade, com pedras e gravetos, a baba, e uma intensidade que se misturava ao sangue menstrual. Uma vingança que urdiu Emília na madrugada, para jamais a memória enlouquecida de Cacilda abandonar a tesoura.

— Não lhe disse, Censata? Nós nos destinamos à morte, mas antes à loucura, disse Bonifácio.

Não se via evoluir o estado clínico de Fidalga, porque não se resfriava, e raramente em outubro deixava que um ano se acrescentasse ao rosto. O cabelo, que lhe cresceu, quase não notaram. No início, se duvidou que conseguiria marido. Desajeitada de botas, calças compridas, magra, e com cútis fina.

— Nasceu para ser homem, e o mundo lhe deu vida de mulher, disse Rectus. O que explicava seus gestos os mais sensíveis da cidade. Numa rara tarde ousada, pelo brilho talvez das árvores em outono, Iluminura confessara a Fidalga: há de envelhecer conhecendo a beleza. E sentiu o conforto de instalar-se ao chão, despreocupada quanto a Fidalga denunciá-la a Peregrino. Após o primeiro vento do norte, porém, Iluminura se sentiu cercada de arame.

— Em vez de nos perdermos na fantasia, em Santíssimo nos perdemos na bosta.

Respaldo tranquilizou-a. Também Próstatis se devotara a promover a merda, cumplicidade que Iluminura aceitou com agrado. Em sua casa, Próstatis se desfazia de armas. Embora, ao cruzar o portão de saída, afirmasse seu olhar de censura despejei esperma e ternura, agora não me acuse. Iluminura se privava de discutir a clientela. Se não lhe acrescentasse adornos, também não a despojava além daquela força que se deixou na casa. Gostava de salpicar os móveis com rápidas frases, do repertório de Cacilda e Imperatriz que, por viverem ambas acima do nível do mar e do rio, fatalmente imortalizavam as palavras.

— Quando me dará o que peço, disse Respaldo.

— Por que forjar um amor mentiroso?

Farsante ou não, o sentimento o credenciava a seguir com ela para a cama, evitariam ruídos que perturbassem as putas velhas vizinhas.

— Mas, eu não gosto de homem, Respaldo.

— E como você não gosta, se lhes cheira a urina todos os dias?

— É justamente por isto.

Respaldo pediu sopa, gostava de alimentar-se ao seu lado. — Ao menos te como na mesa, disse rindo. — E de mulher, gosta?

— Também não, estou irremediavelmente desgraçada.
— Trata-se do encontro definitivo?
— Por quê?
— Se não ama homem e mulher, você então se ama. E o que é tão sutil quanto a manteiga? Só o autoamor.

Iluminura jamais acertou na massa dos biscoitos de araruta. As mulheres de Santíssimo mal nascendo recebiam na palma da mão a farinha, ovos, banhas, os ingredientes que se harmonizavam entre si. Um dever de que Fidalga escapou sob proteção de Eulália. Estava proibida de visitar a cozinha e confeccionar biscoitos com que semanalmente buscavam envenenar Assunção.

— Você está louca, Eulália? Íamos lá pôr veneno nos biscoitos?

O veneno estava nas pupilas dilatadas, nos dedos nervosos, o suor, a ansiedade com que empacotavam as caixas de papelão.
— Um dia, vocês ainda logram, mas pagarão com a própria vida este erro. Átila abraçou-a com cuidados, afrouxava-lhe os nervos enrijecidos como carvalho. Um pouco de paciência, pedia, que posso fazer para remediar o mal?

— Erro de Próstatis também, ela tocava-lhe na ferida. Átila não se perdoava por momentos haver dividido Eulália com Próstatis. O outro à frente abrindo picadas, para apressar o regresso.

— Você é minha, de mais ninguém.

Próstatis analisava-lhe o rosto abatido. — Razões de queixas não tem, mulher e filha saudáveis, plantação boa, o gado engordando. Bebiam e conversavam, para darem tempo ao rosto de Átila reconstituir a mesma juventude de quando roubara Eulália.

Átila não frequentava Iluminura, o sobrado em que ela se instalou aos quinze anos. Com firmeza de macho, disse Próstatis, orgulhoso de que recolhesse as prostitutas da região, aposentadas e imundas. Iluminura dava-lhes banho de creolina, perfume pelo corpo, retocando-lhes as faces, logo envoltas em vestidos vaporosos, tudo se afinando para entrarem em ação. Elegeu o amarelo para pintar a casa. Pela alegria, explicou. E cercava-se de girassóis diariamente renovados.

A princípio, lhe condenaram o gado velho, terminando por apreciarem as frutas raras, quase azedas. Iluminura inspecionava diariamente as mulheres. Pedia-lhes audiência pelas manhãs, com três batidas à porta. Elas abriam as pernas, e bastava um dedo nas vaginas, aspirar-lhes os vapores, para se tranquilizar. Não há doença entre o meu povo, repetia. Estimuladas pela esperança, as putas velhas começaram a rejuvenescer. A diligência na cama impedindo registro do tempo na cútis, e menos ainda nas coxas. Para evitar-lhes penosas memórias de festividades familiares, fazia elas comerem fartas porções de bolo pelas manhãs, que não veriam no entanto pelas tardes.

— E a que se deve este rejuvenescimento? disse Respaldo.
— Às águas do Alvarado. Aqui se consomem aos litros.

Habituou-se Iluminura a considerar Santíssimo uma vila de sombras apressadas, que ia escondendo na bolsa de crochê, e por onde se esquivava em passeios solitários, sem que jamais lhe decifrassem os olhos, neles repousava o legado de uma semana inteira. Tinha prazer em descobrir Fidalga colhendo à beira do rio o que se pensou amora, segundo suas pausadas descrições, para se certificarem de que se tratava da mesma banana-ouro que unicamente Assunção produzia. Fidalga se esquecia de reter-lhe o rosto, ainda que se vissem na véspera. Através de Fidalga porém, sob o risco de que a esmaecesse sua desatenção,

Iluminura ao mesmo tempo conversava com Magnólia, Imperatriz, ou Censata, sem despertar suspeitas.

Fidalga insistia em apresentá-la a Eulália, que em cinco minutos passaria no Alvarado. A mãe prezava a pontualidade, além dos predicados de saber nadar e descrever a bela paisagem de Assunção. Iluminura aceitava sua companhia, desde que evitassem o cemitério. Amanhecera estremunhada, recusando apreciar flores crescendo, e os bancos em que se aqueciam as bundas de Santíssimo.

— Então você é uma flor, e eu hesitava? e Fidalga tomou-lhe a mão. Entoaram canções que ensinara Imperatriz com acento galego e melancolia, diluídas por Fidalga no repertório de Santíssimo.

— E Iabeshab? disse Iluminura.

— O do cristal, ou a figura do tempo?

Iluminura quis corrigi-la. Seria mais fácil alcançar o epílogo, antes que a história acabasse. Temeu ofender o coração inquieto de Fidalga, forrado de seda. Bonifácio descrevera Iabeshab de modo que o vissem como um instrumento de trabalho e ação, uma alavanca e o ponto de apoio.

— E não será Iabeshab a realidade? e recolheu na bolsa de crochê, em vez de sombras, o timbre das próprias palavras.

— Olhe, Eulália ali. Uma nobreza que só Assunção sabe produzir!

Iluminura seguiu o vestígio de um galho levado pela corrente, e onde está Eulália, para eu a cumprimentar? ah, lá se foi, decidiu desta vez não me dirigir a palavra. Iluminura lamentou que justamente hoje falhasse aquele cerimonial. Quem sabe, por me fazer acompanhar de estranho, ela duvida da intensidade dos meus sentimentos filiais? Não creio, e defendeu Iluminura as peculiaridades de Eulália, que a tornavam tão sensível, cravando dúvidas na claridade.

— Um dia visitaremos Aldebarã, disse Fidalga sonhando com a amiga a estender também pecinha de roupa molhada, e já torcida, no varal que regalara ao sapateiro. Iluminura quis mentir, ah, eu já o conheço, mas resistiu a ampliar inesperadamente suas fronteiras.

— E quando se dará este ato de fé? imitava Fidalga, para a trazer amarrada a ela.

Fidalga: onde você estiver num dia desses eu a irei recolher. De volta a casa, Iluminura foi apagando as pegadas que propiciassem a Peregrino a descoberta de uma amizade que se irradiava pela primeira vez em seu corpo.

— Fidalga é mulher de Peregrino, mas é tão solitária que seu corpo só produz frutos raros.

— Afinal você a conheceu? disse Respaldo.

— Claro que não. Não é tempo das Cruzadas.

— Claro que sim. De outro modo, não lhe teria usurpado a linguagem.

Ainda que as putas velhas fizessem os homens calar, as camas se convertiam em terra preferida para desaguarem segredos e desavenças. Com o esperma, perdiam a discrição. Peregrino sofria do mesmo mal, razão de Fidalga lhes chegar duas vezes na semana, coincidindo com as suas visitas. E substituindo a mulher de Peregrino, outras damas se apresentavam trazidas pelos seus defensores. Nenhuma ficou em casa esquecida, podendo as putas velhas descrevê-las como se as tivessem tido no leito, debaixo do cobertor. E como, se você é virgem? Sou virgem, mas as putas não.

O simples cumprimento de Fidalga impulsionava-a a excursões. Visitava Santiago, Assunção, a cidade proibida, e muito além, ao mesmo tempo. Fidalga insistia em apresentar-lhe Eulália. Muitas vezes a surpreendera cordata, aceitando a presença de estranhos. Também Aldebarã se alegraria vendo-as entrar de um só golpe pela porta.

— Nenhum sapato seu se ressente com a passagem do tempo?

A oferta de juventude, em troca do perecimento dos sapatos, pareceu a Iluminura a delicadeza mais profunda que se poderia pleitear. Aceitou naturalmente enumerar os ossos de Aldebarã pela camisa aberta, sua respiração descompassada como murmúrio de riacho.

— As botas de sempre no mesmo corpo, ele indicou os pés de Fidalga.

Não era o silêncio de Aldebarã a única vergonha daquele porão. Também o acusavam de jamais desalojar do couro o cheiro que as raposas, os zorrilhos, as vacas, transmitiam às peles, de que se deixavam privar mediante a exaltação do suor e memória de suas vísceras feridas, os caninos apodrecidos, o seu tempo de cio. E porque se esqueciam todos diariamente de deixar os sapatos fora de casa, escondendo-os debaixo do leito, dormiam ingerindo o fedor que lhes recordava a lâmina, os tiros disparados pela espingarda, o rastro de sangue, e um olhar pétreo ao final.

Na hora de merendar, Aldebarã lhes indicou no quintal algumas estrelas. — Mas ainda é dia claro, disse Iluminura. Fidalga convidou-a a ingressar em caixa de reduzidas proporções, mas que se desdobrava em salas ao se afastar a tampa que a estivera sufocando. — Ah, elas estão onde você indica, esforçou-se Iluminura em se perder na fantasia, enquanto a noite não confirmasse os prognósticos de Aldebarã.

— Quem penso ser, disse Iluminura, ante tantos estímulos?

Fidalga insistia em a acompanhar. Iluminura disse não. Vivia distante dali, no mínimo três jornadas se tornavam indispensáveis.

— Será sua a casa que busco há anos, justamente nos limites da terra?

— Decidimos erguê-la no limite da fronteira.

Fidalga prometeu ir até lá, comeria na mansarda, lindo, não é? talvez ficasse algumas semanas antes de se decidir instalar para sempre. Iluminura pediu licença, estou tão atrasada! qual é o seu nome?

— Ah, Fidalga. Fidalga é o meu nome. E o seu?

— Meu nome é Memória.

Respaldo reclamou sua ausência. Sofrerá Santíssimo ampliações geográficas, desde que Aldebarã passou a costurar sapatos. Já não se localizavam as criaturas com a facilidade de antes.

— Não sou prisioneira, quanto mais procuro, menos estou procurando, disse Iluminura, após mergulhar a unha nos sexos que lhe despertaram suspeitas na tarde de chumbo.

— Bonifácio tem razão. Nosso destino é imitar Cacilda.

Peregrino confessou à noite: — A cada dia Fidalga se povoa de sombras, mas sombras alegres. Escondendo emoção Iluminura tomou-lhe os dedos, ele franziu a testa, recriminava esmalte nas estações frias, ante a imobilidade do corpo.

— De que se alimenta agora, mulher?

— De biscoito de araruta, e se puseram a rir.

Apesar do casco do cavalo, Piedoso identificou o timbre de Peregrino. Entre eles havia trato de jamais se olharem. Na festa de Mariano, esbarrando um no outro, não pediam desculpas, a pretexto de pertencerem à família cega de Emília. Em casa, Hermengarda cedeu-lhe informações, para Piedoso incorporar às tarefas da memória. Estava treinado como um relógio capaz de recuar no tempo pelo movimento dos mostradores.

— E não lhe falha a memória de Ofélia na sua memória neste instante? atentava Hermengarda aos sinistros ruídos que passaram a fazer os remos de Eucarístico, consumidos agora nas extremidades. Piedoso jamais se admitia memória de Ofélia, apesar dos sonhos noturnos. Alcançara técnica de projetar a voz sem movimentar os lábios, também ele perdido seguindo a narrativa. E por não se atrever a imitar na voz de Ofélia, conservava a própria, um pouco gasta naturalmente.

Ofélia não se concentrava naquela devoção. Faltando-lhe a memória, também lhe fugiam regras de cortesia e o medo da solidão. Não temia talvez que os tesouros se escoassem pelos dedos, porque jamais os comemorara. Nutria-se sua massa física de pequenos atos tirânicos, que não lhe deixavam cicatrizes no rosto. Filomena, festejava-lhe a inocência fiscalizando a pele esticada.

— Ela jamais terá qualquer ruga.

Ofélia é tão livre, que nem a própria tirania a estigmatiza, pensou Piedoso maravilhado. Hermengarda se esquecia de olhar a sobrinha enquanto Piedoso, abdicando de si, ofertava a Ofélia ocasião de usufruir o que viveu três, quatro anos atrás sem prestar cuidados. Embora cada gesto seu indicasse estar disposta de novo a esquecer o que não podia armazenar no coração.

Diferente de Ofélia, Hermengarda cedia seu perfil para que a memória que tinha de Eucarístico lhe fizesse retoques diários. Começava o ano com uma cara e dezembro anunciava-lhe sempre feições diferentes. Dispensava o socorro de Piedoso para a existência daquele amor. Destinava-se à agonia dos sentimentos intensos e aos dias sem vento e horas lentas. E pela primeira vez sentiu a invasão do futuro, ainda que através de remos que se desfariam arranhando a terra, quando Eucarístico se refugiou no barco para vencer a avidez.

Nenhuma confidência escravizava Ofélia além de quinze minutos. O que não o impedia de se empenhar diariamente junto a ela. Simulando naturalidade que lhe trazia desconforto à hora de dormir. Já em tenra idade, não havia quem não reconhecesse a opulência do corpo e Ofélia, uma fatalidade que ao lhes causar indagações e sonhos, dirigia-se de volta à sua casa, por meio de Filomena. A tia cismou que estariam em conjunto difamando a sobrinha. Para combater os inimigos, divulgou: o sonho é a única voz legítima, é o futuro no presente. E os ameaçou com a certeza que tão logo atingisse quinze anos, Ofélia se devotaria às placentas e ao controle natalino.

Vencendo Filomena as aleias de prata, aprendeu Piedoso a registrar, através dos nervos delicados da tia, irregularidades atmosféricas. E lhe ofertando Hermengarda o primeiro terno, para acompanhar a sobrinha à casa de Próstatis, confidenciou:

— Ofélia hoje inaugura a vida.

As tias dedicavam-se aos alimentos, restando-lhes apenas quinze minutos com que fabricarem febrilmente renda de filó. Parte da manhã, Filomena consumia enumerando as palpitações do corpo de Ofélia, e se estariam em harmonia com a terra.

Enquanto Hermengarda, entre uma refeição e outra, refazia, aos troncos e suspiros, a rota de Eucarístico. Acariciava as árvores do quintal concebendo o plano de atraí-lo.

Ofélia era realidade visível a cada manhã. Pelo volume, e o modo gentil de desafogar os suspiros que lhe vinham à boca diretamente do estômago. Não havia fraude em torno dos seus tecidos e cabelos encaracolados. Jamais buscou esconder o que possuía, para que não lhe vissem. Se não a encontravam no leito marroquino, vencia distância na charrete. Em agradecimento por caráter tão leal, as tias lhe protegiam o corpo das quinas dos armários, paredes em ângulos, evitando colisão.

— Como pode Ofélia controlar ao mesmo tempo um campo tão sadio e vasto? Filomena confortava Hermengarda. A irmã não lhe reprovava a sucessão de imagens, embora não as incorporasse. As marcas do tempo nela eram incômodas e menos risonhas. Melhor que a afastemos de Santíssimo, confidenciou Hermengarda, meses após a fuga da irmã. Ofélia aceitou o degredo voluntário e o absoluto esquecimento dos fatos, que lhe aconselhavam as tias visando uma vida em repouso e uma saúde em que não se pusesse defeito.

— Que ela saiba ao menos que está viva, e não se ausente para sempre, disse Filomena, temendo que tais represálias causassem irreparáveis danos.

— E nós, estamos vivos, apesar de prestarmos atenção ao horizonte?

Filomena abanava a sobrinha até os braços perderem força. Arrastava-se pelas paredes para trazer-lhe biscoitos de araruta e doces, que a compensassem pelo calor. Tudo fazia para Ofélia não voltar a dormir após a sesta. Felizmente, Ofélia não chorou a partida da mãe, conformada com as tias e os móveis, que ainda conservavam o cheiro de resina que Eucarístico lambuzou pela superfície. Nenhum dia era menos estupendo, não distinguia chuva do mormaço. Filomena alertava-a para fenômenos naturais, com propriedade de salvarem e agradarem ao mesmo tempo. Ofélia resistia aos apelos de levantar-se para apreciar a chuva. Querendo erguê-la do leito marroquino, Filomena insistia: — Não reaja, minha flor de teto, um dia você vai querer e será difícil.

Hermengarda estimulava Ofélia a resistir. Apreciava a sobrinha devota às práticas religiosas. — Onde está Deus, se encontram chuva, temporal, geadas, granizo.

Ofélia agradecia com as pálpebras que convertessem sua cama em território onde as manifestações da natureza se reproduziam fielmente. Bebia groselha com açúcar pela metade do copo. Embora as formigas a ameaçassem, as tias mantinham a casa limpa e a vassoura à vista. Ofélia descobriu Piedoso no sábado, ainda que sem o consentimento das tias ele estivesse piscando os olhos para ela desde segunda-feira. Contra seus hábitos, Ofélia andou pela sala. Surpreendendo Ofélia a agir com independência, Filomena caiu em prantos, amparada por Hermengarda.

— Ofélia agora se decide pelas coisas, não precisa mais de nós.

— Talvez tenha chegado a hora.

Filomena tinha medo que lhe falassem com aquele verismo contra o qual não tinha armas. — Por que você insiste? Hermengarda passava-lhe o pente nos cabelos, ambas sabendo que não era carinho, simples descarga pela tensão em que estava a casa mergulhada.

— Não podemos mais esperar. Anteciparemos em três anos o destino de Ofélia.

Angélica assustou-se com a ameaça de Hermengarda: o primeiro a nascer nas mãos de Ofélia dividirá com ela o poder. Passou a besuntar estas palavras com gordura de porco durante o período da gravidez, para lhes manter a aparência, e fortificar-se também, quando enfrentasse Próstatis.

— Você não vai errar, disse Hermengarda beijando Ofélia.

Piedoso arrumou a tesoura, o barbante, a bacia de prata.

— O que este moleque faz aí dentro, vendo as vergonhas de minha mulher? disse Próstatis.

Fechava o punho mergulhando para medir a dilatação. E cosendo ou ajudando a rasgar vaginas, jamais Ofélia variou de expressão. Piedoso aprendeu a aceitar a inesperada ordem dos instrumentos, que ela aparasse o púbis com a tesoura, o cordão umbilical com os dentes, e se livrasse da sede com água destinada a sanear as coxas da mulher. Sobretudo ela desrespeitava a experiência da semana anterior, pois sempre enfeitou o parto de modo a Piedoso temer pela vida da criança, que deslizava com escamas em suas mãos. Cabia a ele vendar a parturiente com capuz emprestado por Emília, a despeito dos protestos pela falta de visão e ar. Esta defesa pelo escuro despertando a suspeita de que Ofélia e Piedoso se divertiam alternando as bocas nas tetas, pelas cócegas que lhes faziam, para assanhar o leite, e nas vaginas em contração, para sugarem os recém-nascidos. Ainda que presos três dias no quarto abafado, a mulher em prantos, Ofélia proibia visitas, ou que se abrisse a porta para a comida, razão de perder dezoito quilos, para desgosto das tias.

Piedoso demonstrava enfado e caráter insubornável, sempre que o questionavam.

Mesmo calçando as botas de Fidalga uma vez por semana, que o impulsionavam a medir polegadas, Peregrino se ressentia que, por nascer primeiro, Ofélia identificava Santíssimo com agilidade superior à sua. Ficava sempre lhe devendo a retaguarda que gentilmente ela lhe cedia, e a certeza de haver nascido entre suas mãos. Ela o retirou de Angélica, para livrá-lo daquela terra úmida, e ofertar-lhe leveza.

— Dependerei sempre de Ofélia. Preciso de gente que venha a morrer.

Ele logo abandonou as atitudes amistosas, virando-lhe o rosto, para Ofélia compreender que tinha um inimigo.

— Não se esqueça, Ofélia, você agora já tem um inimigo, diziam as tias pelas manhãs, ao lavarem seu rosto na bacia levada à cama, poupando-lhe primeiras energias. Piedoso encarregou-se de lhe desviar a cabeça de onde quer que estivesse Peregrino, exercício que se ia tornando mais difícil pelo diâmetro do pescoço em expansão. Até que Ofélia se livrou da tração diária, para automaticamente afastar os olhos do inimigo.

— O que seria de Ofélia, não fossem Piedoso e sua memória, disse Hermengarda.

Suspeitou-se que Ofélia perdera a memória, adotando a de Piedoso, ao surpreenderem-no em gestos oriundos todos da cama marroquina. Semelhança que as tias combateram inicialmente, até compreenderem que Piedoso, no afã de amparar Ofélia e não se privar da lealdade, devia copiar-lhe os gestos. Felizmente, a corneta ao pescoço e o seu corpo magro eram suficientes provas de que não haviam visto Ofélia e a sobrinha amarela controlando os cavalos do alto da charrete.

— Por que Ofélia? disse Peregrino à mãe.

Angélica cedera parir à insistência de Próstatis, que a acusava de usar o corpo para um prazer que o exauria uma vez por semana. E quais são os fins nobres? disse ela. Próstatis deixou a casa de estômago vazio, para a fazer sofrer. Ainda que Angélica não acariciasse o ventre para seguir-lhe a evolução, tanto que a barriga lhe custou a engrossar, e só à força de farinha e vinho o marido lhe reconheceu a gravidez, quis ofertar ao filho o poder de que falou Hermengarda com a mesma voz aflita em que descrevia na juventude seu amor por Eucarístico.

— E qual é a sua desculpa, pai? disse Peregrino.

Aquelas palavras juravam ultrapassá-lo em prestígio, a corrida já iniciara, sentia faltar-lhe a respiração. — Ele ainda vai aplicar todos os golpes, confessou a Átila, como se falasse de um viajante expulso de Santíssimo por roubar da mão de Respaldo a tainha a secar na janela. Átila apoiava severas medidas contra estrangeiros que, além de lhes sonegar a terra, destruíam-lhes a moral herdada junto ao café quentinho e a tradição do fubá.

— Angélica teimou. Não sendo Ofélia, você não nascia.

Após a insurreição, que Próstatis não deixou de aplaudir, Angélica dedicou a esquivar-se, preparando-se quem sabe para morrer, pois a viam enamorar-se das raízes justamente mais profundas do carvalho, orgulho familiar.

— Me arrisco a viver errado, só porque nasci errado, confessou Peregrino.

Após a morte de Eulália, sob a expectativa de testar a virtude, Peregrino convocou Ofélia. O bilhete de reconciliação seguiu em papel rosa, umedecido com o perfume próprio da barba. Angélica reprovava-lhe a preferência por Fluxo de Donzela, quando Árvore Centenária espargia olor que sufocava a ponto de abrir-se a janela. Em palavras manchadas de brilhantina, Piedoso insinuou-lhe que, antes das façanhas propostas, melhor aguardassem algumas estações. Peregrino engoliu o bilhete em pedaços com auxílio de água.

A decisão de interromper a viagem de Eucarístico pela terra não provocou a defesa do navegante por parte de Ofélia, contrário ao que sonhou Magnólia. Cuidou, pois, de preparar o corpo do marido no terceiro dia. Comunicar-lhe que estava por interromper sua única viagem. Reservou o almoço para confidências, Eucarístico mastigava selecionando cacos de vidro no arroz. Embora não repetisse uma só metáfora para lhe transmitir a verdade, Magnólia não pôde impedir seus protestos, baseados todos no exílio em que vivia a bordo, e que o devia proteger.

Magnólia compreendia os cuidados de Peregrino. Também ela se preocupava com a sua saúde, sempre exposto ao sol, às chuvas, toda sorte de provação, prisioneiro de tarefa ameaçando não terminar. Não via por que se espantar. Se ele fabricara o barco sem que o impedissem, ainda que desprezando o vento, as águas, o sal, elementos com que sonhavam em Santíssimo um dia construir uma lagoa, também outros traçavam viagens em torno do estrangeiro de si mesmo, para ordenar nascimento e morte.

— E como você já nasceu, resta agora morrer, disse em prantos forçando-o a alimentar-se. Ele recusou a comida solicitando imediato abandono do barco, via perigo nas imediações, algumas rocas boiavam como esponja. Informados os filhos da rebelião paterna, sentiram vergonha.

— Bota ele na cama para morrer, mãe.

Para o convencer, indicavam-lhe deveres acumulados naqueles anos. Ao mesmo tempo concedendo-lhe que seu último suspiro fosse entre objetos com cheiro de maresia, e no pé arrastasse um espinho cravado, com o intuito de recordar sua última ilha, Peregrino perdoaria o arrebatado apego de um viajante pelas cercanias do mar.

Eucarístico remava com força querendo fugir. Magnólia teimava em o acompanhar à hora do almoço, apesar de deixar a casa sabendo do seu intenso cheiro naqueles dias. Por mais banhos tomasse, não lhe cedia o olor, talvez por lhe ter surgido na infância. E fragrância que se atribuía à mãe, surpreendida na cama com um lavrador de Assunção. Trancando os gritos no peito, o marido capou o amante empurrando o membro em sangue pela vagina da mulher, amarrando-lhe as pernas de modo a não expelir a carne, pronta a apodrecer. Gritou a mulher por socorro, e só lhe puderam desatar os nós quando o cheiro bateu em todas as portas.

Após o enterro, a casa fedia a coiotes. As paredes, o marido, os filhos, também impregnados com as exalações da mulher. Não adiantava esfregar creolina, areia, sapólio, pedra-pomes, até criar ferida na pele. A catinga dos amantes desrespeitava regras de limpeza. O marido desapareceu de Santíssimo, já não o visitavam, e fugiam dele. Magnólia herdou-lhe o cheiro, porém atenuado, possibilitando Eucarístico mantê-la em casa, ainda que com janelas abertas. Não se provou hereditária a fragrância, por parte da mãe ao menos, em compensação ganharam os filhos cheiro de resina de Eucarístico. A princípio, temeram eles que os acusassem de perfídia, por se originarem de organismo tão delicado. Mas, não havia em Santíssimo quem não apreciasse a aragem de eucalipto que vinha da boca de Eucarístico.

— Em casa, ou no barco. Pode escolher, pai.

A resistência de Eucarístico desorientava Hermengarda. Já não sabia em que gaveta proteger a chave da casa. Do seu pombal, onde apreciava Santíssimo melhor se estivesse ao nível do mar, Filomena lamentou que não a consultassem quando via a família engolfada em problemas. Pelo fato de adotar vida de pássaro, não chegara a criar asas, ou hábitos ornitólogos.

Desde que se instalou aos gritos no pombal, Filomena e Ofélia se comunicavam por meio de duas caixas de papelão e um fio esticado, de modo que a tia se iludisse de transitar pela sala. Embora Hermengarda lhe ofertasse cinco minutos para falar com Ofélia, consumidos em soluços e lágrimas, e argumentasse que ninguém, vivendo no teto, ou no rés do chão, se isentava de contribuir para a saúde da sobrinha, Filomena não se conformava. Recebia-a às vezes com o rosto debaixo do travesseiro, ou deixava a comida esfriar, para privá-la de elogios.

Três vezes Piedoso soava a corneta para Filomena assomar à janela, e de binóculo de madrepérola surpreender a visão de Ofélia entrando e saindo. Ainda que advertida, não lhe correspondia Ofélia ao olhar, por se esquecer naturalmente de levantar a cabeça para o alto. Porém se detinha no quintal um minuto, o tempo de Filomena expressar-lhe amor e apreço por sua carne.

Continuamente Filomena chorava àquela visão. Não se controlando ainda que Hermengarda lhe pedisse reserva, reconheciam a sobrinha sob a ameaça de perder peso e projetar-se no reino do desgosto, do qual não a subtrairiam facilmente. Filomena enchia a boca de algodão, retinha a respiração, vencendo torneios amorosos. Arrumava com zelo as possessões no pequeno quarto, lamentando não saber bordar, para reconstituir algum trajeto que lhe incendiasse a fantasia.

Emília pediu licença para visitá-la, sob pretexto de que dali conheceria melhor Santíssimo. Aquele quarto era o único mirante da cidade. Filomena padeceu à confissão que, a seu juízo, simplesmente a desvalorizava. Mas, após os primeiros minutos de convívio, pôde compreender a extrema cortesia de quem não hesitara em interromper os longos bordados, para lhe despejar farpas e pequenas dores. E não estaria Emília condenada a ferir os amigos pelo intenso hábito de espetar agulhas nos tecidos enrijecidos pelos bastidores, formando assim faunas e floras?

Preocupada que pudesse a pobreza, de que ninguém se inteirava, atingir a casa alpina, Emília dispunha-se a ceder-lhe o necessário para embelezar o pombal, embora talvez lhe bastasse o conforto da paisagem. Com o propósito de exibir coragem, Filomena criticou casa tão grande, que para manter limpa obrigou-a a cancelar alguns cômodos inúteis. Contava, além daquele quarto, com um salão de festa, quartos de hóspede, e pequeno lago de peixes com origem desconhecida ao Alvarado.

— E não teria uma floresta em vez do lago, com bichos africanos? e se excusou Emília pela ânsia em emendar detalhes insignificantes.

Filomena sorriu agradecida. Dava-lhe prazer a modéstia de Emília. Começava a suspeitar que santos e tímidos habitavam Santíssimo e a incitavam unir-se à sua congregação. Talvez fosse hora de abandonar Ofélia em troca de surpreender-lhes os devaneios. Não seria fácil naturalmente abdicar de um hábito em que se educara, e que devia agora trocar pela incerteza. Mas, empenhada em atualizar-se com a vida que lhe veio inesperadamente à porta, e que não a feriu tanto como se imaginava atingida por ela, pela primeira vez não arfava com três, quatro anos de atraso, mercê de material que ia Piedoso buscar no passado, para proveito de Ofélia.

— Agora eu me atualizei com a vida, disse em prantos.

Nos últimos anos, além de bordar, Emília dedicava-se a contemplar um rosto de cera, miniatura delicada, é verdade, mas copiando em tudo o rosto do inimigo. Tarefa que a absorvia como bordar e, naquele pombal, pela primeira vez também ousava confessar este seu tesouro, devido a Filomena nas alturas já não agir como os mortais. Nos últimos meses porém a miniatura, que em tudo copiava o inimigo, é bom não esquecer, começou a transformar-se, e não para se fazer bela, pois o rosto do inimigo jamais se embelezaria em suas mãos, mas disposta a envelhecer: sim, Filomena, a miniatura envelhece diariamente e já não sei como operar para deter o processo, e não que eu não me queira vingar e o condenar à velhice, apenas temo ser arrastada com ele também, sei que deveria desfazer-me dela, mas como abandonar o rosto do inimigo?

Emília suava, e ainda que Filomena lhe limpasse o rosto, outras partes do corpo logo se inundavam e esta tarefa ocupou-as até o escurecer, quando devia Emília partir, a menos que pernoitasse no pombal. Filomena teria apreciado a companhia. Não havia muito espaço, como lhe dissera, por ter interditado parte do casarão: esforçando-se porém Emília surpreenderia as esquinas da habitação se ampliarem em novos espaços, sempre ocupados por móveis imperiais, porque vieram do Imperador, aquele rei que após degustar nossos amados biscoitos de araruta deixou escravizar-se, prova está o sino, e o que é mais imortal que ele, ainda que esteja agora quem sabe nos abismos do Alvarado, mas um dia ressuscita, e do meu pombal serei primeira a celebrá-lo.

Antes de descer a escada em caracol com quarenta e dois degraus, Filomena empoou-lhe o rosto, abriu a sombrinha amarela, doação de Ofélia.

— Até a eternidade, Emília.

— Até que Peregrino determine.

Alijada de todos, Filomena integrava-se suavemente ao cotidiano. Ouvira sobre Aldebarã imprecisas descrições, ele não se deixava colher por palavras, ou rede de peixe. Jamais o visitara na sapataria, não se passando o mesmo a Fidalga, cuja frequência ao porão indicava estar Peregrino a par de tais cortesias. Sentindo pelo suor da testa Hermengarda arder em febre, recomendou-lhe cuidados com o sapateiro. — E por que, se é manso como flor? Filomena defendia suas previsões. A vida de pomba outorgara-lhe, além da solidão, o tempo de inventariar segredos que se refugiavam em áreas próximas ao peito, de onde se sabia irradiava a verdade.

Hermengarda recriminou-lhe que prestigiasse uma criatura amassando o couro com a desenvoltura de Efigênia socando as cordas da harpa. — Que nojo, irmã! Exigia que os de sua casa padecessem naquela quarta-feira em que se convencia Eucarístico a obedecer. Segundo votos antigos, ela compareceria junto ao seu leito, quando começasse a morrer.

— Já que não o tive em vida, ao menos na morte, e deu aos olhos sagacidade que Filomena classificou de rapina.

Pedia-lhe moderação, de que modo suportaria Hermengarda a solidão, se não contasse mais com a desculpa de o saber ainda remando? A própria Magnólia talvez lhe negasse a presença diante da cama do moribundo, a pretexto de haverem em comum acordo abolido os rituais religiosos. Hermengarda limpou-lhe as sujeiras, ordenou que, mudando semanalmente a roupa de cama, depositasse os monturos ao lado do armário, de fácil localização. E disse, banindo a poeira:

— Ninguém há de me substituir na minha hora imortal.

Os argumentos de Hermengarda se fortaleciam diante do sorriso de Ofélia. Piedoso assegurara-lhe que Eucarístico não resistiria por muito tempo.

— Não aceito a tradição, em toda a vida unicamente aceitei a madeira, disse Eucarístico.

Imperatriz esboçou uma promessa que Magnólia custou a fixar na cartolina. — Y la muerte, no es el sueño? Cerrando os olhos para Héloise abri-los em cerimônia recentemente incorporada com mútua alegria. Magnólia disse: — Só você poderia atraí-lo à realidade. Imperatriz recusou propostas que lhe perturbassem a visão do pódio, que fizera erguer em nível ainda mais distante da terra. Solicitada a visitar o barco, Héloise dirigiu-se a Eucarístico em inglês, para desespero de Magnólia.

— Além de dominarem nossas terras, estes forasteiros querem apossar-se de nossos corações.

A partir das suspeitas de que, por amor à aventura, Eucarístico Nóbrega não pretendia submeter-se, Peregrino descreveu o sinistro no bilhete quinzenal: uma sombra agora, no futuro o vendaval, e não haverá cortiça em torno de nossas cinturas.

Piedoso exortou Hermengarda a dissuadir o marinheiro, ainda quebrando os remos erguidos para o alto a certa hora do dia, quando secavam ao luar. Ela simulou forrar o corpo de palha cedida por Justo, novo escudo contra emoções.

— Se lembra de mim? disse no tom com que lhe confessou à entrada da igreja, antes de o entregar a Magnólia: estou morrendo ao vencer este corredor, mas um dia você morrerá comigo, e será então a minha segunda morte.

— Não me resta tempo de procurar o último vivo. Quem sobra ainda? disse Eucarístico.

A voz de Eucarístico facilitava-lhe mergulho ao passado. Em braçadas que Hermengarda devia controlar, para não ultrapassar o tempo que a ampulheta lhe cedia para visitar recantos em que havia confessado: comigo você não será rei, mas me integro à criação cedendo-te à Magnólia, que não forma sombra na parede. Ele agradeceu a sabedoria desfazendo um compromisso que dizia ela pelas manhãs haver entre eles, quer lhe ofertando pastéis, palavras, ou o orientando por sendeiros coalhados de intensa clorofila.

— Enquanto você se ocupa com Magnólia, ninguém tocará meu corpo, disse Hermengarda na igreja.

— Devo resistir. Ao menos uma alma continuará a viver, ele remava com força.

Após os anos de espera, ele não tinha direito a decepcioná-la. Verdade, que a gordura de Ofélia dera-lhe magnitude à vida, mas não se comparava à memória que Eucarístico plantou em suas pernas, para medrar sementes nos vasos, músculos, fibras que se manifestavam mais intensamente à noite.

— E a tradição de morrer? irrompeu Hermengarda em prantos.

— E que tradição, além da madeira? Há muito se distanciara dos mandamentos que não incluíssem remos e lento deslizar de um barco pela terra. Olhando atrás, já não enxergava a casa, como nos primeiros anos. Seguramente invadia terreno alheio, sem pedir licença, embora não lhe chegassem os protestos.

— Se você não morre, Eucarístico, como vou viver? Pelo telefone, Filomena admitiu as contrações no peito pelo fracasso de Hermengarda. — Nós o pegaremos, não é? recolheu a respiração da sobrinha como resposta. Do meio da escada em caracol, propôs Piedoso permanecer ao seu lado quinze minutos diários, para restabelecer o sistema que permitiria a Filomena viver três, quatro anos em atraso, expulsando-a do atual sofrimento. Registravam-lhe os suspiros coados pelos degraus como um café fraquinho.

Ainda reconhecendo o delicado modo de aplacar a tempestade, cabia-lhe viver os próprios infortúnios. Sua independência formava-se de fissuras na parede. — E a gordura de Ofélia, acaso declinou? disse Filomena.

Piedoso orgulhava-se das camadas de gordura que mal chegando acomodavam-se sobre as anteriores, todas porém dificultando o andar de Ofélia. Notícia que sem dúvida comoveria Filomena, e a Santíssimo também. É bem verdade que Peregrino, envolvido por uma sequência de espirros que pela intensidade ultrapassou três meses, havia determinado a morte em escala que despertou cisma de que a gordura de Ofélia lhes estava promovendo a desgraça. Pois a abundância, motivo antes de orgulho, apenas evocada, provocava irrupções na pele e ardente nostalgia por um passado em que não tinha Ofélia ainda duzentos e cinquenta quilos.

Imperatriz recusou a sutil vingança que os induzia a absterem-se de qualquer alimento durante uma semana. Há muito alimentava-se de pequenos grãos de centeio, que lhe traziam num pires, banhados simplesmente no mel. E admitia unicamente refugiar-se onde fosse a memória o vento inquieto estilhaçando as vidraças. Tinha muito a consagrar, naquela estação primaveril, sobretudo ofertar cronologia a um mínimo de dez anos de sua vida.

— No me queda tiempo para ayunos, todos por demás de santidad dudosa.

Héloise se deixou arrebatar. Com faces coradas defendia representar a casa, para que não se ausentassem do pavilhão, próximo ao coreto, as cores de sua bandeira. Imperatriz cancelou-lhe as pretensões ao movimento clandestino. Ainda que débil a rebeldia, entranhando-se na pele danificava as lembranças de Plaza Mayor. Héloise pediu desculpas e expulsou Santíssimo da casa durante os sete dias da luta.

Censata liderava o movimento que se fortalecia à noite, quando cerrava os olhos, invadida pela imagem disforme de Ofélia.
— Se não lutarmos, onde iremos parar? Bonifácio não se deixava contagiar pelos fluidos guerreiros disseminados pelos campos, não lhe poupando o próprio leito. Preocupava-o Iabeshab, chegando em visita mensal. Comia no armazém as sobras de carne-seca, linguiça, biscoito mofado, escondendo os detritos da cana-de-açúcar atrás da bananeira. Censata cheirava-lhe a boca.

— Como conserva estas cores, se a cada dia desta semana eu empalideço?

Ainda faltando trinta e cinco horas para terminar a greve, Piedoso anunciou um churrasco no cemitério, a que se convidavam amigos e inimigos, sem distinção de credo. A preocupação de Ofélia era banir os gemidos que lhe alcançavam o leito marroquino, enquanto se deliciava com molhos que aperfeiçoara Hermengarda de tal modo que muitos se desfizeram na panela, antes mesmo de os derramar sobre o prato. Piedoso forçava-os a recolherem os convites, que tinham estado em vinagrete toda a noite, para lhes assegurar a qualidade da carne a se oferecer naquele domingo. Atrás dele, Censata distribuía os grãos de resistência, para ninguém comparecer. Quando lhe faltavam forças, convocava Respaldo. Os argumentos de Respaldo porém se enfraqueciam pelo seu estado de extrema debilidade. Advertida de que Censata se postava em vigília às portas e ao armazém de Bonifácio, para que não se fizessem compras, Iluminura avisou Piedoso:

— Se fosse possível, eu seria a primeira a comparecer. A gordura de Ofélia é um dos mais nobres espetáculos desta cidade.

Sob o olhar de Emília, de bordado na mão, Piedoso salgava a carne. Parecia ela simular ausência, embora houvesse explicado que a inesperada ardência do sol a forçara a descobrir a natureza, sobretudo as flores mortas do cemitério. Fascinava-a que pudesse Piedoso ao mesmo tempo chamusquear a carne e aperfeiçoar-se nas essências concentradas num alguidar de barro, onde se destacavam a cebolinha picada, a salsa, pimentão, o tomate brasileiro.

Avisada de que Emília ia registrando as aventuras de Piedoso, Censata compareceu para não a deixar cair em tentação. E enquanto Emília observava Piedoso, e Censata a Emília, foram solicitadas a provar um naco de carne, visando unicamente descobrirem se não a teria o fogo chamuscado, reduzindo-lhe o paladar a um monte de cinzas. A Piedoso faltava experiência para assumir responsabilidade tão grave. Mas, embora Emília e Censata cuidassem em lhe prestar este favor, deviam exigir-lhe outra amostra, antes de considerarem a carne pronta para consumo público. Mastigavam primeiro devagar, enquanto o paladar não se aperfeiçoava. Porém com a prática dos dentes novamente em ação, já não se contentavam com mordidas ligeiras. Mesmo a carne próxima ao osso, e de acesso mais difícil, elas absorviam com técnica que comovia Piedoso. Iam engolindo a carne com groselha, pedindo-lhes Piedoso encarecidamente que não se precipitassem no julgamento, pois pagaria ele junto a Ofélia, pelo erro das duas.

Respaldo e Bonifácio criticavam-lhes os conceitos emitidos sobre o churrasco, pela pressa com que haviam absorvido o alimento. Como se poderia descrever uma carne sem ao menos conhecer as partes essenciais de um boi. Piedoso distribuía a carne na tentativa de impedir a discórdia e possibilitar-lhes um julgamento isento. Emília e Censata forçavam-nos a apressarem o trabalho afrontando-os com a certeza de que jamais conseguiriam alterar uma vírgula que fosse do depoimento que haviam elas prestado sobre a qualidade do animal. Piedoso mal respirava pelo encargo de empilhar as fatias, que logo lhe exigiam a armação de um cone com o mesmo material. O torneio prosseguiu até o final da tarde, interrompido apenas pelos espasmos que em alguns ameaçavam deslocar o estômago do lado direito para a extremidade do coração, e pelos gritos com que comemoravam a gordura de Ofélia.

A resistência de Eucarístico criava embaraços à comunidade. Peregrino anunciava o perigo, que não se descrevia, vestido de preto, trancando-se no quarto. Incitava Fidalga a acompanhá-lo no gesto. Ela visitou Aldebarã, questionando sobre seu alfa.

— Iabeshab, ele respondeu.

— E se eu expulsasse você de Santíssimo?

— Terei que obedecer.

— E se trago você de volta?

— Nesse caso, passarei a lhe dever minha sorte. Você então é o meu alfa.

Continuamente Fidalga desprendia-se da realidade apregoada por Átila Soares. Se formos ao rio, Eulália vai gostar de você. Ele disse, ao rio não vou, durante anos trafeguei ali, sinto náuseas. Fidalga passeou pelas margens, colheu flores e, esperando ver Eulália, encontrou Iluminura.

— Conheço você. De onde? Da terra, ou do rio?

— De todas as partes. Sentia-se designada para trazer Fidalga à terra. Fidalga sorriu: — O nosso roteiro é rigorosamente idêntico, também eu procuro a casa nos confins da terra. Acomodaram-se no barranco o tempo de Iluminura dizer:

— O que será de Eucarístico Nóbrega condenado à morte?

— Mas ele apenas nos visita, e já o querem expulsar? Fidalga pensou surpreender Eulália com prognósticos juvenis, provocar-lhe palmas. Iluminura confirmou a insurreição em andamento, ameaçando o conflito se estender, a menos que Eucarístico cedesse.

— Estamos então condenados ao medo? disse Fidalga.

— Condenados à morte.

Com a pressa de descer o rio, pareceu-lhe que Eulália respondia com simples aceno de mão. — Para que esta pressa, Eulália? E subindo os degraus do barco de Eucarístico pediu desculpas.

— Eu sempre soube que deste trampolim o mundo seria maior. Sentada ao seu lado, ajudava-o a remar. Ele lhe cedeu o assento o tempo de limpar o suor da testa.

— Quando vou morrer? Antes havia dito: terei visto seu rosto alguma vez?

Respirando descompassada pelo esforço de remar, ela lhe assegurou condição de mortal. — Sou sangue de Eulália e território de Assunção.

— Afinal chegou a guerra? e retomou os remos. Fidalga transmitiu-lhe a existência de um rebelde na cidade, seu nome Eucarístico, recusando-se a morrer.

— Meu nome agora é de um deus? E insistia de que modo agem os pequenos deuses em tempos difíceis? Pelo que Eulália lhe ensinara, dificultando a vida dos outros. E como posso dificultar a vida de Santíssimo? Simples, pondo ordem na casa. Sem dúvida, a vida em Assunção era bela, pois Eulália a amara ao extremo de privar-se de Santíssimo, contra qual servia seu corpo de estaca.

— Não posso deixar Santíssimo porque os remos estão fracos.

Fidalga entretinha-se com os enfeites do barco. Enumerava e dava-lhes nome, a estima de descobrir-lhes a serventia. Concentrava-se ali a vida de Eucarístico.

— O destino de Aldebarã caberia neste barco. Ele é pobre, mas sua riqueza fica boiando no porão, para a qual Eulália me chamou a atenção especialmente enquanto ele vomitava no período de quarentena.

No almoço, Eucarístico perguntou à mulher: — Quem é Aldebarã, e onde se encontra?

— No porão abandonado. É um simples sapateiro. E partiu sem esperanças de transmitir a rendição do marido. Ele exigia uma calça de brim azulão, camiseta de lã e meias feitas por ela. Decidiu-se ao menos enfeitar, pensou em casa. Havia ordenado que estivessem as peças no barco à manhã seguinte, ele não tinha tempo a perder. A mulher varou a noite à luz de vela preparando a roupa como quando fez o bolo de casamento para a filha. Eucarístico decidira que além da noiva e o noivo, ninguém devia comparecer. Ao ver-se contrariada, Magnólia exalou um cheiro sem atenuante, parecendo a casa ocupada por animais do monte. Ele disse: se insistir, a cidade inteira, menos eu.

Não quis acreditar que Eucarístico proibisse o ingresso de convidados ao casamento. Através de Piedoso convidou Hermengarda, ainda sabendo que se recusaria comparecer por não haver chegado a hora de Eucarístico morrer. Começando a filha a vestir-se, ele trancou-se na oficina, onde iniciara a construção do barco. Por mais que Magnólia lhe batesse à porta, estão casando, venha depressa, teimava em ficar. Ao abrir-lhe finalmente a janela, a filha já estava casada e Eucarístico sentiu alívio pela presteza dos acontecimentos. Ao lado de Magnólia, Censata chorava fazendo-lhe o papel de marido, pelo que a família lhe agradeceu.

Avançando na confecção das roupas, adquiria audição sensível, captava ruídos distantes da casa. — O que se passa com a minha gastrite? disse buscando alívio do martírio de fazer roupas que jamais seriam usadas para ela apreciar, enquanto ambos passeassem de braços dados pelo cemitério.

Devia abandonar a trouxa com os pertences ao lado do banco do barco. Eucarístico tinha muito que avançar naqueles dias.

Havia alterado os planos. Não que tivesse antes rota, sempre foi despretensioso, mas precisava superar índices de velocidade, e temia por parte do barco inesperadas reações.

— E suas feridas que não cicatrizam?

Ele se irritava com a indicação de feridas, quando precisamente exibia medalhas na pele. — É a dor que não dispenso, mulher. Ela surpreendia-se com a adoção da fala, após o silêncio dos primeiros anos de viagem.

— Onde iremos parar. Você teimando, Peregrino exigindo que se deite na cama para cumprir a tradição.

Mariano confiava convencê-lo mediante a navalha, a tesoura, e o espelho. Não que com o espelho quisesse acusá-lo por manter em número crescente rugas e espinhas no rosto. Respeitava-lhe os inevitáveis estragos. Através do cristal, porém, que se definia por não formar perspectiva, profundidade, ou mentiras, descobriria o quanto estava a merecer repouso quem como ele fizera o barco girar em torno da terra. Estava ali para restituir-lhe a beleza, que Hermengarda divulgou existir desde a primeira manifestação de sua criatividade.

— Onde pensa ir com estas armas? Censata o impedia de prosseguir.

— Ora, cortar as folhas que vergam sobre o Alvarado fugindo de Santíssimo. Ela o aconselhou esperar, o vento mudaria o rumo das ramas. O argumento fortalecia-se com a aragem que ele recolheu no polegar. Não lhe ocorrera experimentá-la com a língua. — Que raro fenômeno é a inteligência e a natureza unidas! Bonifácio merecia cumprimentos pela mulher sagaz. Ela se fez modesta.

— Há muito Bonifácio não se encontra entre nós.

— E onde ele está, se o vejo todos os dias?
— Emília sabe.
— E o que faz Emília para implantar a discórdia? disse Mariano sentindo contrações estomacais.
— Sempre bordando, sempre bordando.

Afogado em mágoas, Mariano formou com a tesoura ninhos de andorinhas nas cabeças dos que o procuravam. Respondia aos que se sentiam feridos:

— Vai chover, e como posso ter a mão segura?

A vaidade que impulsionava Mariano a interpretar o tempo simplesmente porque se especializara a mão em cortar cabelos foi criticada por Tronhão, a quem Cacilda lhe surgiu em sonhos. E o que quer ainda esta mulher? Deve ser pela próxima chuva, disse, convencendo-se das palavras de Mariano. Não houve quem não temesse os estragos do temporal, as frutas apodrecidas, e o milho retendo água. Anteciparam-se dois meses na colheita, o que os obrigou a uma comida de sabor diferente. E porque presos em casa sentiriam mais fome, armazenaram alimento que resistisse à longa temporada. Piedoso passava a memória em revista, via-se solicitado até de madrugada, especialmente porque Ofélia suspendera naquele ano qualquer nascimento na tentativa de restaurar energias.

Contra todos os prognósticos, o sol brilhava sem indicar deixá-los. — É o pavor de que estamos cercados, disse Hermengarda. E convocada a regressar à vida anterior, Filomena insistia em preservar a atual independência. Pretendia integrar-se ao cotidiano sob as farpas da solidão.

— Que venha Ofélia ao quintal para eu lhe pôr o binóculo em cima. Ah, que saudades de suas formas!

Ainda que lhe sugerissem cautelas pelo próximo temporal, Fidalga comemorou a chegada das andorinhas. — Sempre acompanham o sol, ela disse. À beira do Alvarado, tranquilizou Iluminura: visitaremos Aldebarã outra vez, quem sabe terá avançado no trabalho de modo a sentir-se livre. Mas, o que fará com o gosto amargo da liberdade?

— Afastar-se ainda mais do Alvarado.

Fidalga cheirava a grama: — Não vai chover porque já choveu tanto há anos, e nunca se repete o mesmo milagre.

Apesar de reconhecer as correntes do rio pelo olfato, identificar-lhes o perigo ainda quando simulavam placidez, Iabeshab custou a atracar por motivo das chuvas daquele ano. Sempre que ia alcançando a corda oferecida por Bonifácio, decidia largá-la para mudar na escotilha sua roupa encharcada. Só quando não lhe sobrou um único traje seco, indicou com gestos o barco prestes a soçobrar. E não era a sobrecarga de água, que inclinava o barco e ele à direita, a única responsável pela situação, muito mais se acusava a tina de madeira, com fundo falso carregado de chumbo, que lhes trazia de presente. De que não queria livrar-se na emergência, por haver sempre sonhado com um grupo de mulheres lavando e ensaboando a roupa no centro do cemitério, enquanto entoavam canções regionais para alegrar árvores e transeuntes.

— A cantar? disse Bonifácio. Sim, quem não canta, morre. Bonifácio, a quem a audácia sempre o feriu de morte, recolheu a tina aos fundos do armazém, assegurando-lhe que enquanto pudesse proteger Santíssimo, não se furtaria a semelhante ação. Iabeshab desenhou no ar o que parecia um espelho e com um alfinete furou o que se pensava ser um balão. E sorriu com Bonifácio livrando o rosto dos estilhaços do cristal.

— O que tem a ver a fadiga com a energia? disse Bonifácio aplicando a tática de conquistar cinco minutos de incompreensão.

Rabiscando o próprio rosto com giz, Iabeshab compôs outra face desrespeitando feições anteriores. E ainda que variasse o desenho, da testa ao queixo, estas linhas não lhe deformavam o rosto, terminavam sendo as mesmas feições que tinha antes. Bonifácio temeu que desenvolvesse ele uma série de atos todos acusando-o com a verdade. E alertado contra dons proféticos, que incluem sentença de morte, o catálogo da felicidade, o segredo do sonho, o mecanismo das células desfeitas, Bonifácio dedicou-se a eliminar a gordura rançosa da carne-seca. Iabeshab aceitou substituir o giz pela certeza de que viriam ainda colocar a tina no centro do cemitério.

Tomando conhecimento das exigências de Iabeshab, Censata reagiu. — Eu não digo, cada dia ele fica pior. E você jamais reage.

— Pois se eu até defendi a honra de Santíssimo.

Peregrino o aplaudiu. — O que Iabeshab pensa? Somos civilizados, temos até revistas estrangeiras na casa de Rectus. Sobretudo temos um futuro! Fazia do armazém uma tribuna, e o convertia às vezes em lar, esticando as pernas no leito coberto com manta de lã de carneiro. Fidalga investigava as prateleiras, surpreendendo-se com a tina nos fundos do armazém.

— Que estátua mais linda! Merecia ser exibida no centro do cemitério.

Comovido em aperfeiçoar a sensibilidade de Fidalga através dos presentes que iam irrigando Santíssimo, Iabeshab transmitiu-lhe por gesto, desenho e sílabas solitárias, a visita do temporal na próxima quarta-feira. E que buscasse um promontório bojudo, que aquece e assegura distância, para melhor apreciar os estragos do Alvarado. Ele apertava os bicos dos seios confiando expulsar leite. Tamanha delicadeza enterneceu Fidalga, como o coração de um homem tinha forças de olhar o sol e desvendar o roteiro de seus raios. Advertiu Peregrino quanto à nova festividade no calendário.

— Sim, a água dentro das casas sem precisarmos recorrer a grutas, fontes e poços.

— Volta à terra, mulher. Acaso acredita nas ameaças de Iabeshab?

Quarta-feira bem cedo ela preparou o farnel. Separava roupa para si e Eulália, e nem se despediu. Abandonou sobre a mesa alguns gravetos indicando a mata, excursão de que retornaria após as excelências da natureza. O temporal desabou ao meio--dia, horário favorito de Iabeshab. Em duas horas, as águas do Alvarado entravam porta adentro. Do leito marroquino, Ofélia molhava os dedos dispensando a bacia para a higiene. Parecia encantada em aprender a nadar com o rio dentro da sala.

— Calma, Ofélia, esta casa há de resistir, disse Piedoso.

Do pombal, Filomena transmitia-lhes os rumos da água. — Ela está vindo em maior volume para cá, algumas árvores já tombaram, outras não tendo como fugir fincaram-se à terra, segure-se em sua cama, Ofélia! Por favor, amarrem Ofélia senão ela voa, ela sempre teve a delicadeza das penas.

Hermengarda submeteu-se aos avisos. Atou Ofélia com lençóis, todos temiam que arrastada a casa em pedaços a sobrinha fosse a primeira a perder-se pelos pântanos e nunca mais a localizariam.

— Coloquemos uma bandeira ao pé da cama, disse Piedoso. Emília veio nadando para bordar o nome OFÉLIA no tecido preto, advertência que se originou do Caribe. Trabalhava com pressa, cuidando de afastar as mariolas de suas pernas. Tratava-se de salvar uma vida.

— Depressa, Emília, gritava Filomena, instruída por Piedoso das ocorrências na sala. Emília hesitava quanto às cores, censurando-lhe Piedoso a timidez.

— Você é uma artista, ou não?

Emília aceitou a comida pela boca enquanto bordava. Devia terminar antes da explosão do Alvarado. A água agora molestava-lhe o sexo, uma permanente umidade na área do púbis.

— Acaso a água se irritaria se a deslocássemos com barricadas? e hesitava entre o amarelo e ocre, adotando a mesma voz com que falava de Mariano, para ele ouvi-la à distância e levar ao leito o som de uma realidade deletéria.

— Ainda se casam um dia, disse Angélica, antes de morrer. Emília reagiu, como a ofendiam sob luz solar e na casa de Próstatis! Angélica se desculpou, mas quem vai morrer adquire direitos de expor o que sempre esteve em sigilo.

— E vai morrer mesmo, promete?

— Mais cedo do que se pensa. Por isso quero a casa arrumada, e experimentarei as últimas receitas de bolo. E começou a varrer o assoalho até Peregrino adverti-la que já não havia poeira. Angélica concordou, sem encostar a vassoura atrás da porta.

— Não posso desistir, talvez deste modo eu alcance o interior da terra e não me limite apenas ao chão. Peregrino mandou que se trouxesse areia do quintal e ele mesmo espalhou pela sala.

— Para que não se diga que a mãe de Peregrino enlouqueceu.

Ela prosseguia varrendo até livrar o solo do último grão de areia. E como nem assim se detivesse, Peregrino espalhou mais terra, forçando-a a desistir pelo cansaço. Angélica aceitou o desafio e durante horas varria e ele derramava terra, formando-se no quintal um buraco que despertou a atenção de Fidalga. Ela se encantou com Peregrino dedicado às flores. E cuidou de distribuir estrume, em seguida plantando sementes de magnólia, daisies inglesas, toucinho e mercúrio. Anoitecera e Peregrino não havia convencido Angélica de encostar a vassoura, e a Fidalga, de que não se podiam plantar flores naquele buraco subitamente imortal.

No seu primeiro movimento de protesto, Fidalga abanava o canteiro com o leque de Angélica. — Vamos fingir que são plantas que nem Assunção produz. Peregrino deixou a casa indo dormir na cama rendada de Imperatriz, que lhe cedeu o próprio quarto com a condição de o esvaziar às seis da manhã.

Emília prosseguira no bordado, apenas se afastando para as esquinas, permitindo a Angélica passar com a vassoura. Prometeu abandonar a casa no dia seguinte, após a sesta. Temera inicialmente que em função de garimpeira Angélica a varresse também. De modo que bordara no tecido em vez de fauna exuberante, animais dentuços prontos a mordiscarem. Presenciando-lhe o esforço, Angélica agradeceu a generosa interpretação daquela madrugada.

— Peregrino ainda há de apreciar.

Fidalga acompanhava do promontório bojudo a invasão das águas. Mordiscando pão e toucinho, poupava de ofensas o Alvarado. Compreendia revide contra uma raça esquecida de ofertar carneiros e desculpar-se a um rio de cuja vida dependia para respirar. Graças à enchente, Eulália atingiria facilmente a antiga casa, tocando nos objetos de que estaria saudosa, por não os ter arrastado junto, quando do naufrágio. Átila sempre os deixou em evidência pela casa, para não estranhar a mulher o lar, no caso de regresso. Era como se Eulália ainda estivesse viva lavando as paredes, desfrutando da terra sem o encargo de cumprimentar os inimigos.

Peregrino dirigia a limpeza. Os estragos eram consideráveis. Mas porque perdera o abrigo de princesa nas montanhas, Fidalga o censurava dispondo dos móveis como se fosse o único proprietário.

— Se não fosse eu a defendê-los, eles não estariam mais aqui.

— Melhor que tivessem partido. Ao menos os estaríamos caçando. Que atividade pode ser mais fecunda?

Ofélia resistia a abandonar o leito marroquino. A limpeza fazia-se em torno dos limites de seu corpo. — Moldura renascentista de uma casa sacudida pela desgraça, disse Filomena, afastando os vestígios da agonia. — Que alegria o rio no seu curso normal, completou.

Como consequência das águas, a erisipela começou a grassar. Logo combatida com ervas e a pomada que descobriu Bonifácio numa lata de cera de cinco quilos, dentro da tina. Ainda que suspeitassem da cura de origem duvidosa, beneficiaram-se do produto espalhado nas peles em chama. Mais difícil de combater era a fúria insinuando-se pelos corpos já de manhã, fora mesmo do leito conjugal. Na cozinha, ou atrás das árvores, esfregavam a pélvis contra a do vizinho, desculpando-se por o confundir com a mesa em que deviam encostar-se para comer com decência. A falta de calor humano, porém, apelavam para instrumentos, galhos secos, maçãs furadas, a mansidão dos bovinos, em busca do prazer. Os sexos apresentavam sérias irritações e alguns incharam como esponja marítima.

Eucarístico vergava o corpo contra os remos, finalmente cedendo aos reclamos de Magnólia que o visitou em horário distante do jantar. Fizeram amor no barco, para vergonha mútua, quando se apartaram. Magnólia disfarçou, você quer leite desnatado, ou saído do ubre da vaca, com alto teor de gordura? Ele limpou os remos revestidos de algas com as meias rasgadas. E dominados os furores daquele dia, Eucarístico reclamou do peso dos anos. — E não há jeito de você aliviar-se? disse ela.

— Sim, quando eu alcançar o hemisfério.

Imperatriz seguia da sala o fenômeno que expressara desordem em uma das crostas terrestres. E a seu favor invocava o testemunho das marés que, ao não estarem à beira da praia, se podiam encontrar no fundo do mar. Aliás, na crista das ondas, viajava-se por toda parte. Foi assim que ela chegou a Santíssimo. Para que a velhice a contemplasse com previsões que lhe permitiam acertar o número de árvores ocupando o pomar de Próstatis, sem deixar a casa. Mas, quando lhe confirmaram a exatidão de sua estimativa, Imperatriz tombou a cabeça, sem esconder a tristeza. Héloise não conseguia libertar-se de súbita dor ovariana, ainda que se expressasse em inglês. Buscava socorro em Imperatriz, que simulava distração.

— Ni el antiguo amor merece perdón, e abanou-se aflita. Mantinha-se com dificuldade sobre os trinta centímetros, um fogo varria-lhe a palma dos pés. Urrou em certa madrugada impedindo que se dormisse em Santíssimo na semana seguinte, quando se aguardava novo grito que fatalmente cruzaria o ar.

— Quem há de urrar nesta noite? disse Respaldo.

— É minha vez ainda, disse Iluminura, apesar dos protestos de Respaldo. Ela defendia seu direito ao prazer, que estava dentro dela, graças às águas do Alvarado.

Durante sete dias, Respaldo ficou de vigília, junto ao seu leito. Seguia-lhe as contrações que se propagavam especialmente pelos cabelos, aguardando que no rodízio lhe coubesse a vez. Indicado porém para o prazer, lamentou a tragédia que o impedia de gozar como sempre sonhara. Expôs a Peregrino suas dúvidas quanto a um método que contemplava os ditosos, e arrastava à vergonha os de sexo inoperante. Peregrino acedeu que se levasse a tina ao centro do cemitério, para os corpos repousarem em paz. O próprio Piedoso havia saboreado com os olhos embaçados de lágrimas e espuma a carne de Ofélia.

Apesar desta iniciativa, os músculos de Bonifácio se retesavam junto a Iabeshab, após terem vindo de tremer ao lado de Censata. Iabeshab levou-o ao cemitério e ficaram próximos à tina em agonia por três horas. Até que Respaldo lhes pedisse instruções na conquista de Iluminura. Mas antes que Bonifácio redigisse no chão o decálogo começando pela disposição número dois, pois se podia dispensar a primeira, com gestos Iabeshab assegurou ser tudo falso.

— E que solução para corpo costurado? disse Respaldo Continuar como nasceu, avisou Iabeshab. Em vez de irritar-se, Respaldo foi pescar. Fidalga chamava atenção para a beleza de Santíssimo coberta de lama e água. Uma tese em harmonia com a de Iabeshab. Nenhuma cidade conheceria esplendor sem enchentes, paredes tombadas, de preferência as simétricas, e manchas de mofo nas pernas.

Fidalga acompanhava com dificuldade as palavras de Iabeshab em língua contrária à sua, e tudo porque Bonifácio se negava traduzi-las. Mas, de posse da sua respiração do soprano e esquivos sons, pôde atrair Iabeshab ao jardim que crescia, desde a briga de Peregrino e Angélica, ainda que não lhe cedessem espaço plantando, ou limpando áreas vizinhas.

Peregrino atribuía a Fidalga a ampliação do jardim, ocupando agora a metade do quintal. Fidalga comovia-se que Eulália, entre tantos afazeres, se dedicasse a marcar daquele modo sua presença na terra. Preparou dois buquês, pensando em Rectus e Imperatriz. A invasão de fragrâncias há muito esquecidas despertou em Rectus a suspeita de ainda destilar veneno por aquelas hastes, inconformado que a natureza produzisse frutos destinados aos frascos de cristal.

Imperatriz deslumbrou-se com os amáveis dedos de Fidalga, cuja amabilidade a credenciava enfeitar-lhe o caixão, cerrar seus olhos, na hora da morte. Héloise quis provar-lhe que confundia hastes chegadas incólumes às mãos, e de existência inferior a cinco horas, com pensamentos sutis, estes sim creditados a Fidalga.

— No te acuerdas de Plaza Mayor?

Héloise mergulhou a cabeça no peito magro. Expressava o sofrimento em inglês, esquecida que Imperatriz proibira entre elas qualquer insinuação saxônica, sobretudo nos momentos intensos.

— Y de la Armada Invencible, tanbién te olvidaste?

Ainda que Héloise a seduzisse com a afirmação de que horas antes de morrer descobriria a magnitude de um dia claro, Imperatriz sabia que os nativos de Santiago se deixavam seduzir unicamente por desditas. Muitas vezes, Héloise esquecia-se de que estavam em Santíssimo. Desde que deixara Espanha, confundindo objetos terminava em sobressaltos, e mal dormia. Apelidou-se de sombra modesta, naqueles anos, enquanto Imperatriz dividia a terra e os sonhos. Temia surpreendê-la raptada pela morte, sem deixar vestígios da viagem, uma silhueta ao menos na parede, com que se manter a ilusão de estar ela ainda em casa.

A visita de Fidalga, talvez porque raramente lhes batesse à porta, teria dissipado tais presságios. Mas, iludindo-se de que a atrairia com caracteres chineses, rabiscou breve ela virá. Imperatriz contrariou-lhe a esperança. Se ocupavam todos a mesma terra, debaixo de um teto comum, não via razão em dirigir convites nominais aos que podiam ingressar na casa bastando querer.

— Ni veinte y ocho puertas nos protejen.

Compreendendo que Imperatriz queria morte rápida, besuntou-lhe o caixão com resina, passou feltro nos seus metais, ajeitando a orientação do espelho ali instalado com o propósito de refletir para os que viessem a lhe velar o corpo detalhes de que sempre se cercou, já que não os regalaria com uma respiração ativa embaçando o cristal.

Peregrino descrevia Eucarístico fedendo a umidade e suor gotoso, após salgar-se na própria teimosia. Mas, inconformado com os sinais visíveis em toda parte de uma rebeldia que não lhe respeitava a porta da casa, ele indicou a puta mais velha para aquela noite. Embora a puta lhe acariciasse o peito, ele se perdia em evasões que se prolongavam por dezessete minutos, até ela o trazer de volta à casa. Iluminura enumerou-lhe as manchas no rosto que se espalhavam violáceas sempre que sucumbia à lembrança da índia velha.

— Se não morreu em todos estes anos, eu ainda a trarei de volta, disse ela.

A exemplo dos moinhos manchegos, Peregrino concebeu uma britadeira movida a água. Iluminura inaugurou-lhe a obra pela madrugada assoprando as primeiras pedras, algumas saindo miúdas, outras do tamanho de um ovo. O mecanismo que lhe determinava a mobilidade exigia triturar pedras, pássaros desprevenidos, e lençóis com manchas, que os delicados dedos de Fidalga não conseguiram apagar.

Respaldo, que condenara a excursão noturna que expusera Iluminura a perigos contra os quais ninguém a teria protegido, insurgiu-se indicando a máquina que, para se mover, sugara-lhe a virgindade. Longe de condenar a versão que lhe rompia o hímen, Iluminura sentiu-se autorizada a frequentar as casas de Santíssimo, que lhe estavam devendo uma xícara de chá. Prometia não arrastar consigo as putas velhas. Abriria seus salões, cuidando antes de acorrentá-las às janelas dos quartos, por cujas frestas respirariam sem perigo de asfixia. As putas habituaram-se a fazer cachos e se entreterem com cafunés nas noites de chuva.

Surpreendendo Iluminura a encomendar no armazém uma caixa de farinha em quantidade superior ao consumo da casa, Peregrino suspeitou que cuidava ela de convidar Magnólia e Fidalga a se relaxarem em torno das flores de massa de pão que havia ali em abundância. Batia-lhe a porta mesmo à luz do sol, para a surpreender com os dedos sujos de farinha. Ela ofertava-lhe os dedos, mas não o convencia. Passou a oferecer-lhe também em inspeção as mãos das putas velhas.

— Não se esqueça, ainda não estabelecemos em Santíssimo o hábito inglês de tomar chá com brioche, disse ele.

— Com que direito Peregrino assume a consciência desta cidade? disse ela a Respaldo.

Porque sugara algumas lições na fonte sob orientação de Bonifácio, ele disse: — Também falta pouco. Aproveite este ano para recolher-se mais cedo ao leito. Logo nos perderemos.

As vozes com mais de sete cordas anunciavam, sob perigo de rouquidão definitiva, que Iabeshab havia morrido. Bonifácio, a quem a natureza regalara com timbre exemplar, também lhe defendia a morte, o dever de irem ao seu encalço.

— Que diabo de sentimento é este? disse Iluminura.

— E o espelho que ele me deu, e no qual me miro diariamente?

As prerrogativas de Iabeshab permitiriam-lhe despejar sobre Santíssimo toda a classe de presentes. — Nós bem merecíamos, de que modo se classifica o mundo senão pelos suprimentos, mijo e bosta, disse Respaldo.

Não havia quem não falasse difícil. Buscavam exatamente palavras que impossibilitassem a leitura de um texto. Bonifácio pregoava a simplicidade, antes dos atos fundamentais. Formando pequeno auditório, também ele vestia as palavras com entonação quinhentista, pelo que assoviava, em vez de murmurar. Magnólia interrompeu o colóquio anunciando:

— Eucarístico abandonou o barco. Esperei-o toda a noite, e ainda não voltou.

Ele pediu calça de brim, que pelo entrelaçamento dos fios enfrentam a eternidade, meias de lã, e camiseta para o inverno. Tinha urgência, largando os remos por um instante. Trabalhei a noite inteira, como ele pediu. Os filhos me estimulavam com café, como eu tinham esperança do traje novo expressar sua vontade de retornar à casa, para morrer. Uma homenagem que bem precisávamos, após anos de privação. Hermengarda teria aplaudido que se devotasse ele finalmente à serenidade e ao repouso. Antes de ir ao seu encontro, lavei o quarto, preparei a cama, disse à filha corra até Censata, que deu para não me cumprimentar, e peça-lhe emprestada a colcha em que Efigênia morreu, e que morte bonita aquela! saímos de lá chorando, especialmente enquanto lhe lavávamos os toquinhos, mas quando eu disse Eucarístico, Eucarístico, estou aqui, ele disse deixa a trouxa ao lado do banquinho, eu obedeci e o larguei durante três horas, tempo de ele vestir-se e meditar. Mas voltando, não ouvi ruído dos remos, nem marulho das ondas, pensei afinal este homem se abandona ao repouso merecido, está agora sob o signo da morte. Subi ao barco, e não o vi, e ainda que o procurasse encontrei os remos quebrados a machado, não serviam senão para o forno de lenha, gritei Eucarístico, Eucarístico, não brinque comigo, mas eu estava contente, a advertência era a nossa primeira exibição de alegria em muitos anos. Ele tardava em responder, Eucarístico, Eucarístico, até eu perder a vontade de dizer Eucarístico, Eucarístico, já não acreditava que dizendo Eucarístico Eucarístico eu o traria de volta ao barco, ou à cama do nosso quarto, de onde se ausentara, mas que eu havia enfeitado para ele morrer, cercado de respeito e vizinhos.

— Onde estás, Eucarístico, gritava Hermengarda em prantos. Rectus estranhou que só agora ele decidisse fugir, quando durante anos tivera remos, e toda a terra, a seu serviço. Mas, se desertou agora seguramente fora em busca das lantejoulas de Assunção. Eulália distribuíra o sonho de que unicamente ali encontravam-se os meios de alcançar a perfeição, que culminara no teatro Íris.

Sempre previdente, Eulália preenchera-lhes a existência com monstros também, alguns de terra, a maioria de rio, com o propósito de confundi-los.

— Mas, em tudo você é igual a nós, disse Rectus.

— Foi por distração. Porque me conceberam em dia de sol. Dava-lhe prazer descrever animais mutáveis, expandindo-se em formas que os aprisionariam se lhes faltasse coragem de romperem estruturas estabelecidas.

— Houve quem a princípio matasse as lacraias, mas elas ressurgiram com pé de galinha, pinto, pomba, beija-flor carioca. Jamais sentindo vergonha, ou culpa, pelo que eram e deixavam de ser. Agora, passeiam pelas ruas, ocupam especialmente o camarote real do teatro Íris.

Abraçado a sua cintura, Átila a arrastava para casa. Encomendara lenços suíços a Iabeshab, tentando abafar aquelas palavras. E se pedia-lhe café, era para o deixar esfriar sobre a mesa.

— Não era então fantasia de Eulália? Rectus imaginava Eucarístico de encontro às lacraias que fizeram luzir o rosto de Eulália. Próstatis surpreendia-lhe o brilho que, além de incendiar o trigo, insinuando-se entre a colheita desenhava silhuetas de ilustres naus. Era o primeiro a afastar os olhos, não se deixando sucumbir. Vinham atrás dele porém confirmando tudo que não queria enxergar. Recomendou providências a Átila, que se desculpava.

— O que pode ser mais útil que uma mulher?

— Os intestinos de uma minhoca, disse Próstatis. Mas, quando Eulália se calava, as imagens com que contavam para intensificar sentimentos se iam enfraquecendo, e muitas amanheciam borradas.

Rectus orientava Próstatis para gestos caseiros e palavras de que não se arrependesse. Por sua vez, Próstatis combatia-lhe a escolástica, por ser método que impedia o homem de gozar junto a uma mulher.

— Os escolásticos desertaram do humano!

Faltando-lhe tainha com que recompensar Rectus da dor, Respaldo recomendou-lhe devoção exclusiva aos manuscritos do Mar Morto, para evitar desgostos. — O que aliás o poderia atrair mais?

— Ah, Mar Morto, disse Rectus.

— O reencontro com o passado seria a meta desta viagem, disse Respaldo.

No armazém, Rectus adotou postura coincidindo com a de Próstatis, de modo a não o censurarem. — Viagem é tudo de que se trata, disse, sem acrescentar outras palavras.

— Quer então viajar à custa do estado? disse Próstatis.

Bonifácio confirmou a existência de tesouros nas gavetas e sobre a mesa em que merendava, convocando Rectus em troca a memorizar um mínimo de palavras por semana, com que viesse a descrevê-lo. — E não é este o ofício de um historiador? Rectus resistia a descrever amigos, enquanto não encontrasse remédio com que liquidar as traças.

— Descreva-me, mulher, como sou para você e para mim, disse Bonifácio, em casa.

— Você é tanta coisa, que se eu soubesse, eu me alcançava também.

Intuiu que Censata o estimava. E por saber-se desejado na própria casa, operou no armazém com rara diligência. Unicamente Fidalga o distraía alterando a ordem dos cristais.

— Onde se esconde, se te procurei e bati sempre em portas erradas? disse Fidalga.

Iluminura desculpou-se, por hábito aprendera a camuflar-se. Em verdade, vivendo entre animais, apossava-se de suas formas. E te ofende? Ao contrário, lisonjeava Fidalga que amiga da alma não tivesse o homem como única referência para trabalhar o barro, ou extrair aspereza da pedra.

— Fora de Eulália, só encontrei transtornos e pesadelos, disse Fidalga. Não se lhe viam os sinais de capitulação comuns em Santíssimo.

— É que eu não sofro, ela admitiu.

— Por que reclama então? disse Iluminura.

Fidalga surpreendia-se que lhe expusessem razões em desacordo com o que havia declarado. Naturalmente pensando estar ainda entre animais, Iluminura adotava-lhes linguagem e visão, e por tal desculpa a confundia com Censata ou Imperatriz.

— Imperatriz eu poderia ser. Jamais Censata, disse Fidalga. Não lhe podiam exigir que perseguisse Eucarístico, que se perdeu como um cego, vestindo roupa nova, se nestes dias o estômago se pusera a navegar.

As investigações detiveram-se nos limites de Assunção, fronteira que respeitavam por amoroso jugo à pátria. Aspirando a terra, Magnólia rastreava o cheiro do marido, que lhe era familiar, ainda vivendo separados. Os filhos não a ajudavam a flexionar as vértebras, e o próprio cheiro que lhe chegava intenso às narinas a confundia, ainda que se tivesse banhado antes de partir, para prevenir-se de tais embaraços.

Peregrino recriminava-lhe a incompetência. Dormiu com Eucarístico toda a vida, e agora se chafurda com o próprio cheiro! proferiu diante das casuarinas. As acusações de que havia provocado a viuvez por meios ilícitos, Magnólia se pôs a chorar. Denegriam em público uma mulher a quem não coubera a honra de enterrar o marido, cobri-lo com terra suficiente para assegurar-se de que jamais o teria de volta. A voz de Peregrino lhe deixou a laringe para pedir a de Próstatis que a substituísse. E não querendo o rosto perder a disputa de trazer Próstatis à vida, cedia-lhe espaço para modelar suas feições.

— Por que hostilizou Eulália, obrigou-a a ser fiel a um rio? disse Fidalga, recompensando-o pelo esforço de imitar Próstatis.

— Ela jamais esteve na terra. Fingiu todo tempo.

Fidalga contava no mapa os dias de caça a Eucarístico. As buscas se intensificavam justamente quando o tinham tão próximo. Não que Eucarístico fosse ao cemitério cumprimentar vizinhos, porque parecia ter pressa. Mas por força de estar perto, dividia com todos o mesmo ar.

— Você se engana. Ele partiu. E embora esteja longe do inferno, consta que não o receberão ali, disse Iluminura.

— E que iria Eucarístico fazer em recanto com cactus e nozes secas?

Iluminura despediu-se apressada, tinha muito a fazer em casa. Ocupar-se sobretudo com arranjos de flores, a mesma massa de pão que reservou do ano passado.

— Então você possui uma casa? de pedra, ou tijolo?

— Prometo descrever-lhe um dia meus aposentos. São quase reais.

A nostalgia de Fidalga, que correspondia à intensa manhã de sol, em que a terra surgia pronta, sem que se lhe pudesse acrescentar detalhe para a embelezar, era combatida espanando a poeira dos quadros, porcelana, cuidando em não ferir Triste Figura. Contemplava o touro em madeira prevendo resultados fogosos. Ele a perseguia no prado e ela, sob a proteção dos moirões, censurava-lhe o estado febril, de que devia envergonhar-se, e as memórias concentradas nos chifres dos machos que semeou em Santíssimo. Adotava gestos de Iluminura, o desembaraço de articular juntas distantes ao mesmo tempo.

— Já não sou Fidalga. Chamem-me agora Memória.

Peregrino lamentava não haver visitado Eucarístico nos intervalos de sua viagem. Olhou as gemas dentro de alguns tomates decepados e, sem esperança, agradeceu o mimo da mulher. Admitia-se cristal em que Fidalga buscava esquecimento, ainda que ao mirar-lhe a superfície retificasse traços desarmoniosos e fios de cabelo.

— Parti e não adianta me procurar. Sou Memória, e não me lembro de nada. Surpreendendo as casas de marimbondo grudadas aos telhados, disse a Eulália, eles crescem, e nós diminuímos. Tinha tanta pressa Eulália, que a recriminou por falar-lhe em circunstâncias difíceis.

Censata hesitava em abordar tema delicado. Mas, as provas se acumulavam impedindo a admissão de Fidalga entre os mortais.

— Estamos em vias de perdê-la, agora que perdemos Eucarístico. E desobrigou Respaldo de lhe dar satisfações. Orgulhava-se de compreender Fidalga no mês de maio, em que se iam acentuando suas semelhanças, quase já podendo dispensar a companhia do olho de cristal. Via Bonifácio desfrutando a vida dentro de um frasco de álcool. Quando há de se salvar pela fantasia? Ela o descrevia durante a noite, estranhando ter dormido com ele aqueles anos sem lhe exigir postura e outros pijamas, enquanto o recompensara com uma face enriquecida, e a firmeza da mão traçando linhas facilmente identificáveis.

— Vivemos na cidade errada, porque a desenhamos errado durante décadas.

A fragilidade de Fidalga explicava-se. Há muito unira-se à mãe nadando no Alvarado. — Só me ressinto que Iluminura se empenhe em ser Fidalga, e Peregrino adote o rosto de Próstatis, disse Respaldo.

— E não teve ele sempre o rosto de Próstatis, porque foi esta a má cara que Angélica teimou em oferecer-lhe antes mesmo de o expulsar da vagina? Censata perdia rigidez, para se deixar atrair por antigos gestos de Iabeshab.

— E não está sendo você Iabeshab?

— Bonifácio pediu, e eu obedeci. E quem o ameaça, para você imitar?

Respaldo recusava-se ingressar no reino dos difusos. Os espelhos ali apresentavam superfícies estraçalhadas, de modo a jamais revelar rosto inteiro.

— A vocação veio do avô. E se esqueceu? disse Respaldo.

Próstatis ordenou a morte do avô em noite de lua cheia. Merecia castigo quem agira de modo insalubre, como pântano. Santíssimo reagiu: prendemos ele no quarto para lhe observar a barba, bigode, os cabelos crescerem ao chão, e o condenamos por este opróbrio. Próstatis combatia que se abandonasse à sensibilidade do assassino o próprio julgamento.

— Ceda à nossa vontade ao menos uma vez, disse Átila.

O avô de Respaldo lamentou que não o matassem. — Melhor que me castrassem, ainda era honra. O acúmulo de pelos em todo o corpo indicava uma culpa reclamando punições diárias. Não suportavam pelos crescendo sem os podarem imediatamente. Censata chorava e Respaldo confessou: peço desculpas por ter vindo ao mundo de olhos fechados: ainda os abrirei a golpe de machado. Censata acompanhara de longe a visita da mãe ao velho. Ela escolheu o melhor vestido, e encolhendo os ombros para que lhe visse os seios, oferecia-se em troca de animais que embelezassem o seu pasto. Não a motivava a riqueza, a cisma sim de ver animais pastando perto.

O velho resistiu, as casas de todos muito próximas, quase meia-parede. Mergulhou na mulher ainda dizendo: os animais nada significam, mas sacrifico a honra com o gesto. O pai suspeitou da paixão do velho porque o via colher peras da sua horta. Exigia satisfações mencionando porém a qualidade das frutas do seu quintal, de casca tão fina que se confundia com a polpa.

— Ousou desrespeitar minha mulher? disse o pai, afinal abandonando a linguagem das peras. O velho suspirou, não se culpava pelo amor em doses exageradas circulando no corpo. A mulher disse ao homem: ele pôs os animais em nosso roçado para me comprometer, e suas propostas cravaram espinhos no meu coração. O pai avançou com a faca de descascar laranjas, restando ao velho a defesa de o matar.

— E as palavras da mulher, você responde por elas? perguntavam-lhe enquanto ele limpava as mãos sujas de sangue.

— Respondo pela minha carne. Nenhum castigo pune o suficiente.

Enquanto lhe cresciam os pelos na cela, a ponto de se limpar o chão com eles de vassoura, Censata evitou Respaldo. Ele pedia notícias do avô fruindo a fatalidade. — Mas ele resiste ainda? São suas palavras sempre as mesmas, não variaram nestes anos? E o que fala com mais frequência?

— Não reconheço nenhuma criatura e espero o meu fim. É o que ele diz com mais frequência.

Respaldo despertou atenção para as casas de marimbondo, ocupando outros alpendres. — E obra de Iabeshab, disse forçando Censata confessar a Bonifácio:

— Iabeshab voltou.

— Não recebi aviso, nem bússola, ou cristal delicado.

— Basta olhar nossos telhados. Nos ameaçam agora com marimbondos.

No cemitério, misturavam a lembrança de Eucarístico com a coletânea de ferrão ao dispor de todos. Haviam os marimbondos proliferado de tal forma, que já se temia a falta de tempo para os dizimar, antes do ataque que estariam tramando contra a cidade. Peregrino reagia com voz de Próstatis:

— Nós os combateremos com bosta e biscoito de araruta.

Avisado de que Próstatis estava de volta, Átila o buscou. — E como não o enxergo?

— E para quê, se está quase cego?

Fidalga sacava miudezas da caixinha: se eu conseguisse ver Eulália no rosto do pai, me pouparia tantas viagens ao rio. Enumerava os fios de barba do marido, antes de Peregrino os entregar à tesoura de Mariano. Ele comandava que com tochas inundadas de querosene cercassem os marimbondos à noite, quando os sabia pacíficos. — Melhor com tesoura, disse Mariano.

— Só se for para cortar os testículos, gritou Peregrino.

Não havia mais dúvidas quanto ao regresso de Próstatis à terra. Se para muitos era motivo de festa, outros irrigavam as plantas com choro. — Não, não é Próstatis, disse Rectus, de outro modo teríamos Efigênia de novo, o som de sua harpa, e ninguém teria morrido nestes anos.

— Ninguém se parece a ninguém, corrigiu Tronhão tais desmandos.

— E como acreditar, se unicamente vemos os mortos de volta, disse Iluminura na assembleia, fazendo-se ouvir pela primeira vez, de que logo a expulsaram sob sugestão de Rectus.

— Lutemos, é como se estivéssemos outra vez trazendo os mortos para a praça, livrando-os da solidão e do vento.

Os marimbondos resistiam ao fogo e à esperteza. Depois da batalha, da qual saíram com o estandarte do inimigo estraçalhado, clamaram pelo vinho de Imperatriz que, informada da caça, aplaudiu as codornizes sobrevoando a casa.

— Y no era entonces tiempo de los reyes? Há muito se esgotara o vinho da vitória. De nada valia lamber o lajeado onde o tonel estivera naqueles anos.

A inquietação de Peregrino acentuava-se com os trinta dias de espera, sem se acrescentar a eles o corpo morto de Eucarístico, a que velassem numa madrugada de quentão paulista e empada. A horta que merecera de Fidalga o mesmo desvelo com que deslocava bibelôs da prateleira, ameaçava converter-se em jardim. Apesar de lhe fazer sempre a vontade, Peregrino se opôs à inovação, através da única corda vocal firme na garganta, de recursos esgotados pela luta nos últimos meses.

— De jardins estamos cheios. Plante no Alvarado.

— Nem Eucarístico me daria tal conselho, porque o vejo esperto e com energia.

— Isto se ele estivesse vivo, e sondou o horizonte com mecha de sombra, sol, nuvem, prenunciando encurtar-lhe os limites.

— Talvez ele tenha morrido nos últimos cinco minutos. Até agora tem sido elegante e jamais perturbou Aldebarã.

Convencido de que Cacilda descia à terra, não para verificar estragos, mas assoprar-lhe ao ouvido seu dever de também eleger sombra a que amar, Tronhão temia a penumbra do porão. Evitava entre os dentes som formando Fidalga, e reagia cauteloso à fantasia que Peregrino consentira lhe fosse pregada às costas.

— Arrume sapato velho, e inicie a aventura, disse Peregrino.

Censata aceitou que Tronhão lhe devesse desculpas, ainda sem recordar suas faltas. — Penitencio-me agora, porque antes me faltou tempo. E lhe ficava também devendo gratidão, se ela levasse ao sapateiro os únicos sapatos que dispunha, pois não lhe ficava bem se expor descalço às críticas estrangeiras. De passo pelo porão, aproveitando a rápida visita, olhasse em torno, quem sabe Eucarístico a recompensaria com um sorriso.

Promovida no nível de Imperatriz, Censata recusava obedecer. — Desde quando você se perdeu, para tornar-se um dos nossos? Ele admitiu sofrer a atração pela terra, motivo de não abandonar seu nível, embora Imperatriz o convidasse a acompanhá-lo ao pódio, presente do Maestro Merluza.

— E Cacilda, não superou vocês em perfeição?

Ela ingressou evitando espirrar. Alimentava a decisão de prosseguir pensando: não vê Aldebarã que me aproximo sem precisar de seus serviços? Ele polia as botas de Fidalga em desuso após brilho inicial.

— Os sapatos não são meus, disse, mas uma vez que os trago, minha consciência está aqui. Orgulhava-se dos avanços, de muito ultrapassando Bonifácio retalhando mantas de carne-seca em sucessivos gestos comuns. Era natural que Iabeshab já não o suportasse. E se ela ainda o admitia no leito, simplesmente para evitar a guerra em que se deveria trajar de elmo, armadura, e espada com ferro de Itabira pesando trinta quilos.

— Foi um prazer conhecê-lo. Meu nome é Censata.

Aquele único par de sapatos revelara a Censata sombras, resíduo de cola, teias de aranha. E ainda uma tal riqueza, que se sentiu tentada a convidar Magnólia a apreciar a independência com que se punha a analisar uma casa em que estivera menos de cinco minutos, suficientes para descrever paredes, vencer dormitórios, ingressar na casinha dos fundos. Tinha Magnólia bons motivos de envergonhar-se dos modestos hábitos e recursos com que se educou. Bonifácio ouvia-lhe a fascinante excursão por um território em que não perdera a alma por ser de têmpera forte, enxugou as lágrimas em tempo, sem ter jamais esquecido que era proprietária de um espelho.

— O espelho ainda é meu, não se esqueça, disse ele.

Censata conseguira falhar, apesar do tesouro que lhe confiaram. Não merecia outro par de sapatos, para se fazer respeitar. A sentença que Peregrino anunciou no armazém excluía-lhe o nome, e a descreveu de modo a que Bonifácio temesse pelo destino de Iluminura. Tronhão lhe pediu paciência, especialmente porque visando distrair Censata, e assim poder Eucarístico refugiar-se, Aldebarã analisara-lhe os sapatos em tempo de os consertar pelo olhar. As sombras ali chegaram a disputar-lhe o corpo, obrigando Censata a ceder-lhes meia falange, o que a habilitava a disputar com Magnólia a posse da harpa, escondida no armário. Graças aliás a seu minucioso relato, ele reconstruíra os vestígios que lhe sobravam do sapateiro, a quem levou comida no período da quarentena.

— E o delegado Patrício, já acordou? disse Peregrino.

A mulher lhes dizia a mesma coisa, indagada sobre o estado do marido. Cuidando em conservar o rosto naquele estado em que o deixou, ao levantar-se sem tempo de extrair dos olhos a remela com pinça, por entregar a Patrício a xícara de chá que lhe pedira e não havia preparado com antecedência.

— Esteve sim, mas foi tal o seu cansaço, que se decidiu voar de novo.

Em torno da sua cama, dava-lhe papinha de maisena na boca, preocupada com que Patrício perdesse, mesmo dormindo, o hábito de mastigar e ganhar com isto cores na cara. Não lhe criticava o pesado sono do qual jamais saiu desde o enterro de Próstatis, porque sempre o surpreendera cumprimentando venerandas árvores em obediência ao prazer de tirar com destreza o chapéu da cabeça.

— A terra é suave, exatamente como o seu nome, delegado Patrício, disse Fidalga.

Fidalga lhe mereceu sempre desconfiança e palavras de arrebato que lhe amarrotavam o chapéu, pelo número de vezes que o fazia ir e vir entre a cabeça e o peito. Aceitou sua companhia no cemitério, para ela de perto apreciar como desta vez saberia levar o chapéu de volta à cabeça com perfeição.

— Meu nome foi para salvar minha mãe. E seus olhos se detiveram na tina de Iabeshab, da qual não se desviaram ainda que o levassem para casa, lhe mudassem o pijama, chegassem a sacudir-lhe o corpo entre lençóis. Patrício roncava de olhos abertos procurando a tina que não o seguira à casa.

Inicialmente cederam-lhe meses de prazo para retornar à vida, terminando por lamentarem um corpo amortecido pelo sono, e logo o esqueceram. Embora habilmente planejassem um calendário indicando quem o visitaria às terças-feiras.

— E o delegado Patrício, já regressou à terra? Há quanto tempo não o vemos no cemitério cumprimentando flores e criaturas.

Embora não variassem as palavras, lisonjeada a mulher ia armazenando provisões verbais e alimentícias, que conservava avarenta a sete chaves.

— Esteve sim, mas foi tal o seu cansaço, que se decidiu voar de novo.

Peregrino enaltecia o sentimento por um homem morto. Não havia outra prova de amor válida senão aquelas impostas pela morte.

— Mas ela tem mais agora do que antes! disse Respaldo.

Antes de lhe surgirem sinais da puberdade, Patrício começou a amar as vacas. Não se sentia ansiando o raro, porque outros também o acompanhavam. Com os anos, porém, Patrício teimou em prosseguir ao lado dos ubres, ainda que o quisessem atrair para folguedos humanos. Ficando sozinho, seguia as vacas através dos prados, pelo prazer da companhia. Daí a forte suspeita de que dormira mais com elas do que com a mulher, embora evidentemente sua natureza robusta lhe permitisse devotar-se às duas espécies com igual constância, e sem prejuízo para uma delas. Seus olhos brilhavam alisando os chifres daqueles animais. Peregrino não se conformava com tais versões envolvendo a honra de um homem, e sua mulher. E todas sem dúvida maldosas, tanto que jurava haver visto Patrício algumas vezes na casa de Iluminura.

Próstatis sonhava em enfeitar Santíssimo com um delegado de peito ufano, chapéu na cabeça, cumprimentando o povo, os ombros tombados pelos encargos que também ele não sabia definir, ainda que certamente não cumpriria ordem de prisão sem licença sua. E quem melhor para os representar que Patrício, gostava de animais.

— Animais, não. Só das vacas, disse Átila, o que o credenciava ao cargo. Saberia estender idênticos benefícios às criaturas, e, além do mais, sempre que um cidadão como ele falava, lhe concedessem tempo para dilapidar a sua frase.

— Lapidar, disse Átila, que recebia da mulher naqueles dias meia porção de comida quente, porque o olhar de Eulália amanhecia pregado a Assunção, só o recolhendo quando ia dormir.

Patrício afastou-se das vacas com pesar. Desistira de entreter-se com os rabos espanando moscas, para fiscalizar diariamente as flores das sepulturas. Reconhecendo-lhe as virtudes, que antes do cargo mal se enxergavam debaixo do chapéu de palha, a mulher limpava-lhe o de chile, que substituíra o anterior, mesmo na rua. Sua ambição era simplesmente desvendar os mistérios de Santíssimo.

— Tem que haver mistério numa cidade sem drama.

A asfixia de Bonifácio, que provinha da poeira sacudida do móvel, e da ameaça de que já pelas manhãs o perseguissem, obrigou-o a recomendar moderação a Patrício, que corria perigo de confundir a comida pronta na mesa com o que não ganhara ainda o caminho da caçarola. — Qual é a linha divisória? disse.

Patrício comoveu-se que justamente Bonifácio, o primeiro a deixá-lo sozinho com as vacas, ainda que o tivesse estimulado a voltar com palavras e leite fresco, lhe ofertasse uma escada de cujo topo se enxergava a cidade inteira. Contrário a Ofélia, que não lhe providenciou sequer uma cama no pombal de Filomena convertido, segundo Emília, em farol para socorrer viajantes.

Próstatis estimulava-o a causas que o fizessem esquecer pesquisas inúteis. Um delegado não servia para sondar o passado, abrir porta sem pedir licença, ou invadir leitos evidentemente ocupados. Tampouco convinha passear por onde lhe convidavam os pés, e confiar o futuro a este tipo de intuição. Ou exigir crimes enquanto os criminosos repousavam em casa do calor de fevereiro.

— Primeiro o sangue, o machado, o crime, só ao final o criminoso.

Patrício padecia no exercício de um cargo que se via cercado de restrições. As funções que lhe haviam outorgado, suspeitou que jamais existiram. Com que direito lhe exigiam o peito ereto, a camisa limpa, o chapéu engomado, se não o cobriam com manto de veludo e autoridade? Próstatis suspirava diante dos tocos de Efigênia:

— Antes tivesse te imitado, que nomear a Patrício. Melhor que estivesse pastoreando os animais, trepando com conforto as vacas de sua preferência. Por que lhe interrompi a agonia?

Durante uma semana, seguiu Respaldo. Chegou a lamber as espinhas de tainhas abandonadas à beira do rio, após Respaldo as mastigar de modo que lhe alcançassem o ouvido conceitos com os quais convencer quem sabe Iluminura.

— Vejo crime em você. Mas, onde está a arma? disse Patrício. Finalmente, ele se entregou à rotina. De chapéu-chile à cabeça, revólver na cintura, palito no canto da boca, percorria Santíssimo até se recolher ao leito, confessando à mulher, que jamais negligenciara em cuidar de suas câimbras:

— Cristo esperou três dias. Meu prazo parece maior.

Metia o nariz nas valas, extraía grama que suspeitava daninha, não poupando o barro da margem esquerda do Alvarado de exame. Especialmente perseguia os animais fugidos dos pastos de origem. Simulava desconhecer Fidalga, para a perseguir sem o desconforto da consciência acusando-o de trair um amigo. Jamais se conformou com a morte de Eulália.

— Se Fidalga fala com a mãe, é porque Eulália se esconde em alguma caverna.

— E morreu, ou não? disse a mulher.

— Se eu soubesse, não seria delegado.

Excedia-se no trabalho. Ainda morre, diziam-lhe para se emendar. Ele interpretava a advertência como estratagema para o distrair dos deveres.

— Pobre Patrício, cansou-se para sempre.

— E justamente quando se fazia necessário aprofundou-se no sono, lamentava Peregrino.

A mulher garantia-lhes: — Logo estará de volta. Hoje mesmo lhe surgiu em torno dos olhos escrita nova, a que me habituarei a ler, tão logo melhore dos nervos.

Peregrino resmungou: — Temos Fidalga por todos os lados. O que será da verdadeira Fidalga?

Aldebarã tardava em rabiscar mensagens na poeira da janela, para encomendar feijão, arroz, fubá, lombo. A última remessa só o manteria vivo se fosse parcimonioso. Semanalmente Bonifácio perguntava-lhe o que pode desejar paladar tão fino. Seguindo as palavras numa folha seca pontilhada com o alfinete de Censata, de modo a Aldebarã ler, uma vez que não admitia visitas que lhe chegassem sem sapatos velhos às mãos.

— Se Peregrino pensa que Eucarístico se hospeda com Aldebarã, está bem enganado. Nem comida para um deve existir lá agora, disse Bonifácio.

Recolhendo os boatos da fome grassando na sapataria, Magnólia deixou à porta de Aldebarã, madrugada ainda, um prato de comida que alimentasse dois. Ao afastar-se, Hermengarda esgueirou-se pelas paredes largando à porta doces e biscoitos de araruta. Os últimos instantes de escuridão foram aproveitados por Iluminura, de cujas mãos tombou um pacote com aguardente, feijão, sabonete, navalha alemã. E cenas que se repetiram nos outros dias, sem uma mulher surpreender a que lhe precedeu, pois tratava Aldebarã de recolher a mercadoria para o porão.

Bonifácio reagia àquele silêncio, que o sapateiro não lhe escrevesse à beira da fome. De que modo contemplando o firmamento, um corpo se mantinha de pé?

— Aumentou ele o pedido de mantimentos? disse Peregrino.

— Alimenta-se cada dia menos, e a poeira cresce na janela.

Não lhe servia a sagacidade apenas para confeccionar flores de massa de pão, e alisar as bundas das putas velhas. Desenvolvera Iluminura no escuro a qualidade de enxergar sentimentos e pupilas à luz de vela, traçar roteiros que terminavam na amargura. Exangues pelas descrições que ela lhes fazia, os retratados pediam que os privasse da descrição, bastavam-lhes os espelhos, e velar a noite antes de sucumbirem ao sono. Peregrino recorria a ela pretextando doença que não se curara em casa. Iluminura passava-lhe pena de pato com iodo na garganta, e fornecia-lhe sempre incompleta a informação que ele ansiava. Em casa, Peregrino completava o segredo a seu gosto, arrastando-o através do cemitério, ou deixava-o na gaveta do quarto, com isto significando que também Fidalga podia dispor dele. Desta vez, alegando distúrbios vocais, que tratou Iluminura com a mesma inoperância, Peregrino indicou-lhe o porão como centro de investigações.

— Conte-me a verdade.

— E se Eucarístico já morreu, e estivermos caçando um fantasma?

Peregrino não suportava voltar para casa sem porção reduzida que fosse de um segredo a que adicionaria ingredientes com que o avolumar, até conceder-lhe visibilidade e dose de astúcia. Se não mais conseguia Iluminura desenvolver dons que se lhe atribuíram inicialmente, devia ter avisado antes mesmo que viesse à sua presença, de chapéu na mão, oferecer-lhe respeito, unicamente devido a quem desvenda o passado e o coloca incólume diante do dia de amanhã. Recomendava-lhe pois devoção absoluta às putas velhas, ficando a seu encargo as almas daquela casa, as almas de outras residências, e as almas que já tinham falecido.

Iluminura reagiu. Sentia nascerem no corpo as raízes nodosas com que involuntariamente se tornava a árvore que teria Eucarístico buscado em toda vida. Entre paredes que as putas velhas mesmo caiavam, e como prova disto viam-se peles grudadas nos poros mais salientes da tinta, quem dava ordens era ela. Peregrino que se submetesse às regras do reino erguido a seu juízo. Não temia a morte, ou o desprezo.

— Em poucos anos não terei mesmo nenhuma mulher em casa. Todas já se preparam para morrer.

— O que fiz para perder sua amizade?

— Desta vez a reconciliação, na próxima você terá que me matar, e foi pintando seus pés às pressas, sem lhe cortar a cutícula.

De tanto usar machado, serrote, que além de dividirem, mutilavam sem matar, Eucarístico aprendera a desarmar simplesmente acusando o outro de inocente. Devia pois Peregrino combatê-lo com o uso de armas sucessivas.

— Simples, uma atrás da outra, madrugada adentro. A luta não terminou. Tronhão se dirigiria a Imperatriz: com cautela, e comunique que a escolhemos para morrer, dou-lhe dez dias, tempo suficiente para vencer a distância da cadeira ao caixão, permitir Héloise aliviá-la dos tamancos que a privaram de sentir a terra, e instalar-se confortavelmente na cama, e querendo dispense a colcha de Censata, embora Censata se orgulhasse em emprestá-la.

Melhor oferecer à espanhola um ano ao menos. E para que um ano, se dez dias representam para ela a mesma coisa? E porque preciso de energia, e Eucarístico me tem feito sofrer, disse Tronhão. Arranhou a porta com unhas afiadas, pediu aos gritos licença para entrar, a voz vencendo vinte e oito portas fechadas. Héloise levou uma hora para abri-las, provocando imagens de ardência, ela arranhando a boca contra o corredor, a pretexto de seguir adiante e meditar sobre as palavras gravadas a fogo e arrebato nas portas. Não perdeu a amabilidade.

— Good morning, my most dear friend.

Intimidava-o que Héloise o julgasse capaz de entender mensagens em língua estrangeira. Foi explicando, não preciso entrar, melhor fico na soleira: talvez Imperatriz aprecie saber que brevemente vai de visita ao Minho, acredita Peregrino que em dez dias ela verá de perto sua amada catedral. Ouviu-lhe

Héloise o complexo conjunto de palavras a que corresponderia Imperatriz cobrindo falhas e vazios com painéis em miniatura que lhe foram sempre úteis, quando não lhe chegavam os sons suficientemente claros de modo a deslizarem pelo chão e lamber--lhe os pés. E resgatando do solo um copo minado pela água e esperança, Héloise alivou Tronhão da sede sentindo o mesmo orgulho do encontro de Plaza Mayor.

— Coño! gritou Imperatriz. Com que direito Peregrino tributava com a pena máxima uma cidadã espanhola, temporariamente no exílio? A caravela suavemente as deixara próximas a Santíssimo. O Alvarado encarregou-se de arrastá-las até ali. O fato porém de ter construído em Santíssimo um mausoléu para viver, não traduzia anseios de ficar para sempre. Andava até pensando em arrumar malas, roupas, especialmente recolher os anéis há muito lhe escapando das mãos como minhocas entrando no chão. Não se lhe esgotara a esperança de existir, não muito distante, um continente igualmente ávido. Fora tradição do seu corpo extraditar-se, e se por muito tempo contemplara, com sentimentos intensos mas variados, o ataúde construído por Eucarístico Nóbrega, não significava que se deixaria sepultar. Cancelava imediatamente as ordens de que a enterrassem no interior da sala, por não suportar a claridade no cemitério de Santíssimo, e a bandinha tocando. A morte, nestas circunstâncias descritas, soava-lhe grosseira, quando devia mais bem ser ato sigiloso, "um ejercicio de oscuridad".

— Soy hija de España, verdad que hija funesta. Pero jamás pertenecerei a estos sitios, ó me dejaré dibujar por los gusanos de aquí.

Obrigou Héloise memorizar as frases que distribuiria por Santíssimo, sem esquecer de enfatizar as "vocales oscuras". Mas, que não o fizesse em inglês, ou francês antilhano, a punição seria rabiscar com carvão as memórias de Plaza Mayor.

— Hableme en lengua del Imperio!

Do mesmo modo que Héloise fiscalizava o nível do vinho no tonel envolto em filó, para combinar com as cortinas do quarto, também verificava se mãos criminosas as teriam privado de suas velas. E querendo Imperatriz saber se contaria até a morte com o fervor dos candelabros, informava-se sobre os ventos, se o noroeste a favorecia. Mesmo enquanto dormiam, mantinham a sala iluminada. Imperatriz decretara a inutilidade das outras dependências, motivo de Héloise divertir-se lacrando as portas com velas, gesto que renovava às segundas-feiras. O cuidado de Héloise com elemento que tudo cedia ao fogo, a economia com que evitava o consumo das velas prendendo a chama entre as mãos, eram altamente apreciados por Imperatriz. Embora Bonifácio lhes enviasse círios jovens, sem a tradição das catedrais espanholas, e que se iam rareando no estoque, Héloise afagava-lhe a mão, para Imperatriz compreender que nem uma vida imortal consumiria aquela reserva.

Héloise jurou esquecer sua vocação para línguas. Bateu nas portas, transmitia as palavras de Imperatriz, aceitava café. Mas, ainda que se esforçasse, não se desvencilhava do inglês acre e violeta ameaçando suas construções verbais. Censata disse: — O que se passa com Imperatriz, respira com dificuldade?

Sua saúde no ano anterior fraquejara, porém as cores ocupavam-lhe novamente o rosto obedecendo à lei natural. Havia por toda casa indícios de que a teriam ainda por muitos anos, sobretudo pela força do seu despertar. Jamais conseguiria o marido da mulher distraída, que quase nasceu no palco do teatro Íris, condenar ao infortúnio uma filha de Espanha.

— Se ela respira, acaso é uma coceira particular nos pés? insistia Censata.

Tronhão seguiu Héloise. — Agora que Imperatriz já sabe, a data se conta a partir de hoje. Héloise rasgou a écharpe de seda com a gilete reservada para cortar flores de rua, amostras vivas cuja naturalidade excessiva repudiava, embora lhe servissem de modelo para as flores de cera, e de que logo se desfazia após lhes conservar a forma na retina.

Há muito as rugas de Peregrino teimavam em fixar-se no rosto, a despeito dos esforços em extraí-las. A pedra-pomes que Fidalga lhe ofertara, como meio de voltar à juventude, irritara-lhe a pele, exacerbando espinhas adormecidas. Cobrou à mulher uma prenda que o envelhecera cinco anos, para os quais não houve tempo de preparar o corpo e ainda palavras titubeantes. Recriminava-a na esperança de Fidalga, emendando-lhe o falso arrebato, restituir-lhe o ímpeto juvenil, com que sonhava inutilmente. Em represália a uma pedra de tonalidade cinza que lixando uma árvore não lhes revelara sua verdadeira natureza, e nem os conduzira ao seu centro, Fidalga se recusou colaborar em seu rejuvenescimento, trazendo-lhe à memória a paixão adolescente. Cedeu-lhe espaço na casa, para ginástica e pelejas contra os vestígios de Próstatis instalados em Peregrino durante semanas. Após o combate, as senhas de Próstatis seguiram paradeiro desconhecido, sem Fidalga lhes ofertar guarida no jardim ampliando-se graças ao esforço inicial de Angélica. A mania aliás de apossar-se de rosto e modos alheios estava cedendo, ainda que traços arrogantes teimassem em não deixar os recalcitrantes.

O sentimento de Patrício pelas vacas, que o fizera desenhar rabos na parede externa, a cada qual ofertando estima e nome associado às famílias devotas de Santíssimo, despertava-lhes respeito e vontade de acariciar o que se parecia à crina de um cavalo, e os cabelos das putas velhas. Apesar de Patrício imerso no sono não renovar os desenhos, que se enxergavam agora unicamente com esforço, não era razão suficiente de o destituir do cargo.

— E como o destituir, se ele dorme até hoje? disse Respaldo.

Rectus buscava solução jurídica invocando a palavra lei, que sempre lhes despertara ânsias de vômito, mas também postura ereta, por parte mesmo dos que sofriam de coluna arqueada.

— É a lei, e ela existe, disse Bonifácio buscando proteção.

Como todo texto em Santíssimo resultava de um esforço conjunto, os homens rabiscavam fonemas e sílabas destituídas de ressentimento, mas que expressassem o estado de espírito geral em face de uma nova lei. Rectus condenava através das persianas o material que lhe traziam, jamais lhe merecendo aprovação aquelas palavras que sofriam influência contemporânea.

— E como renunciar ao nosso tempo? disse Respaldo.

— Respeitando a lei.

Em combate contra sua época, não poupavam especialmente os raios solares, cuja contemporaneidade foi sempre motivo de crítica. A sugestão de Rectus, de que após o expurgo de palavras exprimindo sentimentos futuros alcançariam frases de estilo cristalino, que pela própria harmonia interior se acordava com a lei, provou-se verdadeira. Imediatamente formaram uma série de palavras cuja própria estética previa a renúncia de Patrício, sua imediata substituição, e a concórdia em Santíssimo. Os biscoitos daquela semana seguiram para Assunção com cópia da nova lei, sofrendo naturalmente substanciais modificações, uma vez que a versão para estrangeiros devia ganhar aspecto liberalizante e passadista.

Aldebarã resistiu comparecer à cerimônia que coincidiu com o domingo seguinte, e confessar o esconderijo de Eucarístico. Não foi fácil arrastar a cama com Patrício dormindo até o coreto, e pendurar ali retratos familiares, santos que ornavam as paredes do quarto, a mesinha de cabeceira, os chinelos velhos, o edredão, a chaleira onde se fervia o chá de abacate, tudo que sempre o acompanhou nos anos de sonho. E não bastando reconstituir o quarto no coreto, exigência da mulher que não o queria privar da natureza luxuriante onde o corpo do marido dormindo floresceu, deviam sustê-lo de pé, cuidando que não lhe tombasse o chapéu-chile, enquanto Patrício parecia atentar às palavras que o destituíam.

Respaldo reagiu à indicação para o cargo. Vida como a sua, mais ligada às tainhas, não podia subitamente ocupar-se do humano. Aliás, sempre que se deixara acorrentar por criaturas, havia escolhido o veículo destroçado, rodas que se apartaram dos eixos. O seu amor por Iluminura era exemplo consistente.

— Amor você logo vence. É doença passageira, disse Peregrino.

— E não será pior que o sono de Patrício?

Tronhão agradecia em nome de Patrício a confiança que lhe expressavam os rostos à sua passagem, tributo a que correspondera defendendo-lhes os interesses, ainda que nos últimos anos, recolhido à casa, visando concentrar-se em problemas de solução lenta, pudesse aparentar desleixo. Quando o corpo de Patrício arriava, os homens o erguiam para cima, através de discreto guindaste. A mulher chorava que o destituíssem justamente quando melhor se afinava com o cargo.

— Que ingratidão!

Colocando uma flor na lapela do seu vestido, Fidalga disse-lhe: — Cuide bem dela, é de espécie destinada a expandir-se, breve molestará o delegado Patrício.

— E é ele ainda delegado? perguntou a mulher com os nervos descompostos.

— E se pode ser uma outra coisa enquanto se dorme?

A mulher se deixou convencer que o estimulavam a jamais esmorecer em sua campanha abolicionista. Batia palmas, cumprimentava Respaldo em nome de Patrício.

— Ele fala de você como um filho.

— Eu o quero como a um pai. Disse a Peregrino: — O que faço como delegado, agora que sou delegado?

— Descubra Eucarístico.

A mulher aproveitou o quarto vazio para limpar o chão, as paredes, e as mãos de Respaldo para mudar o pijama de Patrício de novo instalado no quarto.

— Se ele acordar, não deixe de nos comunicar. Será um prazer pedir-lhe a bênção.

Iluminura acumulava indícios afirmando em conjunto que Respaldo exorbitava, não porque iniciasse o dia sempre de véspera, antecipando para isto o relógio, mas surpreendera-lhe um olhar de despotismo próprio da órbita terrestre, da qual porém Santíssimo se havia afastado, numa das rápidas circunferências do hemisfério em torno da fantasia.

— E como me acusa, se apenas comecei minhas funções? Temia Iluminura a desenhar-lhe o rosto na parede do quarto, rabiscando carvão em suas sobrancelhas espessas de nascimento. Ela havia nascido com cismas, as putas velhas mesmo resultaram do capricho que não lhe removeram com alavanca de afeto e consideração. Inicialmente, Iluminura pensara ornamentar a casa com rostos de vinte anos, plantas que dispensavam regador após a partida do sol. Com o auxílio do relógio, que lhe assegurava duas horas de inspeção, e com os olhos ainda regados a vinho e água do Alvarado, examinou a primeira, mal se livrando de calafrios que não lhe permitiam reter a cabeça da moça nas mãos. Enquanto a visitante se sentava, ela desculpou-se por ficar de pé, pois não via outro modo de examiná-la. Encaminhando-se porém os calafrios em sua direção, a moça cedeu-lhe a única cadeira, para Iluminura livrar-se da emoção. Embora Iluminura quisesse fazê-la participar de seus tremores, não suportando mais o envelhecimento começando a cercar a moça, e prometia intensificar-se no próximo ano, cheirou-lhe avidamente as narinas, expulsando uma respiração intoxicada, para salvar-lhe os pulmões.

— Um dia abandonaremos esta carcaça adorável, e já não suporto a viagem, Iluminura confessou. Recomendou-lhe afastamento da casa, de preferência buscasse cidade longe dali, em que sua imagem em declínio a cada hora não lhe causasse tormentos e embaraços. E prometeu diante do espelho unicamente prestigiar a carne forrada de líquens e musgos. Não lhe serviria quem tivesse menos de cinquenta anos: é com esta madeira que farei as prateleiras de minha casa: quem quiser deposita ali sêmen, martírio, esgares, o riso de tojo de Rectus.

— Quero ver quando terminar este estoque de putas velhas, disse Tronhão.

Respaldo instruía-se com Iluminura, para localizar Eucarístico. Admitia-lhe a vocação para enxergar dentro do armário, ainda quando fechadas as portas. A lisonja obrigou Iluminura a defrontar-se com a aspereza da própria pele. Infelizmente, faltava-lhe gosto para embronzear-se, tratar da beleza.

— Que tal um óleo de amêndoa? disse Respaldo, atraindo-a às suas funções. Em represália, ela lhe indicou o quarto, revistasse debaixo da cama.

— Você deixou de ser virgem?

— E acaso Eucarístico ainda é homem?

Magnólia buscou recordar em que parte do corpo Eucarístico reservava nos últimos anos sua virilidade, para vir a traí-la justamente debaixo do leito de Iluminura. Em defesa da honra maltratada, discretamente passou a insinuar que há muito o marido se mantinha afastado da casa, das paredes, telhado, tijolos, descrevendo assim o próprio sexo, para ela secreto com sua lareira acesa.

— A última remessa de arroz só me chegou por ocasião da grande enchente do Alvarado, disse ela ruborizando-se.

Respaldo excusou-se em não lhe dar atenção, o coração ardia pelo cravo que lhe estavam espetando àquela hora do sol. — Magnólia adotou a ética dos pássaros, disse a Iluminura. Perdera consistência de tanto seguir de perto um barco ameaçado de naufrágio, sem ter aprendido a agarrar-se nas cadeiras, para manter equilíbrio.

Iluminura lamentou tal destino, que para narrativas do corpo devesse Magnólia descrever tijolo, colheita de arroz, a salga dos animais.

— Já que me traíste, peça a Eucarístico que morra, disse Respaldo.

Ela pediu tempo. Não era fácil alcançar Eucarístico debaixo do leito. Encontraria condições ideais de lhe falar na segunda-feira, sem para isto lhe descascar a pele de marceneiro. Respaldo sentiu o desafogo das guelras, antes inchadas de água, podendo continuar a amá-la. Não se habituava a viver sem este amor. Destituído de esperança, mas que lhe aguçou atenção para passear pela orla do rio. A admissão oficial deste amor contribuíra para derrubar tapumes que o privavam do mundo.

— Delegado, uma vez que frequenta minha casa, deve prestar-me contas, disse Peregrino.

Héloise armazenou os adornos íntimos de Imperatriz dentro do caixão, excluindo as velas, que não a seguiriam nesta viagem. Continuando Imperatriz a afirmar que não devia esmorecer, por tais razões, a afeição de Héloise pelos círios. Autorizava a consumi-los, ou guardá-los de lembrança, ainda que os perdesse de vista. Héloise introduziu questão que não se poderia desprezar. Se quisesse Imperatriz morrer, onde caberia ela no caixão ocupado todo de adornos? Apesar das circunstâncias dramáticas, estavam ambas avisadas de que nem o privilégio, de que se cercou Imperatriz, autorizava-a a estabelecer com adequação ordem e valores. Héloise empapava-lhe o rosto com essência de limão, desenvolvendo dons linguísticos que Imperatriz esquecia de reprovar.

Não tinha condições de fugir e ao mesmo tempo arrastar o caixão, duas vezes o seu tamanho. Quando havia jurado jamais o deixar na retaguarda, mesmo em caso de incêndio. Onde estivesse ele, seu corpo o ameaçaria com perfume de vida e príncipe-negro. Héloise exercitava-se em abandonar na fuga suas flores de cera, livres e sem tirania, como explicava em inglês.

— Que al menos en la hora de la muerte te olvides de Isabel! Respaldo tranquilizou-as. Não deviam apressar-se. Dez dias serviam para se construir uma casa, ou contemplar acocorado uma semente germinando. Sua tarefa, no entanto, era menos simples, tratando-se de procurar Eucarístico.

— Y aún lo buscan? e fixou-se no trajeto dos caramujos, cujo único tropeço era o brilho que deixavam atrás. Também ela devia partir, Héloise cuidando da casa faria as vinte e oito portas brilharem, como se o sol ingressasse corredor adentro. Héloise ameaçou ir junto. Mas, bastava Imperatriz de leve tocar-lhe os ombros, para se desvanecerem projetos de eternidade. Defendia a própria solidão, a aventura de apodrecer no caminho, entre bananas e peras amassadas. Continuaria poupando-se da claridade, como parte do seu mandamento. Era propensa a morrer como havia nascido, sem ruídos de pregos na parede e fendas de luz.

Héloise prometeu resguardá-la do ruído, em sua companhia aprendera identificar o silêncio vergando como barra de ferro. Respeitava-lhe a vontade de privar a sós com as próprias escaras, sem falar nas matrizes de joias e sonhos. Ao menos lhe fornecesse o novo endereço, para enviar-lhe o caixão lacrado. Sobre os tamancos de trinta centímetros, Imperatriz elegeu os melhores anéis, restrita à leveza do metal. O bilhete sobre a mesa só o deveriam ler três horas mais tarde.

Fidalga exigiu provas de maestria. — Não aceito mais desculpas, você verá a minha casa, onde a aguardam Triste Figura e um repasto farto. Em certas noites, Iluminura abordara à distância os contornos da casa de Peregrino, acrescentando-lhe detalhes que fugiam da vista. Imaginou a casa em chamas, pelo prazer de a salvar, enquanto percorresse os corredores.

— E Peregrino, ainda habita Santíssimo? disse Iluminura.

— Até ontem à noite, eu tinha certeza. Mas, com o deslocamento dos peixes nas águas doces do Alvarado, ele decidiu investigar as razões do êxodo.

— Cumprimentemos Aldebarã, em vez de Triste Figura.

— Aldebarã não permitiria. Faltam-me agora as únicas botas. Uma vez por semana, elas passam a pertencer a Peregrino.

Iluminura esfregou os sapatos no barro, provocando estragos. Floresciam ambas de braços dados. Aldebarã não lhes prometeu temporada feliz. Ao contrário, sugeriu cinco minutos depois que o deixassem, regressando em caso de urgência. Fidalga sonhou com querubins, iludida de Aldebarã participar de um coro que não se via. Mais realista, Iluminura contou-lhe o número de costelas através da camisa aberta e identificou a calça de brim azulão de Eucarístico estendida no varal.

— A verdade é que Peregrino nos engana. Eucarístico atirou-se ao rio, e todos sabem que ele nunca soube nadar, disse a Respaldo.

— Se não sabia nadar, como nadava quando rapazinho junto a Hermengarda?

— Ele fingia saber nadar. Ora, Respaldo, se ele soubesse mesmo nadar, você não acha que ele poria seu barco no Alvarado?

Na carta redigida com auxílio de papel-carbono sonegado à Imperatriz por descuido de Héloise, e pena de ganso, Respaldo anunciou com ânimo vencido sua renúncia ao cargo que ora ocupava, sob aplausos de Santíssimo.

— Por que não falou, em vez de escrever? disse Peregrino, pedindo de novo a voz de Próstatis emprestado.

— Já não sei escrever e falar. Estamos esquecendo tudo em Santíssimo.

Peregrino condenou os termos da carta, a caligrafia insinuando rios e afluentes, em vez de letras. — Se não aceitar o cargo de volta, considere-se o primeiro na lista. Respaldo expôs a Bonifácio o acúmulo das fraquezas imersas no solo em que pisavam.

— Isto lá é viver! Antes, eu recriminava as tainhas, para poder compreender os homens. Agora, nem mais tainhas encontro no Alvarado.

— Estamos perdidos. Só Iabeshab nos quis salvar.

Censata remendou as calças de Bonifácio impondo-lhe tom autoritário. — Iabeshab quis, isto sim, salvar-se. Mas, quando ele regressar, eu é que passarei a dialogar com ele. Bonifácio limpava a superfície do espelho com álcool obtendo resultados modestos. Na aflição apelou para a saliva, contemplando-se afinal: estou prestes a morrer e justamente quando descobria mais encanto na vida.

A pintura que sobrara da moldura do espelho borrifou-lhe o rosto e, para disfarçar, dedicou-se ao balanço dos pequenos acontecimentos. Os objetos de Iabeshab, por exemplo, se recusavam a inclinar a reis, imperadores e donatários. Fidalga os afagava com dedos molhados de ansiedade e suor. Um dia ele passará por Santíssimo, e eu quero estar presente. Iludia-se Bonifácio de enxergar Eulália na sua façanha de peixe. Acaso Átila Soares não lhe ensinou a lição da obediência em tantos anos de casamento? Irritava-o às vezes que impedisse Eulália o livre tráfego pelo Alvarado, desestimulando outros navegantes a visitá-los.

Chegando a hora de Imperatriz morrer, trouxeram-lhe a colcha de Censata, que o cerimonial da morte havia absorvido. Héloise venceu as vinte e oito portas em trinta e cinco minutos, o que consideravam extremamente cortês. Adotava o inglês para explicar-lhes que Imperatriz havia muito não se encontrava na casa, e com ela seguira o caixão. Ficaram-lhe a intensa lembrança e o pódio, pois presente de príncipe persa não se arrasta pelos quintais, sem uma guarda com luvas brancas.

— Não minta mais. Ao menos uma vez exijo-lhe traços firmes dos rostos e objetos, disse Peregrino a Fidalga.

Fidalga desenhou sobre um dos manuscritos cedidos por Rectus o rosto de Eucarístico, cada traço correspondendo à complexidade de uma teia de aranha, os cortes horizontais, diagonais, verticais, e a todos sobrepondo-se vários círculos.

— Então é verdade? disse Peregrino.

Desta vez Tronhão não encontrou excusas. Seguiria pessoalmente, ainda que lhe custasse a vida. Aldebarã admitiu-o à noite, após deixá-lo à porta mais de quatro horas. O sapateiro contemplava o teto, descascando com as retinas camadas de tinta, reboco, o tijolo, o madeirame, a telha, para atingir o firmamento sem sair de onde estava. Sua guerra indicava rumos diversos. Tronhão também cartografava à soleira da porta suas impressões, relatos de viagem, contando palavras pelos dedos. Apesar do escuro, via-se no varal a calça de brim azul, cujo nome do proprietário não se ignorava. Tronhão arrastou Magnólia para dentro dizendo, exija a presença de Eucarístico.

— Meu marido, ao menos uma vez, disse Magnólia.

Aldebarã fazia não ouvir. Mas Hermengarda, tomando conhecimento de que se duvidava da existência do homem por quem vivera nos últimos quarenta anos, plantou-se à porta da sapataria.

— Condeno a quem o queira perseguir porque duvidam da sua vida.

— Confiamos tanto em sua vida, que a estamos exigindo, disse Peregrino.

Através da janela empoeirada, onde até duas semanas atrás Aldebarã registrava os pedidos de comida, Hermengarda o fiscalizava convencida da presença de Eucarístico, agora mais cordato, disposto a morrer na própria casa, entre Magnólia, filhos e ela segurando-lhe a mão. Ninguém a substituiria nesta tarefa, de nada valendo os protestos de Magnólia, a fincar-lhe olhar desesperançado. O acordo existiu antes de Hermengarda deixá-lo próximo ao altar, para casar-se com Magnólia.

Insatisfeito com os resultados da flanela, Piedoso utilizava areia do rio peneirada, para forçar o metal da corneta a resplandecer. O vento agonizava, os ventres não ficando atrás. Ele deplorava a voragem da morte, que empalidecia a atividade do nascimento. Não havia razão de um povo abdicar da terra, para repousar entre flores e areia acamada, enquanto uma família de pastores se recusava a botar a cabeça fora da vagina para testar rapidamente a temperatura de Santíssimo, que dava sim para suar, jamais para tremer de frio. Até o verão passado, o nascimento induzia-os à confecção de bolos que se alcançavam por meio de escada, quando a primeira lambida no topo enfeitado de pombas e joaninhas ia orientando o paladar dos que ficaram embaixo. Sem mencionar pernis assados, farofa em que se introduziam estrangeirismos, como o das passas amassadas sob o sol distante dali, tudo em quantidade para alimentar convidados que excediam às pessoas da casa. Isto porém antes da apatia de Ofélia que, por junções da própria gordura, concentrava-se agora em apreciar o leito marroquino e a esplêndida memória que lhe fornecia vida anterior para adensar o presente. Mas, temendo que em futuro não distante lhe viesse faltar material destes dias de incerteza, Piedoso estimulava-a à ação, ao menos pensando no amanhã. Afinal, comandar prenhez, aguardar nove meses para os buchos expulsarem as crias, não seria esforço excessivo ainda para quem merecia repouso.

Pelo olhar, Ofélia reclamava da pobreza alimentícia. Faltavam-lhe oitocentos gramas para a marca dos duzentos e noventa quilos. Um único dia em que o metabolismo retivesse o suco gástrico, e chorariam as tias em comemoração. Hermengarda copiando a leveza da irmã, galopava pelas paredes da cozinha, no afã de levar comida quente a Ofélia.

Os ruídos que Átila Soares detectava não correspondiam a uma verdade que pudesse identificar. Suspeitava do sofrimento de certas casas, pelas cortinas empoeiradas e a recusa ao sol. Trancado no quarto, destilava memórias e saboreava licor de pera. O confinamento apurado era difícil, ainda que lhe ficassem as palavras de Fidalga em visita, ou quando ela o recebia em sua casa com teia de aranha e a imponência de Triste Figura. Não a condenava por sonegar-lhe pratos suculentos, ou oferecer-lhe modesta paisagem viva. Era bem a filha de Eulália, ele pensou consertando o nó da gravata que não lhe deixava o pescoço nem com pijama.

— Para sonhar com Assunção, me basta ficar preso no quarto.

Fidalga supunha o pai herdeiro das paixões de Eulália. Ele agradecia que fosse a filha impetuosa para pensar deste modo. Sentia-se cansado, uma perna estranhando a outra. Mas, não suportando os ruídos de gente correndo do lado de fora da casa, e os pedidos de socorro que pareciam subir do rio, Átila abriu as janelas, deixou o sol entrar e, sem transmitir a Santíssimo sua vontade de passear, dando-lhes tempo de se recolherem, saiu de casa. Os mais novos não o identificavam, porém seu modo de andar provocou suspeita de que se tratava do viúvo de Eulália.

— Acaso é Átila Soares, testemunho dos áureos tempos de Triste Figura?

Fingiu não merecer palavras obscenas. Sempre aspirara ao lirismo, embora a fraqueza das pernas contrariasse a ideia olímpica que formava desta escola literária. Poupava energias com o propósito de traçar linha reta entre a casa de Peregrino e a sua, sobre a qual viesse a cruzar diariamente sem riscos e erros. Há muito faltava-lhe a visão, mas se recusara a aceitar recursos dispostos por Iabeshab a seu favor: dois vidrilhos polidos encaixados num aro de cujas extremidades partiam duas hastes de metal que se encurvavam de modo a acompanhar a anatomia das orelhas. Rectus classificou semelhante arma atravessando o cemitério pela primeira vez, e sem disparar:

— Pode matar, pelo que nos obriga a ver. Ou muito me engano, eis os primeiros óculos de Santíssimo.

Não faltou quem aconselhasse Átila a desistir da perfeição, quando se tratava de uma linha reta. Ele encheu o ouvido de paina, e protegeu-se contra o frio. Inúmeras vezes partia de sua casa na tentativa de desenhar no chão o traço reto, exercício abundante mas malogrado, que ia abandonando. Avisada de que o pai decidira construir castelos inúteis para o clima de Santíssimo, Fidalga trouxe-lhe consomé de galinha tão apurado que o animal chegou a ganhar vida na panela por alguns instantes. Átila pediu licença para recusar. Se aceitasse mimos naquela hora difícil, jamais executaria o conselho de Eulália naquela madrugada.

— E o que aconselha Eulália que você não me transmite?

Fez-lhe ver irritado que a filiação não a autorizava a participar de confidências íntimas, patrimônio que ele e Eulália, mesmo com seu obstinado fanatismo por Assunção, não podiam desvendar. De terno cinza, chapéu de palha, Respaldo veio em seu socorro.

— Não sou como Rectus, que dispõe de livros e conhecimento, duvido porém que seja certo pesquisar pelo chão de Santíssimo sem motivos justos.

Átila Soares esbravejou, formando suas atitudes um mosaico de alguns rostos falecidos. — Combaterei vocês com bosta e a minha vista turva.

Fidalga insistia: — Ao menos poupe minhas ilusões.

Comovido, Átila Soares contou: Eulália o visitara madrugada alta, havia muito não pisava o lajeado da casa, talvez pela friagem, ou pura teimosia, quem sabe não quisesse nem por instantes abandonar o teatro Íris com seu fausto promovido por putas velhas: quando ela lhe apareceu, sentiu que não era hora ainda de morrer, tanto que lhe narrou: uma confidência, Átila Soares, você acaba de nascer, o que lhe assegura juventude e atributos, olhe-se neste aparelho, que sempre decorou nosso quarto, e veja através da penumbra seus esplêndidos vinte anos: ninguém é tão jovem em Santíssimo, foram suas aflitas palavras, filha.

— E o que faz com tanta juventude?

— Traço uma reta, ela me indicará a resposta.

— E vai até nossa casa, não é?

Átila estava disposto a arcar com as consequências. — Em casa é que não fico, com a danada da Eulália bancando puta subindo rio acima e rio abaixo.

O delegado Respaldo aconselhava-se com Bonifácio. — Então a voz de Próstatis, além de visitar Peregrino, ambiciona Átila Soares?

Imersa em espuma e lágrima de Hermengarda, bebendo leite diretamente do ubre da vaca trazida ao leito marroquino, para ela se distrair, Ofélia consentiu com gesto lascivo, talvez pela proximidade da carne animal, que agisse Piedoso como imperador da capital. Hermengarda surpreendia-o a dissolver-se em monólogos solitários e sussurros com gosto de sal. E não o socorria por querê-lo sofrendo. As ansiedades de Piedoso, ainda que divulgadas por Santíssimo, obtinham resultados discretos.

— Se ao menos Piedoso defendesse um tratado de paz com Assunção, disse Bonifácio, sob o impacto de haver resistido ao espelho por mais de uma semana.

Com desencanto e falta de voz, consumida durante narrativas vespertinas, pois jamais lhe sobrou tempo de reabastecer-se para o dia seguinte às mesmas horas, Piedoso recomendava-lhes fertilidade, sem a qual um país, ainda com o respaldo de Santíssimo, tendia a fracassar apenas esquentando o bule de café. Como prova do quanto Ofélia se interessava pela unidade nacional, em troca de licença de procriar exigia tão-somente um amor poderoso, de que se podiam livrar quando das abluções matinais, com a condição de o reabsorverem com o fubá do almoço.

A oferta de que ostentassem semelhante amor por período excedendo a dezesseis horas só poderia ser levada em consideração se Ofélia os incitasse a reterem o sentimento durante a noite, quando estivessem dormindo. À luz do dia, porém, a prática condenava o amor poderoso, e transmitia às palavras de Piedoso força de pântano e farpa. E não era amor poderoso a doença de que padecia Respaldo, sem que compressas e massagens o confortassem.

— E não quer você a paternidade antes da morte? disse Piedoso.

Sempre se considerou os nervos de Respaldo como material delicado, sujeito a ruptura. E embora interioranos, tinham eles força de deixar seus retratos na pele, à vista de todos. Não havia que insistir com seus nervos, quando revelavam negativos com nitidez impressionante: viam-se os armários de Peregrino, as vacas de Patrício, certos afetos de Bonifácio, jamais o paradeiro de Iabeshab. Piedoso estendeu a Iluminura o privilégio da maternidade, sem sair de casa. A licença iria a domicílio, visando seu conforto.

— Que tormento! disse Iluminura às putas velhas. Para não magoar Piedoso, cedeu a Emília as vantagens daquela loteria de natal. Antes, confessou:

— Eu, ter filho? E o que fazer das minhas putas velhas? Como Respaldo é insensível ao sofrimento do mundo!

Temendo um filho com a cara de Mariano, Emília desmanchou o bordado do mês, em que fixara o rosto de Ofélia em desenvolvimento. — De hoje em diante, Santíssimo merecerá traços sinuosos. E descobrindo Átila Soares empenhado na linha reta, uma sofreguidão artística sobre a qual marchar em triunfo, Emília proclamou que lhe faltavam motivos para prosseguir recriando a terra no bordado.

— Talvez a tesoura seja a única peça útil em Santíssimo.

Censata discordou: — Não somente aguardamos Iabeshab, como há esperança de uma colheita feliz. Emília apreciava o mundo volátil de Átila, é o mundo da poeira e da sombra, pensou sob o impacto visual das linhas coloridas dentro da cestinha de crochê. Respaldo pediu que ela se afastasse, nenhum obstáculo devia impedir Átila Soares de eleger o próprio destino.

— Deve morrer com dignidade, disse Rectus.

De vassoura na mão, varria Tronhão os traços abandonados por Átila, embora Iluminura o censurasse, como se fosse ele estrangeiro. E não serei estrangeiro ocupando a minha cama, antigo prado de Peregrino? Héloise desconhecia que se construíam labirintos em Santíssimo pelo prazer de os desmanchar. Não a informaram também de que acusavam Aldebarã pelos desacertos, enquanto ia Magnólia despejando palavras de censura sobre a fronte do marido.

— Eucarístico quer falar com você, melhor não o fazer esperar, disse Peregrino.

Comovida com a inesperada indicação de tutora do marido, o que relegava Hermengarda ao olvido, Magnólia buscou par de sapatos, que Aldebarã examinou sem complacência, através do vidro empoeirado. Temeu ela a princípio ser dispensada, mas aceitando Aldebarã corrigir-lhe os sapatos, disse enérgica:

— Atrasei-me para o compromisso. Transmita a Eucarístico minhas desculpas. Estou pronta a ouvi-lo.

Aldebarã regressou dos fundos do porão com cascas de laranja. — Ele esteve aqui algum tempo, mas está seguro agora que jamais visitou Santíssimo. Magnólia pediu tintura a Bonifácio, para fantasiar vestidos, calcinhas, os porta-seios, meias, menos os cabelos.

— Eucarístico morreu.

— Mas, ele nunca esteve vivo, disse Bonifácio. Os indícios superavam a decisão da mulher de o aniquilar. E vendeu-lhe tinta sugerindo que visitasse Censata.

— Censata já não cumprimenta os vivos, e ofertou-lhe um rosto onde se estampavam, além dos reflexos do próximo luto com que se cobriria, também excepcionais condições de viuvez. Bonifácio não ousava habilitar-se aos sorteios da sorte. Os sapatos apertavam-lhe os pés a cada dia.

— Sinal de chuva, disse, desviando a atenção de Magnólia para a colheita que, embora fraudulenta e gordurosa, ainda apreciavam em Santíssimo. Magnólia comoveu-se que por sua fragilidade capilar as pálpebras de Bonifácio não se deixassem ficar quietas em seu rosto por uma hora ao menos.

Em trajes de passeio, Peregrino indicando com gestos Eucarístico escondido no porão, ensaiou a voz, primeiro baixinho: seu covarde, covarde, pimenta-malagueta. Queria que todos o repudiassem. Escandiu do coreto:

— A mulher adúltera de Santíssimo!

Nos momentos de dor, Magnólia confundia o poder de Peregrino com a voz de Tronhão. Ainda que lhe provassem o contrário, ela convencia Tronhão a buscar seu irmão gêmeo, nascido com ele na hora do parto de Angélica, e dissuadi-lo a desistir de Eucarístico. Tronhão se deixou seduzir pela esperança de que o rosto de Peregrino ocupasse o seu. Fez a cama pela primeira vez, utilizando lençóis frescos de Iluminura. E para que Magnólia jamais os confrontasse, descobrindo seu equívoco, evitou a companhia de Peregrino.

Peregrino perdia cores, como se lhe sugassem o sangue. E de tão robusto não reconheciam Tronhão no armazém. Mas, inconformado em ceder-lhe a própria vida, para Tronhão exibir-se diariamente pelo cemitério, Peregrino exigiu satisfações. Como ousava desbravar atalhos que nunca existiram na memória dos dois? Estaria ele mal de saúde, ou não lhe bastava a comida que dava, agora que se tornara voraz?

— Por que me acusa de inimigo? disse Tronhão, despertando para a realidade.

Após surpreender falhas e sombras no olho de vidro, que se deviam a sua mania de o entronizar no escuro ao lado do Sagrado Coração, e levá-lo ao centro do cemitério, onde apesar da claridade luminosa prevaleceu sua vocação para a opacidade, Censata dedicou-se a distribuir dúvidas. Antes porém de assimilar os ensinamentos de Iabeshab, de que propagar o contrário dos fatos tidos como reais a ergueria no nível de Imperatriz, muito se havia inquietado Censata que a cada verdade devesse corresponder um exaustivo amontoado de hesitações.

Ela não hesitava em declarar de público que Cacilda, apesar de morta, e por quem derramara lágrimas, jamais viveu em Santíssimo. Mesmo Assunção não lhe defendia a propriedade do corpo, ou jurava que houvesse ela visitado o teatro Íris, pesado na balança do armazém Dourado, por não passar de uma sombra que imaginavam ela ter amado. E que tanto como a imagem falsa, também conheceu a loucura. Apenas sendo de ascendência nobre, seus instintos eram impecáveis, daí se justificando seu culto em Santíssimo.

A pretexto de defender tijolos com poros que se dilatavam à noite, Tronhão insurgiu-se contra Censata. Se tais rumores se alastrassem, ganhariam força para convencê-los de que o teatro Íris fora construído em Santíssimo na calada da noite, ao lado do armazém de Bonifácio, mas que para se conservar este segredo, empenharam-se todos a que se continuasse a pensar que em verdade o ergueram em Assunção. Mesmo porque, provocando suspiros e ardentes votos de morte, Santíssimo não passava de Assunção, explicando-se o disfarce e a mentira pelos biscoitos de araruta, possessão e baú únicos da cidade que viajavam e conheciam o universo.

Censata advertiu que a ilustre visita que Imperatriz e Héloise haviam entretido em casa não se chamava Cacilda, pois Cacilda nascera sem inclinações para o amor, odiara tanto a vida a ponto de privar a mãe de Tronhão de a conceber.

Com que direito sua mulher o atingia na escuridão? exigiu Tronhão satisfações. Bonifácio lamentou o descarrilhamento do trem que se estava instalando em Assunção. Pessoalmente, ele não dispunha de armas para combater a perjúria. Há muito sua casa se dissolvera, ainda que não colidissem os escombros contra o Alvarado, quando ali até ficassem com conforto. Simplesmente, não encontrava os objetos de pé na sala. O espelho mesmo, presente de Iabeshab, apresentava no centro uma fenda rivalizando-se com a terra que gargalha com aspecto de vulcão. Censata não era a mesma. Também ele não se identificava, mas quem sabe com a vinda de Iabeshab assumira a forma com que havia nascido, mas indolente não a vestira em todos estes anos. Tronhão expunha os desagravos sofridos: nos perderemos pela fantasia de Censata.

— E não será Santíssimo a maior fantasia? disse Respaldo. Iluminura recusava-lhe a companhia naquele verão, debatendo prestígio e deveres do seu cargo.

— Não vê que nem com biscoitos de araruta me pagam? disse ele. Peregrino tinha razão, Iluminura estava a merecer reproche. Talvez fosse hora de varrer as putas velhas dali. Estariam elas naturalmente estranhando a prolongada estação na terra, quando haviam pedido apenas dois meses de licença, para tratamento de saúde.

— A perda da juventude é o que me entristece, reagiu Iluminura à possibilidade de as expulsarem dali.

Evitando-se colisão, o alimento alcançava Aldebarã em horas desencontradas, a contribuição de Héloise restringindo-se ao chá preferido de Imperatriz, quente ainda na chaleira. Censata recriminava a ação na surdina, mulheres protegendo criminosos. E que criminosos são os que escapam da morte? disse Hermengarda, apontando-lhe o ventre: e um filho da velhice, você quer?

Censata recolheu-se à casa comunicando: não esperem que eu viva em Santíssimo, enquanto Iabeshab não passe pelo Alvarado.

— E para onde pensa ir, mulher?

— Ao meu quarto.

A ascensão do sapateiro coincidiu com o crescente enfado de Peregrino, que se manifestou pelo cabelo desgrenhado e a barba por fazer. Não podendo Tronhão esconder a imagem do seu rosto pelas gavetas da casa, a que não tinha acesso, informou a Fidalga que servisse ao marido, em vez dos ovos matinais, fatias de toucinho e café com leite escaldando. Peregrino se esquecia de agradecer providências que lhe estavam restaurando a saúde. Tomava Tronhão simplesmente pelo braço, incitando-o à luta. Tronhão orgulhava-se de se ter habilitado a curar os ofendidos, após a partida do doutor Floriano. Não conseguia porém extirpar de Aldebarã o brilho do olhar, de tanto contemplar constelações. Não explicava como um rival se fortalecesse justamente em período de emergência.

— Só porque não vomitei às portas de Santíssimo, faltam-me forças? pela primeira vez Peregrino surpreendeu o jardim de Fidalga em expansão sem auxílio humano.

— Até em minha casa se organiza a subversão, disse ele afogado pela exuberância. Que ao menos Fidalga lhe expusesse as rotas interiores de Aldebarã, por mais dolorosas que fossem. De que é ele feito? simulou a dúvida que Censata forjava no empenho de divulgar a mentira. Fidalga descreveu o rosto de Aldebarã coincidindo em tudo a uma abóbora. E quanto mais o descrevia, espontaneamente alcançava a abstração.

— Mas, o que você retrata é o rosto de quem já morreu, disse Peregrino.

— Como adivinhou? sorriu Fidalga. Peregrino pensou: se adivinhei, é porque sou também mortal. Durante dois dias percorreu o monte até se dissolver a tentação de unir-se a Eucarístico, ceder o próprio rosto a Tronhão. Regressou com a severidade da mantilha de Imperatriz.

— Também sou abstrato?

Fidalga tomou-lhe o rosto, saboreava a rispidez dos contornos como a massa de um bolo a esfarelar-se. Se fosse abstrato, eu traria você para a sala, ao lado de Triste Figura, julgando ser uma bússola, disse ela. A lisonja que o bafejou naquele instante afirmava-lhe que o inimigo disporia de breves horas para esgotar o próprio fulgor. Nascido de Próstatis e da bosta fresca, daí a firmeza na voz, Peregrino descobria o tempo como estranha coincidência entre a vontade e qualquer imagem refletida pelo espelho, que se disfarçava porém com cera providencialmente abandonada nos telhados pelos marimbondos. Tronhão duvidava que marimbondos dispusessem da mesma centelha criativa das abelhas, mas Peregrino, perseguido pela glória que Fidalga lhe pusera ao encalço, ia mostrando as paredes lambuzadas de açúcar.

— E os ancestrais de Angélica? disse Fidalga, desfazendo-lhe o orgulho no rosto.

Ele jamais perdoou aquele ramo familiar, débil e persecutório. Empenhava-se antes em acreditar que a passagem pelo ventre de Angélica fora prestação de serviço a Santíssimo. Próstatis jamais lhe traçou com nitidez os roteiros do leite materno, no entanto Angélica comprazia-se em narrar as desventuras dos avós, que não fizeram outra coisa em conjunto senão chorar. Lamentavam chuva, sol, a colheita farta, um rosto ruborizado pela alegria. A gratuidade da natureza, mesmo esplêndida, merecia-lhes prantos. Choravam ao nascimento de cada filho saudável, e espalhavam a discórdia divulgando as desvantagens de vir à terra, quando o destino daquela raça triste era o choro. Angélica tudo fez para resguardar a vocação da família, antes do casamento. Avisado, Próstatis não quis acreditar que sangue fraco competisse com o seu. O compromisso tornou-se um desafio.

— Veremos quem há de vencer, disse a Átila.

Os avós, primos, irmãos choravam durante o casamento, recusando-se a cumprimentar amigos e nubentes, ainda que oferecessem comida e bebida com fartura. — Fechem a torneira, gritou Próstatis. Quanto mais lhes pedia moderação, mais apaixonadamente entregavam-se ao choro. E até o nascimento de Peregrino, ouviam-se seus lamentos passando pela janela da sala. Enquanto viveram, não puderam avós, primos, tios, evitar a vocação que os irmanava a ponto de um seguir o outro no choro ainda desconhecendo razões.

— Um arrasta o outro para a dor, disse Angélica, orgulhosa.

Também Eulália copiara os ancestrais, condenados todos ao mundo sensível. Mas Fidalga exibia as marcas desta corrida ao ouro, enquanto Peregrino, renegando traços familiares, fingia não ter tido Angélica como mãe. Uma vez por semana, Fidalga encarregava-se de o alertar para o fato.

— Olhe como o retrato de Angélica torna-se diariamente pomposo com todas as lágrimas, eram suas palavras de quarta--feira.

Jamais Ofélia registrou em bilhete as fraquezas acompanhando a origem de Peregrino. Também ele esquecia a mãe de Ofélia em fuga atrás do fabricante de cigarros, censurando aos que divulgavam anúncios de que vizinhos em Assunção haviam surpreendido a mãe em gritos de prazer, poupando-a de censuras unicamente a liberalidade com que Assunção tratava aos renegados.

— Eu não lhes dizia, proclamava Eulália, recebendo as notícias.

Átila recriminava: como pode absolver atos tão indecorosos? Eulália provava-lhe que também Efigênia na harpa atingia prazer igual, mesmo sem socorro de Próstatis. Os murmúrios colheram Próstatis de surpresa. Aconselhou Átila a controlar as perfídias soltas na cidade. Pessoalmente reprovava que se fizesse ideia de Efigênia gozando entretida com o som da harpa.

— E eu? murmurava baixinho, controlando os brônquios.

Átila convencia-o de que tais comentários favoreciam a limpeza das manchas nas paredes do seu lar. — Assim, Angélica há de conhecer a felicidade. Próstatis ameaçou Efigênia:

— Se você gozar mais uma vez com esta maldita harpa, eu nunca mais volto à sua casa. Você pensa que agora sou fêmea?

Em íntima harmonia com incômodas células do prazer, Efigênia contraiu o rosto em sua frente. Próstatis sentiu a humilhação: ela goza mesmo quando não precisa. Envergonhado, evitou-lhe a companhia durante semanas. Para sucumbir ao seu fascínio quando certa tonalidade vocal de Imperatriz dizendo Santíssimo de mi corazón, Santíssimo de mi corazón, atuou nele como farpa, o corpo disparava inquieto pelo cemitério e as flores desdentadas, de tanto Fidalga arrancar-lhes as pétalas para o chá noturno. Efigênia recebeu-o com os pés atados à harpa, indicando-lhe o estado servil ao instrumento. E ele confessou que a aceitava nas situações mais execráveis, não lhe cabendo mais escolher.

Mergulhada entre travesseiros de pena de galo, pomba, periquito, beija-flor, Ofélia vencia Hermengarda, as paredes maciças, pelo olhar abstrato, de nada servindo Piedoso, no afã de ampliar a cota de nascimento, argumentar que Peregrino, perdido temporariamente na euforia, exagerava no número de mortos. Nada se interpunha entre Ofélia e o objeto da sua devoção visual. Tranquilamente alcançava o Alvarado sem pedir licença aos passantes do cemitério, última fortaleza antes de se enfrentar o rio. Com o propósito de povoar-lhe a mente com indagações difíceis, Piedoso ia atirando ao baldaquim, recém-instalado sobre o leito marroquino, flores, pedrinhas de rio, biscoitos de araruta, doces caramelados, que Hermengarda esquecia de recolher, razão de o baldaquim arriar formando curva idêntica à barriga de Ofélia.

Os gestos de Piedoso indicavam que recomeçaria o ciclo narrativo a partir de março, para deter-se precisamente no dia nove de maio, de três anos atrás. Piedoso encantava-se em surpreender Ofélia agrilhoada aos relatos da sua fascinante vida, filtrados todos por meio de descrições imparciais, que evitavam a interferência do presente, ou episódio com menos de três anos. E propunha substituir o amor poderoso, como se pensou a princípio, por uma espécie de graça ou afronta ligeiras, ambas com vantagem de se desmancharem com vinte horas de sono.

A proposta de contemporizar para vencer seus concidadãos, embora defendida com arrebato, não parecia comover Ofélia. Lambia os dedos manchados de chocolate, sem tempo de repousar as mandíbulas que vinham mastigando desde madrugada, pois Hermengarda determinara que completasse a sobrinha duzentos e oitenta quilos, dos quais faltavam três, na próxima quinta-feira.

Com voz que tremia filtrada pelo fio de barbante, semelhante à de Justo diante da palha que mal se deixava apanhar, Filomena urgia: — Tenho fé em Deus que ao meio-dia Ofélia há de atingir os duzentos e oitenta quilos. Sabendo das vestes negras de Magnólia, Hermengarda adotou em represália trajes vermelhos, que não a protegiam da solidão e o áspero medo. Piedoso insinuou ajuda. Ela recusava capitular, quando lhe faltava ainda salgar em dosagem correta alguns animais para o alimento de Ofélia. Cumpria ufana algumas vezes ao dia o trajeto entre cozinha e sala, para alcançar a sobrinha. Ao escurecer, porém, coçou Ofélia a cabeça com tal intensidade, que não houve como lhe decifrar o gesto. Hermengarda comoveu-se que mediante ato tão simples ordenasse Ofélia nova lei, pela qual unicamente pariria um filho quem se sentisse livre bastante para jamais abandonar Santíssimo. Piedoso acatou-lhe a hermenêutica, palavra que lhe chegara ao bolso num envelope enviado por Rectus, com o propósito de colaborar nas narrativas da tarde, justamente quando se acomodava Ofélia sobre o leito após o terrível esforço.

O bilhete condenando ao desprestígio criatura, família, ou instituição, que desistissem de Santíssimo, veio fortalecer Peregrino. A punição previa efeito retroativo, não escapando à penalidade os fugitivos de anos, ou das últimas horas.

— Ofélia é uma patriota, disse Peregrino.

Amargurado com os desmandos de Censata, Tronhão admitiu que o ataúde de Imperatriz tomara o rumo do sapateiro, tudo indicando que, antes de alcançar seu destino, a própria Imperatriz o precedera, a tempo de cumprimentar Eucarístico afetuosamente:

— Acaso eles foram amantes, e nós não sabíamos? disse Peregrino.

A presença de Héloise na casa teria impedido ações amorosas e palavras ardentes entre eles. Não se podia desprezar a sensibilidade e vigilância de Héloise em prol das flores de cera, os círios espanhóis, os anéis protegidos em baús, o pódio do Maestro Merluza. No entanto, vinte e oito portas assinaladas com frases a que jamais se teve acesso, nem quando da inauguração da casa, testemunhavam sem dúvida o louco amor de Imperatriz pelo autor daqueles portais inadequados para Santíssimo, pois obedeceram à inspiração de catedrais estrangeiras. Agora podia bem compreender por que Imperatriz impedia Héloise de circular pelo corredor com uma vela acesa.

— Tempo houve, disse Tronhão, seduzido agora pela certeza.

— E se buscam na hora da morte.

Hermengarda dirigiu-se à casa de Magnólia com o recado anônimo debaixo das axilas: viveram juntos, e nem a morte os separará.

— O bilhete é seu? falou-lhe pela primeira vez em quarenta anos. Magnólia cheirou o papel, reclamou do olor de jasmim, catinga que seu corpo não tinha hábito de exalar. Leia para mim, estou ficando cega, para que a secreta intransigência do relato lhe chegasse diretamente de Hermengarda, que assumia os encargos de uma confissão penosa, sem dúvida, pois a trouxera à sua casa, ainda que não estivesse Eucarístico no leito a morrer. Hermengarda leu três vezes, adotando sempre voz diferente: voz de Peregrino, voz de Censata, voz de Iabeshab.

— Héloise também deveria ser consultada, foi sua resposta ao insulto. Naquela noite cancelou a comida deixada à porta do sapateiro. Do mesmo modo procedendo Hermengarda, ferida de morte. E Iluminura, imaginando Peregrino em seu encalço, não saiu de casa toda semana. Héloise era a única a largar o chá fumegante à porta. E quando começou a trancar a primeira das vinte e oito portas, Magnólia surpreendeu-a.

— O que sabe você desta ligação funesta, que ainda se busca às vésperas da morte?

Sem o convívio de Imperatriz, Héloise perdera freio. Pensava unicamente em inglês, deixando em abandono o francês antilhano, como o vestígio de qualquer outra língua. De modo que o fraseado imponente de Magnólia esbarrava nela sem lhe provocar ressonâncias, embora lhe encarecesse repetir as palavras, não para diminuir seus efeitos, mas quem sabe para apossar-se de sua compreensão.

A batalha prolongou-se por quinze minutos, até Magnólia perceber que perdiam o rigor indispensável às palavras. Exigiu ingresso na casa, à solidão da sua sala iluminada a vapores espanhóis. Héloise não se ofendeu com que Magnólia impregnasse o corredor com cheiro ácido, ou lhe indicasse manchas onde estivera o caixão tanto tempo a ponto de afundar o solo em alguns centímetros. Correspondeu ao seu interesse deixando à vista o baú em que se guardavam anéis como um reservatório de água.

Magnólia aceitou a mensagem de que Imperatriz, com o intuito de divertir-se, convertera o próprio corpo numa bijuteria plateresca e brilhante. Mas, diante das flores de cera na cozinha, chorando participou por instantes da família materna de Peregrino. Héloise pediu-lhe perdão se involuntariamente a submetera à emoção, jamais a imaginara destinada ao sensível. Sem compreender uma só palavra, Magnólia abraçou-se a Héloise tomando-a por Eucarístico, e gritava ah, Eucarístico, por que não me arrastaste contigo, por que escolheste Imperatriz, uma modesta oriunda? Quanto mais o pranto lhe inundava o traje negro, razão encontrava Héloise de a arrastar pelo corredor, através dos campos, devagar, até a deixar extenuada dentro do barco de Eucarístico.

— O que faço aqui? disse ao despertar. Héloise indicou-lhe os remos destroçados e Magnólia, como se os reconstituísse, imitou Eucarístico no trabalho de deslocar o barco pela terra. Bonifácio, que havia muito se dedicava a contemplar o barco, sob pretexto do bojo e a gordura frondosa serem Iabeshab, apesar das velas em frangalhos, surpreendeu-se com Magnólia tornando-se Eucarístico por breves horas, e sem sua expressa autorização.

— Que ingratidão, ele disse.

Trancada no quarto, Censata ouviu os lamentos. — O que se passa em Santíssimo, nem as paredes e a distância servem para proteger? Não resistindo ao prazer de condenar Magnólia, Bonifácio sussurrou a Censata, pelo buraco da fechadura: — Sua antiga amiga entregou-se a bacanais e atos perdidos. Ela fingiu não registrar depoimentos extorquidos sob tortura. E com que direito expunha de público a mesma tentação a que estivera ele também submisso.

— Não sabe que só abandonarei este quarto à chegada de Iabeshab?

— Ele nunca mais virá a Santino, e lutava por afastar-se do espelho que o refletia sempre fragmentado.

— Iabeshab já está a caminho, de outro modo você não teria dito Santino.

Aldebarã recorreu à poeira da janela para transcrever suas necessidades urgentes. Bonifácio resistiu ao pedido de socorro, porém às duas da tarde dirigiu-se à janela imaginando a que invenção apelaria um sapateiro para tornar a vida bela. A simplicidade de Aldebarã, transcrita na janela, restringia-se ao fubá, feijão, banha de porco, carne-seca, e apenas trezentos gramas de café, que lhe prometiam contagiar toda a água do poço. Tratava seus hóspedes sem luxo, o que merecia críticas.

— Ele foge aos deveres da hospitalidade, disse Mariano.

— E como espera que trate aos mortos? disse o delegado Respaldo.

Ainda se esforçando, jamais Mariano localizava o destino de Santíssimo. Respaldo ofertou-lhe um mapa, para melhor orientar-se, e perder finalmente a abstração. E como penitência, indicou-lhe o porão, para passar a tarde. Aldebarã retribuiu com surdo murmúrio ao gesto de Mariano de desfazer-se dos sapatos à entrada. Mas, antes do sapateiro investigar avarias do material transportado de longe, Mariano o foi despojando dos cabelos, em que talvez repousava sua força. Trabalhava devagar com a tesoura, para não o acusarem de haver agido com violência. Sem evitar as trincheiras armadas na cabeça, sobretudo uma linha imaginária por onde se esgueirassem contra aquele inimigo. Fez questão de recolher os restos dos cabelos numa bolsinha de antílope catalão.

— Vou espalhar pelo jardim da pensão. Ainda crescerá.

Aldebarã regressou hora depois apoiado nos ombros de Eucarístico, que lhe legava a força capitalizada com os movimentos dos remos. Mariano hesitou cumprimentar, ou reconhecer a quem há muito davam por morto. Sem uma palavra, Eucarístico sentou-se na banqueta aguardando que lhe cortassem os cabelos.

As penugens de Emília secretamente ouriçaram-se com as descrições de que Eucarístico, à véspera de morrer, preocupara-se com a beleza. Não havia mais dúvida de que Imperatriz motivara tal embelezamento. Fidalga mesmo sucumbiu à tentação de comparar Santíssimo a Assunção.

— E com espetáculos diários!

Havia muito Fidalga vinha descuidando-se de Átila. Apesar de quase cego, ele se empenhava em traçar linha reta que, além de impossível, se proibira em todas cidades do mundo.

— Não existe traço reto, porque o destino é sinuoso, disse Peregrino com doçura, convencendo Átila a regressar à casa, ali ficar ouvindo Eulália.

— Mas Eulália é quem seguira minha mão, você não vê?

Emília bordava ao seu lado, para ele não padecer de solidão. A modéstia desta tarefa a redimia de pecados, ia explicando, entretida no labor, sem abandonar o velho. Parecia sua filha, o mesmo sangue. Com Átila aprendia aplicar ao bordado linhas sinuosas, os meandros dos rios.

— Não quero mais saber de gente e bicho. De tanto bordar, esgotei todas as imagens. Elas já não existem mais. E após a visita de Hermengarda, acrescentou: — Antes eu fosse cega. Incapaz de resistir aos atrativos do traje vermelho, perguntou: — Para onde vai?

— À barbearia, disse Hermengarda.

— Por que, se Mariano não foi ainda condenado à morte?

As palavras acumuladas de areia feriam Mariano. Desígnios prematuros, pensou lavando o rosto em água tépida, evitando comoções no corpo. Fez chegar a Emília sua tesoura, que a tocasse para lhe sentir o secreto encanto, devolvendo-a imediatamente. Seu corte, que se refazia aparando cabelos e dedos, não sobreviveria à sua ausência.

— O que significa tanto desencanto? disse Emília. Respaldo traduziu: muito simples, Mariano exige que o respeitem, por isto agiu com tanta suavidade.

Ainda lhe faltando experiência, Hermengarda acomodou-se à única cadeira da barbearia. — Corte como você cortou os cabelos de Eucarístico.

Mariano protestou. Não tinha meios de sacrificar sua cabeleira agora embranquecendo, orgulho de tradicional casa de Santíssimo.

— Chega de conversa. Obedeça, homem.

Despertando da apatia, Ofélia comemorou com aplausos a presença de outro homem em casa. — Não é um homem, Ofélia, disse Piedoso, é Hermengarda, que nos visita após alguns anos de ausência. Pelo fio telefônico, informaram a Filomena que Hermengarda, ultrajada em seus sentimentos, agira segundo a honra da casa. E disposta a lutar, pois no dia seguinte atirava uma pedra pela porta da sapataria, aguardando Aldebarã esgrimir com ela.

— Calma, Hermengarda, a violência em Santíssimo sempre foi subterrânea. Não transforme a rota de nossos crimes, ou a índole de nosso povo, disse Peregrino.

Hermengarda exigia de Magnólia informações sobre tantas desditas. Sabendo que Hermengarda, como no tempo do Imperador, desafiara Eucarístico para um duelo, Magnólia pensou, vou abandonar este barco, por que Eucarístico havia de construir remos tão fracos?

— Santíssimo então desperta, e me tornei uma pomba? lamentava Filomena. Piedoso sugeriu que Emília abandonasse Átila, convencendo Filomena que se Deus a quis pomba em seus últimos anos de vida, por que contrariar tal sorte?

— Por que não salva o mundo com a corneta? disse Emília.

— Seu ventre ainda vai ser estéril.

Ela mostrou-lhe a agulha, está vendo? já fui condenada e cumpro sentença.

Piedoso ensaiou tímidas notas musicais. Acomodando Ofélia na charrete, arrastou-a aos limites de Assunção: que tal irmos ao armazém Dourado, única balança digna do seu peso. Ofélia cerrou os olhos, comovendo-o tanto pudor. De volta à cama marroquina, cujo baldaquim haviam removido recentemente porque as pedras, flores, doces de damasco ali ameaçavam afogar Ofélia, prescreveu-lhe regime mais abundante.

— Queres matar Ofélia, por quê, seu assassino? gritava Filomena pelo barbante.

No convívio com os cestos, Justo desenvolvera-se em espírito e unhas sólidas. Em torno a palha era alegre, chegavam-lhe às narinas os sintomas da tranquilidade e a firmeza dos dedos. Porém o alvoroço daquela semana, e a magreza que lhe permitia vencer a escada em caracol, o levaram ao pombal, para ofertar a Filomena uma galinha de vime que, com cuidados especiais, era bem capaz de pôr ovo.

— Por que não se instala aqui, agora que Hermengarda se dedica a desatinos, disse Filomena encantada com sua voz, que classificou como a mais agradável filtrada na vida.

Justo não ousava tanto. A modéstia contemplara-o com gestos discretos, imperceptíveis mesmo, e todos dentro do mesmo círculo. Instalado no último degrau da escada em caracol, começou a trabalhar ainda que Filomena expressasse júbilo com respiração ofegante. Ele traçou em torno um quadrado invisível, dentro do qual se aprisionou, para assim impedir gestos abundantes. Neste espaço tecia com palha, ou vime, pequenas casas, currais, bichos e mariposas, quando se extenuava. Embora Piedoso anunciasse com a corneta as entradas e saídas de Ofélia, sob a custódia agora de Justo, Filomena tinha dificuldade de aparecer à janela. Sempre mais raramente utilizava o fio de comunicação, que pelo desuso apresentava alguns nós de marinheiros.

Piedoso temia Ofélia padecendo o descaso da tia. — Filomena entrega-se às orações, brevemente a teremos no céu na condição de santa.

— Agora que sou homem, o que faço com a minha virilidade? resmungava Hermengarda passando as mãos pelos cabelos.

Reconhecendo-lhe os penosos debates, a ameaça do sangue abandonar-lhe o corpo, Censata sugeriu, através de Bonifácio, que Hermengarda visitasse a casa de Iluminura. A solução grosseira empalideceu Bonifácio. — Não é mais faca agora, é só o machado?

— Ela quer, e não sabe, disse Censata progredindo no atrevimento.

Hermengarda consultou Piedoso, parece-lhe estranho eu punir Eucarístico? Ele sentiu o novelo de lã, emprestado de Emília, torcer-se nos intestinos.

— Encontro-me há três anos passados. Ofélia e eu temos muito a fazer, para atingirmos o presente.

Traída na própria casa, Hermengarda sentia o escorpião transitar na pele, sem recurso de lhe aplicar a morte, ou sofrer de seu veneno. Acusava-o de os haver mergulhado em mitos.

— E o que é o mito? disse Piedoso.

— Pergunte a Justo. Ele sabe mais que você. Pois não fabrica cestas que não sabemos onde começam, nem onde poderão terminar?

Iluminura abriu a porta, o olhar de Hermengarda enfeitava-lhe a casa com vasinhos de flores e o conforto das almas sob edredão de lã.

— Tenho certeza que não errei de casa. E não é aqui um ninho de galinhas?

Há muito não a batizavam com creme de leite fresco. No rosto e pés, como homenagem. Por tal motivo, Iluminura não podia estimar Respaldo, seu lenço grosseiro avolumando-lhe as coxas de tanto o meter bolso adentro. Jamais ele a obrigou a meditar, ou emprestou-lhe a respiração para com ela, formatos alados, conhecer despenhadeiros, montanhas.

— Que montanhas, mulher, se o caminho certo é a terra plana e a gente em pé sobre ela? disse ele.

Ela sofria o estigma de haver nascido de ventre rico. Estranharam tanto a terra o pai e a mãe, que perguntas simples os confundiam. Os próprios nomes tornavam-se castelos vagos, perfurados por água. Ainda que insistissem: como vocês se chamam? o pai e a mãe respondiam: o nome que ele me quer dar. Um indicava o outro, pela liberdade. Então ele às vezes chamava-a de Pedro, ela chamava-o de Maria.

Organizou-se campanha para os corrigir. Parecia-lhes impossível que ela o menosprezasse, ele submisso ao jugo. Ambos passavam o dia a beber. Com dificuldade de se manter em pé, riam o tempo todo, as mãos se buscando. Sem mencionar os olhares trocados.

Próstatis não resistiu àquele amor. Pedia que Efigênia interrompesse por alguns minutos os exercícios musicais para os seguir pelos prados. Efigênia se recusava a ceder à sua vontade.

— De todos os modos, jamais os imitarei. Próstatis defendeu: os dedos haveriam de doer menos, e o som nasceria puro. Efigênia assistiu aos dois brincando ao chão, de tanto que beberam, mas no rosto uma incompreensão pelas mais simples flores.

— Sempre temi falhar diante deste espetáculo, disse Efigênia refugiando-se na harpa, antes pediu que Próstatis não a visitasse nos próximos dias. Tomado pela cólera, fez Bonifácio prometer-lhe que jamais faltaria bebida a Pedro e Maria.

— E roupa, também? referindo-se à miséria em que ambos viviam. Dormiam em todos recantos, as paredes da casa havia muito eles demoliram, para não sucumbirem à tentação da cama certa. Iam-lhe as roupas desfazendo-se em pedaços.

— Nada de roupa. Não seria a mesma alegria, disse Próstatis, sob reprovação de Átila. Eulália solidarizou-se com Próstatis:
— Pela primeira vez ele enxerga o mundo.

— E por que estou errado? disse Átila.

— Todos aqui nasceram errados.

Pedro ofertou a Maria assento no carrinho de mão que Eucarístico havia abandonado ao descobrir-lhe as imperfeições. Disse ele: — Vamos, Pedro, passear pela terra. Maria acomodou-se deixando Pedro empurrá-la rente às grotas, pelos prados. Quando as linhas traçadas por Pedro tornavam-se exageradamente sinuosas, ela gargalhava reclamando:

— Quando afinal você vai acertar no bordado, Maria?

Sabendo Emília que Maria mencionara a magia do seu labor, preparou um manto bordado e fez-lhe entrega como raro donativo. Querendo surpreender-lhe o rosto inchado pelo álcool, quando se visse elevada às culminâncias imperiais. Pedro foi o primeiro a defender-lhe o cetro: — Minha rainha! Maria inclinou-se: — Meu rei. E abraçaram-se esquecidos de agradecer a Emília.

— E quem é rei, quem é rainha? continuaram os dois a se dizer, até se confundirem. Ele se mostrou diligente, formou de um latão uma coroa e em dia de chuva coroou-a.

— Vai chamar-se Leopoldina. Ela agradeceu a deferência, que mal a ajudava manter-se de pé. Pedro, Imperador, não se cansava de empurrar o carrinho, exigindo manto e coroa nos devidos lugares. Percebeu-se que a barriga de Leopoldina, antes plana, começava a crescer, um volume que não cedia. Até que lhe nasceu a criança e vieram todos socorrer. Ofélia enfeitou o cordão umbilical e trabalhava ao relento. Enrolada em uma toalha, ofertaram a criança a Leopoldina. Com serena postura, ela disse:

— As rainhas jamais aceitam presentes. Rejeitava a criança ainda que teimassem em lhe dizer, é sua, surgiu da sua barriga, você não sentiu dor? Em represália pela seta que lhe arremessavam com ímpeto coletivo e cravava-se em seu coração, Leopoldina indagou a Pedro:

— Sentiu dor, minha Leopoldina?

Surpreso ante uma mágoa que o corpo recusava, ele disse não, nós vimos um animal parir uma coisa branquinha e miúda, terá sido um gatinho, ou um pintinho, o que lhe parece, Pedro? Leopoldina olhou a criança, soprou-lhe o rosto.

— Se a batizarem, que lhe joguem em cima água do Jordão.

— E como sabe você do rio que sempre ameaçou o Alvarado? disse Próstatis.

— Ah, Leopoldina ensinou-me, e nunca esqueci. Um dia ainda navegaremos nele, ela disse. E de tanto beberem comemorando o presente que faziam daquele bicho miúdo que teimavam em dizer-lhes ter nascido deles, foram surpreendidos na manhã seguinte por Próstatis e Átila Soares como mortos, embora abraçados. Friccionaram-lhes os corpos, ouviram-lhes o coração, mas asseguraram-se:

— Fedem, mas estão vivos.

A criança era colocada no carrinho de mão, para Leopoldina vir a afeiçoar-se àquela coisa delicada. A mulher reagia, deixava-a deslizar com o manto, a que voltava pensando: e meu manto, onde está que não o vejo em meus ombros? Pedro ia atrás, para não sofrer Leopoldina por longo tempo a ausência do atributo real. E ali estava a coisa delicada que não recebera nome. Recolhendo-a, Pedro dizia:

— Veja, meu Imperador, como a coisa delicada treme imitando-nos?

Leopoldina reagia às provas de um sangue vivo. Segurava-a ao colo, seus seios como que a tateavam. — Além de tremer, parece ter sede. Ambos recolhiam orvalho e o passavam pela boca da coisa miúda. Até que beijando os seios de Leopoldina, Pedro sentiu inundar-lhe os lábios o líquido amargo e sonhou com a coisa miúda também se beneficiando do torpor que o confundiu de repente. Leopoldina ria que pudesse a coisa miúda satisfazer-se com o mesmo líquido que a ela molestava.

— Só as rainhas alimentam, ela disse.

A qualquer momento aguardavam em Santíssimo que a criança ainda sem nome morresse numa das brincadeiras inocentes. Ela, porém, se referindo ao líquido abundante, perguntou:

— Será doença, ou vocação para o martírio?

— É simplesmente a luz do sol no seu sol, minha rainha, ele disse e ela lhe fez ver: se esta coisa miúda ilumina-se, também é uma miniatura de tudo que somos: como há de chamar?

— Iluminura.

Com os meses, não dispensavam Iluminura junto ao manto. E a conduziam ao peito de Leopoldina, que se aliviava da carga. Pedro também ali mamava, quando tinha sede. Mas a quentura do líquido, seu sabor de água, logo o desesperavam. Leopoldina pedia: puxa o carrinho mais depressa, não suporto a lentidão desta vida. Obedecendo, tombavam exaustos.

— Falta-lhes algo? Próstatis perguntava.

— Sim, a água eterna do Alvarado, como chamavam a aguardente. Sob protestos de Átila, Próstatis fornecia-lhes a bebida, a que se atiravam com inigualável alegria. Até que os encontraram parecendo dormir, cobertos pelo manto real, e da cabeça de Leopoldina escorregava a coroa de latão. Respeitaram-lhe o sono durante horas, e quando os quiseram despertar, como que se concentravam eles em recobrar no sono energias para futuras corridas. Próstatis não se iludiu.

— Não adianta mais. A alegria acabou, falta enterrá-los agora.

Iluminura recolhia vestígios daquela euforia lendária. Orgulhava-se em ser memória viva deles. Embora não lhe cedessem licença para frequentar salas mobiliadas, ou considerar amigo quem estivesse à frente, habituada às cozinhas e amplos quintais.

— E a alegria de Leopoldina? E assim que vocês me tratam? foi a última vez que reclamou.

— A alegria acabou. Santíssimo está de luto, disseram, para a fazer desistir de tratamento especial.

Respaldo censurava-lhe a entronização de Pedro e Leopoldina como heróis. — São uns bêbados. Iluminura sorriu: — Mas, ainda estão vivos, e você os ressuscitou. Ele não a quis ofender. Mas Pedro e Leopoldina jamais a amaram, e só a recolheram sonhando ser ela a pedra preciosa que lhes faltava incrustar na coroa de latão. Iluminura guerreava com manto e coroa, armas de Pedro e Leopoldina. Como poderia Respaldo compreender o prestígio dos adornos, ou a agilidade sem compromisso com que haviam os dois transitado pelos campos? Seu dever era ultrapassá-los em semelhante aventura. Por isto esta casa, Respaldo.

— Preciso ir mais longe que eles.

Hermengarda desconhecida as regras da casa. Se devia acender charuto, pagar bebida para todos, ou aguardar que lhe cultivassem os instintos. Disfarçando o embaraço, inspecionou a sala, os quartos perdidos no corredor escuro.

— Quem sabe lhe faria bem repousar? transmitiu-lhe Iluminura discreta apreciação pelos cabelos cortados. Hermengarda aceitou os tributos ao seu novo estado, que lhe pegassem a mão.

Cerrou os olhos para resistir à memória dos dedos de Eucarístico. Afugentando o inimigo, pôde olhar Iluminura.

— Qual é o seu nome?

— Memória, sempre que o corpo me exalta. Em Santíssimo, chamam-me Iluminura.

— E o meu novo estado, o que desperta em você? Hermengarda ia esquecendo o alimento que suas mãos construíram para beneficiar Ofélia.

— Aguardemos o amanhecer. Iluminura fazia-lhe as unhas, convertendo-a em Peregrino.

— É tradição da casa?

— O corpo se aquece e o amor é mais agradável, disse Iluminura. Hermengarda tirou os sapatos, antecipando-se a uma outra fase. Simulava experiência, o trato constante com putas velhas, cuja inquietação e sabor forte recolhia à distância.

— Não creio que disporei de tempo até o amanhecer, confessou Hermengarda, pronta a capturar Eucarístico e Imperatriz.

— É pena. Toda a arte chinesa e seu infinito império começaram no trabalho das unhas.

Iluminura simulava perder-se em capítulos da história moderna, todos desconhecidos em Santíssimo, pelos escasso interesse que despertavam. Hermengarda resistia aos galanteios representados por nomes ilustres da chamada cronologia mundial. Não suportando a dor, passou a mão pelos cabelos curtos.

— Ajude-me a cumprir meu novo estado.

— Eu te iniciarei nesta casa. Arrastou-a ao quarto, ambas apreciaram a colcha modesta, em tudo diferente da que adornava o leito de Censata, e os mortos da cidade. Iluminura desfazia-se dos trajes estimulando Hermengarda a não se envergonhar com os agravos do novo estado. Simplesmente nadariam no Alvarado e com o corpo alagado em água e suor percorreriam campinas selvagens, testando frutos.

— Eu nunca ambicionei viagem tão longa, disse Hermengarda.

— Me refiro ao prazer de ficar em casa vendo os inimigos morrerem.

Pela primeira vez desnudava-se sob olhar estranho. Ainda que para a deixar livre, Iluminura evitasse pousar mirada sobre o corpo envelhecido. Sentou-se junto à beirada da cama, cruzando as pernas. Deitada na cama, pedia-lhe Iluminura que não se esquivasse. Olhando o teto ambas aguardaram o frio ceder.

— É assim a morte? disse Hermengarda.

Iluminura esfregou as mãos concentrando nas linhas dos dedos agilidade e nostalgia pelas coisas elegantes e elegeu os seios tombados de Hermengarda para acariciar. Enquanto lhes sentia os poros, jamais deixou de os descrever, ou atribuir-lhes funções de ourivesaria, eram anéis de Imperatriz, bússola de Fidalga, harpejos musicais de Efigênia. Sempre lhes realçando a rigidez, empinam cavalos, veja, alcançam o firmamento antes do alvorecer e primeiro que Aldebarã. E não é este o espírito da beleza, molestar o outro, obrigá-lo a prezar o que se esconde no terreno vizinho? ah, Hermengarda, por que me trazes tanto infortúnio? Logo que se lhe empobrecia o vocabulário, ia pedindo às frases alheias o que conservavam de mais generoso, e tudo para Hermengarda sentir-se jovem de novo. O estímulo à arrogância, que por muito tempo se manteve escondida em Hermengarda, provocou-lhe imediato assalto ao inimigo, confiante em dramáticos desempenhos.

Iluminura recolheu o crepitar das juntas com a ansiedade de não lhe poder restaurar um calor que faltava às duas. Contribuíam sensivelmente para estabelecer no quarto uma temperatura de inverno, desconhecida em Santíssimo. Faltando-lhe palavras de amor, Hermengarda reclamava do desconforto de montar guarda sobre corpo alheio, e não soprassem o ar combatendo o frio com brasa e fumaça. Iluminura sugeriu-lhe que deixasse os afazeres em casa, junto a Ofélia. Estavam sofrendo uma experiência com duas, três décadas de atraso, o que explicava o mofo, e deviam imitar a juventude. Havia sinais de solidão, desde os lençóis amarrotados aos quadros que emolduravam flores sem haste. Temendo que não lhes viesse o calor, Iluminura abraçou-se a Hermengarda com tal sofreguidão que começaram a chorar.

— Vê como atuamos em conjunto? disse Iluminura. Hermengarda aceitou que unissem esforços, eu nunca abracei ninguém, confessou arrastando-se sobre Iluminura, receosa de deslocar musculaturas com sua pele ríspida. Eu nunca quis que me tomassem, disse Iluminura, e se colaboro é porque vamos morrer brevemente, observava as ancas de Hermengarda, cujos movimentos hesitantes assumiam a cautela do réptil, um corpo em cima do seu sendo quem Iluminura não conseguia descrever, como apontar defeitos no que é novo? pensou assoberbada pelas qualidades que via aflorar na pele humana. Eu me encontro não sabendo que estou perdida, murmurou sem Hermengarda ouvir, também ocupada: era deste abismo que Eucarístico me poupava, forçando-me ao abandono, acaso ele me privou do calor para salvar-me, e já não sou a Hermengarda que estripou frangos e porcos e armava bolos para Ofélia? É sim, você é Hermengarda grudada ao meu corpo que não sou Eucarístico. E se é assim, o que faço em cima do seu corpo em contorções, quando me devia ocupar com a velhice, sou tão velha quanto suas putas velhas?

A omoplata de Hermengarda fugiu para a beira da cama. Iluminura a buscava longe, ambas sofriam o balanço dos corpos por se alcançar. — A batalha acabou. Não se faz mais amor em Santíssimo, disse Iluminura. Hermengarda reagiu contra memórias que a queriam imolar minutos antes do prazer, e privavam Eucarístico de ouvir-lhe os gritos e reclamos.

— Neste caso, busque outras mulheres. Jamais minhas inocentes putas velhas.

— Faltava tão pouco.

— Não vê que atingimos os limites? O prazer de nada serve.

— Há vinte anos teria sido um amor extraordinário, disse Hermengarda. Segurou-lhe o rosto, beijando-a com secura profunda. Iluminura aceitou o beijo com esgotamento tardio.

— Sim, um amor extraordinário. Mas, agora já elegemos os inimigos.

— Ah, Eucarístico, meu único inimigo! deixou a casa sem dizer adeus. Rondava o porão na expectativa de Aldebarã tecer instrumentos com ela, recomendava o duelo. Mariano convidou-a a segui-lo à pensão, cedia-lhe um dos seus quartos. Uma viagem lhe faria bem.

— A tesoura e a navalha tremem em minhas mãos. Receio matar por distração.

— Por quem me toma, senhor? Pensa que ainda sou Hermengarda? confiava nos motivos que atrairiam Aldebarã a conhecer o rosto do inimigo.

— Se ele escolheu o firmamento, facilmente esquecerá um rosto, disse Mariano.

— Sou homem agora e exijo respeito, disse Hermengarda.
Mariano responsabilizava-se pelo novo estado de Hermengarda, ao lhe ter causado irreparáveis estragos em sua cabeça. Talvez a punição fosse assumir o antigo estado, de que Hermengarda desertara. Descobria-se, como Emília, cortejando no bordado concepções inéditas, a pretexto de copiar.

— E estarei tornando-me mulher, a mulher que Santíssimo perdeu quando você abdicou desta condição?

— Todas as dúvidas pertencem a Censata, disse ela. E esclareceram a Bonifácio os motivos que os haviam trazido ali. Queremos que Censata nos conflitue, o sofrimento é a única cartilha escolar. A ordem escrita a carmim no espelho impedia a entrada de estranhos no quarto de Censata. A porta se abriria para Iabeshab, e suas palavras emendadas, combinações de jogo, que ele, navegador, crucificava com intuição felina.

Recuperando a virilidade, Hermengarda bateu ríspida à porta do quarto. — Não suspeita que o mundo está em guerra? Após gorjeios com sumo de limão quente, uma série de espirros que evacuaram atritos da garganta, Censata renunciou ao silêncio: enquanto Iabeshab não indicar os inimigos, não vejo razão para abandonar minha fazenda, onde pastam gado e ovelhas, animais de procedência que nem Fidalga, com seus caprichos de flor, saberia descrever.

Hermengarda e Mariano mergulharam ao mesmo tempo numa cisterna que continha, em vez de água, dúvidas e cal para queimar a pele, ingredientes que Censata divulgou como de exclusiva criação sua. Ali estavam Hermengarda e Mariano, não para se despirem da hesitação, naturalmente estado princípio de tudo, mas buscando ajuda com que mergulhassem em abismo habitado por crustáceos rosados e polvos.

— Olhem-se ao espelho, disse Censata pela fechadura, negando-se acrescentar outra palavra, ainda que insistissem. Bonifácio propôs acompanhá-los no roteiro difícil, os três diante do espelho. A princípio, prevaleceu magnífica igualdade, eram todos feitos de sombra. As sombras porém distribuíram porções do corpo de Hermengarda em direção a Mariano, enquanto na partilha outras se fixavam em Bonifácio.

— E onde estou, que não me tenho? disse Hermengarda. Igual fenômeno não poupava Mariano e Bonifácio que, em contemplação ao espelho, se viam reproduzidos entre si, de modo que Mariano visitava Bonifácio e Hermengarda, que estivera vazia até então, e Bonifácio intrometia-se nos corpos dos outros dois, desocupando espaço que fora seu. A intensa multiplicação da matéria impedia que readquirissem de imediato a autonomia dos próprios corpos.

— Eu sou Mariano e Bonifácio ao mesmo tempo, disse Hermengarda.

— Eu serei Hermengarda e Mariano, disse Bonifácio.

— Seremos todos os corpos que se colocarem à nossa frente, disse Mariano.

Recusando ceder às manifestações em sua porta, Aldebarã cuidava dos sapatos que lhe traziam a pretexto de descobrirem em que parte do porão se dera o arrebatado encontro dos músculos de Imperatriz, soterrados em jazidas, com os braços de Eucarístico, anos submissos ao manejo dos remos, e simplesmente para trocarem confidências.

Ressentida em não ter Héloise como ouvinte, Imperatriz pregava a revolta, recriminando a porta sempre aberta, ainda que a cruzassem unicamente os que traziam sapatos danificados pelo tempo. O silêncio, tão de agrado de Aldebarã, diminuíra-lhe sensivelmente sua capacidade de preencher o dia. Não que ditasse ele ordens, aconselhava pelo olhar. E enquanto Imperatriz abanava-se por lhe faltarem as velas de suas catedrais, ele insinuou às três da manhã que desde o nascimento havia sido sombra, e foi tudo o que deixou ver do seu passado.

A confidência tão íntima, e que jamais se repetiu, ainda que Imperatriz insistisse, despertou-lhe o ímpeto de beijar a mão do sapateiro. Mas, ajoelhando-se ele ao seu lado, Imperatriz ofertou-lhe os dedos para beijar, enternecida que lhe prestassem ainda vassalagem. A partir desta alegria, ela adotou modestos disfarces, com o propósito de jamais ferir o orgulho de Aldebarã.

Inicialmente, Eucarístico passara horas fingindo remar, livrando-se do suor. Até refrear o antigo movimento do remo, gestos que conservavam características marinheiras, o que lhe recordasse as horas ao ar livre. Resistia a escavar o passado de modo leviano, ou tocar na madeira a pretexto de recordar um trabalho que lhe assegurou triunfo outrora. Lamentava não colaborar com Imperatriz, que cismara em empurrar o caixão junto à banca do sapateiro. Imperatriz convocou-o à obediência, que lhe devia e à sua agonizante arte.

— Seria como morrer, ele disse.

Aldebarã arrastou o caixão com Imperatriz à frente indicando o caminho. De olhos fechados, ela memorizava o trajeto que a deixaria à entrada da morte, e que percorreria em caso de súbita doença.

— Que se lo pongan cerca del "varal" de Fidalga. Orientava sua farândola, em que incluiu Héloise, rigorosamente restrita ao cerimonial carlista. E unicamente liberou a imaginária Héloise do esforço mediante a tarefa de eliminar-lhe da fronte bagas de suor.

— De pronto te buscaré, manifestou nostalgia por Héloise. Aldebarã cancelou-lhe o exército armado de chinelos e olhar cinzento: — Só os mortos se refugiam aqui.

Apesar dos entraves, ausência do sol especialmente, Fidalga acompanhava a natureza prodigalizando-se no centro do porão. Não havia flor que não se dispusesse a crescer ali. Pálido e ungido pelo martelo e a sola de couro, Aldebarã corrigia-lhe os desmandos. Ela remexia no caixote lambuzado de graxa com idêntico afã de Emília organizando agulhas, tesoura, carretéis, dedal, refugiadas na caixa de costura. Não compreendia porém as razões de um ataúde vir de longe proteger-se à sombra do varal.

Tratando-se de Fidalga, Imperatriz urgia naturalidade, como meio de defesa. Deviam impedir-lhe o envelhecimento, que lhe acarretaria a verdade. Também eles precisavam repousar, e não encontravam tempo. De modo que seria simples para Fidalga compreender que o caixão ao lado do varal era uma roupa molhada que se pendurou para secar. Fidalga encantou-se que em Santíssimo se confundissem mesas, ataúdes, cadeiras, com roupa, todos na corda querendo livrar-se da água e a insuportável umidade.

Em casa arrastou cadeiras, mesa, a própria cama, para o quintal, consumindo o dia em fixá-los no varal com a esperança de passá-los a ferro, logo que secassem. Os precários laços que os uniam não deixavam Peregrino largá-la sem socorro. Sugeriu-lhe abandonar os objetos no chão, onde sempre haviam vivido, sem que jamais os acusassem de destilar água, ou vinagre, dos seus corpos.

— É que ninguém ainda os tinha lavado. Veja como estão molhados agora, disse Fidalga.

Na expectativa de que desistisse antes da meia-noite, Peregrino reforçou-lhe o argumento. Porém poupasse Triste Figura dos pregadores enferrujados, capazes de lhe transmitir, além de cegueira, doença que descasca a pele. Sem mencionar a má sorte que lhes adviria se o submetessem à expiação pública.

— Mas, há muito que já se troca de sexo em Santíssimo!

Com o timbre aflito de Fidalga emprestado, o que os irmanava em torno da tina manchada de sabão e azeite, ele exigia explicações. Hermengarda deixara a casa de Iluminura às cinco da manhã, embrulhada em lençol, talvez pelo frio, ou para que a confundissem com Rectus. Mariano debateu-se em defesa de Hermengarda. Quem lhe poderia salvar, senão as próprias inclinações do corpo? Peregrino criticou a um barbeiro o rudimentar hábito de criar códigos de conduta, e a Fidalga seus atos levianos a pretexto de secar móveis molhados.

— Você é como o pólen de uma flor. Cuidado, que os inimigos estão de tocaia surpreendendo sua vivacidade, disse ele.

Ela comemorava com baldes de água sobre o colchão, onde Peregrino viu alguns sonhos ruírem.

— A própria Imperatriz mandou pendurar o caixão no varal, disse Fidalga.

A decisão de morrer por parte de Imperatriz foi recebida com júbilo. Imediatamente interrompeu a remessa de blasfêmias e bilhetes de redação incorreta.

— Garantimos a Imperatriz enterro pomposo, disse Peregrino. Três horas sobre a soleira da porta, Tronhão hesitou em transmitir o recado.

— Sou Cacilda, disse apressado, puxando o cigarro de palha. E antes que Aldebarã o expulsasse por não lhe trazer um sapato avariado, acrescentou: — Busco meu amor de sombra.

Imperatriz recebeu-o no quarto sem outro conforto que o catre, debaixo do qual não cabia escondido o corpo de Eucarístico.

— Te pusiste tan bien, Cacilda mia, forçou-o aproximar-se, como se lhe faltasse a vista. Tronhão chorava em seus ombros, sem se libertar da curiosidade de contar-lhe as costelas, e o número de correntes de prata em torno do pescoço, que não chegavam a asfixiá-la. O abraço ameaçava prolongar-se pela madrugada, se Tronhão não interrompesse o choro. Ela lhe pedia notícias do reino de onde vinha, pois se lhe viam nos trajes vestígios da viagem, tais como poeira, documentos mal interpretados, e cartas do primeiro-ministro. Ainda que as notícias lhe pudessem pesar à consciência, não duvidasse dividi-las com ela. Dispunha-se a colaborar ao limite do sofrimento. Até porque, lidando exclusivamente consigo mesmo, ao sabor de sentimentos que se disfarçavam mas reapareciam à noite, precisava acreditar não ser a única ainda a povoar a terra.

Tronhão não lhe escondeu a dificuldade de navegar de longe. Embora tivesse partido para sempre, não encontrou seu amor de sombra. Quanto mais o cercara naquele reino enigmático, tornou-se ele volátil, obrigando-a a duvidar de amor que sabia sólido e voluntarioso. As buscas lhe consumiram energias e fé, aquela fé sim de amar perdida seu amor de sombra. Por tal razão regressou a Santíssimo, mas para que não a vissem escolheu a noite. Veio relembrando os lugares onde de modo firme seu corpo havia capitulado. Infelizmente, a visita à própria terra perturbara o irmão, a quem chamavam Tronhão, servo de Peregrino, e de outras almas que ignorava, mas soubera sim, de lá, por onde andou desconsolada, que Censata ingrata fizera espalhar por Santíssimo que jamais ela havia vivido ali, pois nascera em Assunção, como também sequer amara a sua sombra amada.

— Ah, Imperatriz, tudo, menos dúvidas sobre o meu amor de sombra, disse Tronhão de novo em prantos.

— A los sombrios las sombras les molestan, e acariciava-lhe os cabelos com anéis de prata importados da Lusitânia. Afago que lhe fazia cachos na cabeça, e que não devia prosseguir. Seu corpo padecia a qualquer arrebato da alma, pedia-lhe que a deixasse. Mas, logo que Héloise viesse vê-la, as três readquiririam direito àquela amizade que se nutriu de vinho e música.

— La divindad jamás perdona, hijita, e fechou os olhos para Tronhão afastar-se sem ela ver.

Iluminura concedera três horas a Tronhão, para regressar vencedor. Por ambição, não lhe concedeu Peregrino mais que quinze minutos.

— Resta consolo para Hermengarda? disse Iluminura, à saída do porão.

A claridade foi de penosa aceitação. O convívio com Iluminura modificou-lhe a ótica, a ponto de sentir nostalgia pela penumbra, e lamentar o desperdício da luz. Tronhão caminhava sem identificar a terra que Iluminura lhe afirmava existir.

— Não vê que me coube transformar a natureza de Hermengarda?

— Sou Cacilda, ele disse.

— Eu sempre soube que você era Cacilda. Forneça-me em troca a verdade.

— A verdade está no quarto escuro de Imperatriz.

Iluminura cheirava a passagem de Hermengarda pelos lençóis, esquecida de inspecionar as putas velhas que exalavam naqueles momentos cheiro idêntico ao curral vizinho. Fatalmente o acidente teria que acontecer. Embora Iluminura previsse a ameaça daquela vizinhança, não se cuidara a tempo. Afirmou a Fidalga, que lhe bateu à porta:

— Em todos os lugares, menos aqui.

— Quantas amigas você possui, sem me confessar? O mundo é gracioso e eu ignorava.

Após o café, Iluminura apresentou-a às putas velhas, que lhe confessaram nomes, doenças, desde o reumatismo, as varizes formando rebuscados desenhos nas pernas, aos tremores de quando apagavam as velas das mesinhas de cabeceira. Uma delicadeza resguardada até aquela data, pois jamais Fidalga as vira em qualquer parte, e que lhe concedia espaço em um recanto sadio, como passou a designar a casa de Iluminura.

— Quando poderei voltar de novo?

— Sempre que encontrar o caminho e não se perder.

— Ai, ai, fez Fidalga. E imaginou-se retratada de repente. — O que você disse é um daguerreótipo, completou ainda.

— E o que é isto?

— Significa que nunca mais vão esquecer o seu rosto. Ainda que eu morra, sou sua lembrança.

Lutando para ceder-lhe algum valioso ornamento, Iluminura ofertou-lhe o leito onde se instalar com conforto, sem pensar em luxúria.

— Esta cama é quase imaculada, disse Iluminura com pudor.

— E não é imaculada a terra, ainda quando a querem sombrear? e apreciou Iluminura fazendo-a sangrar naquela tarde.

— Hermengarda agora é guerreira de escudos e armas antigos, disse Fidalga, lambendo com os dedos a poeira que deixara Hermengarda de lembrança nos lençóis.

Apesar de Fidalga evocar o nome de Hermengarda, que como que regressava brevemente ao leito junto com Iluminura, não abandonavam as duas hesitações do primeiro encontro, ou se tornavam naturais. Igualmente era penoso abraçar Hermengarda, que aconselhava Iluminura a aceitar a intervenção de Fidalga, até então reservada a bússolas e cristais de dezesseis vibrações. Iluminura arrastou Fidalga às pressas do quarto, que não teria mais que setenta polegadas. E aqueles outros centímetros que você se esqueceu de contar? disse Fidalga, verdade que é úmido aqui? disse Iluminura.

— Sinto comichão, em vez de tremores. A casa que hei de ter encostada nos limites da terra será mais simples que uma nota musical.

— Talvez Piedoso nos instrua sobre a simplicidade, por causa da corneta. Usufruía às margens do Alvarado a palidez repentina de Fidalga. — Por que esta alegria que parece sofrimento?

— Pressinto a aproximação de um barco.

— Há muito não se navega do lado de cá. Quem sabe Cacilda e Eulália decidiram de comum acordo imitar cortiça boiando, e você as confunda com barco fantasma. Cuidou em despedir-se, tinha pressa, havia muito serviço em casa.

— E aquelas empregadas, o que fazem?

— São as tias e irmãs que me faltaram sempre.

Respaldo a surpreendeu voltando do rio, a roupa manchada de cascalho e água. — O que faz aqui?

— Conheci o perigo.

— Depois que me transformei em delegado, não encontro uma tainha no Alvarado.

Átila Soares não desistia. Acabava dormindo onde lhe ficara o último traço, havia perdido o rumo da casa. — Não serve nem para morrer, Eulália mesmo confessou. Vinha-lhe a comida de Peregrino e durante a noite, conservando ainda na memória o tamanho da terra que lhe sobrava para a linha que Eulália lhe prometeu, Emília o cobria com mantas bordadas, cujos desenhos sofreram visível mutilação.

Após solidarizar-se com Hermengarda, a quem quase hospedou uma noite na pensão, Mariano sentia os músculos tensos, e a coragem de formular perguntas.

— Quem lhe autorizou destruir o único museu que Santíssimo possuía? e indicava os bordados desfeitos.

Emília não o quis ouvir, nada a lisonjeava. O galanteio a alcançara com anos de atraso.

— E não podemos mais registrar nossa antiguidade nos anais das linhas coloridas? insistia Mariano.

Chamado para intervir, Rectus duvidou da conveniência de orientar nascituros que conheceram a terra sob o signo da desesperança. Combatia as rugas, que Emília lhe indicava, com postura reta.

— Quem é esta criatura que se crê viva, mas eu duvido, disse ela.

— Porque coleciono pergaminhos e reverencio o passado, não significa que estas inábeis mãos, unicamente preocupadas com cores, me possam ofender. Exijo perdão.

Peregrino irritava-se. Trouxera Tronhão de volta à terra com dificuldade. E ainda lhe provando através de fortes indícios que havia Cacilda morrido, teimava ele em ser a irmã. E não se lembra, homem, que fomos nós que a condenamos à morte?

Envergonhava-se Emília de exibir preferências e manias. Se tivesse pudor, além de lágrimas, se infligiria a perda de falanges, como Efigênia movida por nobres causas. Confiava em que sua correção moral se fizesse entranhando-se no bordado, do qual aflorava para cobrir Átila Soares à noite. Peregrino ressentia-se de que estranhos se ocupassem dos deveres filiais de Fidalga.

— Não tem vergonha?

Banhando-se na tina, Fidalga renovava a água com regador. Prometia-lhe banho igualmente tépido, para o envergonhar. Mas embora Átila de nada suspeitasse, conformado com equívocos provenientes da falta de visão e a mão trêmula, surpreendeu-se com pulso firme e olhar de águia naquela manhã. E operavam-se estas coisas sem ele as comandar. Sem saber aonde afinal a linha o conduzira, certo de haver terminado a tarefa.

— Não é a linha mais reta que já se fez?

Rectus cumprimentou-o, que com parcos recursos em sua idade alcançasse reflexões profundas, que transbordavam mesmo da taça. Só quem reflete esboça uma linha reta, disse alto, para a frase não conhecer a solidão. Não se duvidava da interferência de Eulália, vinda à terra especialmente para redigir aquele pontilhado. Peregrino esquivava-se em atrelar a honra, motivo e orgulho, a causas inconsistentes. Porém Fidalga, que se vinha banhando naquelas tardes com exasperante ousadia, segundo o marido alheio aos folguedos, defendia o livre-arbítrio circulando em Santíssimo.

— Agora que Eulália venceu, para onde o leva seu destino? disse ao pai.

— Não importa onde estou. A partir de hoje moro aqui.

O destino de Átila Soares o conduzira ao porão do sapateiro. E embora lhe quisessem provar o equívoco por alguns centímetros, não se encontrando ali o centro do seu futuro, não havia grudada à casa única parede que se esqueceram de arrastar para longe, quando deixaram em torno espaço jamais ocupado em todos aqueles anos, talvez por distração, ou porque estimulassem o progresso em Santíssimo através apenas dos biscoitos de araruta.

— Eulália sempre brincou com Santíssimo. Uma vez mais nos prepara uma peça, quis Peregrino levá-lo para a própria casa, disposto a ceder-lhe o quarto e o retrato de Efigênia, que lhe teria recordado Próstatis intensamente. — Logo chegando, Fidalga prepara-lhe um banho morno, e lhe contaremos histórias que só pela narrativa saberemos quem as escreveu, se Santíssimo, ou Assunção. — E que histórias me pode contar, que eu já não as tenha vivido?

Átila insistia em livrar-se do braço. Não podia perder mais tempo. Breve Eulália chegava de visita, e jamais a fizera esperar em toda vida conjugal.

— E de quem é esta casa?

— De Aldebarã, disse Fidalga.

— Vamos entrando e me deixem em paz. E como lhe voltassem os tremores, e a precariedade da visão, foi arrastando-se pela parede até empurrar a porta.

Fidalga exigiu as possessões do pai, que seguiriam para a casa de Aldebarã, onde Átila se instalava, para morrer. E ainda que lhe quisesse Peregrino explicar o que restava da herança de Eulália, ela se recusava a discutir estes bens, porque neste caso teriam que descrever a terra inteira, para inventariar-lhe a riqueza. Ao premeditarem atingir a simplicidade, mãe e filha contentaram-se com mínimas possessões, que bastariam no entanto para assegurar conforto ao pai.

— Átila Soares sempre viveu na merda, disse Peregrino.

— Próstatis, o senhor não tem vergonha!

— Marquemos encontro na casa velha de Átila. O que se encontrar ali, Tronhão leva para o sapateiro. Dois dias depois, cumprimentaram-se no descampado. A porta rangeu exibindo antiguidade, mau uso das dobradiças, e poeira, que lhes provocava urticária.

— Mas o pai deixou a casa há apenas três semanas? Por que tudo reage como se ele já tivesse morrido?

— Eu não lhe disse? indicava-lhe os móveis em frangalho, que se reconstituiriam unicamente com a ajuda de Eucarístico em plena juventude.

— A cama de Eulália está perfeita, disse Fidalga.

— Falta-lhe um pé. Por isto Átila acordava no chão, após deslizar por ela toda noite.

— Ainda assim é a cama do amor.

Apresentando-se desta vez como Tronhão, pois a fantasia de Cacilda não resistira às lutas externas de Santíssimo, ofereceu a cama exigindo de Aldebarã extrema cautela ao lidar com ela. Aldebarã inspecionou-a como a um novo tipo de sapato.

— Presente de rei para Átila Soares?

— E quem é Átila Soares?

— O último sentenciado, disse Tronhão.

Quando ameaçava chover, Bonifácio lhe propôs cuidar do armazém, enquanto seguia para Assunção. Tronhão retificou-lhe o sonho, por ser tarde, e apresentar-se a viagem sem caminho de volta. Bonifácio insistia: vou experimentar voo em direção à cidade proibida, em busca do rubi que Censata descreveu. Termina com feitiços, e põe ordem na casa. Nunca mais precisaremos varrer o chão.

— Volte para casa. Censata está mal e precisa de você.

— E por que não me disseram há mais tempo que ela ia morrer?

— Porque há dúvida em nossas consciências. De todos os modos, acabamos de promover Censata ao nível de Imperatriz. Não deixe de lhe transmitir o recado.

Bonifácio exortou Justo a comparecer ao armazém, a pretexto de o enriquecer. Às seis da tarde, uma hora antes de Bonifácio fugir sem fechar as portas, Justo trouxe-lhe a sombrinha amarela, além das cestas.

— Para que, se o sol há muito nos abandonou?

— É um presente para os que carecem de presentes, disse Justo.

— Ah, por um momento pensei que fosse Iabeshab. Fiscalizava sobre o banquinho o armazém e o quadro-negro, para as anotações que jamais lhe corresponderam com presteza, por lhe falhar a memória. Há muito não registrava na lousa presságios e sonhos felizes. Ou comunicava a falta de alimento.

— A cada dia estamos mais tristes, meu amigo Justo.

— E algum dia tive um amigo?

Justo tratou-o com rispidez quando o chamara para lhe atualizar as contas. Recém-descobrira que jamais lhe pagara em todos os anos os cestos vendidos no armazém. Justo surpreendia-se que em estação difícil se preocupasse alguém com rinhas antigas, se quisesse pôr-se bem com Deus, porque a morte se aproximava. Acariciando as longas unhas de Justo, que se ofereciam sobre o balcão, Bonifácio confessou-lhe que Rectus o havia ofendido, não é que se atrevera a acusar de mandarim ao marido de Ofélia? Ele porém não o tinha em menos estima, porque lhe cravaram no coração o feio apelido.

— Sou muito frágil, disse Bonifácio, não sei por que me falam apenas em feijão, fubá e carne-seca. Eu merecia vocabulário mais selecionado. Pediu que Justo lhe fizesse companhia naquela semana. Censata continuava trancada no quarto. Prolongando-se sua vigília por mais de seis meses. Nenhum argumento a convencia deixar a habitação, e enfrentar as transformações da terra. Talvez o próprio Justo, pelo fato de a palha ser matéria invisível obrigando a enxergar com dificuldade o que gravita em torno, tivesse esquecido que vinha o mundo sofrendo mudanças radicais. Mesmo as correntes do Alvarado, de ilustres peixes e menos ilustres afogados, ameaçavam mudar o curso, desta vez as águas de Santíssimo descendo rumo a Assunção.

— Convido você a participar destes deslumbramentos, disse Bonifácio.

— Pensei que me convidava a morrermos juntos, e desenhou no quadro-negro um galo sem asas, sem crista, só com esporões. Escreveu: GALO, para ele mesmo não se esquecer do que se tratava.

— Seu nome ainda é Justo?
— Só a morte modificará meu nome.
— E como se chamará?
— Sombra.
— Acaso você é o amor que Cacilda procurava sem esperança?

Justo aceitou que se tivesse morrido por ele. Faltara aos encontros com Cacilda, porque havia perdido a chave da porta, e doíam-lhe as pernas sempre que procurava saltar da janela. Bonifácio surpreendeu-lhe o momento de euforia, antes que o ar melancólico o aprisionasse de novo. Transitara Justo tão brevemente pelo território de Ofélia, que não saberia indicar que extensões havia realmente ocupado. A gordura de Ofélia impedira-lhe o sentimento intenso, e suas próprias mãos calosas não o deixavam acariciar-se na solidão. Ainda sonhara com a mulher perdendo amplas porções de carne, na sua agonia gritando Justo, Justo, eu te amo, estou parindo novo corpo para você. Pediu aguardente a Bonifácio.

— Não conheço Santíssimo. Nunca estive presente nesta terra, disse, após única tragada.

— Você é Eulália de volta a nós?

— Somos primos.

— Eu sempre acreditei em Fidalga.

— Por quê? disse Justo.

Desconhecia que Fidalga se evaporava junto ao ar, embora pudesse sua forma colidir com a terra? Nenhuma presença é mais invulnerável, dissera Iabeshab certo anoitecer. A presença de Justo no armazém dava-lhe prazer, sem o obrigar por isto a fabricar cestos diante dele. Temia a doença que se originava da matéria vegetal. Justo confirmou a intransigência em sua casa: não a casa em que ele morava agora, a casa em que nasceu, e levada pela enchente, onde o acusavam de indolente, ferindo-lhe os brios, motivo de buscar a abstração: nestes espaços sem dono, ninguém contava com elementos para julgar e trazê-lo de volta à terra: exceto Filomena, que lhe amarrara os pés com corda, consumindo horas em sua companhia. Um vigiando o outro e, quando se falavam, falava ela em seu nome, porque a palavra de Justo correspondia ao cesto que estivesse construindo na hora. E se Filomena explicava: Ofélia é o meu tribunal, Justo admitia: também me tornei réu nesta casa, para espanto de Filomena que lhe confessava: e não te alimentamos de acordo com tuas necessidades? Justo reconhecia: nunca lhe faltaram alimento, roupa, o direito de atravessar a sala, esconder-se como sombra.

— Até isto aprendi.

— E não te agrada desaparecer? disse Filomena.

— A princípio sim, não pedia mesmo outra coisa. Depois que os dedos corresponderam ao meu espanto, veio o medo, o medo de a perfeição abolir-me na terra. Eu não era mais que os cestos que fazia. Eu sou um cesto de vime, Filomena. Ela olhou ele e disse: eu só alcancei o tempo presente através do sofrimento, a doença me trouxe de volta à terra. Mas eu preferia o céu de antes. E você, que céu prefere?

— O céu que nunca tive.

Ofélia entrava e saía sem Filomena lhe pôr o binóculo em cima: que culpa tenho se Ofélia sai agora menos de casa? Os cavalos parecem sofrer quando os transportam pelos campos, ainda que estimulados pela corneta: uma corneta mágica, conta histórias e proíbe nascimentos.

— Onde se encontram as criaturas de Santíssimo? disse Justo.

— Começando por Censata, houve desistência geral, disse Bonifácio. Eu próprio quis fugir para Assunção. Salvou-me Tronhão a tempo. Mas, não posso viver sem a esperança de que Iabeshab volte.

— Quem é Iabeshab?

— Não é você também seu escravo?

Iluminura abonou Justo com um cumprimento restrito às batidas das pestanas, razão de ele ignorar se devia corresponder aos atrativos daquela cabeça, sem o acompanhar o sentimento de estar traindo Ofélia. Bonifácio lamentava não estocar mercadoria real, como o manto que Iluminura ia descrevendo entre suspiros.

— Falta-nos tudo agora, menos a esperança, disse ele.

— Mas o manto é anterior a Iabeshab, disse Iluminura. Neste caso, que procurasse Emília, há muito a firmeza dos seus bordados a desorientava. Parecia não avançar na vida enquanto progredisse no trabalho. Emília providenciaria o que lhe faltava agora.

— Trata-se do manto de Leopoldina. Exijo-o de volta. Afinal, sou sua única herdeira.

Não era fácil caçar pelo território de Santíssimo um manto seguramente atingido pelas traças-das-peleterias, traças-das--tapeçarias, traças-dos-panos-de-lã, traças-dos-celeiros-de--trigo. Ou queimado em praça pública homenageando Pedro e Leopoldina, que a seus olhos formaram a imagem de feitores do amor. Iluminura disse: — Não saio daqui sem o meu manto: minha honra esteve ali, e só agora Hermengarda restaurou-me a vergonha.

Não podendo dirigir-se a Iluminura à sua frente, Emília ia transmitindo a Bonifácio a vaga lembrança de haver visto uma fogueira, logo após o enterro de Leopoldina e Pedro. Se não se queimou ali o manto, o que haveria na lareira ao ar livre para seu clarão se fazer enxergar da sua casa? Também por meio de Bonifácio pedia Iluminura que Emília vencesse a nado algumas das casas sexagenárias de Santíssimo, em busca do manto que, seguramente por esperteza herdada de Pedro e Leopoldina, havia fugido ao fogo. Prometia-lhe recompensa, não dinheiro, que a proposta a ofenderia, mas a caixa de música havia anos em seu poder, e de som perfeito, segundo afirmavam os varões de Santíssimo. Próstatis comovia-se com a sua limpidez, sobretudo após aprender através de Efigênia a ingressar nas notas musicais.

Ele insistiu em que Efigênia o acompanhasse. Ante suas desculpas, que adiavam o compromisso para o dia seguinte, Próstatis arrastou-a à janela do quarto de Iluminura, para ouvir aquela harmonia de água. A perfeição da melodia ofendeu gravemente Efigênia, que mergulhou no sofrimento, de que Próstatis não a extraía nem a poder dos músculos. Enquanto não se decidiu a amputar os dedos em troca do som correspondente à caixinha de extração vienense, viveu Efigênia trancada em casa, lágrimas a postos, na escuridão. Diante da própria insensibilidade revelada em acidente banal, Próstatis pedia-lhe perdão. Ela exigiu que a deixassem usufruir as falhas da solidão, sem ele se atrever a perguntar do que exatamente se tratava. Próstatis prometeu a Iluminura algumas das suas moedas do Paraguai em troca de divulgar que jamais sua casa abrigara uma caixinha de música, assim Efigênia esquecendo a sinistra excursão pela madrugada. Iluminura fechou os olhos simulando não haver retido uma só palavra de todas que ofenderam sua preciosa liberdade.

Emília valorizou a proposta, por cultuar também a memória de Próstatis, sempre que esbarrava nas suas moedas do Paraguai. E ainda que Mariano lhe censurasse as exóticas aventuras, ela partiu à caça do manto real. Ele ponderou: que ao menos Respaldo a protegesse.

— E contra o quê? disse Respaldo.

— Sua própria inabilidade.

— E quem mais senão ela exaltou a perfeição do bordado.

O bilhete pedia a Fidalga uma calça emprestada. Pretendia Hermengarda trajar-se de acordo com seu novo estado. Embora Tronhão lhe ofertasse suas calças, de exclusivo uso domingueiro, que certamente corresponderia ao seu gosto, Hermengarda aferrava-se à procedência das calças, que deviam pertencer a Fidalga. Sabendo destas exigências, Peregrino disse: se é homem agora, não tem mais direito ao cheiro de minha mulher. Fidalga agradecia à providência, que a fizera amada em Assunção.

— Santíssimo, mulher. Será que não aprende?

Fidalga elegeu a calça mais bonita, e imprimiu-lhe o vinco que Peregrino ambicionava nas suas. — Um novo varão nasce em Santíssimo, sem pedir licença a Peregrino e Ofélia. E apreciou Triste Figura a secar inutilmente no varal. Em troca, Hermengarda regalou-a com garrafa de água cristalina: água de Eulália, enfatizava o bilhete.

Não dormia sem contemplá-la sobre a mesinha de cabeceira, a cartilagem e musgos boiando em formação na água, bastando porém Fidalga dissolver com os dedos a superfície para interromper qualquer conceito de nascimento. Sentia-se Ofélia brincando de fazer nascer. Pedindo licença, Emília forçou-lhe a porta para investigar entre seus pertences o manto real de Leopoldina. Estava segura de que Próstatis, na condição de amante de Pedro e Leopoldina ao mesmo tempo, e preocupado com seus contemporâneos, resguardara-o para o futuro. Peregrino recusou uma visita que se escudava sob pretextos indignos. Não se forçava a porta de uma casa, para evidenciar forças malignas.

O olor de tais palavras inebriava, embora Fidalga lamentasse que o gênio difícil do marido seguramente o privaria daquela caçada real. Emília cercada de perdigueiros, raposas, cavaleiros em trajes de veludo.

— Montemos nossos melhores alazões.

Emília chorou que a acusassem de falsa, de exibir apenas o reverso do bordado. Um choro tão convulso, que perdera a clandestinidade para ganhar força pública. Admitindo-lhe a desdita, Mariano exigiu proteção.

— E por que você mesmo não a protege? disse Respaldo.

— Jamais se protege um inimigo.

Despedindo-se na cozinha dos utensílios domésticos que lhe escapavam das mãos, Hermengarda experimentou as calças de Fidalga, o tecido impregnado de jasmim. Embora Piedoso lhe quisesse provar o quanto se ressentiria Ofélia com a brusca mudança de paladar, pois quem senão ela a nutrira em seu período áureo, Hermengarda resistia admitindo a culpa. Verdade que sonhou em cozinhar para Ofélia mesmo depois da morte, desceria à terra com o único propósito de espalhar condimentos ao que estivesse insosso, mas também fizera parte dos seus planos receber na palma da mão os últimos alentos de vida de Eucarístico, docilmente ele sucumbindo primeiro que ela. Ao desfazer-se Eucarístico da palavra empenhada, cancelara-lhe as razões de viver, obrigando-a agora a encará-lo como inimigo.

— Será a última vez que cozinho nesta casa.

Filomena compreendia que a dor transformasse Hermengarda em varão. Justo havia-lhe ponderado sobre a clemência: não é fácil viver. E mediante tais palavras, Filomena aceitou finalmente sua vida de pomba.

— Também Hermengarda vive no pombal, e pediu à irmã uma sopa de legumes, cujo paladar lhe deixasse marcas nos dentes, para que quando lhe examinassem a boca, surpreendessem a perfeição que Hermengarda divulgou pela casa. Prometia sorvê--la de olhos fechados. Mas, embora Hermengarda encolhesse a barriga, não cabia nas calças, a menos que emagrecesse. Piedoso sugeriu-lhe melhor outra calça que sofrer o delírio da fome. Ela deixou a comida sobre o mármore e asperamente ordenou que a levassem ao leito marroquino, agora destituído de baldaquim.

Filomena cumpriu a promessa. E sorvendo a sopa de olhos fechados, projetou-se pela primeira vez no futuro. Este sentimento, que lhe inaugurava visões surpreendentes, também passou a molestá-la do mesmo modo como quando abandonou o passado, que lhe fornecia Piedoso.

— Por favor, não deixe que eu mergulhe no futuro, disse a Justo.

Ele lhe acariciou os cabelos, a mesma palha com que fabricava seus cestos. E embaralhou-os de modo que Filomena, prisioneira da dor, pudesse regressar ao presente, e agradecer-lhe a imperiosa lição. Hermengarda, que se alimentava de frutas, fiscalizava diariamente a cintura e a calça escondida na gaveta. Não houve quem não suspeitasse de seus planos. Tanto que Censata, sabendo de Hermengarda agindo como Imperatriz, destronando Fidalga sem Fidalga se melindrar, decidiu abrir a porta do quarto. Recomendou que Bonifácio limpasse a soleira, por onde passaria. A solidão apurara-lhe os sentidos, de modo que aguardassem dela procedimentos incomuns.

A despeito deste roteiro caprichoso, Bonifácio deu-lhe as boas-vindas, ofertando anistia. — Quem sabe o espelho me ajude a te compreender. Censata cedeu entregar-se ao julgamento do cristal. Mas quanto mais Bonifácio esforçava-se em imprimir-lhe através do espelho os contornos de Imperatriz, somente enxergou Censata lutando por abandonar o anonimato.

— Não passamos de gente comum, ele disse.

— Quer dizer que de nada adiantou minha solidão?

— Ainda que nos enforquemos com a mesma corda, jamais deixaremos a terra.

Censata recusou-lhe a fala. A partir daquele instante melhor considerá-la morta. Sua sensibilidade recusava o comportamento grosseiro, o convívio com mãos que se satisfaziam em cortar mantas de carne-seca e a destroçar, ou relegar à poeira, as delicadas peças de Iabeshab.

— Esqueça que já entrou em meu corpo, e criamos uma carne comum, disse Censata. Bonifácio acalmava-a: paciência, Censata, não percebe que eu quis salvar você? Ela lhe recusava o rosto à sua passagem, embora não suportasse mais trancar-se no quarto.

— Só deixarei esta casa mediante uma recompensa.

— O que você precisa para ser feliz de novo?

— Como se atreve a me prometer a felicidade? disse Censata.

Hermengarda passeava com mãos nos bolsos da calça que de tanto Fidalga haver exibido facilmente identificava-se. Passando pelo porão, apressava os passos e virava-lhes o rosto. Também ela construía uma linha reta, sem deixar traços porém, razão de enviar a Átila Soares uma broa de milho com linguiça enfiada dentro. Aldebarã analisou o objeto que em forma superava a um sapato, podendo ser uma caverna que dava abrigo a bilhetes, e manifestou suspeitas amontoando palavras todas confirmando haver o mundo se tornado um código a que correspondiam enigmas.

— Acaso pretende ofender meu novo estado? disse Hermengarda.

Ainda que Hermengarda estivesse a merecer punição, provocou celeuma o discurso de Aldebarã em velocidade incomum. Forçavam Hermengarda a confessar o número exato de vocábulos que se deviam atribuir a Aldebarã, embora não lhes importasse o significado das palavras. Censata recusava uma alegria que temporariamente os afastava dos refugiados. Por não ser oportunista, negava-se a exportar princípios de difícil definição, mas jamais destituídos de regras, em troca de modismos passageiros.

Nenhuma interpretação do discurso alterou o fato de que Aldebarã proibia ingresso ao porão sem sapato à vista. E que seu argumento, imbatível porque jamais se expunha à luz solar, soava-lhes impecável, tanto que se repetia semanalmente, e confirmava-se a cada recusa.

— E se nos dispuséssemos a morrer, não seria ele obrigado a aceitar-nos? disse Censata.

— E vale a morte pela curiosidade? disse Respaldo.

Rectus recusava visitas, mas confessou: — A morte é o único bilhete compensador. Censata compreendeu que a mensagem só não ganhava destinatário por timidez de Rectus, temeroso de que Bonifácio lhe pedisse satisfações ao estar cortejando sua mulher. Avisada de que a euforia verbal de Aldebarã extinguiu-se, seu ciclo compreendia quinze minutos, Iluminura aguardou notícias de Emília, que custava a dormir, inconformada que não tivesse o manto real sobrevivido ao tempo. Quando lhe ofereciam chá de camomila, recriminava sugestão malévola. Emagrecia mais que Hermengarda em severo regime de frutas perseguindo as calças de Fidalga. E estas alterações em seu corpo não escapavam a Mariano. A princípio interpretou a magreza por lhe estar faltando a juventude. A recusa ao alimento, simples vingança contra os anos. Mas, quando a quis cumprimentar solidarizando-se com seus pesares, Emília recusou-lhe a fala, tossia fortemente, para ele arrastar à casa algum perdigoto.

Fidalga pedia que, por justa causa, Emília considerasse sua colcha vermelha como manto real. Verdade que já lhe faltava uma cor definida, algumas partes embranqueciam, mas os desenhos ainda eram compatíveis com a nobreza, o que lhes permitia reconhecer sua extração real.

— E será simples regressar aos velhos tempos? disse Emília.

— Mas nós nunca abandonamos o passado. E, enfeitada de flores, comunicou à Iluminura a presença de um rei albergado aquela semana em Santíssimo, motivo de Emília e ela se empenharem na confecção de manto digno de sua genealogia.

— E quem é o rei?

— Aldebarã, e seus mastins imperiais.

Ressentida de que lhe negassem exclusivos direitos ao manto que, como filha de Leopoldina e Pedro, devia pousar sobre seus ombros, Iluminura mandou comunicar sua formal desistência. Renunciava definitivamente à herança, em troca de que o deixassem na escuridão em que vivera nos últimos quarenta anos. Emília se recusou a trair o rei. Uma dinastia inteira aguardava a prestação dos seus serviços.

Os intermináveis mal-entendidos irritavam Bonifácio. Afinal, deviam compreender que o manto real era propriedade coletiva.

Um latifúndio que merecia dividir-se entre todos os componentes de Santíssimo. E não suportando tal desdita, quebrou com o martelo o espelho de Iabeshab. Censata recriminou-o aos gritos.

— Agora eu deixo a casa. Enfrentarei a vida de novo.

— Exija o mesmo de Emília, o mesmo de todos nós.

— Ao contrário, saio para competir com elas. Fixou-lhe os olhos: — Nos próximos três dias teremos Iabeshab de volta.

Ele tomou café sem açúcar, frio, hábito de quando lhe moviam as tripas com insistência a princípio assustadora, até se conformar com sintomas que contornava sem perigo de vida. E de que modo você adivinha, se viveu prisioneira de si mesma, e já não merece descrever a terra?

— Pelos cacos quebrados do espelho.

O intenso sentimento de Censata pelo mundo foi amplamente divulgado por Bonifácio. Iabeshab saberia instruí-los contra os habitantes do porão, já dera provas de combate privando Aldebarã de sua presença e palavras amáveis, que no entanto seguiram diretamente para o seio de Santíssimo. Peregrino censurava-lhe a leviandade, que em busca de um fantasma pusesse em perigo a saúde de todos.

— Iabeshab não terá coragem de pisar Santíssimo outra vez.

— E como combateremos a rebeldia?

— De nossas terras cuido eu. Basta de exploração estrangeira.

— Mas só um estrangeiro pode enfrentar enigmas.

Censata deixava-se contemplar no centro do cemitério. Mas, não lhe parecendo bastante, indicou Respaldo para divulgar seu retorno à vida. Nenhum outro acontecimento, a chegada de Imperatriz a Santíssimo, ou a próxima vinda de Iabeshab, comparavam-se em importância à sua decisão de abandonar o quarto.

— E o pênis de cera? disse Respaldo.

— O que é um pênis de cera senão a imagem de si mesmo? disse Rectus.

A independência de Rectus em curva ascendente permitiu a Respaldo anunciar que, embora lhes viesse Iabeshab exibir o talismã de cera, não passaria de um objeto abstrato.

— E o que é a abstração senão o perigo? alertou-o Peregrino contra ponderações elusivas.

Recolhendo instruções sobre o estado físico de Iluminura, dispensava Emília informes supérfluos, que unicamente serviriam para alijá-la da precária imagem que já possuía a seu respeito.

— Eu não sabia que Iluminura se tornara sua amiga, disse Censata, magoada com o crescente relaxamento dos costumes.

— E não lhe expliquei ontem mesmo do que se tratava? disse Emília.

Censata recolheu no peito a carga de chumbo, que melhor se destinava aos pássaros da casa, padecendo agora da falta de alimento, pois escasseava a classe de cereal que lhes podia vencer a estreiteza da garganta.

— E como poderia saber, se estive trancada na escuridão durante alguns meses.

— E por que não me disseram? Ontem mesmo pensei ter falado com você sobre Iluminura.

Em casa, recolheu Bonifácio e as migalhas de pão dentro da cozinha, desabafou: — Estas éguas são todas iguais.

— Que éguas e que pastos? disse distraído sonhando com que objetos Iabeshab o surpreenderia desta vez.

— Toda mulher é égua. Dirigiu-se ao rio para aguardar o veleiro de Iabeshab, direção norte assoprava-lhe o vento coçando o polegar.

Sabendo que Emília palpitava por ela, Iluminura foi ao seu encontro. Fingia não vê-la, para que Emília a imitasse sem constrangimentos. E uma em frente a outra simulavam contar com a mediação de Bonifácio.

— Por favor, Bonifácio, explique a Iluminura que após o desaparecimento do manto que construí com estas mãos, decidimos reconstituir um outro, em tecido diferente, é verdade, mas igualmente buscando a antiga aparência, de modo que não os distinguíssemos.

— Diga a Emília, prezado Bonifácio, que minhas putas velhas e eu agradecemos o carinho, mas acreditamos ter o manto perdido sua realeza, uma vez que o suor de Leopoldina não lhe impregnou o tecido.

— Ora, Bonifácio, convença Iluminura de que unicamente ela restituirá realeza ao manto, porque seu suor é idêntico ao de Leopoldina.

Evitando contato físico, Emília envolveu-a com o manto. Agradeciam a intervenção de Bonifácio no litígio. A herança montava a tantos dinares, que compensava o esforço.

— Lá vai outra égua enfeitada, disse Censata, ligeiramente ofuscada por algumas das pedrarias do manto. Bonifácio sugeriu-lhe o uso de freios como meio de correção, e por que atacar quem se enfeita de rainha? Hermengarda defendeu Censata: — Quem não é égua em Santíssimo, passa por garanhão, que é a mesma coisa.

— Ah, como Iabeshab está fazendo falta! Varreu para o quintal os cacos do espelho, que Censata exigia permanecessem debaixo do teto, como lembrança de inverno difícil. Quando ela descobriu que no lugar dos cacos havia mancha de óleo que se entranhava na madeira ao esfregar-se, recriminou Bonifácio por ofender um amigo.

— Ao contrário, livrei Iabeshab do mal.

Desta vez, Censata foi drástica. Negava-lhe direito à casa, mesmo para dormir. Pertencia-lhe aquele solo e, em comum acordo, deviam reconhecer o equívoco do longo convívio. Ele suportou ficar no armazém até às sete e um quarto, para fugir sem saber onde se refugiar. Evitava tornar pública a expulsão da própria casa. Andando sem rumo, cumprimentou Aldebarã, através da janela poeirenta.

— Não se preocupe, que já sei. Sem sapatos, ou firme propósito de morrer, não se entra. Não tinha sapatos merecendo reparos, tampouco buscava refúgio porque o tivessem condenado à morte. Vagava solitário porque lhe coçava o corpo a envelhecer e ocorrera-lhe dividir aflições com homem de caráter, que se temperava na água quente, fumaça, no couro em que enxergava maleabilidade. Para que não lhe subtraíssem a força, Aldebarã apoiou-se no varal, como roupa molhada, não equivalendo o gesto a convite, ou desfastio. Após se livrar das últimas gotas d'água, que se viam pela janela, Aldebarã murmurou: como cansa participar de Santíssimo e das estrelas ao mesmo tempo.

— Por que não se livra dos mortos escondidos em casa?

— Não saberia viver sem eles. Comia uma côdea de pão limando os dentes. A poeira filtrava-lhe a respiração difícil, nadando entre vagas.

— Um estranho aproxima-se, disse Aldebarã chegando-se à porta.

— Quem pode ser?

— Aquele que imobiliza e espanta.

Mariano propunha a Bonifácio instalar-se em sua pensão, dividiriam fraternalmente as aventuras, que as havia em abundância. Chegara a hora de Santíssimo possuir um trovador.

— E Rectus, não serve?

— Ele se satisfaz com a realidade. Tais limites o condenam.

Acamparam à beira do Alvarado perseguidos pelo intenso olor dos eucaliptos. Estaremos inventando um cheiro que nunca passou por aqui? disse Bonifácio aflito.

— E muito simples, um mistério aproxima-se. As quatro da manhã, Iluminura os acordou. — Cuidem-se, porque a tempestade está vindo. Apartando as pálpebras para enxergar como se fosse dia claro, Mariano questionou-lhe a sanidade, não via acaso a noite cristalina?

— Pena que vocês não enxergam à distância. Indicou-lhes a água, um barco girava em torno do mesmo eixo, como se um prego cravado ao centro o imobilizasse. Fazendo da camisa uma bandeira, Bonifácio agitava-a contra o vento. Gritava IABESHAB IABESHAB. Mas porque o barco recusava aproximar-se, ou capitular através de modestos indícios, Iluminura propôs o binóculo de Filomena com que lhe devassar o interior.

— Se for Iabeshab, de nada adianta. Ele resiste às superfícies de cristal, disse Bonifácio.

Filomena recriminou que a acordassem de madrugada por motivo tão frívolo, ainda que se tratasse de Iabeshab, e a vida lá fora superava o dever de dormir. Respaldo traçou com o binóculo uma reta entre ele e onde sonhavam estar o barco ancorado e dali não se moveu, ainda que Bonifácio o estimulasse a maiores conquistas visuais. Respaldo defendia a necessidade de prestigiar a única linha reta que conseguira desenhar antes que a ponta do lápis se quebrasse.

— Quem está dentro do barco? disse Iluminura.
— Não sabemos ainda se é um barco.
— E se for, o que está dentro dele?
— Neste caso, uma sombra, e nada mais.

Bonifácio arrastou o barril de charque ao cais, daquela altura abanava a camisa, para Iabeshab melhor intuir-lhe os espasmos. Não ouvia Iluminura, mal percebeu Censata atraída pelos ruídos e exigindo que Iluminura deixasse o cais para ela circular livremente. Respaldo protestou: pode fingir que Iluminura não existe, jamais a expulsar da terra. Ao seu lado, Hermengarda protegia-a com seu novo estado. Mas, por mais que limpassem o binóculo, ele sempre se embaçava. Via-se menos com ele que com os próprios olhos. Não lhe compreendiam o fracasso justamente naquele dia.

Peregrino recusou-se interromper a dieta dos seis ovos matinais. — Trata-se de um fantasma, logo evapora, disse, sob insistência de Tronhão.

— E por que está cravado na água, como se estivesse em terra?
— Muito simples, é o barco de Eucarístico.

Para se descobrir a verdade, Magnólia seguiu para o local onde por última vez estivera ancorado o barco do marido. A terra afundada revelava a presença do barco o tempo apenas de construir cova rasa, onde se podiam enterrar animais de pequeno porte e utensílios de cozinha, antes de novamente aventurar-se por terras roxas, próprias para o cultivo do café.

— Eucarístico batizou o barco no rio, e zomba de nós, disse Respaldo.
— Mentira. É Iabeshab. Sinto a resposta no corpo, disse Bonifácio. Censata segurou-lhe a mão e formaram aliança. Ele retirou a mão propondo-lhe armistício.
— Um dia ainda volto à casa, disse, para ela apenas ouvir.
— Com condição de morrer em seguida.
A intensa vigília trouxe-lhes a sensação de fracasso. Não se podia confiar nos presságios de Bonifácio e Censata, a exagerada estima por Iabeshab os fizera mergulhar na esperança. Fidalga confirmou que naquela noite ainda Iabeshab os visitaria deixando mercadorias indispensáveis, menos o barco naturalmente que, logo movido pelas águas, em menos de quinze minutos viram despedir-se sem que se soubesse do seu novo rumo, por não haver meios de lhe perguntarem.
— Ah, os futuros mortos, disse Aldebarã. Fidalga ofereceu-lhe companhia na observação das estrelas, e não conquistarei seu modo de olhá-las, se olho junto? Prometeu-lhe legumes frescos, para evitar o escorbuto. Em inglês, Héloise indagava de Imperatriz. Como se falasse e entendesse inglês, Fidalga garantia-lhe que Imperatriz ainda vivia, fizera da sapataria seu novo templo, prova o caixão ao lado do varal pronto a recebê-la, e quem em Santíssimo não se comoveria com aquela obstinação?
Héloise agradeceu que a compreendessem afinal. Viria outras vezes ao seu encontro, se lhe cedesse Fidalga o conforto da sua sombra. E quem sabe, adotando normas discretas, não iria à sua casa de vinte e oito portas, simulando ser Imperatriz durante vinte e quatro horas, e tudo para a fazer feliz, ambas relembrariam o encontro de Plaza Mayor.

— Na próxima sexta-feira, quando nenhum animal andar pelas ruas, baterei na primeira das vinte e oito portas, disse Fidalga com voz tão firme que passando perto Hermengarda protestou.

— Desde quando usurpou minha voz? Afugentando Fidalga, prometeu a Héloise que ambas sim haveriam de comemorar o encontro de Plaza Mayor, pelas condições excepcionais que unicamente elas possuíam. Fidalga convidou-as a um convescote através da selva.

— E que selva, se Santíssimo é terra conquistada? disse Hermengarda.

— Arrastaremos Héloise pelas águas. Uma candura que sabemos praticar.

Tomando conhecimento de que Fidalga se dedicava intensamente a Héloise, visitando-lhe algumas vezes o corredor de vinte e oito portas, Iluminura se sentiu condenada, sem mesmo a proteger o manto de Leopoldina.

— Não será melhor a morte? disse a Respaldo.

Preparavam-se todos a dormir um sono tranquilo naquela quarta-feira em que se havia mudado a roupa de cama por uma recentemente lavada, quando ouviram um ruído a princípio delicado, logo se transformando no que parecia ao desmoronar de paredes, ameaçando a tudo soçobrar. Suspeitou-se que o barco desaparecido durante o dia com Eucarístico dentro, embora Bonifácio e Censata defendessem a presença de Iabeshab, estava de volta com atitudes guerreiras, porém secretas, pois dificilmente localizavam no chão destroços de balas de canhão e cheiro de pólvora.

No cais, de onde sempre se observam os inimigos, nada se descobriu, embora o ruído sinistro persistisse, agora não mais sugerindo caibros, terças, ripas, telhas cedendo sobre suas cabeças, mas ossos desconjuntados, dentes serrados, as peles arrancadas, o minucioso desmonte de um corpo sob pretexto de o armar mais tarde com estrutura inventiva.

— Que agonia é esta que não explicamos, disse Rectus, forçado a abandonar os pergaminhos, manuscritos, memorandos, e as traças crescidas e alimentadas em suas mãos. Havia que surpreender o arsenal capaz de produzir tais elementos. E ninguém melhor que Rectus para traçar um mapa de que iam eliminando cada casa revistada. Após três horas de investigação, ainda que nenhuma parede se esboroasse, e as rachaduras estivessem à vista, ou de algum modo sofressem do leite amargo derramado em Santíssimo, não mais se duvidava de que nascia a doença do porão.

Para assaltar aquela fortaleza, Peregrino indicou Iluminura, sob protestos do delegado: com que direito arriscariam a vida de Iluminura? As virgens sempre foram as primeiras a se imolar numa cidade, defendeu Peregrino.

Censata, que não os acompanhara na excursão, anunciava nova visita de Iabeshab, cujo barco, mais próximo agora que na noite anterior, girava como moinho de vento defronte ao cais. Os adeptos de Censata defendiam a urgência de se desvendar se Iabeshab viera salvá-los da aflita vocação para a fantasia.

— Que fantasia nada. Somos um monumento à realidade, disse Rectus. Forçados porém a apagar dos corpos as marcas delicadas mas doentias do ruído, fiscalizavam o interior do porão pelo vidro da sua única janela. Fidalga interpôs-se entre eles e a poeira.

— Eulália amaldiçoaria atitudes menos nobres.

— Saia da frente, Fidalga. A luta não é entre Santíssimo e Assunção, disse Peregrino.

Fidalga tirou a bússola do bolso da calça e demonstrou-lhe pela direção do ponteiro a vigência da luta, uma vez que o aparelho que traçava as rotas marítimas, antes de os barcos virem atrás sufragando-lhe os acertos, ainda apontava Assunção. Respaldo rodopiou com a bússola na mão e quantas voltas desse o ponteiro indicava sempre Assunção.

— De nada então adiantou a paz com biscoito de araruta? disse ele.

— Depressa, senão perderemos Iabeshab para sempre, insistia Censata que a seguissem.

Ainda que Piedoso combatesse os ruídos com a corneta, o som voltava-lhe intacto para a tuba, de onde saíra. Lendo em Fidalga imperiosa ordem, Iluminura despojou-se da saia godê e, sob protestos de Peregrino, ambas pregaram ao longo da janela a prenda esticada, de modo a lhes vedar o interior do porão.

— Limitemo-nos a ouvir e sofrer, Hermengarda protegia Fidalga da raiva de Peregrino.

Iluminura usava debaixo da saia calcinha até o meio das coxas, enfeitada de renda franzida pela qual circulavam fitas vermelhas, brancas, azuis, todas enfeixadas ao final num grande laço tombado sobre os joelhos. Apesar da emoção de viver com Iluminura situação tão íntima, Peregrino acusou-a de inimiga de Santíssimo. Além de suspeitar de que pertencera à falecida Angélica aquela calcinha.

— Acaso você está dilapidando o patrimônio de minha família? pediu satisfações a Fidalga.

Censata armou-se contra Peregrino. Aquele modelo de calcinha era criação exclusiva de sua família, identificavam-se as fêmeas de sua raça por elas, ainda quando viviam engolfadas na escuridão do serralho. Raivosa de Iluminura usurpar-lhe joia de sangue, ia esquecendo Iabeshab.

— Santíssimo perdeu a decência, qualquer princípio moral.

A frivolidade de Censata, que justamente lhes estava faltando, arrebatou-os para a vigília em torno das éguas de sua família.

— Se ao menos Imperatriz se decidisse novamente pelos vivos, disse Bonifácio.

— Acaso insinua que me faltam condições de ser a nova Imperatriz? disse Censata.

Bonifácio cultivava nostalgia com força alimentada de farofa com ovo e toucinho fritos, o que o dotava às vezes com a habilidade de invadir a alma de Iabeshab, quem sabe afogando-se no rio, e a alma de Imperatriz cuidando ainda em partir para Santíssimo, quando iria acolher sob o signo da aventura o Atlântico como possível lar. Ela se despediu de três únicos amigos no porto de Gondomar, proibia que lhe vissem no olhar vestígios de certo último encontro realizado debaixo da chuva, de que não comentou nem com Héloise. Deixar Galícia, por que porta fosse, aflorava-lhe à face uma vida nova, tan ingenua que si puede morir aún sin conocerla.

A discussão em defesa das calcinhas representou um retrocesso nas ambiciosas conquistas de Censata, inutilizando-lhe o sacrifício do quarto em penumbra, alguns bibelôs enfeitando-lhe a mesinha de cabeceira durante meses. Unicamente limitada pela cama, o armário, e a janela que dava para o Alvarado, cuja cortina fechada jamais abriu para apreciar as águas, ela resistiu semanas a lavar a roupa que se acumulava ao pé da porta. Bonifácio através da fechadura descrevendo-lhe já pelas manhãs as peças que ele acabara de sujar, na esperança de que Censata, atingida por antigas memórias, enfrentasse a luz do dia para lavá-las. O choro de Censata era de controle difícil, mas também não impediu que, lambendo-lhe o rosto, Hermengarda a tratasse como uma cadela. Quanto mais Hermengarda lhe investigava com a língua os poros abertos, Bonifácio cedia ao sono, como conquistado também pela doença de Patrício. E ainda que o quisessem despertar, em seu corpo concentrava-se o peso de todo chumbo importado por Santíssimo para o consumir nos molinetes de pesca, cozinha, e no fogo, quando brincavam com letras maiúsculas. Seguramente os ruídos insuportáveis, além de lhes porem os nervos em frangalhos, tinham a propriedade de os entorpecer. Muitos dormiam ali mesmo, encostados à parede da sapataria, sem tempo de improvisarem uma cama.

Filomena nada sofria dos distúrbios daquela noite. Divertia-se do pombal observando o Alvarado com o binóculo de ópera que de novo em suas mãos perdeu o embaçamento. Fora-lhe devolvido com a advertência de que não voltasse a ludibriar Santíssimo com objeto pagão. O amplo tratado de Justo sobre a impaciência dos cristãos, especialmente no tempo das Cruzadas, deixou-a usufruir o binóculo, destituída de culpa. Embora lamentasse a ausência de Hermengarda que, além de aparar os cabelos dia sim dia não, andava a cavalo sem tirar do corpo as calças de Fidalga. Filomena havia-lhe pedido que voltasse ao estado anterior ao menos na hora de dormir, e não se envergonhasse de a visitar no pombal, onde reviveriam o passado.

— Não bastou tanto passado? O passado acabou. O registro do tempo acabou também. Hermengarda sentia-se jovem, e nada lhe detinha a volúpia.

— Ao menos você está feliz, Hermengarda?

Ela socava a coxa direita, passava a mão pelo cabelo, fingia escrever bilhetes com lápis sem ponta. Um dia ainda termino meu depoimento, disse. Filomena quis falar-lhe de Eucarístico, veraneando agora na sapataria. Temia que, à voragem daquele nome, Hermengarda perdesse o novo estado, sem recuperar no entanto o anterior, condenada a vagar por uma terra sem definições, onde tudo lhe poderia ocorrer. Melhor a morte do que boiar no medo: lidar com cristal era mais difícil do que detectar sombras: fora mais fácil o destino de Cacilda que os granizos sobrando agora para Hermengarda, ia Filomena descrevendo para Justo a atual forma da terra.

— Ele virou navegador, disse Hermengarda, cuja nova linguagem Filomena ainda não assimilara. Tanto que interpretou o aviso como se a sapataria se tivesse transformado em cais. Porém poupando a irmã, despediu-se:

— Eu sei, você tem pressa, para dominar o cavalo e consumir a calça de Fidalga que se tornou imortal em seu corpo.

Hermengarda deslizou pelo corrimão da escada em caracol, parecia-lhe jamais haver habitado aquela casa. Seu novo estado lhe proibia transacionar com espécies contrárias à sua.

— E a que raça pertenço? ouviu Filomena indagar-lhe, para que nestas palavras Hermengarda reconhecesse a pergunta que se devia, e não ousava formular-se.

Naqueles dias faltavam-lhes sapatos com que visitar Aldebarã. Respaldo rondava o porão, sem se descuidar de outras áreas atingidas pela praga. Além de Eucarístico converter-se em marinheiro, teimando em não deixar aqueles pontos que a carta marítima assinalava pertencerem a Santíssimo, havia o ruído do porão, que não se podia explicar, já que Fidalga lhes impedira a visão com a saia godê de Iluminura. O mundo inteiro me chama, é a desgraça que me quer, disse Respaldo. Iluminura reservava-lhe uma surpresa com gosto de mel se comparecesse domingo ao cemitério.

— E como é gosto de mel?
— É gosto de sangue.

Amanheceu no cemitério sonhando com o presente em que lambuzasse os dedos. Quando o sol lhe ardeu os olhos e recorreu às mãos para formar uma sombra, surpreendeu Iluminura com o manto real, herança do antigo donatário Pedro, mulher de Leopoldina, montada em jumento de ancestralidade tão impecável que jamais o acusaram de burro, ou mesmo mulo. Docilmente inclinada a sua cabeça, de modo a não se saber o que mais apreciar, a envergadura minúscula do animal, o manto real e ela, ou as putas velhas, algumas apoiadas em bengalas, formando atrás o cortejo. Uma milícia que ainda sem imitar a romana correspondia à concepção do grandioso, que Santíssimo temera sempre lhe faltar.

— Só o inimigo é grandioso, disse Próstatis, descrevendo Assunção numa madrugada vermelha.

Pelo fato de as putas velhas jamais chegarem às janelas da casa, ou permitirem às suas sombras o hábito de projetar-se aos domingos no cemitério, e mencionar-lhes Censata os nomes sempre mais vagamente, pela dificuldade de descrever formas pertencentes a um passado superior a vinte anos, perdeu-se o hábito de discutir-lhes a existência em Santíssimo, se estariam ou não se alimentando de fubá, ou as havia Iluminura enterrado sem alardes no quintal da casa, que também lhes servia de cemitério. As putas velhas faziam parte das alucinações que se acalmavam com chá de camomila, para não se voltar a discuti--las até a próxima febre terçã. Razão talvez de jamais lhes pedirem desculpas pela vida que vinham elas levando, envoltas em penumbra, aplaudindo os jarros com miosótis que lhes trazia Iluminura sempre que lhes intensificava a nostalgia pela natureza. Com auxílio de Rectus, Iluminura transmitia-lhes rudes noções de anatomia e abstração, que não deviam faltar em seus trabalhos. A serviço da anatomia aprenderam multiplicar o número de ossos pelo volume da carne, e por abstração compreenderam habitar um mundo que se podia esquecer simplesmente fechando os olhos.

Às vezes, as putas velhas rebelavam-se. Jamais quando Iluminura lhes inspecionava o sexo, preocupada em surpreender bichinhos ameaçando a honra da casa. Elas lhe exibiam as coxas abertas ao mesmo tempo que a presenteavam com a boca escancarada, onde lhes faltavam alguns dentes. Iluminura ensinava-lhes a disfarçar as falhas da idade com tapumes da própria natureza. Trazia-lhes cascas de laranja, folhas de mangueira, adornos que as fizessem felizes. Vinha-lhes porém a ânsia de vômito sempre aos domingos, quando sonhavam com trajes novos, pensando exibi-los no cemitério em torno do coreto. Iluminura fazia-as passearem na sala de braços dados até escurecer, para debelar o perigo. Após troca das últimas palavras ásperas do dia, elas iam dormir, antes querendo saber quantos anos lhes faltavam de vida.

A visita ao cemitério despertava ansiedade e gritos de vovó, minha morta mãe, mãe de minha mãe, porque muitas das putas velhas não se esqueceram de parir na juventude. Mas Iluminura, que se ilustrara com Rectus sobre a atuação dos maestros frente à orquestra, embora não lhe tivesse ele confessado dever suas informações à Imperatriz, que as recebeu do Maestro Merluza, ordenou uma formação coral, para a qual antes as putas velhas haviam esmerilhado as vozes com aguardente e areia seca. Tinham timbres doces, de goiaba, amora, pitanga, jabuticaba brasileiras. Sempre em queixume, um queixume construindo ladeiras, e por isto com declives e difíceis ascensões.

Estavam avançando por terreno que representara um sonho à distância, mas de perto bem mais parecia-lhes pantanoso, quando Hermengarda invadiu o cemitério a galope, em alto brado iniciando à frente do cortejo um hino marcial. E exibia fervor tão autêntico, que não houve quem não se despojasse do chapéu, ou largasse os braços disciplinarmente, incorporando-se à fresta do agudo que naquele instante estava em máxima extensão, sem o deixarem tombar ao solo, apesar da difícil proeza. Agudo no entanto cujo término não se enxergava, pois antes mesmo do acorde final Hermengarda emendava-o a outro igualmente militar, com o que a parada ia vencendo o cemitério, os atalhos, passando em revista as casas, a orla do rio, prestando correções ao que estava em abandono, cuidando em não caminharem depressa em respeito às pernas claudicantes de certas putas velhas.

Só lhes foram consentidos o repouso, refrescos de limonada, e a limpeza do suor na testa, à porta de Aldebarã, quando novamente se afinaram, uma vez que já cantavam em conjunto por mais de uma hora. As putas velhas que no começo exibiam cor amarela, prontas a morrer, ganharam tanto alento durante a jornada e o canto, que se desfaziam das bengalas, de encontro à juventude de que lhes falara Iluminura.

Naquela noite Iluminura chorou um fracasso que as lágrimas não lhe deixavam explicar, embora Respaldo destacasse o fato de Santíssimo segui-la na ladainha sem lhe questionar a realeza.

— Foi o feitiço que fez eles me aceitarem.

— Que feitiço?

— O do jumento. Há muito Santíssimo estava em dívida com ele. Ensopava de lágrimas o lenço, a toalha, os vestidos, restando-lhe o lençol de onde afinal se apagaram os últimos vestígios de Hermengarda. Respaldo condenava uma liberalidade que atraía ao presente fatos históricos superados. — Não seja leviana, Jerusalém já acabou.

Após descobrir o tormento há muito espreitando-lhe a porta sem atrever a entrar, Iluminura colava-se a toda agonia de fácil captação.

— O meu amor acabou. Você não é mais virgem, gritou Respaldo.

Ao cumprimentar novamente Iluminura que abandonava a casa com a timidez que lhe permitia passear pelo cemitério sem a reconhecerem, Fidalga disse:

— Você nunca me pareceu fácil de se explicar.

— E por quê?

— O monarquista é o único com direito a ser volátil.

Fidalga restituía-lhe o equilíbrio a que sempre se apegou com os sapatos apertados, pelo que se amontoavam joanetes em seus primeiros artelhos. Ela temera Censata enviando-lhe Bonifácio com palavras em formação guerreira, os escudos, os elmos, a agressão. Fidalga recordava suas amigas pintadas de roxo, e rejuvenescidas na parada militar. Encarregou Iluminura de cumprimentá-las em seu nome, e convidá-las à casa, quando da primeira borrasca. Cederia prazerosamente à Iluminura o direito de presidir a mesa.

Hermengarda freou o animal em galope o tempo apenas para confidenciar, antes de perder-se na poeira: — Filomena tornou o mundo visível.

— E quem o desejava possível? disse Fidalga. Precisava partir. Eulália hoje passaria mais cedo. Não se arriscava a perdê-la, quando pretendia anunciar-lhe a histórica viagem que realizava Eucarístico sobre monções atlânticas, e a preveniria contra vizinhança que talvez a ferisse por descuido.

Tronhão conspirava de modo a Peregrino imaginar-se conspirando com Santíssimo. E indicou-lhe Filomena, para esclarecê-los sobre dores lombares e dúvidas há muito perturbando. Ela apreciou pelo binóculo o acampamento à porta, pisavam aquelas terras pela primeira vez sem pedir socorro a Ofélia. Vencendo sua repugnância pelas coisas que voavam, Peregrino viera ao seu encontro, este ato justificando sua solidão de pomba. Ao meio-dia, Respaldo propôs-lhe abandonar um binóculo com vidros embaçados, que de nada serviriam. Recompensando-lhes porem a permanência no pátio, sem que lhes ofertassem sequer um cafezinho ou a sombra de árvores amigas, Filomena pediu-lhes paciência, pois iria descrever o interior do barco tão logo surgisse a madrugada.

— E como há de enxergar, se o binóculo já não é deste mundo? disse Emília.

TEBAS DO MEU CORAÇÃO

Pelo fio telefônico com que falava a Ofélia, transferido agora para o quintal, historiou-lhes o embaçamento, que se devia à timidez do binóculo que, sempre em sua companhia, jamais havia deixado o pombal em todos aqueles anos. Em mãos estranhas, reagia à mudança de senhorio segundo recursos da própria natureza, tanto que, de volta a casa, ofertava-lhe a pureza com que devassar intimidades do Alvarado, que os envergonharia sem dúvida logo começando a descrevê-las. E gargalhou em oitava, para Hermengarda corrigi-la.

— Ora, Filomena, não se esqueça de que é uma duquesa!

A ausência de urbanidade era parte viva do seu talento. Hermengarda sempre soubera deste detalhe, não devia pois estranhar em a surpreender livre e rude. Mas, como tratava-se de revelar o mundo invisível, dispunha-se ao sacrifício de temporariamente integrar-se à nobreza.

— Acaso ele sente frio? referia-se Magnólia a Eucarístico, que a fazia transitar entre dor e júbilo.

— Frio não sente, porque a gordura o protege, além da bandeira de um país desconhecido, que lhe envolve a cintura copiando o manto imperial de Iluminura.

Não se podia explicar como Aldebarã conseguira alimentar Eucarístico a ponto de o jungir à obesidade, que jamais conheceu em vida. — Quem nos está traindo? É você, Bonifácio? disse Peregrino.

Embora lhe virasse o rosto, ou evitasse dirigir-lhe a fala, Censata reprovou que condenassem Bonifácio sem julgamento. — Ele é réu, porém serei sua advogada de defesa.

— Santíssimo está povoado de éguas, vociferou Peregrino.

— Como me chama de égua, se eu é que passei a infância chamando a todos de égua?

Na sua recente tarefa de reconciliar objetos, trazê-los a olho nu, Filomena proscrevera brigas e disputas. Exigia que tomassem suas queixas em consideração, oriundas todas de um reino onde as pombas estabeleceram leis rígidas, sob pena de deixá-los à mercê da ignorância. As ameaças trouxeram à baila a cordialidade no trato comum, apreciando Filomena que se desenrolasse o acordo entre cavalheiros. Hermengarda agradeceu que a irmã se referisse particularmente a ela, ao invocar Arthur e as leis da cavalaria. Mas unicamente preocupada com o interior do barco, Filomena enaltecia o adorno visível no peito gordo, que embora incapaz de identificar, sonhara com sua forma quatro a cinco vezes na vida.

A sugestão de que Eucarístico exibia riqueza com seu adorno, ele que lhes legara os sintomas da simplicidade, magoou Emília, que utilizava agora o carmim para expressar enérgicos sentimentos. A defesa de uma casa que perdera a chefia por capricho do próprio chefe comoveu Magnólia, que lhe prometeu um bolo de fubá com que fortalecer os nervos sempre expostos aos perigos e susceptibilidades por ação da sua agulha de bordado. Filomena porém teimava na opulência do adorno, ainda que jurasse haver visto Justo apropriar-se de coisa idêntica, que lhe fugira logo dos dedos, pois jamais o viu de novo a exibi-lo, talvez porque, ao enfrentar as pororocas do São Francisco, tudo mais lhe deveria falhar.

Semelhante argumento obrigava Rectus a estabelecer ordem na natureza. Não permitiria que rio como o São Francisco, por leviandade de uma mulher em chamas, abandonasse os ríctus nervosos, os conflitos com árvores, barcos, manadas extraviadas, para sujeitar-se à condição de lagoa. Peregrino não suportava que, a pretexto dos acidentes terrestres, se terminasse descrevendo o sistema monárquico e suas falhas irrelevantes, se considerassem os benefícios que traziam à causa popular. Há muito Tronhão recolhia pedaços de sua sombra, guardando-os no bolso com extrema avareza. Mas como não o podia surpreender no ato, ou provar-lhe a ambiciosa conduta, deixava-o justamente à sua sombra, para melhor o vigiar. Temia Tronhão a invadir-lhe o leito na hora da morte, disputando-lhe o abrigo da mesma colcha, em nome de historietas enraizadas no passado comum.

A modéstia de Filomena descrevendo-lhes objetos contundentes sem os ferir, por sabê-los sensíveis às verdades expressas com vigor, encantava Fidalga. Sobretudo porque esta propriedade de camuflar, fornecendo aos objetos uma aparência que em realidade não tinham, não os privava da revelação final, ainda que em prantos. A delicadeza de Filomena descrevera o pepino que ela cuidadosamente enterrara numa manhã no jardim, com esperança de desenvolver-se ali sua suculenta natureza. E provava-lhes ser Iabeshab, em vez de Eucarístico, a criatura do barco, ao mesmo tempo ensinando-lhes a riqueza das palavras quando revestidas de véus, leques, eclipses solares. A advertência de Fidalga, quanto à habilidade de quem trazia peixes à tona sem lhes extrair as escamas, não emocionava, deixavam-se unicamente ferir com a presença de Iabeshab.

Censata, que no cativeiro se privara dos exercícios físicos, pelas reduzidas dimensões do quarto, ajoelhou-se em obediência à antiga prática religiosa, que lhe estimulou padre Ernesto ao longo do seu resfriado. E antes de pronunciar palavras que Bonifácio seria obrigado a repetir, ele a expulsou pleiteando o seu lugar. Inconformada que a deslocassem da terra, onde havia nascido e ainda brigava por permanecer, ela o empurrou até Bonifácio se levantar. E ajoelhando-se desta vez com a flexibilidade que o rápido entrevero ensinou aos seus joelhos, foi logo afastada por Bonifácio, que recusava agradecer de pé o regresso de Iabeshab a Santíssimo. A luta prolongava-se sem que Respaldo se visse com direito legal de interferir.

— Ainda não houve um morto.

— Antes da morte, não existe crime. A lei assegura ao inocente oportunidades para que prolongue a própria inocência, e não mergulhe no crime, disse Rectus, livrando Respaldo do tormento que o perseguia, desde que assumiu o cargo, ao compreender que o gesto criminoso se confirmava pelo sangue e a palidez da vítima.

— Estou livre de novo para as tainhas?

— E quem enterrou Eucarístico? disse Iluminura.

— A própria sorte, disse Hermengarda, batendo com a mão na bunda de Magnólia, para ferir a memória de Eucarístico. O gesto incandescente teve o mérito de sensibilizar Magnólia. Havia muito sonhara que mão estranha lhe conferisse as medidas exatamente onde as tinha mais abundantes. Fidalga requereu licença para abandonar o acampamento, também Iabeshab ansiava por suas maneiras corteses e a permuta de chávenas fumegantes.

— O barco é uma maravilha renovada, disse Iluminura profundamente cansada. Mas Fidalga, cujo destino materno sentenciou-a a conviver com o rio, surpreendia a vocação de Iabeshab sobre as águas indicando desprezo pela terra. Confidenciara-lhe Eulália que o convívio com elemento líquido despertava natural aversão ao mundo concreto, quase sempre poroso, por constituir-se de cimento. Fidalga confiava conhecer em companhia de Eulália, que muitas vezes lhe fugiu, aquela casa nos limites da terra, ou mesmo em Assunção, onde ouviriam relatos agora na terceira pessoa, significando o narrador que dormira perdendo metade da vida no sonho, sobre o teatro Íris, a ponte e seus suportes de cristal.

Sob o argumento de que jamais Iabeshab se deixara colher por superfície refletora, Peregrino contrariava a presença do mercador a bordo, exigindo o testemunho de Bonifácio a seu favor. Bonifácio foi obrigado a confessar que a desavença entre espelho e homem era antiga, precedera à sua viagem inaugural a Santíssimo. Tanto que para expor Iabeshab ao ridículo e ao frio, impusera-lhe certa vez o espelho da casa, em cuja superfície sua imagem não se estampou, apesar de abrir a janela para o sol reverberar dentro, e colhê-los de surpresa.

— É bem verdade que Iabeshab converte certas criaturas à cegueira. Mas, jamais feriria Filomena, que há muito nos deixou, e leva vida de pomba, disse Fidalga contribuindo com o desesperado esforço de Peregrino e Bonifácio em confirmarem a presença de Iabeshab onde quer que o sol despontasse.

A atmosfera de sonho em que estavam mergulhados, com gases e substâncias que não se repetiam nas noites seguintes, por perderem fórmulas quando aplicadas e buscarem outro entretenimento, impulsionava Censata a suspeitar de um carretel com fio enrolado, que se custou instalar entre grades e chocalho do berço individual, para com ele preso ao tornozelo percorrer a terra, Santíssimo inclusive, e prestar visitas prometidas mas que se esqueceu, e sem perigo de qualquer extravio. Por mais que se andasse, não se rompia o fio, o corpo adiante cuidava que não se esgarçasse o material pelo esforço. Jamais se perdendo contato com elo que se podia sonhar inicial, porque os deixava a salvo de imprevistos, sem lhes cortar asas de peregrinação, de viagens e de portas estrangeiras que se abriam ainda desconhecendo quem habitava dentro.

Embora lhes faltasse agora domicílio comum, recomendou-lhe Bonifácio regras moderadas. Pelo fato de estar Iabeshab de volta, recusando-se a pisar areia remendada uma na outra, até que se formou a terra, não haveriam de adotar atitudes úteis aos inimigos de Santíssimo, que estavam por toda parte. Ela o impediu de expurgar suas sábias propostas, quando já não habitava a sua casa.

— Casa minha também. Há muito acompanho a deterioração de suas paredes.

— Não teime comigo, Bonifácio.

Ela o enxergava pela metade, acumulado de sombras e roseiras escuras. A seu parecer, não era Bonifácio o único a sofrer reduções no corpo, outros também diminuíam apesar de depoimentos contrários. E não estaria Peregrino vendo as coisas diminuírem? quis saber. Ele lamentou seu estado de saúde, digna dama de Santíssimo, cujas manchas pressupostas de insanidade começavam respingar sua roupa interior, logo alcançando a barra do vestido e a touca de cozinha.

— Em todo caso, nunca fomos intolerantes, disse ele a Tronhão. Tronhão via a atuação de Cacilda estender-se por amplos setores, morta ainda cultivando seu amor de sombra sempre que afetava o sono alheio. Em casa, desenhava-lhe o rosto sabendo que não era o seu, porque a havia esquecido. Emília pediu licença para visitar Censata, tomar conhecimento do seu alto nível de preocupação pela terra.

— Você anda insinuando que nos devotamos a esquecer, e que nenhuma luta altera o destino, nem mesmo uma rinha de galos? disse, enquanto bordava com fúria tão criminosa que lhe saía o bordado como se o quisesse exibir pelo avesso. Censata socorreu-a com café frio, sem açúcar.

— Eu não pensei ter ido tão fundo, disse Censata com orgulho que a fazia buscar no chão a mancha deixada pelos cacos do espelho.

— Talvez você não suspeite, mas há muito eu me dedicava a diminuir o mundo, exibiu Emília o tremor das mãos.

A confissão, que pleiteava evidentemente posição vantajosa, magoou Censata. Com cara inchada, os marimbondos em voo rasante prestaram-lhe visita deixando alguns ferrões, Censata exigia esclarecimento. Já não lhe fora fácil admitir a superioridade de Imperatriz, que consumia os germes do poder esquivando-se à luz solar. Não suportava a concentração de tantos adversários, pois ainda se protegendo com estopa, não os podia enfrentar ao mesmo tempo. Não lhes basta o esquecimento, também querem lutar?

— Além de diminuir o mundo, você nos ameaça com nos abolir do mapa? insistia Censata.

— Mas Santíssimo jamais foi mapeado, sofria Emília o acúmulo das experiências daquela semana.

— Melhor ainda. Significa que Júlio César não nos incluiu em seus domínios, quando inventariou o império romano, disse com fidalguia, aproveitando-se das deserções que Imperatriz deixou trancadas no baú, junto aos anéis.

— Compreendo por que Bonifácio abandonou a casa, disse Emília.

Censata não se deixava ferir. Rectus houvera por bem esclarecê-la sobre o destino das cidades, vilas, comunidades, muitas inexoravelmente determinadas a crescerem, outras agindo no entanto para que jamais suspeitassem de suas existências. Deixavam-se estas últimas levar à morte, no afã de provar que nunca existiram, pelo que as trêmulas linhas do cartógrafo não as conseguiam fixar.

O capricho de uma cidade adornada com flores de esquecimento surpreendia Emília, que jamais conseguiu investir igual força no próprio trabalho, sempre que imitava a natureza. Seguramente Assunção nascera com destino de mapa, incapaz de esconder prados, montanhas, declives, istmos, para a catalogação de seus bens. Com vocação para o irresistível crescimento, permitia-se fotografar. Mas, daí que inimigos espalhassem que Santíssimo não existia porque se plantara sal em seu roçado, ou que por tédio se condenara a um passado anterior à sua fundação, era inadmissível. Não lhe importava que alguns rebeldes a passeio e tomando ar fresco suplantassem regras, desde que não demolissem seus alicerces, e estabelecessem o primado da heresia, ah, Censata, isto sim, merece desprezo.

Censata enfrentou as manobras de Emília com dedo em riste, acusando-a de planejar deliberadamente o aniquilamento de Santíssimo, porque lhe servia andar sozinha pelo cemitério, e beber leite fresco dos ubres que lhe sobrassem. E como prova de que delatava com piedade, sem abandonar imagens e palavras reforçadas, surpreendia Emília desprezando a vida, esquecida de deslizar debaixo do leito a caixa de linha e agulhas de aço, onde sua memória criara barragem de lama e lesmas.

— Eu pensei que você é quem tinha ordenado o nosso fim, disse Emília.

— Ora, se fosse eu, não lhe pareceria natural que me sentisse natural a respeito? E lamentava junto à janela não viver no pombal, de onde fatalmente se teria ampliado seu raio de ação.

— Vamos pesquisar se Santíssimo ainda é o mesmo, disse Censata.

Emília partiu envergonhada. Recusou que os cegos, sobrando em grande número pela casa, lhe tomassem a mão, como o faziam habitualmente para melhor sentir as vibrações da terra. Comovia-a que levassem a mão ao rosto, ao coração, e partes igualmente sensíveis. Emília mantinha-se discreta, para a respiração sem controle não prejudicar as verdades que lhe extraíam pelos poros. Apesar de lhe invadirem a vida diariamente, jamais mencionaram Mariano, ou os sonhos dourados alimentando a miniatura resguardada na última gaveta do armário. Ao contrário, surpreendendo-lhe a excitação que não se debelava com chá de camomila, a estimulavam prosseguir no bordado noite adentro, pois quem manteria a cidade em ordem senão ela.

Amanhecia diante das agulhas, carretéis, dedal, bordados prontos e arruinados. Suas horas livres dedicadas ao inimigo, que não a emocionava como antes. Diluía-se seu prestígio à medida que amassava os ingredientes dos biscoitos de araruta na cozinha. Seus biscoitos opunham-se à interpretação oficial dos mesmos, uma vez que manipulava a massa como a um fio de linha que devesse passar pelo estreito buraco da agulha. Saíam da fornalha imitando em comprimento, espessura, extensão, a um barbante. E quando superavam a agudeza ou as dimensões de uma agulha, causavam-lhe o impacto que Imperatriz sentia diante de seus carretéis e dedal. Seus olhos se aguçavam orientando o bordado, mas logo que se retraía o coração, bordava com ímpeto de Filomena rezando enquanto se lavava. Nunca lhe abandonou o temor de que a cegueira familiar a atingisse, no intervalo de prolongado estio. Ao mesmo tempo seduzia-a não voltar a enxergar o inimigo, que se fazia gasoso, já não lhe fornecendo subsídios com que compor o retrato de quem viesse substituir. A raiva no entanto tornava-a diligente, servil, e de mãos sempre profundas.

Peregrino protegia-se com a fumaça de uma fogueira frente à casa, enquanto Fidalga enfrentava as arranhaduras nos olhos, a visão dos eucaliptos desfazendo-se na chama, e o olor a mar que se devia ao sal que se atirou por perto, com gases orientais em torno do rosto. Andava tão ocupada que se alimentava de frutas arrancadas das árvores. Ou da comida que lhe trazia Iluminura à beira do rio, a pretexto de favorecer as tainhas de Respaldo. Montando o alazão, Hermengarda recuperava as distâncias que não pudera percorrer trancada anos em casa. Convocou Emília a enfrentar Censata, em conjunto apurariam valores e cifras.

— Que cifras? disse Emília timidamente.

— Talvez os mortos, não sei. Segundo Fidalga, o olhar de Iabeshab se adensa cada vez mais.

Sempre que seguiam Fidalga, lamentavelmente ela observava o rio de olhos fechados até escurecer, quando não a poderiam surpreender desfazendo os nós das pestanas. A última vez que Fidalga olhou Iabeshab, acompanhara-lhe o gracioso mergulho na taça, e sem transbordar uma única gota, o que lhe indicou o sereno equilíbrio de que desfrutava o mercador.

— Além de moderação e fé no futuro, de que mais estamos carentes? perguntou a Eulália, visando seguir Iabeshab no seu novo estado, que nada tinha com o novo estado de Hermengarda.

Ao indagarem como pudera à distância apurar que qualidade de olhar beneficiava Iabeshab, Fidalga lamentou que a ofendessem com a intrepidez dos touros, que lhe mereceu sempre desprezo. Tomou flores do jardim, que não parava de expandir-se, e avisou-lhes: se continuarmos assim, chegaremos a Iabeshab sem ele precisar atracar.

— Ao menos uma vez na vida, enfie a faca no lugar certo, disse Peregrino.

O alazão de Hermengarda mal tinha tempo de repousar e consumir a cevada e o capim. Eram paradas militares diárias pela cidade, em que estava sempre presente a calça de Fidalga, de cuja limpeza Hermengarda tanto se ocupava, que não se descuidou em trazer ao peito uma margarida, renovada pelas manhãs. Envolta na poeira, ela surpreendia o olhar de Iabeshab flutuando por todas as partes, como uma massa desigual a ameaçar romper diques. Não se originando esta certeza da intensidade de sua alma agora sempre a galope, mas de confidências de Filomena. A princípio, combatera-lhe confissão desastrosa para o porto fluvial que era Santíssimo, mas a irmã, sob proteção de Justo fabricando cestas de palha, sugeriu esquecerem durante horas ligações sanguíneas como modo de a punir e torná-la crédula.

De sapatos nas mãos, gastos de percorrerem a orla do Alvarado apanhando tainha que substituíra guelra por asa, Respaldo considerou Aldebarã um aristocrata, pelos gestos minuciosos, e por aceitar o sol com dificuldade. Desta vez, o diagnóstico de Aldebarã vencia vinte e cinco minutos, sem um gesto seu transmitir esperança. Doendo-lhe o peito, Respaldo pensou dizer-lhe: o que pensa que são? pois são minhas tainhas, e ousa amaldiçoá-las por conta do seu aspecto pequeno mas gentil? Ou explicar-lhe o passado: por que me trata com desprezo, o que mais poderia ser, se o delegado Patrício mergulhando no sono me obrigou a substituí-lo?

Junto ao varal, Aldebarã confundia-se por sua leveza ígnea com o que apenas ultrapassasse a espessura do couro. Havia em seu corpo agora três quilos a mais, seguramente cedidos por uma puta velha que, ganhando gosto pela rua após o desfile militar, vinha alimentá-lo com o bolo de fubá que reservava Iluminura para tais fins. Mas, sonhando com Iluminura destituída de saia, e prisioneira da pobreza, Respaldo arrependeu-se da calúnia envolvendo as putas velhas acomodadas em seus quartos, ao fugirem do inverno. Não havia quem não ansiasse pela inocência, pensou redimindo-se. E não fosse assim, o que estaria a fazer no meio do porão, colidindo com o barco de Eucarístico, que sofrera dramática redução mas continuava a mesma nave, não se concentrando o sacrifício na proa, tampouco nos mastros — de modo a se admitir ali?

— É o barco de Eucarístico? disse, com direito a perguntar, uma vez que Patrício não despertara ainda.

Aldebarã combatia a falta de espaço perseguindo sobre a banqueta um outro espaço que devia existir sobre as coisas amontoadas no porão. Ainda que o molestasse exilar-se a uma altura de onde dependia de equilíbrio para permanecer, e devesse encostar-se à proa do barco de Eucarístico para melhor operar com o couro, ambicionava acumular até o escurecer uma experiência que unicamente três anos de trabalho lhe teriam assegurado, encapsulados a criação e o tempo numa delicada bola de sabão, em cuja bolsa conviveria com estas estrelas modestas.

— Se o barco encontra-se aqui, significa que Eucarístico foi enterrado dentro, insistia Respaldo.

Ainda lutando com a bola de sabão que lhe fugia sem rumo, do mesmo modo que lhe escapavam o tempo e o couro, Aldebarã apreciou o princípio da lógica de Respaldo. Logo porém lhe pôs defeitos, uma vez que a bola de sabão se eclipsara ficando-lhe o seu gosto de éter. Lamentava não incentivar a dispersão, ainda que o tivesse temporariamente enriquecido, e tudo por seu precário equilíbrio. Seu imediato propósito era sondar horizontes, de preferência celestiais, pois dali não se tinha como fugir, ou perder-se em dissertações de mil cópias da mesma matriz.

Respaldo confessou que Iluminura o deixava solvente. — E o que significa? disse Aldebarã, concedendo-lhe o direito de sonegar expressões das expressões correntes.

— E Fidalga, é uma expressão? disse Respaldo.

— Ela é uma nova estrela.

Magnólia exigia o aparato da sepultura cristã, sem esquecerem lamparina, preces e lágrimas, uma vez que não haviam ainda enterrado Eucarístico.

— E como lhe ofereço enterro cristão, se ele não quer submeter-se à cama da casa, e à colcha de Censata? disse Peregrino, cuja precisão de linguagem Tronhão aplaudiu. Por motivo da fumaça que lhe invadia a casa ainda fechando as janelas, Peregrino assimilara doçura e tosse, que Tronhão cortejava sem os evidenciar.

Hermengarda sugeriu que as viagens antes vividas nos quartos da pensão de Mariano se transferissem para a sapataria, cujo recinto fechado e quente não prejudicaria a fantasia, especialmente porque se encontrava ali o barco dos vikings.

— Que vikings? disse Mariano compungido.

— Anjos barrocos, como Rectus nos explicou, disse ela.

Mariano aceitou o barco como meio de transporte. Ainda que cada viagem correspondesse a um par de sapatos em situação precária, nada fácil em Santíssimo, pelo hábito de andarem descalços, e por já não contarem com Iabeshab para renovar-lhes o estoque sempre minguado.

Antes mesmo de Ofélia regalar à tia o binóculo de ópera, para melhor cumprir seu destino de pomba, Piedoso lisonjeara as lentes, sempre adequadas para abstrações, sonhos, evasões. Jamais imaginando que o binóculo, trazido por Iabeshab, serviria mais tarde para devassar-lhe o barco, e facilitasse a Filomena descrições das bandeiras com que o mercador se vestia à chegada do outono. Seguramente Iabeshab agira de modo que eles não desconfiassem. Deixara-lhes o binóculo obedecendo ao plano de se pôr um dia em evidência. A vaidade o fizera eleger a água para navegar, e as batas para luzir-se com mais acerto. Merecia as críticas que lhe faziam, ainda que não o pudessem corrigir. Bonifácio partiu em defesa de Censata, indicada autora de calúnias que invadiam canteiros de flores, e superavam em volume às laranjas naquela temporada vergando das árvores.

— Os inimigos encontram-se no porão. Nunca se soube de orgias marítimas, disse em prantos.

Justamente no domingo em que se desfaziam do frio, e se agasalhavam com palavras e olhares no cemitério, Emília defendeu a preciosidade das miniaturas, arte sem dúvida superior ao bordado. Na tarefa não poupando sequer um botão de madrepérola, exemplo de um objeto que, havendo conhecido dimensões superiores, aprendera a diminuir para tornar-se modelo de ourivesaria. Ao surpreender pois seus conterrâneos entregues à prática de reduzir móveis, barcos, panelas, perucas, a tamanhos de visibilidade difícil, orgulhou-se de os ter precedido nestas pesquisas, ainda que não lhe devessem perguntar sobre que objetos precisamente projetara seu empenho.

Filomena guardava de Emília doce lembrança. Agora que seu futuro se anunciava, e tão próximo, lamentou não a ter retido no pombal mais tempo, tempo de impedir-lhe o domingo de trevas, em que de público Emília confessara que nem a miniatura, elemento de atração em sua vida, desbastara-lhe o ódio que a motivou fabricar bordados desde pequena. Filomena assumira compromisso de descrever Iabeshab pelas manhãs. Seus olhos conferindo profundidade de luneta aos cristais, que não se embaçavam em seu poder. Aventurava-se em prever-lhes o que iria Iabeshab fazer durante aquela jornada, apesar de o barco se ter distanciado de Santíssimo. Tinha prazer em descrever-lhes Iabeshab fritando, naquela tarde ainda, pequenas tainhas a vinte milhas dali, cuidando em banhá-las numa substância de azeite, vinagre, sal, açafrão e, muito especialmente, leite de cabra, guardado numa botija que mergulhava no rio, para conservar-lhe a frescura.

— E depois de comê-las, vai pôr as espinhas a secar, disse comovida.

Peregrino recriminava-lhe a leviandade, que a cada passo invadisse naturezas adversas, a pretexto de descrever um jantar. Não via por que destituir a tainha da sua honra natural, que se sobrepunha às suas escamas, em favor de Iabeshab, que não lhes tinha respeito.

— Eu não sabia que o futuro podia ser tão íntimo, disse Filomena.

Certos detalhes de nada lhes serviam. O que arrebatava Filomena, deixava-os indiferentes. No entanto, o instinto nacional havia-os arrastado para o excessivo número de bandeiras a bordo, que em muito pareciam exceder aos países do globo terrestre. Embora pedissem socorro a Rectus, ele recusou alimentar-se de um caldeirão onde boiavam pedaços de peixe, miúdos de boi e coelho. E antes que fechasse a janela, Respaldo descreveu-lhe o pecado de orgulho que tão bem ele representava naquele momento, sobretudo por punir Filomena através do sigilo profissional. Censata retirou a acusação de orgulho que lhe estaria pesando, e substituiu-a pela suspeita de ignorância.

— Vejamos lá, Rectus, quantos países nós somos?

— Nós não somos países. Nós somos nós.

As bandeiras de Iabeshab serviam de proteção contra intempéries, e circulavam indistintamente pelas diversas partes do seu corpo. Notavam-lhe preferência pela bunda, pois constantemente resguardava-a do sol. Havia abandonado as antigas batas e deixava os seios muitas vezes de fora.

— Usa ainda o pepino de cera? disse Peregrino.

A constante pergunta irritava Filomena, sobretudo por não se impedir de criticar a Iabeshab a conservação no peito do objeto vulgar. Uma vulgaridade própria das serpentes, disse a Justo, entre suspiros. Justo provou-lhe que a vulgaridade das serpentes jamais deixaria de turvar a mente de homens e mulheres, explicação que Filomena considerou insatisfatória. Encareceu-lhe de provê-la com argumentos mais substanciais. Justo pediu desculpas: se justamente elas nos perturbam desde o início da criação, por que não prosseguiriam ainda agora na sua rota de avalanche, aludes, abalos sísmicos e fraqueza verbal?

— Além do mar, o que existe na terra? continuou ele imitando Fidalga desta vez.

Ela temeu pela sua sanidade, ainda que prosseguisse Justo a construir um magnânimo mundo com o simples amparo da palha. Tranquilizou-se compreendendo que a precariedade em descrever o universo era típica da mente grandiosa. Também Filomena tinha sua versão sobre vulgaridade, compreendendo por ela a monotonia das coisas que sempre se repetiam sobre os mesmos lugares. Ainda que se enquadrasse na definição, merecendo que a acusassem de vulgar, o fato de habitar um pombal, cuja altura sobrepunha-se a Santíssimo, também lhe criara contínuas vertigens e sensações de voo.

— Ora, se tenho asas, estou em todas partes e nunca ocupo o mesmo lugar.

Justo expressava-lhe apreço criando novos cestos ao final do dia. À medida que os cestos pareciam a Filomena vulgares, por estar em vigência sua nova categoria de julgamento, empenhava-se ele numa luta em que não lhe era concedido o direito da repetição.

— Trata-se de um desafio? disse ele.

— Muito simples, da construção de barcos, répteis, e caixinhas de música.

Escurecia quando ele lhe apresentou uma árvore de palha, ornada de frutas. — Perdi afinal a vulgaridade?

Ela admitiu o refinamento do trabalho, onde os pássaros saltavam de galho a rama sem chegar a se familiarizarem com aquele roteiro.

— Sim, você livrou-se da ingrata doença.

Pelas visitas diárias de Justo, e a rotina das descrições sempre mais incandescentes, ia Filomena atualizando-se com a vida, a ponto mesmo de às vezes ultrapassá-la. Os bordados de Emília, antes padrão de excelência, com sua temática múltipla e caprichosa, pareciam-lhe agora descorados e rústicos.

— Simples manifestação da arte campesina, e pediu que Hermengarda não voltasse a visitá-la, a menos trazendo-lhe ao leito caravanas, segredos em estado lácteo, e a sonoridade que filtram os beija-flores pelos bicos. Hermengarda, que combatia Eucarístico em seu peito como precioso estigma, diferente de Filomena, vivia em plena euforia. Tudo lhe escoava pelos dedos. Faltava-lhe a avareza de acumular fatos, palavras, sentimentos. Dissera-lhe Iluminura que a velhice nela transgredia regras. Não se aguardasse dela pois sensatez, mesmo porque o ímpeto do seu cavalgar, e o descuido pelas propostas que lhe faziam, mais bem deviam perdoar. Iluminura convidava-a constantemente, e a seu novo estado, a visitarem as putas velhas, algumas de mais idade que ela, quando sorririam em conjunto.

Algumas vezes galopava diante da casa obrigando Iluminura a repetir aquelas advertências, até ela bater-lhe a porta e Hermengarda ressentir-se que lhe recriminassem a recente juventude. Afinal, obedeceu. Tomou cerveja em companhia de uma puta velha, sem lhe eleger o rosto. Discutia animada o novo estado, quando a mão lhe deslizou pelo tampo da mesa cujos pés caprichosamente torneados indicavam a perícia de Eucarístico. Assaltada pelos resíduos de que não se libertara, ela enrubesceu, de nada lhe servindo galopar, ou lançar porão adentro pequenos sacos com rubros tomates, o legume na juventude o mais querido de Eucarístico.

Abdicando de ser uma consciência alerta, foi deitar-se no exato instante em que Peregrino se desfazia das mantas, travesseiros, pijama, e objetos de enfeite da mesinha de cabeceira. Fidalga aplaudiu a admirável energia que se exibia às três da manhã. Ele lhe podou o entusiasmo, seu gesto significando apenas uma descarga de energia recomendada em sua idade. À medida que continuava a desembaraçar-se dos objetos, agora com técnica que lhe permitia em menos tempo, e dispensando escassa força, fazer tudo sumir dos olhos, outros também em seus quartos o imitavam, embora conservassem autonomia de atitudes, quer pela seleção dos móveis, ou pelo modo de atirá-los através das janelas. E dispunham-se em conjunto a um instante de quietude, em que inalar o perfume dos chorões intensos naquela madrugada, quando os ruídos sinistros de uma máquina a vapor entraram em ação. Além de se diferenciarem dos barulhos anteriores, invadiam-lhes os quartos com sobranceria e avassaladora intimidade, não lhes poupando órgãos genitais e a respiração. Para Fidalga, a sonoridade dos bandolins era uma repetição agradável da harpa de Efigênia, ganhando repentina vida. Não via por que Peregrino se uniria aos outros no cemitério para conspirarem e entre eles deliberarem que não mais respeitariam a cortina que levianamente Iluminura improvisara na janela do porão, com o fim de privá-los de um conhecimento a que tinham direito.

Iluminura preveniu Fidalga que a obra comum, uma belíssima saia godê, sofrera irreparáveis danos às mãos dos vândalos. Não esquecendo aquela gloriosa trajetória, Fidalga protestou que expusessem às intempéries tecido que, além de haver forrado as coxas de Iluminura, procedera de teares estrangeiros que primavam em não manter escravos em suas galeras. As evocações líricas de Fidalga permitiram Iluminura resistir aos ruídos e à visão da saia godê toda rasgada.

Porque não se podia eliminar a poeira do lado de dentro da janela, Peregrino custava a compreender a solenidade a que se submetiam Eucarístico, Átila Soares, Imperatriz, no porão atravancado pelo barco, sob orientação de Aldebarã. As lições de realidade, que Átila Soares falhara em administrar a Fidalga, foram depois de tantos anos rigorosamente absorvidas por Tronhão, que passou a descrevê-las. Em nenhum momento surpreendeu-se que Imperatriz, Eucarístico, Átila Soares raspassem as paredes com gilete, canivete, e navalha respectivamente, e que seus punhos com articulação de dobradiças ocupassem desde o início o mesmo espaço a que pareciam cravados. Ou que ainda evitando o reboco, o emboço, a massa, o tijolo, e o vento do lado de fora da casa, conformados unicamente com a tinta na superfície e um leve agitar de lábios, provocassem ruído que impedia Santíssimo dormir. Um ato que se classificava quase de simulado, e de que se ausentavam a trepidação da picareta, o relinchar das manadas, a saraivada das armas, mas que ainda assim os afligia.

Com metade da voz de Próstatis, que despertou estima no marido, Censata estimulava a criação de transtornos equivalentes contra os habitantes do porão, para obrigá-los a meditarem sobre a injustiça de seus feitos. Mas, ainda que fabricassem ruídos infernais, alcançavam resultados melancólicos. Uma pedra de cem quilos, ao deslizar de uma rampa à altura de quinze metros, espatifou-se ao solo como que amortecida por espuma de borracha.

Imperatriz elegia diagonais sobre que caminhar com tamancos de trinta e cinco centímetros, enquanto, recolhendo como isca memórias que ainda conservava de um desenho retorcido,

Átila Soares traçava retas. Sem jamais inspecionar o barco que lhe servira de residência, Eucarístico deixava-se seduzir pela segurança do chão, onde nadava confortado por supostas águas que desprezou outrora, mas em que reconhecia agora volúpia assaltando-o pelo ouvido, boca, orifícios, a querer afogá-lo.

Tronhão cedeu a janela a Censata, que a agraciou a Bonifácio, a quem estava cingida ainda pelo vínculo matrimonial. Iam participando da vida orgânica do porão sujeitos a um rodízio que lhes reservava três minutos, durante os quais cada expectador transmitiria em voz audível os arrojados lances daquelas vidas. Não sendo duradoura esta liberdade, ainda assim surgiram extraordinárias histórias que, apenas iniciadas, eles levavam para casa com pretensão de terminá-las, com mais vagar, sob o calor das cobertas. Outros porém, como se continuassem a enxergar através das paredes, prolongavam as narrativas em público, engrossando-as com maisena, e iam complementá-las às seis da manhã, tomando café com bolo de fubá. Peregrino recusava agrilhoar-se ao que lhe parecia ser um enredo, com suas grades e limitações, privando-se de presenciar os inimigos. Em represália, sentenciou:

— Aldebarã merecia que lhe enviássemos Iabeshab de presente. Bonifácio atuara com valentia, para arrastar Iabeshab ao porão, forçando reconciliação entre eles. Mas, tingindo o rosto com camada de ferrugem, Iabeshab distanciou-se como despojo de navio para o fundo do mar. E, ofendido, antecipou em um dia a sua partida, ainda que Bonifácio lhe corrigisse o relógio. Vencido porém pela decisão de Iabeshab, pediu a Censata que não fechasse a janela do quarto, precisava madrugar. Chegou a tempo de o avistar perdendo-se pela primeira vez entre as brumas do cais, quando era de seu hábito que o acolhesse o dia claro para abandonar Santíssimo. Imitando voz de Iabeshab, envolto na colcha de Censata à guisa de bata, Bonifácio ensaiou bater à porta do sapateiro. Queria surpreender rápida verdade aflorando-lhe ao rosto, ainda que Aldebarã lutasse por não se deixar atingir. O espelho porém, luzindo raro brilho ao amanhecer, consolidou-lhe as feições de tal modo que sentiu vergonha.

— Sempre nos faltou singeleza de apreciar os objetos de Iabeshab, disse Bonifácio dirigindo-se a Peregrino.

Censata, que não lhe perdoava as vezes que a fizera despertar mais cedo para contabilizar a mercadoria que Iabeshab não lhe trazia, ameaçou desvendar-lhe o pensamento, que jamais se exibiu. Do seu bolso, recolho farpas e coelhos, murmurou ao seu ouvido.

— Como lhe importam meus pensamentos, se já não vivo em sua companhia?

— Importam sim. Eles formam o retrato do inimigo.

Emília contrariou os rumos da briga conjugal intimando respeito que lhe deviam, ela que possuía o cetro de melhor bordadeira de Santíssimo.

— E o que fizemos para te desonrar? disse Bonifácio.

— Porque sou a única a possuir um inimigo. Como ousam roubar-me a possessão e o título?

— Sempre pensei que fosse o bordado sua única fonte de alegria.

— Também pensei. Mas já não posso mais sufocar a verdade.

Os queixumes de Emília obrigaram Mariano a colher na horta os limões que plantara sonhando que se convertessem um dia em laranja espanhola. Enviou-os a Emília com o bilhete: aceite a mesma amargura de que também me ressinto. Ela deixou os frutos apodrecerem. E na companhia dos sobrinhos devolveu-lhe na barbearia os limões esgarçados pelo vinagre, bichos e bolor. Exigia que, em sua próxima viagem ao passado, Mariano esfregando espuma no rosto borrasse a cena que haviam ambos vivido nos áureos tempos de Santíssimo.

Era visível a deterioração da barbearia. A cadeira de pedal negava-se a obedecer, ainda que Mariano a azeitasse. O estofamento rasgado permitia às molas ferirem respeitáveis bundas, não se poupando mesmo Peregrino. De nada servia caiar as paredes mofas, ou amarrar as molas com barbante. Tudo lhe parecera forte e invulnerável, enquanto não havia ainda Emília se perdido nos bordados, e encontrava tempo de cuspir-lhe no rosto com a indiferença e as moedas com que teimava em pagar seus serviços.

— Também me unirei aos que resistem, disse, lambendo a cara de Emília.

Peregrino reprovava as visitas de Emília ao salão sem se fazer acompanhar do bordado, apenas dos sobrinhos. Afinal, há muito Mariano padecia de solidão, o que o tornava sensível a gestos que, embora dirigidos à tesoura, procurava arrastar para si. A construção do pequeno hotel fornecera-lhes indícios do agravamento de seu estado. Andar pela terra não lhe estava bastando, carecia de gente. Tivesse paciência com Mariano, de outro modo o perderiam mais cedo que estava em seus planos fazê-lo partir. Emília deu-lhe as costas, antes espetou o dedo com agulha, para Peregrino apreciar o rubor do seu sangue.

— Cacilda foi a única mulher sensata de Santíssimo, disse ele.

— E por isso mesmo a mataram, disse Tronhão sucumbindo à alegria. Divulgava orgulhoso o último diagnóstico sobre a irmã, com o propósito de homenagear o ventre da mãe, morta há muitos anos. Ninguém lhe dava atenção. Logo que o barco ancorava no centro do rio, sem corrente o molestar, procuravam Filomena, cujo prestígio à falta de condições emocionais de parirem, ou acreditarem na morte, sensivelmente ultrapassara Ofélia e Peregrino. Os objetos estendidos na proa não conseguiam exaltá-la. No entanto, as bandeiras constituíam atração. Mas, embora Filomena as descrevesse com recursos inesgotáveis, apelando para imagens que lhes deturpavam a aparência, e que abandonava para regressar reforçando o que inicialmente lhe pareceu débil, Rectus era incapaz de indicar a que países pertenciam estas bandeiras de matizes secretos.

— Será possível que ainda estejamos circunscritos aos ciclos das bandeiras? disse Respaldo. Afinal, a vida merecia continuidade, o país já estava conquistado, a despeito das transgressões ao Tordesilhas. Rectus buscava a sombra da mangueira, ensoberbecido de que suas lições de geografia prosperassem em Santíssimo.

Na quinta-feira, em que comemoravam a próxima chegada do domingo, chegou boiando ao cais um caixote onde se acondicionavam mercadorias encomendadas antes da briga de Peregrino e Iabeshab. Fizera Bonifácio os pedidos, sem esperança de Iabeshab obedecer, tomando nota no ar, ali mesmo apagando os erros cometidos. Desta vez, porém, apesar do atraso que os obrigava a catalogarem memórias com impulsos juvenis, mas sob cujo ímpeto também elas esmaeceriam mais depressa, não faltava um só objeto da lista, que conservava Bonifácio amarelada na gaveta, e onde pessoalmente assinalara os pedidos.

TEBAS DO MEU CORAÇÃO

A capitulação afinal de Iabeshab ante os estatutos da cidade, restabelecendo valores em contestação, impunha-lhes uma alegria que mal sabiam compor no rosto, embora Peregrino fizesse reparos a certos esgares, que devendo estar próximos aos olhos, mais se acercavam do queixo. Fidalga, porém, com gestos rigorosamente cingidos ao naturalismo, que identificavam quando levava ela uma flor morta na cabeça, lamentou que festejassem uma ocorrência cuja banalidade tão visível dispensava provas.

— Já sei. Fidalga quer dizer que já não somos mais dignos de bússolas, cristais, e caixas de música, disse Censata.

Bonifácio hesitava quanto ao futuro. Não se decidia pelo armazém, nem aceitava a casa de Patrício como albergue, cuja mulher insinuara que sua constância frente ao marido merecia prêmio. Além de haver perdido Censata, quando ascendia ela à posição invejável, via Iabeshab ceder à obediência, que o impedia de manifestar-se através de objetos delicados, como sempre os acostumara, e pelos quais celebrou sentimentos intensos.

— Perdemos sua estima, disse a Iluminura, dispensando o conforto de uma puta velha. Rejeitava aquecimento para as juntas, a morte estava próxima. Ela lhe tomou a mão: também eu estranho o mundo, já não sei o que fazer com as visões de uma terra que não é Santíssimo.

As encomendas durante anos em retraso chegavam todas as tardes pelo mesmo processo. O empenho de Iabeshab em reabilitar-se e a inesperada generosidade despertavam-lhes amargas lágrimas e lembranças. Acaso ele pensa que só precisamos de comida, e dispensamos a fantasia? disse Respaldo. Os presentes não comoviam Peregrino. Criticava a Iabeshab a inoportunidade de tais tesouros, quando os sabia imersos na pobreza. Censata acusou Bonifácio: você é culpado.

— Se ao menos eu tivesse culpa! Como me honraria haver-lhe provocado dor tão profunda.

Hermengarda temia que as viagens até Aldebarã se multiplicassem, formando intenso tráfego entre Santíssimo e o porão, logo se vissem proprietários de inesperados sapatos. Aldebarã recusava colaborar a menos que lhe apresentassem o couro e cheiro humano. Seu olhar ia perdendo limpidez.

— Aldebarã transforma-se. Quem sabe lamenta a existência de dois barcos em Santíssimo, disse Fidalga.

Suportavam os ruídos terças e sábados, sem conseguirem nos outros dias da semana estabelecer acordo com os habitantes do porão. Em revide pois a uma ação catalogada de maligna, passaram a consumir junto aos alimentos certa amargura, recolhidos ao leito a maior parte do tempo, para distenderem os nervos em frangalhos. Arrastavam para o pé da cama tudo de que necessitavam, evitando levantar-se inutilmente. Servia-lhes de modelo a maneira de viver de Ofélia, cujo alimento Piedoso agora confeccionava, engolfado em dúvidas. Ele confundia o quartilho de uma novilha com o de um coelho, por conseguinte esquecendo-se de salgar o alimento que requeria açúcar. Às vezes tomava a charrete, perseguia Hermengarda em seu alazão, até a tia fornecer-lhe as informações com que completar um cozido já na panela, e de especial agrado ao requintado paladar de Ofélia.

Patrício que os precedera no hábito de dormir sem interromper sua vigília letárgica para regressar à vida, motivava-lhes admiração. Emília regalou-o com prendas esquecidas em casa, e a mulher de Patrício devia mudar o vestido diariamente para atender as visitas. Afetada talvez pelo afrouxamento da memória, o que se recolhendo ao sono jamais ganhava superfície, Ofélia mexia-se na cama sujando alguns lençóis pela manhã. Piedoso temia que por distração lhe viesse à boca uma só palavra destruindo uma sobriedade exemplar, que se apreciou sobre todas as coisas. Sem lhe ferir os brios, recomendou que unicamente expressasse preocupação pelo desaparecimento de objetos, antes familiares a seus olhos, mediante gestos de cabeça. Ultrapassando porém a área sugerida, Ofélia confirmou inesperada independência. Por ciúmes de Iabeshab, Piedoso simulou não acompanhar todo o corpo de Ofélia deslocando-se sobre o leito para lamentar o destino de Santíssimo. Deixou os dias passarem, na esperança de Ofélia arrepender-se. Mas, não mais resistindo ao desespero, e seguro de estarem ambos ainda sob a proteção do passado, voltou a desfilar diante dela relatos de três, quatro anos atrás. Ofélia, que ingerira naqueles dias menos proteínas, daí sua face macilenta, insistia com todo o corpo sobre o roteiro dos objetos delicados, naquela sua primeira semana de convívio com o presente.

Informada da rebelião da sobrinha, Filomena pôs a mão no peito, suspirou, fechou os olhos, percorreu o calvário, afinal disse: reservo minhas energias para as próximas bandeiras de Iabeshab. Piedoso recriminou-a que, por levar vida de pomba, se descuidasse das dores de Ofélia. Não percebia a sobrinha em grave perigo? Pelo binóculo, Filomena apreciou flores de matizes originais e as montanhas solapadas por pressão de um molde revolucionário. Sem dúvida, formava-se em Santíssimo nova paisagem. E por que não denunciou estas mudanças há mais tempo, para que adotássemos enérgicas providências? reclamou Piedoso. Ela o expulsou do pombal, que não resistiria ao peso dos dois e à amargura de sua voz acariciando permanentemente o passado. Os próprios nervos a preveniam, expostos agora à exagerada sensibilidade.

O bilhete na árvore declarava: convoco todos ao combate, assinado OFÉLIA. A mensagem beligerante e a letra nervosa preocupavam Peregrino que pedindo prazo respondeu: de que modo se combatem inimigos invisíveis e arcaicos? Tronhão agradeceu-lhe a vaca que desta vez lhe chegara sem mensagem redigida em pergaminho e enfeitando os chifres. Peregrino prosseguiu: sou o último guerreiro de Santíssimo, meus escudos brilham na escuridão. Assinalando com desgosto a crescente neutralidade de Peregrino, Tronhão sondou com Fidalga se lhe vinha ele naquelas noites roubando trajes íntimos, ou algumas de suas palavras queridas, para se justificar a semelhança entre eles agora. Mas, como a limpidez naufragava Fidalga em águas bravias, ela pediu prazo.

— Tenho certeza que Peregrino anda bebendo do mesmo café de Fidalga, disse ele.

No sábado, Peregrino amanheceu vistoso, com as botas da mulher. — Quem será o próximo morto?

— Iabeshab.

— Ora, eu não tenho poder sobre gringo.

— E Imperatriz?

— Ela já estava morta, e todos nós sabíamos.

Rectus confessou dores pelo corpo que o impediam de repousar nas noites livres, para descontar terças e sábados, em que ficavam de vigília. Ainda que estivesse proibido de dissertar sobre insinuações expressas nos manuscritos, algumas, sobretudo do primeiro decanato do signo que coube a Santíssimo, ganharam tanta força que lhe estavam perturbando a vida anímica.

— Aguardo o instante em que afinal meus dentes vão parar de ranger.

Iluminura deplorava uma fraqueza a que se devia porém resignar. Também ela optara pelo manto real de Leopoldina e o cabelo em coque, preso por espinha de peixe, presente de Fidalga, como meios de enfrentar dificuldades. É bem verdade que Peregrino lhe censurava o manto real de Pedro, como o intitulava por herança oral de Próstatis, porque sob sua proteção não somente ela lhe disputava o poder, mas trazia-lhe ingratas memórias do pai, cingido sempre por algemas a Leopoldina e Pedro, quando de alegres peregrinações campais.

— As putas velhas estão definhando, e você ainda canta louvores à vida? disse Peregrino.

Com o apoio de Fidalga, que lhe ensinara lealdade aos objetos e desagravo às criaturas por meio de olhares fugidios, ela perdera o medo. Não havia modo de viver senão se agarrando ao futuro sem manchas, ainda por se fazer. Grudado o manto à pele, de que não se livrava nem à hora de dormir, impunha-lhe a transgressão de todas as regras.

— Que angústia é a liberdade, disse Respaldo.

Se a espinha de peixe que lhe atravessava os cabelos se tivesse localizado na garganta, seguramente já a teria asfixiado. E sorrindo ante ameaças vãs, Iluminura tirava as manchas do manto com o ferro em brasa. Defendia a morte que lhe chegasse com cheiro de sopa, bastante apimentada. Os novos axiomas de Iluminura, que não havia como evitar, pois acompanhavam Respaldo por todas as partes, afugentavam-lhe porém as tainhas, não sobrando sequer uma para o almoço. Confirmava no espelho a redução diária do seu corpo.

— E você, também não diminui? Ou ao menos se fragmenta? disse ele. E propôs a Emília o mesmo enigma. Ferida por tal impertinência, que depurava seus mais secretos depósitos, onde havia água, tristeza e ressentimentos, Emília fechou-lhe a porta.

— Os cegos desta casa, e o bordado, tomam todo o meu tempo.

Respaldo não desistia. Iniciava as mesmas indagações às cinco da manhã, para deixar a casa seguinte da sua lista para o outro dia, porque já escurecera. Os que não lhe batiam a porta na cara, fechavam a janela, elegendo o escuro, até Respaldo partir. O desgosto de descobrir que não o queriam dentro de casa, e que o acusavam de rasgar os livros sagrados da natureza, obrigou-o a acusar Iluminura de banal, corrupta e sem imaginação, pois fora quem lhe despertara na consciência uma questão que não se recebia de braços abertos.

— Como você consegue viver em atraso? Há muito lutamos contra o fenômeno que só agora você descobriu, disse Censata.

Magnólia desistira de partilhar com o forno as melhores horas do dia. Deixara de lado as broas, quase todas cruas no interior. Quando lhe recriminavam a negligência, ela defendia os homens da caverna.

— Comiam tudo sangrando, e eram mais saudáveis do que nós.

Rectus aprovou que pelo progresso Magnólia se tornasse criatura arcádica. Ela se desvaneceu que a lisonjeassem em idade avançada, justamente quando o marido parecia desinteressar-se por seus atributos. Porém, acreditando que ainda teria Eucarístico de volta se abdicasse de regras morais, procurou Iluminura à luz do dia, para a notícia chegar diretamente ao coração do marido.

— Fui testemunha da sua transição. Do recato para a glória, disse, a pretexto de sentar-se na sala e tomar um cafezinho.

Instalar um bordel em Santíssimo amparava-se na decisão de tornar-se um bloco que jamais exibisse fendas, superfícies côncavas e convexas, a circulação de sentimentos que não tivesse previamente autorizado. Iluminura mostrava-se indiferente às mulheres em torno fazendo a cama, prendendo os cabelos com grampos, e aos homens à porta para ela saber que eles precisavam entrar. Adicionava simplesmente às gemadas daquelas primeiras manhãs cravo e canela, faltando-lhe apenas Gabriela que jurara Bonifácio não se encontrar senão em afastados rincões da China. Serviam-lhe porém de fortificação e paliçada ao corpo. Uma vez que Santíssimo era a única viagem possível, diferente de Imperatriz, não queria monastérios e catedrais esbarrando-lhe o caminho.

Próstatis cedeu-lhe uma casa, há muito em abandono. Seria sua para sempre em troca de jamais desistir, disse, entregando-lhe o documento de posse. Ele não reservava sua alegria unicamente para os dormitórios da casa. Tornava público um sentimento que lhe transbordava. Átila pediu-lhe moderação, ainda que também aplaudisse Iluminura por dotá-los com que sobrava em Assunção. Próstatis dava consistência aos argumentos, defendendo o bordel como elevada manifestação progressista. Encantou-lhe sempre a espécie de liberdade que chega mesmo a devorar os cupins encolhidos na madeira, imagem que ele criou e passou a consumir durante dois anos.

— É o progresso, Iluminura. Mas cuidemos em não exagerar. Nunca superar três sacos de ouro, ou consentirmos que Santíssimo abrigue mais de trezentas e cinquenta almas. Para quem ambiciona mais, que vá nascer em Assunção.

Inconformado com o tratamento que Iluminura lhe reservava, Respaldo perguntava sempre: — Que culpa tenho do seu início difícil?

— Preciso culpar alguém, uma vez que a fantasia é impossível.

Magnólia não lhe pedia muito. Convencer Eucarístico a regressar ao leito conjugal e morrer ali em paz. Pagava-lhe qualquer quantia, dispunha-se mesmo, após o féretro de Eucarístico, incorporar-se ao regimento das putas velhas, se ela o exigisse. Mas não se conformava que Eucarístico duas vezes por semana raspasse a parede com gilete, e aquele ruído repercutisse como um verdadeiro alude. Não o aceitara no altar para tais inconvenientes. Que glória havia nesta resistência? Antes a vergonha de quem expulso do paraíso não teve tempo de eleger sua folha de parreira.

— Nu, como no paraíso, disse chorando.

Iluminura protegia o labor de cágado raspando a parede em defesa da vida. O ruído de tempestade, que os habitantes do porão provocavam, refletia a fraqueza do sistema nervoso de Santíssimo.

— Se fôssemos fortes, nada disto aconteceria.

Magnólia pediu que esquecesse sua visita. De uma mulher como ela, devia aguardar-se desprezo pelos mesmos sentimentos que requisitavam Eucarístico de volta à casa. Iluminura exigiu que não a ofendesse, ao menos em meu lar. Sobretudo após se tornar, ainda que por breves minutos, uma puta velha, como as que viviam ali.

— E não sonhou jamais em ser puta velha?

Ela deixava a casa, vestida de preto, os cabelos em trança, mas que não se esquecesse Iluminura de transmitir a Eucarístico, amante de Imperatriz, que a partir daquela data abolia o luto que simplesmente antecipara um estado de profunda depressão. Unia-se a Santíssimo para combater os desertores. Antes de fechar-lhe a porta, Iluminura prometeu: recado eu não dou, quem não está contente, que dê fim ao seu ciclo na terra.

Viviam ambas na adversidade. Uma alimentando os porcos, a outra cuidando das putas velhas. Embora a história daquela amizade, por tantas sombras, excedesse aos limites do quadro-negro de Bonifácio, trazia-lhes o esboço de uma narrativa perfeita, razão de Peregrino respeitar-lhes a mágoa.

— Santíssimo é agora um parque de diversões, disse com sofrimento.

Fidalga recusou o convite de pisar em terra estranha. Dava-lhe gosto passar flanela em Triste Figura, indiferente a que diminuíssem todos eles de estatura, repartindo em trezentos e cinquenta pedaços a colcha de Censata, e tudo para lhe aspirarem o cheiro individualmente. Peregrino deixava-se ferir com facilidade, para que lhe pedissem perdão. Com a tesoura, ela lhe cortava a rede de peixe armada no espaço. Mirando-se ao espelho, ele se admitia agora com o mesmo tamanho de Próstatis, pouco antes de morrer. O pai apresentava-se gentil, e mesmo de linguagem cuidada. Inicialmente Átila estranhou, a ponto de revolver-lhe o estômago e cortar-se fazendo a barba, que estivesse Próstatis perdendo armas que sempre lhe enfeitaram a cintura. Até se conformar que o deviam perder brevemente. Próstatis deixava-se seduzir pela ideia da morte. A perda de Efigênia conciliara-o com toda espécie de nostalgia, saudando mesmo a harpa encarcerada no armário de propriedade de Eucarístico.

A princípio, Próstatis ressentiu-se que não o tivesse Efigênia nomeado herdeiro. E que a cada manhã o privassem da quietude de cristal da harpa, e seu sabor de sal, como descrevia o instrumento para irritá-la.

— Com esta mulher, a sorte sempre me faltou, disse a Átila, após o seu enterro. Poupava Peregrino de críticas, por arrebatar-lhe a mulher. Estas coisas iam se tornando naturais, melhor que frutificassem entre eles, que em Assunção. Temendo represálias, Peregrino evitou o olhar do pai. Próstatis afastava-se do filho, para Peregrino não pensar que lhe cobrava satisfações. Ao voltarem a se olhar meses depois, Próstatis aprendeu que também ele receberia ordens de Peregrino. Mas a ideia de repousar aos cuidados da colcha de Censata se foi tornando agradável. Assim como lhe parecia que a justiça melhor se iniciasse pela própria casa. Sofria com a partida de todos seus inimigos.

— Contar apenas com amigos para viver, é quase a morte.

Bonifácio jurou vingá-lo, prometia malbaratar forças ocultas, assumindo-lhe a liderança, apesar de sua única experiência com carne-seca. Censata rezou que ainda naquele ano surgisse um inimigo, para Bonifácio trazer honrarias para casa.

Próstatis agradeceu. Mas há muito o cercavam a fumaça e enxofre. O significado desta operação não lhe escapava. Não se tratando de inimigo humano. Ah, Deus aproxima-se, com suas armas e mãos velozes. Átila comovia-se que, modernizando seus sentimentos, Próstatis invocasse o divino. Será que ele já começou a morrer? Adivinhando, Próstatis tocava-lhe o ombro.

— Acertou, compadre. Pela primeira vez tratava-o como se fosse padrinho de Fidalga. Havia sonhado em batizá-la após seu nascimento. Eulália olhava ele e riscava-lhe o nome do

caderninho de compras. Átila admitia a própria culpa, e pedia-
-lhe desculpas descarregando o chumbo da arma, quando iam
caçar. Alijado da cerimônia de pia, sal, água e palavras em latim,
Próstatis fixou-se em Eulália com raiva, embora assim o destino
o tivesse poupado de tristes doenças. Que outros laços mesmo
poderíamos alimentar?

A volúpia do pai em morrer expressava-se pelas formas
ligeiramente arredondadas, uma odalisca na casa, em quem
Peregrino botou os olhos.

— O velho está pedindo para morrer, disse. Tronhão alegou
resfriado, além de as pálpebras pesarem sobre os olhos, a cera
invadia-lhe os ouvidos. Peregrino sorvia o café na companhia
do pai.

— E a memória de Efigênia, ainda se conserva intacta?

— Eu já a vejo com muitas sombras.

— É um alívio, ou isto o preocupa?

— É a mais grave perda. Acho que está na hora de morrer.

Ambos calcularam os rigores daquele verão, o sacrifício de
Próstatis ficar na cama esperando, enquanto ouviria os ruídos
de Angélica do lado de fora. A primavera de Santíssimo sempre
fora estação resplandecente.

— Aguardemos a primavera. Após a primeira brotação, disse
Próstatis.

Átila disfarçava o avanço da primavera. Dizia alto: que inverno é este bem antes do tempo? Ou ainda: outono é sempre
assim, estação triste, derruba tantas folhas! Mas não havia como
esconder. Ofélia, que se aperfeiçoava aos sintomas iniciais da primavera, passeava altaneira de charrete. Bonifácio reservava-lhe a
melhor mercadoria. Indicando sua despedida da terra, Próstatis

selecionava com rigor. Recusando mais do que aceitava. Em prantos, Bonifácio lamentou que perdesse ele a prodigalidade.

— Antes, ele nunca selecionou, disse a Censata.

Era uma questão de hábito, melhor acostumar-se à ideia de Próstatis já estar partindo, ela defendia. — Que banalidade, mulher. — Pois é, mas o que é mais banal do que morrer? Próstatis agradeceu-lhe as palavras de defesa, e não se esquecesse de lavar a colcha, passar-lhe em cima o ferro quente, para evitar dobras. Fidalga não servia para tais serviços, e Angélica não lhe queria ficar devendo mais este favor. A distração de Fidalga induzira-a a transformar a casa numa extraordinária alegoria. Rectus deslumbrou-se com aquela propriedade em descrever a alegoria. Átila irritou-se: ele disse alegoria porque pretendia dizer o contrário: — Tenho certeza que Próstatis jamais leu uma alegoria em toda sua vida.

A combinação entre Átila Soares e Próstatis afinal se desfez. Como é que me abandona? Brincando com os testículos de boi, Próstatis justificava: está na hora de partir, é o único compromisso que tenho agora. Determinara Peregrino que logo esticassem a colcha na cama de Próstatis, ainda lhe restariam três dias para morrer.

No primeiro dia, já deitado, ele brincou com Átila e Bonifácio. No segundo dia, Fidalga quis convencê-lo de que a natureza de Santíssimo, encolhida e distante das montanhas, não se prestava aos grandes idílios. Próstatis quis erguer-se da cama para protestar, mas ao cair da tarde fingiu estimá-la: talvez você tenha razão, Assunção aprendeu a amar melhor que nós. No terceiro dia, Átila lavou bem as mãos para fazer-lhe a última carícia. Próstatis estranhava tantos cuidados.

— Afinal, não carecia. E Triste Figura? disse de repente.

Peregrino seguia os ponteiros do relógio, para o pai não se atrasar. E faltando-lhe seis minutos, botou o chapéu na cabeça, sinal previamente combinado entre eles. Angélica pediu licença para interromper o diálogo de pai e filho, tinha serviço a terminar. Virando-se para Próstatis disse:

— Boa viagem, não se esqueça de levar a merenda que me recomendou em todos estes anos. Já a deixei em cima da mesinha de cabeceira.

Próstatis reclamou que a morte não dispensasse cerimônias e a presença de familiares até então tocaiados no escuro.

— Bicho morre mais fácil, se a gente tiver pontaria.

Fidalga que fora convocada a retirar-se, pois queria Próstatis morrer entre homens, ele que havia sido parido entre mulheres, voltou sem aviso. Enquanto Peregrino a convencia a obedecer, Átila viu Próstatis cerrar os olhos, a respiração pausando, e se disseram adeus. Peregrino e Átila emocionavam-se com o trabalho de organizar o embelezamento de um homem morto.

Fidalga servia-lhe agora os ovos matinais deixando-os na extremidade da mesa, para Peregrino não alcançá-los. E sempre que reclamava por estarem frios, ela enumerava defeitos ali concentrados, todos resumindo danificavam-lhe a saúde. — Por que me persegues? disse ele, inconformado que quisesse ela romper os únicos laços que os uniam. O desfile de mortos que atravessavam Santíssimo, no verão especialmente, todos arrastando flores e vivos, sempre surpreendia Próstatis que, preso à alça do caixão, ou de chapéu na mão, enumerava os diferentes olhares que seguiam Peregrino, de quem partiam comandos fúnebres. Não compreendia um poder que via mobilizar-se na própria casa e que lhe consumia à mesa feijão e couve picada. Confessou ao filho, no meio da madrugada, para Angélica não os ouvir.

— Você é incolor, como sua mãe. Só você e eu sabemos desta verdade.

Enumerava as qualidades do filho no armazém. Trazia a imagem do rio para o balcão, com o fim de compará-lo a Peregrino.

— Ambos sentenciam à morte. Ninguém contestava provas que Peregrino vinha acumulando. Angélica apontava-lhe o medo na cara, ainda que ele fugisse da sala, deixando-a falar sozinha. — Não adianta, não lhe vai abandonar nunca. Tomando do ovo, Peregrino reclamava: fui chocado por uma galinha.

— É marca do meu sangue. Você conseguiu unicamente livrar-se do choro. E após a sentença, Angélica imitava os ancestrais, para Peregrino não se esquecer das feições tumultuadas dos que interpretam a terra pelo pranto. Ele se calava, saía-lhe da boca um fio metálico, de que se revestem as barbatanas. Mas, habituada ao medo a que serviu antes mesmo do corpo crescer, Angélica provava-o incapaz de projetá-la a abismo a que já não estivesse acostumada, por junção familiar.

Peregrino aprendia a agir contrário à mãe bandeando-se para o lado de Próstatis. Do extremo da sala, contemplava a mulher convicto de suas forças não diminuírem, ou os olhos banharem-se de lágrimas. Próstatis era o touro de Santíssimo, título de que se orgulhava. Fornicava as vacas, investia contra paredes, sobretudo na juventude, e sempre simulou arrebato.

— Ridículo é o pai, disse ele, para Próstatis ouvir.

Próstatis seguiu para o campo, tampou os ouvidos com folhas secas, sob risco de ferir-se, fingiu acordar àquele instante, ainda não dissera bom-dia ao filho, ou escutara-lhe seus murmúrios estranhando a vida pelas manhãs. Era ele o único filho concebido, para seu espanto. Apesar da farta distribuição, sua semente não criara raízes. Ficou tudo solto nos ventres que se esfregavam com sabão.

A herança de Fidalga, apesar de sua leveza de pluma, era mais sólida, pensou Peregrino vestindo-se com esmero. Não havia mulher em Santíssimo que lhe competisse em vaidade. Ficava cheirando a pele até lhe entrar o perfume, e perder a agressividade do aroma inicial. Aparava os pelos do púbis e das axilas, enterrando atrás do jardim os vestígios de tamanha soberba. Temia Fidalga denunciando-lhe as manobras. Ainda que não lhe dessem crédito, por confundir sempre nomes, revestir os objetos de forma nova. A mulher de água, ele a chamava, sem apalpar sentimentos, temendo vertigens de que se deu conta desde o encontro com Eulália.

Em nenhum outro lugar, senão nos campos de Santíssimo, entre trigo e milho, Eulália derramara seus secretos encantos. O fato de originar-se de Assunção, e pertencer a honrado conúbio, não a isentava de praguejar, ou lhe torcerem as feições em prol de aspirações miúdas. Bastava Átila ausentar-se, para Próstatis interpretar os rodamoinhos de Eulália. A fragilidade de vidro de Fidalga, por exemplo, com cuja fragrância a iam tecendo em casa, soava a Próstatis metálica, em vez de sujeita a estilhaços.

— Ela ficou dois dias na sombra, disse Peregrino, em defesa de seu próximo casamento com Fidalga.

— Ainda fica tuberculosa.

— Para clarear a pele, pai.

Apesar de não dormir nas terças e sábados, Peregrino vinha sendo bafejado por movimentos de solidariedade, o que lhe restituía o espírito guerreiro. Contrariando porém o acordo de se manterem afastados, Piedoso propôs-lhe, mediante palavra emprestada por Ofélia, que Peregrino assumisse a próxima paternidade, como meio de combater tantos malefícios. Peregrino agradeceu que sofresse Piedoso o ímpeto dos animais na charrete, para ambos progredirem sobre a inesquecível memória de Ofélia. Mas quem sabe, elegendo Mariano, você indicou a mim com o dedo polegar? Perdoava-lhe o equívoco, naqueles dias a autoridade tornava-se fluida, ia escapando pelos dedos. Seu nome não surgiu indicado em sonho, e nem Ofélia foi atingida pelo desvario, assegurou-lhe Piedoso. Pois então lamento contrariar planos engendrados no leito marroquino que, segundo se comenta, está agora desprotegido após a retirada do baldaquim. Faltava a Fidalga tempo para descer a terra, ainda por alguns meses, e proceder como mulher comum. Atingira sua distração tal consistência que já mesmo podiam esboçá-la no espaço e pendurar sua forma nas paredes como adorno.

— Sem armas dos fantasmas, não venceremos, disse Peregrino.

Magnólia bateu-lhe à porta raspando a pintura com gilete. Vestida como puta velha, de voz grossa, propunha-lhe vir em seu socorro. Queria morrer naquela semana. De preferência na quarta-feira, tinha alguma roupa para lavar, limpar a casa, organizar a matança dos porcos. Deitaria em lençóis limpos, protegida com a colcha de Censata, que cismava agora em lhe negar cumprimento. Fechando os olhos para sempre, os insucessos de Santíssimo haveria de esquecer com facilidade. As roupas seguiriam para as gavetas, não ficando eternamente expostas ao sol no varal. Dizendo varal, Magnólia espumava.

— Não basta a traição de Eucarístico, também devo sofrer a visão de uma mulher de vermelho? disse Peregrino.

Ela se serviu de café, bolo de milho, como se a casa fosse sua. Tirava a colher da gaveta de olhos fechados, um atrevimento a que não estavam ambos acostumados. Sempre foi Magnólia discreta no trabalho do forno. Confessou ela: que não lhe fizesse perguntas, também não carecia, pois a verdade do seu coração andava solta por Santíssimo, não havia quem não falasse de suas intimidades, depois de Eucarístico lançar no chão a honra do leito conjugal.

As desditas de Magnólia não serviam para desagravá-lo. Mais bem valorizavam as sucessivas vitórias dos habitantes do porão. E porque estivera ela à beira da morte, justamente dentro da sala de sua casa, não lhe devia agradecimento. Viviam todos na desforra, cobrando dívidas de sal e açúcar emprestados há muitos anos, para festas de aniversário e casamento.

— Se ao menos você nadasse, poderia trazer Iabeshab para nós, disse Peregrino, querendo livrar-se da visão do vestido vermelho, que perdera alguns de seus brilhos, ao longo da visita.

— Iabeshab não é minha derrota, e afastou-se sem aceno de mão.

Mariano se empenhava em transformar-se no que não se pudesse agarrar com as mãos, mas continuasse a ter forma e cheiro do que lhe dera origem. — Para continuar a ser você, trata-se de uma sombra, disse Iluminura, animando-o a prosseguir nas pesquisas. Ela se esquivava pelas paredes, quinas de móveis, apreciando o lastro de um suposto corpo deixado atrás. A tabuleta na porta da barbearia assinalava em letras góticas: DUVIDO DA EFICÁCIA DA NAVALHA. O aviso repercutiu de modo a convencê-lo da inexpugnabilidade do corte alemão. Segundo Rectus, a nenhum outro aço se dera mais atenção no mundo industrial. E quando lhe punham em descrédito as palavras da tabuleta, Mariano dizia irritado:

— Pensam que sou muçulmano, que leio as notícias da direita para a esquerda, da última página para a primeira?

Sentia-se ferido pela incompetência, de nada lhe servindo manobras com a navalha, e a firmeza com que decepava à distância um fio recalcitrante. A ideia da morte, que antes lhe soltava os intestinos, obrigado a consumir a água da moringa em menos de quinze minutos para não se desidratar, agora o comovia. Buscava o cheiro de jasmim, as velas acesas, os sussurros que lhe recordavam o latim de padre Ernesto, reservado para os velórios. Censata era a responsável pela transformação. Ensinara-lhe a conviver com a morte sem despertar sua fúria. Ainda que Censata não tivesse herdado de Imperatriz seu desprezo pela claridade, apossara-se de seus tiques nervosos, seus passos hesitantes. Ela pensava progredir à custa da espanhola. Pois não observara Mariano partes dos corpos se reduzirem mesmo sem o auxílio do espelho? A metafísica de Mariano porém, de acordo com as palavras de difícil arranjo em sua nova sintaxe, fundamentava-se sobre o fato do seu corpo alastrar-se em visitas por países que jamais ele mesmo ousara visitar.

— Você não está bem, Mariano. Sua fantasia não é saudável.

— E o que pode ser saudável, quando a flora é tão abundante?

— Ora, Héloise e eu. Somos as únicas a confiar em Iabeshab.

E arrumava em torno do pescoço os colares com tampas de latas das balas de açucena.

— Iabeshab só sabe cobrir a bunda com bandeiras estrangeiras, disse ele.

Naquele momento, Censata precisava seguir ao encontro de Héloise, pois já levava vinte minutos de atraso. Competia-lhe agora conservar o estranho dialeto de Imperatriz, após sua deserção, embora sabendo que teria que aguardar horas à porta. Héloise recomendou-lhe paciência, jamais lhe parecera fácil, mesmo depois de tantos anos de prática, abrir as vinte e oito portas do corredor. Apesar de não entender uma palavra de Héloise, interpretava-lhe o desespero pelo olhar, e este código afinal decifrado à entrada dos seus pés afundava-a no orgulho. Lamentava porém a omissão de Bonifácio nos momentos capitais de sua vida. Especialmente quando já não mais se questionavam seus direitos à herança de Imperatriz, havendo sido feita a partilha com êxito, ainda que na espera da homologação seus cabelos se tivessem embranquecido.

Sem pedir licença, Censata agarrou o pódio, presente do Maestro Merluza, e o arrastou pelo corredor, para Héloise acompanhá-la sem a precisar convencer. Após Héloise fechar as vinte e oito portas, passar pelo cemitério, sentir a estiagem daquele dia frio, Censata instalou-a no próprio quarto, cedeu-lhe o armário, o penico de ágata, onde também já se fizeram café e sopa, além das roupas naturalmente que Héloise não tivera tempo de trazer.

— Vim salvá-la. Sou Imperatriz, disse a Héloise, para que um sorriso ainda pálido lhe voltasse ao rosto. Ao nome de Imperatriz, que soara ríspido, ela pareceu regressar à vida. E Censata sentiu-se recompensada em resgatá-la do exílio sem aviso.

— Por que ela, e não eu? disse Bonifácio.

— Porque sem Héloise, como poderia tornar-me Imperatriz? Além de Bonifácio dormir no armazém, com portas abertas, para afugentar o medo, animais vorazes e o cheiro dos guardados que não se consumiam com facilidade em Santíssimo, o sonhar com Iabeshab que, antes ufano e nobre, brincava agora com água e pescava frutos em vez de mariscos, devia chamar Censata de Imperatriz, pois de outro modo ela não lhe respondia. Como se entre sacos de batata e resíduos vegetais, com que se fazer a minestra, se pudesse esquecer que Imperatriz, duas vezes na semana raspando a parede, impedia-lhes o sono. Nestes dois dias justamente ele limava os lápis e colocava em ordem sua contabilidade. Nunca sabia de quem recebera pagando por dívidas antigas, e a quem necessitava pagar por estar em débito. Como não lhe batiam à porta com insistência, e deixara-lhe Iabeshab tesouro com que saldar compromissos antes de bater o carrilhão da meia-noite, ele agradeceu a Rectus a oferta de hospedá-lo entre seus manuscritos e revistas, em que faltavam a torre Eiffel e a torre de Pisa, cedidas para a pensão de Mariano, quando ambos desaguariam seus respectivos sofrimentos. Respaldo porém o havia convidado primeiro, e confessara-lhe não suportar a ideia de já pelas manhãs surpreendê-lo na sala de Rectus a tomar café.

Diminuía-lhe diariamente a coragem de passar a vida no armazém, enquanto não lhe chegava aviso de Iabeshab. Passou a visitar Patrício, cuja docilidade atual lhe facilitava harmonizar os nervos. E falava-lhe como nem ao espelho ousou confessar--se, sobretudo o estimulava sabê-lo perdido no sono, incapaz de memorizar uma só palavra das que lhe deixavam a boca por descuido. Comovida com esta assiduidade, a mulher presenteava-o com doces, sanduíche de pernil de porco, e induzia-o ao monólogo, como se por ele estivesse falando o próprio Patrício. E sempre que Bonifácio recriminava as loucuras de Santíssimo, ela agradecia o inesperado retorno do marido à vida, e a prova estava de que ali vinha Bonifácio a reverenciá-lo.

Afinal, Hermengarda levou o cavalo à exaustão. Decidiu que, para tantas andanças, nada melhor que as próprias pernas, apesar das varizes. Visitava Iluminura sem o subterfúgio da escuridão, para que soubessem todos que, de tanto haver ela provado o novo estado, já o tinha agora em conta de um estado antigo. Fidalga a irritava descrevendo as bandeiras de Iabeshab, cujas cores e contornos lhe foram assegurados por Filomena. De que serve Iabeshab, se suas maneiras são transparentes? disse, sem conquistar a adesão de Iluminura.

— Um dia ainda nos salvaremos.

— Só a morte nos redimirá, disse Hermengarda.

— Acaso se refere a Eucarístico?

Ao despedir-se do alazão prateado, Hermengarda inventariara os anos perdidos, que se foram também junto com a velocidade do animal. Mas também se sobressaía no rodamoinho que a memória deixava aflorar a certeza de que, se sua vida anterior não conquistara a admiração dos seus conterrâneos, merecia agora respeito pela coragem com que adotara novos hábitos. Por isso mesmo, jamais lhe mencionassem o nome daquele ingrato. Uma vida inteira desperdiçada como a sua, devia manter-se desvinculada daquela memória.

— Ah, doce Iluminura, te faço herdeira das palavras que não fiz.

— E o que significa isto?

— Um testamento. Vamos fingir que tenho vinte anos e Imperatriz ainda não aportou em Santíssimo.

Iluminura estendeu feijão-fradinho, arroz e carne-seca sobre a mesa. Nem o alimento quente e apimentado impedia Hermengarda de tremer, exatamente como Próstatis havia tremido antes de morrer. Iluminura sustentava-lhe a mão, para que o trepidar de seus pequenos ossos se chocassem contra uma pele amiga, em vez de desfazer-se contra a espuma e rocas marítimas. Seguramente não era a morte ainda que a perseguia, Peregrino de nada lhe falara a respeito.

— Será o novo estado ainda a ferir-te? disse Iluminura.

— O sino, Iluminura, o sino, disse interpretando as vibrações do metal trabalhado pela bigorna.

— Acalme-se, Hermengarda. O sino está no fundo do Alvarado. E ninguém pretende tirá-lo de lá. Sacudia-lhe o corpo para livrá-lo dos tremores junto com o suor da testa. Mas os tremores, como se melhor se desenvolvessem no corpo senil, não cediam diante mesmo de Respaldo, cuja colaboração limitava-se a assegurar-lhes que não chegara ainda a hora de Hermengarda enfrentar o juízo final.

— Ela está viva, e este é um fato definitivo.

— Deste jeito ela morre, disse Iluminura, providenciando velas acesas, presente de Héloise.

Entre soluços e movimentos que lhe aviltavam o corpo, e que seriam os mesmos movimentos e soluços que ocupariam também Eucarístico na hora da morte, Hermengarda disse: — Se vocês forem depressa, ainda verão o sino boiando em frente ao cais.

Sem fazer a barba, ou perfumar-se com o jasmim que de tanto uso conquistava a semelhança da roseira, Peregrino recusou obedecer a pressentimentos vulgares. E que evidências lhe podiam ofertar, enquanto cuidava em não desfazer o vinco das calças? De binóculo ao rosto, Filomena prevenia.

— Logo, logo, o sino vai tocar. E movida pelo ideal da limpeza, para melhor abrigar o som há muito repercutindo no interior das águas, cuidou dos ouvidos. Mas, antes mesmo de Justo aprovar-lhe o traje, o penteado e o brilho do olhar, ouviram-se as badaladas mais possantes agora do que quando, sob cuidados de padre Ernesto, vivera o sino encarcerado na torre da igreja.

Na pressa de não privar os cegos de um espetáculo de que já corriam a respeito maravilhas, banhou-se Emília com água do Alvarado em vez de utilizar a do poço, o que lhe despertou profundo remordimento. Tremiam-lhe as pernas junto aos que se amontoavam no cais de pedrinhas portuguesas. Envolto em cortiça, o sino flutuava para os que queriam assistir.

— Ah, o cheiro das algas, disse Fidalga.

Parecia tarefa difícil transportá-lo de volta ao ninho em que sempre viveu, ocupado agora pelas pombas que construíram ali valas, fortificações, sem esquecerem delicadas pontes levadiças em estilo Gaudí, e apenas com o recurso dos excrementos acumulados com admirável poupança naqueles anos. Embora usassem cordas, redes de peixe, vara de pescar, para atraírem o sino à terra, ele não se movia um centímetro cravado às águas, indiferente à sorte das correntes.

— E não podia Iabeshab nos socorrer? disse Bonifácio.

O barco desertara naquela manhã. Não se lhe via a sombra no rio. — Está em Assunção, para onde seguiu a galope, apostava Censata. Hermengarda ordenou à irmã prosseguimento na missão voluntária, que sondasse a fumaça do seu veleiro em chamas indicando-lhe a presença em algum igapó. Lamentando não revelar segredos, Filomena esquivou-se. Porém não os querendo privar de uma participação ativa na vida que lhes sobrava, indicou o sino seguindo em direção a Assunção.

— Mas, se ele não se move? E ainda que se movesse, como se insurgir contra correntes? disse Respaldo.

Filomena amanhecera propensa a doença, querendo significar que não a deviam molestar. Mas, apesar do seu estado depressivo, acompanharia o sino mover-se em busca de sua terra de origem. O Imperador deixara bem claro no armazém do reino que se não viesse o ferro de Assunção, embora não padecesse da ação da bigorna local, a compra ficava sem efeito. Aliás, existia entre as cordas e os panos guardados como relíquia nos baús da igreja uma fatura parcialmente comida pelos cupins dando crédito às suas palavras.

A defesa de um bem comum, que lhes queria Filomena extrair, uniu-os de modo a esquecerem o destino do sino. Parecia-lhes impossível que, sob a proteção de uma falsa vida de pomba, ela insistisse em ofendê-los. Não bastava acaso usufruir de uma paisagem que a eles não coubera em vida, precisava recorrer à humilhação, para não esquecerem eles em que nível da terra seus corpos estavam vivendo!

— Acaso não nasceu em Santíssimo? disse Rectus, ofendido com as manchas de lama salpicadas nas verdades dos seus manuscritos.

— E por que não nos contou a verdade dos manuscritos? disse Peregrino.

— Nunca ninguém me perguntou.

Filomena tornou-se inflexível. Jamais voltaria a descrever-lhes as bandeiras de Iabeshab, ou os pequenos objetos com que enfeitava a proa, a menos que lhe dessem razão. Cedia-lhes quinze minutos para combinarem que palavras seriam usadas ao lhe pedirem perdão. Vida de pomba sim, ela levava, mas vida de pomba digna. Antes mesmo que se completassem os minutos prescritos por Filomena, vencidos pelo desgaste físico de defenderem um sino que os havia deixado há anos, ingratidão que os fizera esquecer sua forma, ou lamentar sua ausência, aceitaram aquela origem espúria.

— O sino esganiça como um marreco enforcado, disse Emília.

A volúpia de substituir um objeto por outro que ainda lhes faltava, pois não havia quem empenhasse a palavra afirmando que já estava a caminho, era motivo de Censata tecer no papel inúmeros roteiros, sem indicar qual deles eleger, para sua segurança pessoal. Criticava-lhes comparar um sino, por tradição intrépido, com um animal a quem faltava valor de contrariar especificações da própria raça.

— Ele parte em direção a Assunção! Como uma noiva, disse Fidalga, e Eulália vai junto. Quase já não se via o sino a deslizar velozmente como um salmão contra as correntes do Alvarado.

Peregrino e Tronhão estenderam uma toalha de banquete ao longo do cais, à guisa de cortina, para impedir que Santíssimo registrasse o desastre. Fidalga exigia que Peregrino franqueasse o rio e suas águas para o povo.

— E o que é o povo?

Arrumando os cabelos, a roupa em desalinho, Fidalga disse:
— Nós, as tainhas, o sino, e todo o futuro.

Censata não cessava de investir em momentos sensíveis. Defendia com ardor a redução dos corpos como único meio de virem a conhecer um outro estado, em tudo diferente ao de Hermengarda, ainda que para isto devessem suportar a perda de objetos íntimos e estimados.

— Jamais se construiu uma catedral sem mortos.

— E para que catedrais, se nosso destino é habitar casas discretas? disse Peregrino.

A memória de Rectus enriquecia-se abdicando constantemente do presente. Ia ao passado recolher elementos de confronto e esperança, e logo voava para as sextas-feiras, onde sentia-se estar mais confortavelmente instalado no mês de novembro. E porque fazia estas viagens ao passado, surpreendeu Próstatis sonhando em construir uma catedral em Santíssimo. E isto apesar do realismo com que ele sempre se cobriu, para quem uma palavra correspondia a um objeto em que se pusesse a mão, levando-o ao peito como escudo.

Sob a custódia da harpa, ainda no amanhecer do seu fervor por Efigênia, ele passou a traçar no papel a sua futura catedral durante o verão. O orgulho de Rectus era sentar-se à sombra da mesma árvore que abrigava Próstatis, ambos participavam de feito histórico que lhes modificaria o destino para sempre.

— Você tem certeza, Rectus?

— Se uma catedral não muda o destino, o que mais pode mudar o futuro? Fornecia-lhe informações, desde a arte meditativa da cantaria, infelizmente em decadência em nossos tempos, até o equilíbrio com que se deveriam manter pedras grosseiras de pé. Pelos rabiscos no papel, parecia Próstatis estar sempre recomeçando, ou acumulando no pequeno papel linhas apertadas, uma encostando à outra. Não lhe mostrava a produção, sob pretexto de não interromper a fluidez do pensamento. Rectus insistia para ver.

— Nunca. Só quando estiver pronta na pedra.

Rectus fixou janeiro como data em que Próstatis iniciaria o trabalho. Próstatis esquivava-se frequentando o armazém à hora em que Rectus fazia a sesta. Quando Rectus trocou o horário da sesta, para Próstatis não o julgar desinteressado por tão grande obra, Próstatis reprovou-lhe a sonolência que trazia de casa para abordar o assunto. Rectus obedecendo voltou para a cama e, ultrapassando fevereiro, ouvia os lamentos de Próstatis confirmando que o projeto da catedral, esboço diferente de todas e de reprodução impossível, se havia extraviado numa das mil gavetas que teimava Angélica em conservar na casa, para ele jamais vir a dirigir pessoalmente a construção do templo. Rectus sugeriu-lhe formas de admoestação conjugal, desde a abstinência fora de casa, ao bocejo noturno em companhia da mulher.

— Não adianta. Angélica recusa-se a colaborar.

Rectus aceitou cumprimentos por uma memória que, além de conservar a história oficial de Santíssimo, debatia-se em manter alerta a vida secreta de cada um deles, caixinha onde nunca chegavam a empilhar informações que não fossem previamente filtradas. Tinham agora pressa em repousar. Se o sino decidisse regressar, tinha meios de anunciar sua presença. Amanhã seria sábado, e começavam a reverenciar o ruído como um bezerro de ouro.

Graças à atuação de Peregrino e Ofélia em assuntos como nascimento e morte, que, lhes cruzando a existência apenas duas vezes, não perdiam no entanto importância, podiam ocupar-se do cotidiano sem se responsabilizarem pelas despesas que o futuro e a sobriedade sempre comportavam, impedindo-os ao mesmo tempo de sucumbirem ao fascínio desenvolvimentista de Assunção, que atraía marinheiros e putas para debaixo de sua ponte de cristal. Peregrino insinuava o sentimento do dever, que se traduzia pela obediência, e o sentimento da gratidão, que consistia em dizer sim antes de se formular uma pergunta. Porém Censata, oferecendo três respostas à mesma pergunta, não somente fizera Peregrino sofrer, como obrigou Bonifácio a encabeçar um movimento que, em vez de atirar pedras, arranhava a carvão o vidro da janela de Peregrino, compondo letras de que se desvencilhava ele de ler, ainda que Tronhão lhe mencionasse as letras m, o, n, de desenho difícil e significado amplo. Fidalga sacudia a poeira das roupas matrimoniais, para neutralizar o peso da acusação. Ele se revoltava que tomasse ela a sério o que lhes diziam naqueles dias.

— Tenho direito a ser feliz, disse Peregrino, inconformado com a traição. Havia esperanças porém de que os habitantes do porão não resistiriam a prolongado falso testemunho. Bastaria visitá-los, levar-lhes comida quente em caldeirão, de que estavam carentes, para todos se abraçarem em lágrimas. Aldebarã não cedia, ainda que lhe invocassem a dificuldade em se conseguir sapatos naquela temporada. Não admitia em seu solo corpo que não fosse precedido de sapatos visivelmente arruinados. Por tal motivo, buscou-se a matéria rara nos armários, baús, gavetas, e mais tarde nos sótãos, poços, montes de palha, e abrigos de caça, para chuva e a noite, prolongando-se a pesquisa por cinco dias, de segunda a sexta-feira. Domingo, no cemitério, estenderam trinta e cinco pares sobre os canteiros, frutos do trabalho e da obstinação. Um acervo no entanto superando previsões mais otimistas. Fidalga congratulava os possuidores daquelas prendas, que haviam conseguido esquivar da curiosidade pública um conjunto de irregularidade e graça. Encantavam-lhe as cores esmaecidas, formas rotas, o veneno concentrado no bico dos pés, em defesa contra pedras e escorpiões. Quantas vezes não teriam aqueles sapatos vencido Santíssimo no estro do Cruzeiro do Sul? e suspirou Fidalga com apaixonado desvelo.

Bonifácio sobrepunha-se aos defeitos e rupturas apregoados com alegria em torno dos sapatos, para enxergar suas virtudes, todas associadas a Iabeshab, intermediário daquelas antigas transações comerciais. De nada lhe serviria porém especular sobre qualidades morais, quando os habitantes do porão se haviam tornado o cristal de que se serviam todos, por lhes faltarem agora espelhos em casa. O silêncio é o remédio, disse ele. Censata indignou-se com a banalidade do ex-marido.

— Será que o mundo lhe serve unicamente para percepções vagas? Pelo seu empenho em assumir o rosto de Imperatriz, ela arrastava Héloise como coisa sua pelos campos de Santíssimo. Embora Héloise lhe quisesse expressar certos sentimentos, seduzida pela eternidade da língua inglesa, não se fazia compreender. A Censata aquela sonoridade provocava alvíssaras.

— E não é assim que se comemora? e sugeriu que se substituísse imediatamente Peregrino, que se tornara pusilânime.

— Quem perde três ovelhas, não merece o rebanho. E pediu que Respaldo fizesse chegar a Peregrino esta advertência em língua espanhola, onde se sentia mais confortável.

— Já não suporto tanta extravagância.

— E que extravagâncias que não vejo?

— Ora, querer mudar a face da terra como se fosse ela uma batata holandesa, a que bastasse descascar.

Mariano lamentava a inesperada aposentadoria. Além de lhe tremerem as mãos, não lhe cediam as paredes, por mais que as esfregasse, o mesmo aspecto saudável de quando assinalava nelas inscrições que expressaram sempre seus melhores sentimentos. Permanecia a sujeira, a despeito de seus dedos em combate contra a espuma do sabão. Magnólia insistiu em que almoçasse em sua companhia. Podia mesmo vir em uniforme de barbeiro, como espécie de despedida. Por momentos, ela sonhou que tinha Eucarístico à mesa, apreciando o repasto que se exibia entre flores colhidas apressadamente, para que a comida não se esfriasse. Mariano buscava razões que explicassem Eucarístico desertando do mundo, quando tinha próximas aquelas mãos hábeis. Magnólia agradeceu o galanteio. Mas a raiz do seu sacrifício estava no fato de haver Hermengarda acompanhado Eucarístico à igreja, e o deixar ao seu lado, junto ao altar. Vibrara Eucarístico ao som de acordes raros, dando vazão aos próprios sentimentos metafísicos.

— E não foi a madeira sua única metafísica? disse Mariano. Em prantos, Magnólia admitiu que nem vestida de vermelho, divorciada do marido, atingira ao menos uma vez a perfeição que se reservou inteiramente para Eucarístico.

— Aceite mais este docinho, disse controlando o choro. E confessou que o enfeitiçava com o doce, como único modo de o reter ali por mais tempo.

A voracidade de Magnólia, oculta debaixo do traje vermelho, seguramente lhe permitia resistir às dores que sempre seguem a confissões tão íntimas. Mariano sondava-lhe o rosto buscando descobrir se ousara ir ela ao fundo do mar unicamente apoiada em seu estado de viuvez. Sentindo-se observada, Magnólia perdeu-se na meditação, para corresponder assim à expectativa de Mariano. Como Censata, também ela queria promover-se. Não aspirava ser Imperatriz, mas colocar-se entre Fidalga e Emília, nomes que modestamente lhe ocorriam agora. Seu defeito foi tardar sempre em dar-se conta sobre qualquer ato, ou acontecimento.

— Se ao menos fossem eles como mingau, disse ela. Rectus havia-lhe garantido, em desabono a Eucarístico, que o marido lhe impusera escala e disciplina de um mapa, justamente para ela não lhe disputar o cetro. O cheiro que auscultava no corpo já pelas manhãs, que lhe viera por herança familiar, sempre a impediu de progredir. Além de lavar a roupa que consumiam os de casa, estava constantemente pendente de arear as partes mais grosseiras do corpo e, por isto mesmo, sujeitas a desgaste.

Mariano resistiu ao doce, para fazê-la falar. Mas ela, temendo que um depoimento futuro não se igualasse ao anterior, observava Mariano enquanto ia lustrando as panelas. Mariano, que anotara a gradativa ruína dos seus nervos em um caderninho, ao impulso das confissões de Magnólia, passou a seduzi-la para que jamais se interrompesse aquela viagem. Pela primeira vez, ela admitia sua importância histórica. Jamais Eucarístico lhe levou à boca, desmanchado numa colher de pau, o prestígio que lhe conferia Mariano. Mas desarmando-se avaliou que em breves segundos ele poderia condená-la à cozinha de novo, onde sempre viveu, enquanto Eucarístico sem apreciar os alimentos mastigava devagar.

— Com que outra verdade me fará viver de novo? disse Mariano.

Dobrou a flanela: — Eu tremia enquanto Hermengarda depositava Eucarístico no altar ao meu lado: ela, eu, e Eucarístico parecíamos panelas de ferro, próximas a padecer a agonia de um fogão de lenha. Terminado o depoimento, Magnólia recolheu-se ao quarto, passou o trinco na porta, sem coragem de ouvir o veredicto. Mariano bateu à porta.

— Não tenha medo. Você acertou duas vezes.

Ela regressou penteada, o pó na cara. Mariano tremia, a tesoura no cinturão perdera o aspecto de arma.

— Salvei Santíssimo? disse ela, ousando mais que Eucarístico na construção da nave.

Mariano desculpou-se. Dedicava-se simplesmente a terminar o doce. Tinha muito a fazer depois. Soara-lhe aquela verdade brutal, de efeitos devassadores. Sim, ela não falhara. Havia-lhe regalado uma verdade que aportara em Santíssimo demasiadamente tarde. Para eles, ultrapassava meia-noite, e ainda não amanhecera.

Sabendo que Magnólia hospedara Mariano ao longo de uma refeição inteira, Hermengarda enviou-lhe ramalhete de magnólias, para condenar a libação. Não consentia que a casa de Eucarístico, ainda que tivesse ele desertado, fosse ocupada por bárbaros.

— Mas é o mais requintado cavalheiro de Santíssimo, e sou uma viúva, disse Magnólia, para o aviso alcançá-la. Hermengarda não se convenceu. Durante noites rondou-lhe a casa, assegurando-se da virtude de Magnólia.

Sem lhe pedir licença, Héloise adotava hábitos estranhos, esquecida de que era visita. Censata reprovava os modos intolerantes, ainda que Bonifácio esclarecesse que não lhe devia trazer problemas pessoais até o armazém. Ela o expulsara da casa, razão de passar as noites vagando. Começava a sentir euforia no estado em que ela o deixou. Sua preocupação era divisar o barco de Iabeshab, havia dois dias ausente no horizonte. Tão logo o avistasse, buscaria fórmula de o convencer vir à terra de novo.

— Esquece acaso que sou sua mulher?

— Ninguém é mulher de ninguém em Santíssimo, e rabiscava letras soltas no quadro-negro.

— E por que não vai nadando em direção a ele?

Censata preveniu Héloise que ocupasse sua casa, mas não lhe destruísse as possessões. Não a podia infelizmente dispensar. Nenhuma outra prova, senão sua presença, confirmava-a como Imperatriz, enquanto a espanhola se despojara da própria personalidade. Não haviam encontrado tempo ainda para criar os mesmos vínculos que existiram entre Héloise e Imperatriz. Quem sabe em uma semana se desfaria esta barreira. Héloise resistia às suas vibrações vocais. Simulava raspar a parede com o auxílio dos dedos.

— Eu sou Imperatriz, ouviu? Não me desobedeça.

Usando unhas agora, até feri-las, Héloise prosseguia. Censata agarrou-lhe as mãos: só a alegria traça rumo. Estranhamente, Héloise sorriu compreendendo a disposição de Censata em deixá-la à porta de Aldebarã. Censata pediu-lhe tempo. Sem assumir cautelas indispensáveis, não tinha como enfrentar Peregrino. Sua independência era pele delicada, e ainda recente. Melhor aguardarem a madrugada. No meio da noite, evitariam Magnólia, ciosa em exibir seus trajes vermelhos. E também Hermengarda que, exausta de viver o novo estado, vigiava

Santíssimo. Respaldo não representava perigo. Convencido da inexistência do crime, enquanto vivesse o criminoso na inocência, regressara às tainhas.

Do lado de fora no quintal, Bonifácio reclamou a comida. Tinha direito a um prato de lentilhas. Ela lhe cedeu o alimento dizendo: — Breve desocuparei Imperatriz. Não adianta condenar-me, porque não sei ainda quem vou ser.

Rectus consultou Peregrino sobre questão que o obrigava a madrugar, sem ao menos ter repousado três horas. — Você tem certeza que Iabeshab nos deixou, Aldebarã? Não se trataria de um fardo de feno, ou uma tina cheia de roupa?

— E as mãos dele trabalhando na sola? Não é verdade que ele se dedica a isto todos os dias? disse Peregrino.

— Pode bem ser engano nosso. Veja como nossos sapatos ainda se encontram em estado deplorável.

Apesar de havê-lo banido dos salões de festa, após lhe extrair o canudo, Rectus continuava a pensar. Servia-se do mapa-múndi sobre o aparador para inventar uma aventura da qual se expulsavam os inimigos. A memória era o desvão de uma casa, em que se poderia entre poeira e animais roedores esconder Aldebarã, cuja magreza aliás jamais permitiu supor que chegara a existir uma única vez. Fidalga desmanchara a receita dos ovos matinais, como meio de combater-lhe a perfídia. Mas, educada para a distração, foi a primeira a divulgar que Aldebarã se tratava do mais belo sonho de Santíssimo, fugaz sim, consoante com sua própria natureza.

A mulher de Patrício, a quem Bonifácio visitava para convencer-se de que Censata não o fizera abandonar a casa, tanto que se encontrava num domicílio em tudo parecido ao seu — aderiu

ao esquecimento movida pela sonolência que a fazia aproximar-
-se diariamente do marido. Bonifácio quis socorrê-la com água,
para não se arrepender a mulher de um testemunho que a feriria
mais tarde. Ela confirmava a rápida passagem de Aldebarã pela
terra, propondo roteiro contrário ao que se conhecia. Em vez
de deixar ele a balsa e dirigir-se ao porão, havia sim deixado o
porão e dirigira-se ao mar obedecendo ao seu destino de afogado.

— Afinal, ele existiu ou não?

— O sonho é um delicioso bolo, ao mesmo tempo de chocolate, morango, baunilha, disse ela.

Iluminura não conseguia fechar os olhos, por tempo superior a vinte minutos, sem que ao abri-los não fosse Aldebarã sua primeira imagem. A proposta de que Iabeshab não lhes havia trazido senão objetos delicados, para enfeitarem a mesa ou a prateleira, e jamais traficara com carne humana, sensibilizava-a. E os meus sentimentos, o que faço deles?

— E é amor? disse Tronhão.

Ela acariciou o manto real. Ele estranhou sintomas de fragilidade na herdeira de Leopoldina e Pedro, que esconjuraram sempre o mundo visível simplesmente dando prosseguimento à respiração normal. Infelizmente, a lição magnífica extraviara-se com suas mortes, e havia agora que reconstituir, com recursos mais modestos, a mesma flora de que se alimentaram para jamais se recordar das façanhas do dia anterior. Iluminura coçava o manto com tal nervosismo que ia ele perdendo brilho e pelos ao mesmo tempo. Como agradecer a quem homenageando a memória dos pais, tão merecedores estavam de agrados naquela temporada, a obrigava extrair um amigo de sua vida? Jamais esperou de Tronhão, rústico e dependente, um cumprimento amável. Sempre que ansiasse por alimento extravagante, que unicamente se concretiza em cozinha de fogão com seis bocas e movido a lenha, se dirigisse à sua casa. As putas velhas eram seres sensíveis. Não resistiriam aos galanteios que coroaram a casa toda com guirlandas. Estariam também à sua disposição.

O esquecimento era-lhes facilitado pela debilidade em que se encontravam todos, privados de dormirem duas noites na semana. De que se aproveitou Tronhão para averiguar quais objetos em Santíssimo haviam sofrido a pilhagem dos bárbaros, justamente nas madrugadas insones, quando lhes pesavam as pálpebras, e andavam contra paredes como se estivessem nadando.

— O barco de Iabeshab, disse Mariano.
— Há muito tempo?
— Antes que ele começasse a vender escravas brancas.

Tronhão pediu a Peregrino uma semana de prazo. Aos que faltava ainda entrevistar, intuía-os dispostos a colaborarem. Tanto que já não o cumprimentavam como antes. E não porque o quisessem menos agora. Mas não poderiam esquecer Aldebarã, sem se privarem de objetos e criaturas em torno, que lhes seriam porém restituídos após a absoluta destituição do sapateiro. Havia mesmo esperança de que, esquecendo Aldebarã, arrastassem junto a memória de Iabeshab. Peregrino esticou a mão, para Tronhão colher as moedas que lhe faziam falta. Começava a orgulhar-se de presidir uma casa em ordem, sem poeira nos móveis. Fez a barba e perfumou-se mais cedo, contrariando hábitos de alguns anos. E dirigia-se ao armazém, para que de novo o integrassem entre criaturas e objetos que deviam ser recordados, quando Fidalga em longa evocação murmurou:

— Ainda morto, Aldebarã foi um belo sonho.

Censata transcreveu no diário apenas iniciado: eu, Censata, antiga mulher de Bonifácio, decido-me por ser Imperatriz, em vez do caramujo a que sempre me subjugaram, tanto que a carga me deixou cicatrizes nos ombros: e não fora a sugestão de Fidalga de que o sapateiro era nosso mais belo sonho, eu teria involuntariamente deixado de ser Imperatriz, para ser Censata de novo: e acaso pensam que hei de me decidir por tamanho que não mereço?

Escrevia a lápis, molhando a ponta na saliva. Remeteu cópia a Iluminura, e que não estranhasse a inesperada abordagem. Ambas sempre souberam que não se podia esquecer Aldebarã daquele jeito. Quanto a Imperatriz, bem merecia o degredo, para perder uma altivez que, segundo Rectus, originara-se entre os celtas e terminara minando-se no convívio de tantos povos: tenho um presente a oferecer-lhe, cara Iluminura, que poderá ser seu eternamente, sem devoluções futuras.

As putas velhas deviam recolher-se aos seus quartos. Nada lhes faltaria ali, pelo fato de não poderem transitar pela casa entre três e quatro horas da manhã. Havia bolo e café, para distraí-las. Mas, se necessitassem deixar o leito para mijarem na casinha, e tudo porque às vezes lhes molestava agacharem sobre os penicos de ferro, fossem discretas. Censata seguramente as surpreenderia no corredor, que dava na sala. Mas era bem fácil enganá-la na escuridão do abajur lilá e adotarem imobilidade de adorno. Pretendia cercar Censata de conforto.

— E nada de morrer, ou fugir nesta noite.

Censata excusava-se pelo horário tardio, não se recomendavam visitas em tal penumbra.

— Não creio que nos conheçamos. Qual é o seu nome?
— Ah, claro. Censata, às suas ordens.

Ofereceu-lhe uma cadeira. Censata exigiu duas. Iluminura buscou saber se tinha ela o hábito de pôr a bunda em duas selas de couro ao mesmo tempo. Ou se padecia de saúde frágil.

— Apesar do Doutor Floriano haver partido há tantos anos, deixou-nos um mapa de como solucionar certas enfermidades, disse Iluminura.

Sua bunda reconstituía-se rapidamente do último tombo. Uma cadeira lhe teria bastado. Mas, previdente, reservara a outra para Héloise.

— E não vive ela em Minos, como me disse o Dr. Rectus?
— Minos, não. Santíssimo.
— Conseguiu derrubar vinte e oito portas com os chifres?

Censata exibiu orgulho. Este milagre deve-se a mim, agora é fácil visitar a casa de Imperatriz e surpreender-lhe as inscrições das vinte e oito portas. Ao meio da confissão pedia trégua, precisando repousar. Olhou em direção aos quartos, para surpreender ao menos uma puta. Iluminura ofereceu-lhe café.

— Iabeshab prometeu-nos um império, se lêssemos a história de Imperatriz, disse Censata.

— O que quer, afinal? disse Iluminura, impaciente. Não tinha mais razão de sorrir. Censata aguardou no entanto que o mesmo sorriso que as deixara pudesse regressar ao rosto de Iluminura.

— Acaso você é quem sempre quis ser Imperatriz? disse Censata, visando autonomia e esclarecimento dos fatos.

— Enquanto eu viver, ninguém há de ler as inscrições de Imperatriz.

— Por quê?

— Para que Próstatis volte a desenterrar os mortos e ofertar a Rectus as portas de Imperatriz. Tomou chá, suavizando a voz com os vapores. Enquanto Censata pedia licença para introduzir na casa um embrulho que abandonou descuidada no quintal. Ainda que Censata se humanizasse por pequenos gestos de distração, ficava-lhe faltando o refinamento de Fidalga, a quem educaram para distrair-se desde o berço. Ela regressou puxando Héloise pelas mãos, ordenando-lhe que abrisse os olhos. Héloise deslumbrou-se com a claridade na sala, o abajur lilá para esmiuçar os rostos, ensinar-lhes a lealdade da luz. Sentou-se na cadeira que Censata lhe reservara desde o início.

— E o que faz ela aqui?

Héloise pedia em inglês que a salvassem, e continuava a suplicar quanto mais Iluminura deslizava os dedos em sua fronte.

— Ela quer Imperatriz, disse Censata.

— Sinto muito, mas não é aqui.

— Ora, se ela sempre soube onde Imperatriz se encontrava, e não foi até lá, significa que não quer Imperatriz, mas alguma outra coisa que ainda ignora, disse Censata. Sugeriu paciência a Héloise, sua sorte se decidiria nos próximos minutos.

— E a de Santíssimo também, e Iluminura arrancou a espinha de peixe, para os cabelos tombarem desordenados. E ante os calafrios de Censata, que tomada pela febre dizia não, não, não pode ser, ela rasgava o manto real.

— Viva a República, gritou trazendo as putas velhas para a sala. A nenhuma deixou trancada no quarto, ainda que alegasse frio pela falta de tempo em vestir-se. Mas Censata proclamando-se Imperatriz, sou Imperatriz, pedia passagem entre as putas velhas para abandonar a casa. Afinal liberadas de um cativeiro a que não estavam habituadas durante a noite, as putas velhas embaralhavam Censata nos seus movimentos de euforia e busca de calor. Quanto mais Censata queria abrir uma trilha entre as camisolas de babado, os cabelos soltos, e o cheiro de remédio que exalavam os rostos, mais Héloise pronunciando Imperatriz, Imperatriz agarrava-se a ela. Cercada por criminosos, Censata indicou Iluminura a Héloise:

— Ali está Imperatriz. Aquela é Imperatriz.

Censata sentiu o braço livre, para poder acusar Héloise de volúvel, estrangeira que não se apegava a um solo fértil. Héloise aceitou dançar, ainda que lhe confessasse Iluminura suas hesitações quanto à complexidade de certos passos que justamente lhes permitiriam vencer a sala em muito menos tempo, e conservando a sensação de vertigem, o que as tornava aladas como haviam sonhado desde que Filomena se beneficiara deste estado. Habituadas a rejuvenescerem através daquela prática, antiga na casa, as putas velhas seguiam Iluminura e Héloise dançando, de modo a que umas não esbarrassem nas outras. E já começavam a suar, os tecidos de voile molestando-lhes a pele, quando invadiram a sala os ruídos da sapataria, ainda que não estivessem na terça-feira, ou no sábado, impedindo-as de se guiarem pelo som imaginário. Iluminura instou-as a não repousarem, que motivos encontravam para desistir tão facilmente de viver. E entre risos e vinho simulavam cumprimentar a orquestra precariamente instalada na sala, cujos músicos não lhe deixavam espaço nas cadeiras e mesas, para repousarem nos intervalos da valsa.

Censata que temporariamente cedera a Iluminura porções arrancadas de Imperatriz, para tornar-se autêntica espanhola do Minho, como a intitulou certa vez com o propósito de magoá-la, gritou: socorro, socorro. Adivinhado a festa na casa de Iluminura, e para a qual não fora convidado, Bonifácio sugeriu-lhes decoro.

— Acalmem-se, suas putas velhas.

Iluminura desprendeu Héloise e Censata das vísceras e detritos, que na sala estiveram inseparáveis, e levou-as ao quintal. Bonifácio, em quem se viam pequenos seios em formação, exigia satisfações.

— Que não dou, disse Censata.

— Considere-se idólatra e condenada.

— Condenados estamos nós. Não viram que a última bandeira de Iabeshab era negra e trazia no centro uma caveira?

O segredo que pesara a consciência de Filomena, e contra o qual lutou para conservá-lo nos limites do pombal, sem que explicasse como, circulava agora por Santíssimo. Censata não permitia que esquecessem de onde partira a informação. Exibia no cemitério as virtudes que lhe haviam alcançado ainda em vida.

— Uma vez que Imperatriz morrerá este mês por conta própria, passarei a decretar a pena de morte.

As flores de Peregrino seguiram diretamente para o quarto de Censata, sem um cartão. Tronhão encarregou-se de acompanhar-lhes o aroma duas horas mais tarde, surpreendendo Censata a ornar a sala com elas. Fez-lhe ver que se as flores não ficassem permanentemente no quarto e em sua companhia, deveria devolvê-las com igual frescor com que lhe chegaram às mãos. A sugestão de trancar-se no quarto para sempre, ainda que pudesse conservar no cativeiro objetos de sua estima e o aroma silvestre, foi-lhe repetida ao longo de uma semana através de regalos, farpas e ainda flores. Bonifácio acompanhava o tráfego congestionado em sua porta, que não respeitava hora do dia. Mas aproveitando a noite de sábado, em que ninguém dormia, apresentou-se como marido de Censata. Se houvesse dúvidas quanto aos laços vigentes entre eles, invocariam testemunhas para fortificar o que os filhos não conseguiram. Opunha-se porém que se desse fim a uma voz liberal, e de modo maligno e insinuoso.

— E quem é você para responder por Santíssimo? disse Peregrino.

— Sou Iabeshab.

Aldebarã repelia o caixote a pretexto de não lhe agradarem donativos. Quando em certa época lhe chegaram às mãos encomendas de Bonifácio, apressurava-se em devolver pelo mesmo portador o que tivesse no porão de valor, às vezes em forma de moedas. Emília batia-lhe à porta cada vez que a fechava recusando o presente, insistindo que relaxaria ele os nervos logo privasse com os frutos da generosidade. A educação em Santíssimo os havia orientado para certos hábitos pródigos.

— E não são os biscoitos de araruta prova disto? Jamais foram vendidos em qualquer parte.

O pensamento elíptico predominava agora em Santíssimo. Não era fácil segui-lo a menos que fosse nativo dali. Tinham orgulho em manipular palavras, sem medir consequências. Ainda que Fidalga o convidasse para desvendar o código, semelhante a um tijolo, que se exibia no cemitério, Aldebarã recusava deixar a sapataria. O espírito linear bastava para perturbá-lo. Assim como também outro pensamento que propusesse a formação de figura geométrica, cujos vértices, catetos, hipotenusas constituíam sucessivas réplicas.

— O que leva o caixote?

— A tesoura de Mariano, disse Emília.

Aldebarã indicou-lhe a desordem do porão. Além da sua população habitual, muitos lamentos acumulavam-se à porta. Fidalga prevenira-o de que as perseguições recrudesceriam ao amanhecer. Mas não se dispunha a franquear a porta aos que lhe falavam rompendo o tímpano. A estes jamais perdoou.

— Não os posso hospedar.

Emília cuidou de cronometrar no relógio a mais longa frase que pronunciaria Aldebarã de um só fôlego, se o soubesse motivar.

— E as águas do Alvarado, com tudo que lhe cabe dentro?

— Há muito perdi estas águas para o mais poderoso dos piratas, disse ele. E percebendo que a mulher acompanhara no relógio a resposta, para seduzir-se com ela quando estivesse sozinha em casa, disse também, para Emília levar junto:

— E a tesoura, é do teu inimigo?

— Como adivinhou?

— Pelo excesso de sal na comida.

Não se podia comparar a confecção deste caixote aos que Eucarístico havia construído, antes do barco. De qualidade inferior, usaram um pinho apressado, a que não deram tempo de enrijecer-se. Mas, pelo seu tamanho, melhor cabia ali um homem que uma tesoura. O caixote esbarrava contra os joelhos e o barco reduzido. Emília encostou-o à parede, para que Aldebarã mais facilmente alcançasse a tesoura. Oferecia-lhe também uma agulha da sua coleção, fazendo par com a tesoura. Arrependida porém de ferir um artesão como ele, disse: finja que são sapatos o que se encontra dentro, ou as sobras de um doloroso naufrágio.

Aldebarã colheu a tesoura com os olhos ocupados nas botas de Fidalga. Pedira a Emília que mergulhasse sua única mão livre no escuro, poupando-lhe o transtorno de interromper o trabalho. Ouviu-se do interior a exclamação: vim para viver, lá fora há um grave equívoco sobre temas vitais. Mariano jogou a primeira perna para o chão, a outra o seguiu com dificuldade. Sofrera disenteria recente, ou havia cedido carne a Aldebarã, que ligeiramente engordara. Emília anunciou no cemitério:

— Do inimigo, eu me libertei.

Por haver esquecido de mencionar nomes, incriminava toda a cidade. Um inimigo sempre mereceu designação e registro civil. Era imperdoável que lhes sonegasse informações. Bateram-lhe à porta, mas os cegos, que zelavam a qualquer hora pela única visão daquela família, se recusaram a interromper o sono de Emília. E quando verá ela novamente a luz do dia? Tateando as paredes, os cegos faziam-se agora de surdos. Deixava-lhes o encargo de buscarem quem ferira Emília tão profundamente para a mergulhar no sono cujo advento nem sua família pôde anunciar. A composição do rosto inimigo porém dependia de memórias e fragmentos soltos, à revelia do ar. Não se podiam excluir da lista em elaboração os nomes de vivos e mortos, já que não sabiam separar o que era memória do que estava ainda em vigor; o que se mantinha vivo do que partira quem sabe para o porão; o visível, mas distante, do que não se conseguia enxergar, por estar perto demais.

— E são tantos os mortos? disse Rectus, ante a lista ultrapassando três páginas.

— Jamais saberemos quem nos falta, porque faltam todos, disse Respaldo em prantos. Fidalga encantava-se com as peregrinações há muito iniciadas em Santíssimo, o êxodo que fatalmente os levaria a Assunção. — E não foram assim as Cruzadas? Não importando de que margem se colocasse, via sempre Eulália no rio entretida com Iabeshab. Em seus planos pessoais previra o inevitável encontro.

— Todos se entendem agora, disse a Iluminura, incapaz de acompanhá-la nestes entretenimentos, após haver iniciado uma peleja com Censata, que se esquivava indicar armas e padrinhos. Iluminura deixara expresso: como não prescindo de você, nomeio-a puta real. Mas, nem o posto sagrado da casa, que ninguém chegou a ocupar, atraiu Censata para acomodá-la na sala e servir-se de chá gelado, uma vez que jamais encontraria tempo de bebê-lo ainda quentinho. Preocupava-se Censata em partir.

— E para onde partem, os que já se foram? disse Bonifácio esforçando-se em enxergar a bandeira pirata do barco.

— Para Iabeshab, disse Censata.

O modo de alcançá-lo era atirar-se ao rio, em rítmicas nadadas tocar a borda do veleiro. O barco rodava formando círculos pelos quais transbordou uma massa de água que expulsava os nadadores, sem molhar a proa. De volta ao cais, a respiração ofegante pelo exercício, Respaldo expressou o pensamento dos que vinham atrás nadando: corram para Filomena, ela revelará o que não pudemos enxergar.

Filomena eximiu-se. Não suportava a responsabilidade. Melhor do que ela, Ofélia socorreria os aflitos. O prestígio acumulara-se com exageros em sua tenda árabe. Ante a transformação do pombal em véu, que se entregava com toda paixão ao vento, comoveu-se Hermengarda que justamente em momento de glória Filomena se decidisse morrer. Acompanhava-lhe o enfraquecimento pelas olheiras que o binóculo lhe deixava, mal absorvendo o alimento de tanto fornecer prognósticos.

— E quem disse que pomba morre deste jeito, disse Filomena.

— Porque eu a acompanharei no minuto seguinte. Hermengarda descrevia a morte com pétalas, suspiros e figas de marfim. Ao seu lado, Magnólia pedia-lhe: — Finja que é Eucarístico, finja que é Eucarístico.

Em verdade, o novo estado dera muito de si. Por mais que Hermengarda o esticasse pelo cemitério, os campos, e a casa de Iluminura, havia perdido a flexibilidade. Não tinha mais onde amarrar um fio que teimava em desprender-se de sua cintura. Censurou os trajes púrpuros de Magnólia, que lhe protegiam o corpo do frio, mas saciavam a visão com folguedos e desejos impróprios.

— De que modo possuirei Eucarístico, senão sendo ele?

Filomena recusava-se a morrer. Hermengarda que seguisse sozinha. Porque alimentaram Ofélia em conjunto durante anos, e com a mesma colher experimentaram a temperatura do sal, não haveria de acompanhá-la em extravagante viagem. Não devia satisfações a Magnólia, ou outra viúva. Como morrer, quando aprendia a enxergar com propriedade de águia, em Santíssimo não havia quem não lhe invejasse o longo alcance. Jamais a vista lhe falhava, ou se embaçava.

— E não é hora de morrer, quando se atualiza com a vida? disse Hermengarda, inconformada que lhe negasse a irmã uma solidariedade própria de quem nasceu no mesmo berço. E justamente em seus momentos difíceis. Logo a ela, cuja voz se extinguia, deitada do chão, com as calças de Fidalga, que haviam perdido cor pela poeira. Alegando cansaço, sobretudo à distância que as separava, Filomena negou-lhe ajuda. Não se ocupava com a morte da irmã por caberem tais cuidados a ela própria.

— Quem cuida do enterro, é o morto mesmo.

Piedoso recriminou-lhe o modo peculiar de pedir asilo a um país estrangeiro: refugiar-se no pombal com indiferença pelos que viviam ainda sob a tutela do fascismo. Filomena sentiu a adaga traspassar-lhe o peito com a acusação de covardia. Inventavam-lhe uma categoria inexistente para gente da sua raça, com direito a nadar e voar, jamais circunscrita aos limites da terra. Onde quer que estivesse, mesmo encolhida na terra, ou agachada dentro de um buraco, não lhe negariam intensidade no olhar, e a previsão dos acontecimentos além-nuvens. E prova de que lhes continuaria a prestar assistência, cedia em descer junto à irmã, fazendo-lhes a vontade. E sem mesmo se despedir de Justo, gritou do pombal a Hermengarda, quase a morrer no chão.

— Espere, Hermengarda. Sou eu que vou na frente. É uma questão de hierarquia.

— Depressa, irmã. Que não tenho muito tempo, conseguiu ainda expressar.

— Mas, eu não posso descer, senão morro. Logo, tenho que morrer aqui mesmo no pombal.

— Assim já fica próxima do céu, disse Magnólia segurando a mão de Hermengarda com o mesmo fervor da sua noite de núpcias. — Ah, meu amado, como vejo agora que amar é bonito! Hermengarda assumindo voz e postura de Eucarístico escandia: não se esqueçam de comunicar a Eucarístico que estou morrendo em seu nome: logo que eu morra, ele terá morrido também. Magnólia invocava o passado acariciando o rosto de Hermengarda, reclamava a presença dos filhos, que havia parido com a sua colaboração.

A memória de Piedoso treinava-se com facilidade. Ia registrando os acontecimentos que se deviam apresentar a Ofélia nos próximos três, quatro anos. Diante de lapsos eventuais, tinha o dom de improvisar. Pelo que lhe agradecia Ofélia com o olhar, sempre mais afundada no colchão da cama marroquina, a que não haviam ainda restituído o baldaquim por receio de que de novo sucedesse a sobrecarga de doces, flores, pedras do rio, sobre sua superfície côncava. Piedoso sonhava com o dia em que estivessem os dois a sós, entretidos com as mortes de Hermengarda e Filomena. Seria uma festa a que se entregariam com delicadas volúpias. Junto a Ofélia, resignava-se a qualquer destino. Contrariando-lhe o pessimismo que via assomar em seu rosto, Fidalga insistiu em que o espetáculo da beleza prosseguisse. Tinha certeza que Eulália à distância comandava a montagem daquele palco. Sempre fora sua paixão o teatro íris. Em discreto murmúrio a mãe revelara-lhe que seu sonho teria sido pisar o palco elisabetano e recitar poemas: Ah, Fidalga, que modo agradável de se passar para a eternidade!

O peito de Peregrino latejava, ainda que o comprimisse com os dedos. Talvez Angélica estivesse certa. As aflições da família materna concentravam-se também em seu sangue. Imitar Próstatis deixara-lhe unicamente marcas indeléveis no rosto. O prazo de prosseguir na imitação sentia esgotar-se. Eulália em competição olímpica no rio negava-se a ampará-lo como antes. Quem lhe poderia combater o delírio das águas? Ela havia sido sempre instável e de rumo incerto.

— Terá sido demais pedir que eles morressem, para então se lavar a cozinha e deixar a casa em ordem?

Tronhão pediu-lhe emprestado o mais belo cavalo, tinha urgência, e que o preparasse com sela inglesa antes das três. — E para que andar a cavalo, se você passou a vida a contar com os próprios pés? disse Peregrino.

— Melhor agarrar-se ao corpo dos animais. Sabem eles mais que a gente, disse Tronhão.

Peregrino agarrou-o pela nuca: — E a vaca que lhe mando todos os anos? Vai abrir mão dela?

— Não se esqueça de que no último ano você mandou um bilhete em branco espetado nos chifres da vaca.

Bonifácio admitia a propriedade dos caminhos se prolongarem além do traçado físico. Será que falta um geógrafo para encurtar distâncias? perguntou. Encontrando Censata à sombra da mangueira, não resistiu à memória de que por longo tempo haviam sido casados: — Arrume-se, Censata. Iabeshab está de volta. Ordenará a morte, ou fechará o armazém para balanço.

— E que me importa? Sou Imperatriz. Nem Iabeshab ousaria afrontar uma potência estrangeira.

Magnólia usufruía a morte de Eucarístico, como não o usufruíra em vida. Hermengarda era um modelo perfeito e convidava-a a mergulhar no engano. Afligia-se simplesmente que não lhe fosse concedido prazo maior.

— Por favor, Eucarístico, alguns minutos mais.

Hermengarda cedia-lhe outro pedaço de sua carne, para agradar à mulher. Mas Filomena, embora ciosa de sua responsabilidade em face da próxima morte da irmã, a quem prometera morrer na frente para abrir-lhe a chave do reino e caminhar ela por ali sem tropeços, tinha curiosidade pela vida. Alguns capítulos, sobretudo, jamais definira. Pareciam-lhe turvados. Ainda que se iludisse pelo binóculo em invadir tudo que lhe saciasse a ganância. Certas contas devia cobrar. De binóculo no rosto, o cristal cedeu-lhe a limpeza que permitia ela avançar passado e futuro com igual naturalidade. Não havia vestígio de embaçamento, dava-lhe gosto sorver através das lentes as aventuras de Próstatis, sempre galante. Efigênia nada fizera senão o repelir, para o ter mais perto. Filomena suspeitara que tais artimanhas não visavam a harpa, mas os testículos de boi de Próstatis. Arrumava-se a artista com o propósito de desorganizar a casa. Ele vinha de visita e desgostava-se. Sempre apreciou o corpo de Efigênia em desalinho deitada no chão.

Estas cenas incandescentes envergonhavam Filomena. Com que direito surpreendia Angélica em sua agonia? E decidira ela morrer, não pelo que Próstatis lhe dissera havia dois anos, que não mais podiam dividir o mesmo leito, mas movida pelo pungente amor de Átila Soares, a quem via entregue a uma estrangeira de nome Eulália, que se desnudava diante dos espelhos, a todos confessando seu horror às águas, onde se sabia propensa a morrer, pelo fato talvez de não poder nadar. Angélica recusava a caridade alheia, deixando Átila Soares passar sem o olhar. Ele não poderia assim lhe descobrir os sentimentos. Peregrino suspeitara da transitoriedade da mãe pela terra, quando lhe amaldiçoou a fragilidade do seu afeto. Orgulhosa de que nem o filho intuísse sua paixão secreta, jogou-lhe na cara a origem espúria. Seria Peregrino filho de Próstatis, em vez de Tronhão, pai e filho de nariz adunco? A troca das crianças fizera-se com a colaboração de Ofélia, de atividade incessante, girando em torno do eixo da Terra. Avançava pela cidade dando ordens em línguas importadas, sem jamais mencionar a nacional. Discursando do coreto, abordava desde flores a dores rigorosamente veladas, a que tinha acesso. Nada lhe fugindo do formalismo verbal, de origem russa. E se aceitava ela tantas vezes tarefas vergonhosas, porque contava com a colaboração do amante. Piedoso alcançou com Ofélia gozo que nenhum animal, ou as putas jovens de Iluminura, antes lhe concederam. Bastava assoviar à porta, para Iluminura sorrir-lhes. Nascera de família nobre, com o que se ressentia Próstatis, notável republicano. Não suportava o desnível social, e condenou-a ao esquecimento. E como me fará você esquecer, se não esqueço que sou Iluminura, a marquesa dos Santos?

— Aqui, jamais aceitaremos a monarquia.

— E o sino da igreja?

— Por esta razão, mandei roubá-lo após minha morte, e que o transviassem justo no dia da morte de Angélica, minha fidalga inimiga.

Iluminura ofereceu-se a afastar o sino da igreja com auxílio das putas adolescentes e uma roldana de Arquimedes. — Assim, Angélica não terá enterro cristão. Próstatis comoveu-se. Há muito amava Eulália. Átila vinha suspeitando dos encontros furtivos. Ao mesmo tempo, comprazia-se em que o sêmen de Próstatis circulasse pelo ventre de Eulália, onde também ele depositava generosa porção.

— Então, Átila não ama Angélica, ama Próstatis? disse Iluminura.

Em nome de Próstatis, Efigênia respondeu: justamente o que eu temo, é este amor sem esperança.

— É por ciúmes que você descobriu a verdade?

— Não é ciúme, simplesmente porque Próstatis é parte da minha harpa. Afino meus tocos nos testículos de Próstatis, sem o que perco a sonoridade.

Hermengarda condenava que a pretexto de confidenciarem relatos, nenhum se conservasse intacto no baú de anéis de Imperatriz. Também ela tinha o direito de redigir um livro. E de que modo quer você enxergar o mundo? disse Magnólia, sua amiga de infância. — Amando Mariano com veemência.

Mariano sentiu-se lisonjeado. Conformava-se em ser o mais amado de Santíssimo. Quem lhe competia em beleza? Unicamente Fidalga, quando viesse a nascer, mignon, gordinha, e vestida de saias rendadas. Já no berço, indicavam Fidalga a criança mais feminina da cidade, com dorso em curva que atraía olhar e as mãos. Somos todos machos diante do modelo curvilíneo e com ancas sólidas, as mulheres confessavam. Vinham de todas as partes apreciá-la, aprenderem a confeccionar criancinhas como aquelas. Afinal, Mariano aceitou o ardente amor de Hermengarda.

— Só às quintas-feiras. Nos outros dias estou ocupado com Efigênia, Eulália, Hermengarda.

— Mas Hermengarda sou eu.

— Exato, estou ocupado com Hermengarda, Iluminura, Angélica, todas as fêmeas de Santíssimo.

— E não tem a semana apenas sete dias?

— A semana completa um mês, disse Mariano.

— E se Filomena vier a te amar?

— A ela, jamais amarei.

— E por quê, se também é fêmea de Santíssimo?

— Porque há muito está no altar. Ah, Filomena, se não habitasses os patamares de Shangri-lá, eu prometo que

— Anda, Filomena, já não posso mais esperar, ainda que Magnólia implore que eu fique, disse Hermengarda.

Não fora fácil a Filomena viajar sem garantias. Ter estado longa temporada na pensão de Mariano, pelo que Deus a contemplara com Paris, Londres, e outros subúrbios famosos. Justo admoestou: melhor privar com os vivos e as coisas do presente, o passado é uma quimera. Ela agradeceu que fosse ele bondoso, ainda sabendo de suas intenções em colaborar com Hermengarda. E como prova de que podia suportar o peso e a impropriedade do presente, passou a descrever em voz alta:

não sei há quanto tempo Aldebarã está ali, mas ainda não se habituou. Também eu estranhei a vida de pomba enquanto não me cresceram asas. A ele faltam-lhe guelras para melhor respirar. E por que não me disseram que era tão magro! Nós o teríamos alimentado como a Ofélia, a mesma vasilha servindo aos dois. Ele inspeciona as paredes, experimenta equilibrar-se, mas tudo é um jogo, eu sei. Simula o tombo para se firmar. Melhor assim, sofro tanto com os que não se definem: não são pássaros, répteis, ou criaturas. Agora sim ele é criatura, porque circula em torno de um eixo, e a poeira que se ergue do próprio trajeto obriga-o continuamente a viajar. E tanto percebeu ele esta ocorrência, que sorri com os processos de identificar um chão de que esteve ausente tantos anos. Felizmente não há em torno um único espião para o delatar. E eu não sou espiã, sou o que Rectus classifica de testemunha histórica, vê, não vê, e descreve com isenção. Ah, vejam só: Imperatriz, Eucarístico e Átila Soares também deixam o porão. Mas, como não ia eu reconhecê-los? Troquei com eles palavras e vagos diagnósticos sobre a vida, ainda que Hermengarda em casa me corrigisse. Acusava-me de dar preferência ao adjetivo sobre o verbo. Claro que dou. Vocês já imaginaram como seria a língua deplorável se não adjetivássemos? Não houve escritor que não se desse conta que sem adjetivo a tarefa que lhe caberia era de simples escriba. Ah, como eles se arrastam devagar, quem sabe pela fraqueza. Uma vez Eucarístico me sorriu tão aflito que imaginei: um dia seus dentes ainda murcham e sua boca vai perder a agilidade. Hermengarda ressentiu-se, como criatura do seu sangue lhe ferisse os brios. E como te firo se é a ele que denuncio? Eu sou o arauto de Eucarístico na terra, para isto serve o amor. A partir daquele momento, simulávamos que a sombra de Eucarístico não nos separava, pois ele tinha abandonado Santíssimo. O que era verdade. A madeira foi sua terra, a cidade em que viveu encarcerado. A Magnólia ele deixava tombar migalhas. Ela recolhia e guardava nos bolsos. Quando as galinhas reclamavam, Magnólia saciava-lhes a fome com migalhas que eram suas, ao sacrifício da sua fome também. Ah, que estamos no verão. A luz do sol é sempre tão saudável! Pena que Imperatriz não a suporte. Sempre combateu à sombra das sombras. Dizem seus inimigos que antes de deixar Santiago desmontou a catedral, ateou fogo às pedras. Agora segue Aldebarã cobrindo o rosto com os dedos cruzados. Equilibra-se sobre trinta e oito centímetros da plataforma com auxílio de Eucarístico, amante sempre prestativo. Pobre Átila, sempre suspeitei que a união com Eulália lhe dificultasse a vida. Como se pode progredir, amealhar dinheiro, quando a mulher não colabora? Quem faz a maior poupança é a fêmea, para isto tem o corpo para dentro, pequenas bolsas internas, ah, meu Deus, como menciono estas coisas feias. Logo eu que fui educada para não pensar nelas. Mas, se me recomendam agora o presente, tenho direito a progredir, e já não devo estima e obediência à minha educação antiga. Que bom ver Mariano seguindo os quatro, não desiste de cortar-lhes os cabelos. Que modos grosseiros! Vejam lá se a via pública é lugar de se aparar os pelos púbis. E enquanto se encaminham para o cais, Mariano vai recolhendo os pelos caídos no chão, e guarda nos bolsos, porque gentil isto ele sempre foi. Que brisa agradável vem do mar, não sentem aí embaixo? É o barco de Iabeshab atracando. Precisam ver com que facilidade mobiliza a proa tornando-a às vezes popa com os mesmos resultados. Claro que a familiaridade que tem com nosso porto facilita-lhe a tarefa, nem precisa de timoneiro, ou Bonifácio. Engraçado, ele desistiu das bandeiras. Só pode ser por teimosia, ou para provocar-me. Exibe a bunda à mostra! E a bandeira que justamente devia proteger-lhe as partes, ele colocou no mastro, é negra sim, com uma caveira desenhada no centro. Não se pode pôr defeitos na bunda, pois oscila naturalmente, sem percalços, ou gotas suspeitas. Iabeshab quer apertar a mão de Mariano, mas Mariano esqueceu de esticar a sua. Com que direito o repreende em público? Acaso se esqueceu das memórias relevantes, as ansiedades, os equívocos, sem falar nos objetos gentis, que devemos a Iabeshab! Iabeshab argumenta que não os arrastará para o interior do barco a menos que Mariano se retrate. Mariano se desculpa: como o ofendi, quando meu problema é outro. Ele não podia deixar Santíssimo sem levar junto seu único patrimônio, constituído da pensão e seus espelhos. Afinal, suas memórias, e mesmo suas ânsias de viajar, estavam ali. Aldebarã acusa-o com gestos, de que por defender um muro de pedras em corrosão retardasse o embarque, sua futura reconciliação com Iabeshab. Fidalga chegou a tempo de solicitar o pepino de volta. Iabeshab abraça a amiga em prantos, devolve-lhe a joia que de agasalhar ao peito jamais sofreu dos efeitos da maresia. Fidalga apoia Aldebarã, de que a pensão e seu poder ideológico mais valiam no peito de Mariano, que na terra mesmo. Só lamentava que devessem todos assumir imediatamente outras identidades, antes da partida, pois as suas legítimas haviam sido usurpadas. Hermengarda por exemplo estava morrendo aos pés de Magnólia dizendo-se Eucarístico, e Censata abraçada à Héloise apresenta-se como Imperatriz em qualquer casa que visite. Quanto a Mariano, antes mesmo do barco abandonar o cais, corre o risco do seu corpo atingir o tamanho de uma agulha, pois há muito em sigilo Emília lhe vem diminuindo o corpo, e tão bem-sucedida em seu processo que na última gaveta do quarto se pode surpreender Mariano com o tamanho de uma miniatura. Vejo uma comoção entre eles, ainda que Aldebarã indique Átila Soares como o único a se salvar. Mas, acenando a cabeça, Fidalga acabou de dizer: ah, se ao menos Eulália consentisse! E que descortesia, nem deram tempo a Iabeshab de servir-lhes o chá disposto nas xícaras, e que a hélice ligada não deixara esfriar, ainda que ele os perseguisse com biscoitos na bandeja, para não o acusarem de faltar à hospitalidade. Creio que entre o embarque e o relato de Fidalga decorreram cinco minutos, o tempo de permanência a bordo. Pobre Imperatriz, refugiar-se novamente no escuro do porão, quando começava apreciar a claridade! O cortejo já está vindo, Aldebarã se detém no coreto do cemitério, e está ouvindo música. E como ouve ele música, se hoje não é domingo? Não sei explicar, o fato é que formou na área do ouvido uma concha acústica, para apreender sons elegantes, que aliás fogem sempre ao auricular comum. Ah, como estes estrangeiros, por mais humildes que sejam, apreciam algas e trufas! Um dia ainda os superaremos com nossos biscoitos de araruta. Vejo o caminho de volta tão áspero, coberto de pedras, gravetos e nevoeiro, eu mal estou enxergando. O ar marítimo sempre me provocou arrepios, quanto mais agora. Eu bem apreciaria que me subissem um casaquinho de lã. Não se pode estranhar que Iabeshab cubra a bunda com a bandeira negra, enquanto leva o barco ao centro do rio, que é a sua casa. Ali estará mais quentinho, e mais seguro, cravado a prego e martelo. Fidalga entretém-se com Eulália no rio. Só pode ser Eulália, pelo modo com que indica Assunção. Apesar dos anos, e o musgo da água, não sei não, mas acho Eulália muito conservada. Fidalga garante que não se lhe notam fios brancos na cabeça. É bem capaz de ser verdade, certas águas são tão afrodisíacas. Agora, Fidalga está vindo para cá, sim, para a nossa casa, a tempo de ver Hermengarda morrer. Que nobre gesto!

Peregrino não conseguira que se calasse. Suas mentiras serviam para difamar-lhe a santa mãe, e ainda a própria irmã, que fugira com um fabricante de cigarros. Desde quando se acusavam inocentes, para os habilitar à justiça? Preferia o artesão àquele espiral verbal, que se refugiava nas alturas para armar volutas. A função de Eucarístico era mais digna, arruinara as mãos para construir móveis. Como se pudesse ele, de tanto descascar a madeira, indicar vida e transfiguração de um elefante em plena selva africana. Afastando Magnólia de Hermengarda, já de olhos semicerrados, Peregrino gritou:

— Você está proibida de morrer.

— Posso saber por quê? disse Hermengarda com dificuldade.

Pela primeira vez em anos Fidalga abraçou Peregrino. É verdade que algumas vezes encostara-lhe o ombro pelo prazer de que suas sombras refletidas na parede se colidissem. Ou que lhe cedia impressões digitais nos ovos da manhã, para ele conformar-se por não a abrigar nas noites invernais, em que lhes faltava lareira no quarto. Peregrino reprovava exibições frente a estranhos, que se esquecessem os cônjuges de que dispunham de um quarto em casa. Apesar do rápido abraço, descobriu no atual esqueleto de Fidalga a presença de dois ossos novos que, se lhe extraíam a harmonia do corpo, também serviam de arma para espetar o peito de quem ela se aproximasse.

Fidalga mencionou o jardim. Continuava a crescer em extensão, sobretudo pela presença de sementes novas, tão crescidas algumas que traziam frutos nas extremidades, para se colher com garfo. Não se devia tal prodigalidade apenas a Eulália regando canteiros, amputando flores que nas raízes trazem invisível a morte. Muito mais à terra de Santíssimo, atuando agora livremente, e por meios de difícil compreensão.

— E como faz crescer, a terra faz diminuir o corpo.

Hermengarda abriu os olhos para contrariar versão que questionava sabedoria chinesa, saiba a senhora que há séculos que se lavra a terra e sempre com resultados generosos, não houve ao menos três ou quatro homens em cada geração que não vingassem por falta de alimento. — Eu vou morrer, sim, e inteira. Não cedo um centímetro do meu corpo.

— É bom se apressar. Senão vai ser tarde demais, disse Iluminura penteando-se com a espinha de peixe, inesquecível presente de Fidalga. Tinha pressa em ver tudo terminar. Em casa surpreenderia as putas velhas em casos omissos.

— Ah, Fidalga, como me estou tornando você a cada dia que se vence!

Fidalga agradeceu que, em feito épico, ela confessasse de público ser de muito sua escrava. Faltava-lhe exatamente uma companhia com que partir em busca de terra própria, onde afinal erguesse a casa que lhe prometeu Eulália.

— Aceita, Iluminura?

— Sigo você logo que as putas velhas morram. Não há de tardar.

Respaldo demitiu-se do cargo. Não aceitava a delegação de poder diante do caos formando-se à porta da casa, uma fileira de formigas ao encalço do açúcar.

— Como se oferece assim em casamento, quando Peregrino e eu ainda estamos vivos? disse a Iluminura.

Hermengarda devia ceder-lhe um minuto ainda. Para Filomena descer do pombal, sem risco de ferir a perna. Não era fácil morrer, agora que desfrutava de privilégios e esperanças. Justo animava Filomena, retribuindo-lhe o estímulo que permitira a ele fracassar na noite de núpcias, e eleger assim livremente sua futura profissão. Piedoso teimou em não exibir sentimentos. Aperfeiçoara na corneta técnica que havia merecido de Filomena descrição que se encaminhou por curvas, desvãos, retas, e muros, sem jamais terminar, ou encostar-se concretamente a um objeto para ele enxergar, motivando-lhe a pobreza, em vez de lhe acrescentar adornos. Não mais podendo aguardar, premida pela respiração de Magnólia, Hermengarda exigiu:

— Você vem, ou não? disse ela.

Convencida de que Hermengarda a deixaria sozinha, Filomena veio descendo os degraus da escada em caracol, que rangiam à sua passagem, soltavam poeira e farpas apodrecidas. Pretendia com afagos convencer Hermengarda a aguardar uma semana ao menos. Em sete dias estaria pronta a embarcar, levando porém traje novo, avental bordado por Emília, e um caderninho de notas. Esquecida de que de regresso ao nível do mar, de cujo iodo se beneficiou sem se contagiar, estaria de novo sujeita aos mesmos ataques que lhe impuseram existência de pomba. E prova de que não se recuperara nas alturas, e que seus pulmões eliminavam oxigênio com facilidade, começou seu corpo a sofrer abalo que não lhe poupou zona alguma. Embora quisesse Filomena voltar ao primeiro degrau, e salvar-se, preocupava-se sobretudo com a baba que lhe inutilizava a gola e os punhos do traje. Deitada no chão, a língua em contorções reagia a que a corrigissem, ou a amarrassem ao dente da frente. O rápido desenlace ocorreu em perfeita harmonia com o instante em que Hermengarda, muito mais discreta, abandonava o novo estado para morrer. Magnólia reteve-lhe a mão, ainda que no último suspiro se esforçasse Hermengarda por desprender-se. Cobriram-lhe o rosto com lenço de Bruxelas, não se podendo prestar a Filomena a mesma homenagem. E simplesmente por lhes faltar um lenço que se igualasse àquele em tessitura, sabor, e leveza de membrana, com que esconder a língua que esqueceu Filomena de recolher entre as arcadas.

Ofélia não se afastara do leito para assistir às tias morrerem. A corneta abafara a voz de Bonifácio que a apressava em vir despedir-se das tias. Dificilmente a voz humana conciliava-se com os estridentes ruídos do instrumento de sopro.

— Ela há de pagar. Seu castigo será emagrecer na próxima semana, disse Bonifácio. E quando cuidava de comemorar a força do seu vaticínio, anunciaram-lhe que em poucas horas seria um viúvo.

— Por quê? disse ele.

— Censata está a caminho de Compostela. Leva objetos da casa e um rebanho humano.

— Héloise também?

— A informação é esta: leva um rebanho humano, disse Rectus. Respaldo insistia à porta de Ofélia: — Venha ao menos enterrar as tias.

A porta rangeu imitando as vinte e oito portas de Imperatriz abrindo-se para Héloise passar. Piedoso exigiu silêncio. Recriminava atos jamais adotados naquela corte. Sem dúvida, lamentava o desastre que se abatera sobre todos: — Mas respeitem o passado que Ofélia e eu estamos vivendo nestes instantes.

— E as tias? disse Respaldo.

— Ah, elas? Só daqui a três, quatro anos.

Peregrino insistia em que Fidalga o acompanhasse. Era praxe reconciliarem-se quando das calamidades públicas. Iriam juntos à casa de Iluminura, provar-lhe o chá. Retinha ainda na memória alguns nomes das putas velhas, o que lhe facilitava a apresentação oficial. Iluminura os recepcionaria com júbilo, bolo de fubá, e temperatura de fazer saltar ovos à vida. Sobretudo agora que as descobrira amigas.

— Acaso me está propondo Assunção? disse Fidalga.

Emília agarrou Peregrino pelo braço. Ainda que ele a afastasse, ela o envolvera com novelos de lã e linhas de corda, bem mais resistentes.

— Para onde você for, eu vou junto. Estou cansada de bordar.

Peregrino não tinha como esconder que Angélica o tinha sob custódia. A palavra que ela empenhou, de que por ele circulava mais sangue seu que de Próstatis, ganhava respeito e provas.

Prevaleciam sobre ele lágrimas e o sangue claudicante. Melhor teria sido ceder desde o início. Poupando-se de ouvir Censata nos desvarios descrevendo a passagem por Santíssimo de heróis que, desgostosos com Assunção, abdicaram daquela cidadania; ou de enviar tantas vacas a Tronhão, que agora fugia rico com os restos da sua sombra no bolso.

Emília demonstrava saber comportar-se ante a miséria de um rosto em chamas. Pediu licença, e com técnica assimilada de Mariano foi secando com a língua as lágrimas de Peregrino. Ele não protestou. Esticava-lhe o queixo, no caso de ela esquecer-se.

— E para onde vai agora? disse Emília, como se o rosto à frente pertencesse a Mariano reduzido às proporções de um alfinete. Bonifácio ofertou-se à caravana, um músculo a mais os defenderia contra as feras. Peregrino sugeriu que melhor ostentasse sua viuvez, jamais o seguindo. Seu tormento pessoal resumia-se em Emília.

— Já que me conservo em estátua de sal, para onde sigo? disse Bonifácio.

Aldebarã custou abrir a porta. Também ele imitava Héloise cuidando das vinte e oito portas, uma biblioteca em que se registravam os pensamentos de Imperatriz. Cedia ele naturalmente às instruções da espanhola, cujas normas mesmo no exílio conservavam-se rígidas. O ruído naquela noite iniciara-se mais cedo. Raspando a parede, os habitantes do porão não tinham prazo para terminar.

— Sou Peregrino. Esta é Emília, minha esposa.

— Algum sapato? disse Aldebarã.

Abraçado à Emília, ele disse: — Pensei que não fosse mais necessário.

Bonifácio solicitava breve atenção do sapateiro. Naquelas circunstâncias, onde o aconselhava instalar-se, para que nenhuma península de Santíssimo ficasse ao desabrigo, entregue às sanhas do inimigo, que atua sem dar tempo ao alarme de soar. Aldebarã indicou as águas do Alvarado, sem mencionar nome, futuro, ou sabor das frutas de maio. Sob a proteção de Peregrino, Emília atingiu o coração de Bonifácio:

— E não se esqueça de pedir a Iabeshab sua toalha de chá. Aquela toalha sempre foi o rosto que eu quis, e não fui capaz de colar na cara.

Peregrino reconhecia o próprio despreparo, faltava-lhe guarnição com que se entreter junto a uma cidade. Fidalga era o modelo de quem aprenderia repetir palavras, e seu resoluto modo de caminhar.

Tivesse Aldebarã paciência, antes de fechar a porta para sempre. Não devia esquecer que justamente o barco ora ocupando quase todo o porão passaria a pertencer-lhe após a morte de Eucarístico. Era o único herdeiro do carpinteiro. E indicou-lhe as botas de Fidalga, estavam em seus pés naquele dia.

— E estas botas, servem? Por mim e por ela?

— São de cano longo? Está bem, valem por você e a mulher.

Este livro foi composto na tipografia Minion Pro,
em corpo 11/16, e impresso em papel off-white
no Sistema Cameron da Divisão Gráfica
da Distribuidora Record.